Anthony Coles
Ein Gentleman in Arles – Gefährliche Geschäfte

PIPER

Zu diesem Buch

Der Tod eines jungen Polizisten am Strand von Beauduc wirft viele Fragen auf: Er kam angeblich durch einen Unfall ums Leben, doch seine Leiche wurde umgehend eingeäschert – was eher ungewöhnlich ist, denn es verhindert weitere Untersuchungen. Irgendwas stimmt hier ganz und gar nicht. Das merkt auch Ex-Agent Peter Smith sofort – es entsteht eher der Eindruck einer großen Vertuschung statt eines tragischen Unfalls. Zusammen mit seinem ehemaligen Verbindungsoffizier beginnt Smith mit den Ermittlungen. Als sie in einer Sackgasse landen, bitten sie Girondou, den mächtigsten Kriminellen im Süden Frankreichs, um Unterstützung. Endlich haben sie eine Spur, doch es zeichnet sich ein besorgniserregendes Szenario ab: Gefährliche Waren werden über den Strand von Beauduc in die traumhafte Camargue geschmuggelt! Peter Smith muss eingreifen.

Anthony Coles lebte, genau wie seine Hauptfigur, einige Jahre in Arles. Und genau wie Peter Smith ist auch er Kunsthistoriker, der an renommierten Universitäten auf beiden Seiten des Atlantiks unterrichtet hat. Für den Geheimdienst war er allerdings nie tätig, sondern, etwas prosaischer, im internationalen Wirtschaftssektor. Er hat zwei erwachsene Töchter und einen Windhund namens Arthur. »Ein Gentleman in Arles – Gefährliche Geschäfte« ist sein zweiter Roman um Peter Smith, den Agenten im Ruhestand.

Anthony Coles

EIN GENTLEMAN IN ARLES
GEFÄHRLICHE GESCHÄFTE

Ein Provence-Krimi

Aus dem Englischen von
Michael Windgassen

PIPER

Mehr über unsere Autoren und Bücher:
www.piper.de

Wenn Ihnen dieser Krimi gefallen hat, schreiben Sie uns unter Nennung des Titels »Ein Gentleman in Arles – Gefährliche Geschäfte« an *empfehlungen@piper.de*, und wir empfehlen Ihnen gerne vergleichbare Bücher.

Von Anthony Coles liegen im Piper Verlag vor:
Peter-Smith-Reihe:
Band 1: Ein Gentleman in Arles – Mörderische Machenschaften
Band 2: Ein Gentleman in Arles – Gefährliche Geschäfte
Band 3: Ein Gentleman in Arles – Tödliche Täuschung

MIX
Papier aus verantwortungsvollen Quellen
FSC® C083411

Ungekürzte Taschenbuchausgabe
ISBN 978-3-492-31640-8
Juli 2020
© Piper Verlag GmbH, München 2019,
erschienen im Verlagsprogramm Pendo
Titel der englischen Originalausgabe:
»An Incident at Beauduc«
Redaktion: René Stein
Umschlaggestaltung: U1 berlin/Patrizia Di Stefano
Umschlagabbildung: Ken Scicluna/Getty Images
Satz: Satz für Satz, Wangen im Allgäu
Gesetzt aus der Kepler
Druck und Bindung: CPI books GmbH, Leck
Printed in the EU

für Milly und Lydia

Prolog

Ein britischer oder deutscher Tourist, der zufällig vorbeigekommen wäre, hätte bestimmt kein zweites Mal hingeschaut. Selbst ein italienischer Besucher, normalerweise nicht gern gesehen in dieser Gegend, hätte den bröckelnden, mit Zement ausgebesserten Mauern und kaputten Ziegeldächern keine Beachtung geschenkt und vergeblich nach einem Swimmingpool oder Grillplatz Ausschau gehalten. Sie würden den Ort mit seinen grauen Lehmgärten, in denen nur verlassenes Plastikspielzeug für die Farbtupfer sorgte, schnell hinter sich lassen und nach einer schöneren Aussicht suchen. Doch während er bäuchlings auf dem dunklen Strand lag, hätte er viel von dem, was er in dieser Nacht zusätzlich zu verdienen hoffte, gegeben, um wieder zurück am Kamin bei seiner hübschen Frau zu sein. Das kleine Haus, sein ganzer Stolz, war so gebaut, dass es den heftigen Winden trotzte, die ihn jetzt umzubringen drohten. Wie die meisten provenzalischen Bauernhäuser – die man hier als *Mas* bezeichnete – besaß es eine dicke, fensterlose Rückwand, die nach Norden ausgerichtet war. Von dort sollte sein aktueller Feind kommen. Er hatte sich im Sand eingegraben und hoffte, dem Getose möglichst wenig Angriffsfläche zu bieten, das über seinen Kopf hinwegfegte, auf das Mittelmeer zu und nach Nordafrika. Die Windgeschwindigkeit war während der vergangenen zwei Tage nie unter fünfzig Stundenkilometer gefallen und jetzt noch um einiges höher. Der Mistral, der kalte Fallwind aus dem Rhônetal, machte in diesem Jahr erst seine zweite Aufwartung und hatte die ansonsten milden Temperaturen, die seit dem vergangenen November herrschten, auf ein bis zwei Grad über null gedrückt. Er war noch zu jung, um wirklich zu glauben, was die Einheimischen behaupteten: dass dieser eisige Nordwind verrückt machen konnte. Allerdings konnte er sich nicht entsinnen, zuvor jemals so gefroren zu haben wie in dieser Nacht. Gefühlt lagen die Temperaturen tief unter dem Gefrierpunkt.

Im Sand eingegraben zu liegen machte alles nur noch schlimmer. Aus Sicherheitsgründen hatte man ihm und seinen beiden Kollegen verboten, bei Tageslicht nach einer geeigneteren Stelle zu suchen. Zwar würde der Wind Touristen davon abhalten, mit ihren protzigen SUVs von der Hauptstraße in die mit Schlaglöchern übersäte und absichtlich in schlechtem Zustand gehaltene Stichstraße einzubiegen, die zum Strand von Beauduc führte. Doch irgendjemand hätte sie sehen können, und das wollten ihre Vorgesetzten nicht riskieren. Also hatte er sein Moped rund anderthalb Kilometer weiter oben in einem trockenen Graben abgestellt und war im Dunkeln zu Fuß hierhergekommen. Die Stelle, die er sich ausgesucht hatte, war bei Hochwasser überflutet, entsprechend feucht der Sand. Die Mulde, in der er lag, füllte sich mittlerweile wieder mit Wasser. Er hätte schwören können, dass es nur deshalb nicht gefror, weil es salzhaltig war.

Bis auf die Luft rührte sich nichts. Nahezu konturlos erstreckte sich zu beiden Seiten der Strand, kaum etwas Grünzeug, das überlebt hatte. Im Hintergrund hörte er den Wind durch baufällige Hütten pfeifen, die sich im Sommer als Fischrestaurants gerierten und von Hippies und Schickimickis frequentiert wurden. Gebälk und Verbretterungen knarrten, als würden sie sich auf den Weg ins Meer machen. Worum es nicht schade wäre, dachte er. Die Preise, die in diesen Restaurants verlangt wurden, waren genau wie auch das Essen eine Frechheit, von der Bedienung ganz zu schweigen. Der Himmel über ihm war kristallklar. Eigentlich, dachte er, hätte man die Aktion abblasen müssen, weil der Mond nicht von den Wolken verdeckt wurde. Aber er war erst ein paar Tage alt und sein Licht auf den Strand kaum der Rede wert.

Er versuchte, sich auf die Kälte vorzubereiten, und trug eine Strumpfhose seiner Frau, darüber eine lange Unterhose und eine Fleecehose. Der Oberkörper war ähnlich vielschichtig verpackt und in eine Regenhaut gehüllt. Über den Kopf hatte er eine schwarze Sturmhaube und die Kapuze des Sweaters gezogen. Die Hände steckten in dicken Handschuhen. Wind-, aber nicht wasserdicht, maulte er im Stillen. Mit der Nässe hatte er nicht gerechnet. Seine sorgfältig ausgewählte Kleidung schien nun vor allem eisige Feuchtigkeit zu speichern, statt die Kälte abzuhalten. Er zitterte am ganzen Körper. Jede Bewegung war verboten, das hatten seine Bosse klargemacht. In Position gehen und absolut stillhalten bis zum Abschluss der Operation, die mindestens eine halbe Stunde dauern würde. Nicht einmal Naseputzen war erlaubt.

Er wusste längst nicht mehr, wie spät es war, und verkniff es sich tunlichst, das elastische Ärmelbündchen hochzustreifen, um einen Blick auf seine Armbanduhr zu werfen. Sie würden schon noch kommen. Im Winter wurde es erst gegen acht hell. Eine Ewigkeit bis dahin. Nichts zu sehen, nichts zu hören. Er versuchte, an irgendetwas konzentriert zu denken, damit nicht auch noch sein Gehirn einfror. Er dachte an seine Frau und an ihre gemeinsame zweijährige Tochter, die jetzt im warmen Bett lagen, unbehelligt vom miesen Wetter draußen. Der Extrasold kam gelegen. Er dachte an seinen heimlichen Plan, den Polizeidienst zu quittieren, mit der Familie in die Dordogne zu ziehen und ein kleines Restaurant aufzumachen. Kochen war seine Leidenschaft. Wie immer, wenn er abzuschalten versuchte, weil ihm alles zu viel wurde, ging er auch jetzt seiner mentalen Lieblingsbeschäftigung nach: Er stellte in Gedanken Menüs zusammen. Einfache Gerichte für die einheimischen Normalos, extravagante Mahlzeiten für die Reichen. Ihm war alles recht. Es gab keinen vernünftigen Grund, warum das Essen für die arbeitende Bevölkerung weniger gut sein sollte als für die mit einer goldenen Kreditkarte. Er war stolz darauf, aus einfachen Verhältnissen zu stammen, und gab sich mit seinen Lebensumständen zufrieden, obwohl er wusste, dass sie ihn ausbremsten und keine großen Sprünge zuließen.

Seine Gedanken liefen warm. Eintöpfe im Winter, Salate im Sommer. Ein paar Soßenbasen. Nichts Exotisches, aber dafür gut gemacht. Aus heimischen Erzeugnissen. Er würde sich an einem Ort niederlassen, wo frische Sahne zu bekommen war. Und guter Käse, nach dem man in der Provence lange suchen musste. So viel stand für ihn als traditionsbewussten Laienkoch fest: Eine wirklich gute Küche konnte nicht ohne Milch auskommen, auch wenn die Produkte inzwischen aus der Mode gekommen und mitunter sogar verpönt waren.

Er war so tief in seine Vorstellungen von einem hübschen kleinen Landgasthof unter seiner Leitung versunken, dass er erst ein paar Sekunden später hörte, was ihm vielleicht sofort aufgefallen wäre, wenn er wie befohlen permanent den schwarzen Horizont abgesucht hätte. Egal. Noch ziemlich weit draußen glitt etwas langsam auf den Strand zu. Das Unausweichliche hatte noch ein wenig Zeit. Aber der Moment würde kommen, das wusste er, der Moment, dem er alles andere als gern entgegensah. Das Geräusch wurde lauter. Er streifte sich die Kapuze vom Kopf und setzte seine Nachtsichtbrille auf. Sie passte über die Sturmhaube, nicht aber auch noch über die Kapuze, und sofort spürte er wieder den eisigen Wind mit all seiner Schärfe. Vorsichtig hob er den Kopf und blickte hinaus aufs Meer. Die ganze Welt war in gespenstisch grünes Licht getaucht, aber das kannte er von seiner Ausbildung.

Weniger als hundert Meter von ihm entfernt steuerte ein einzelnes schwarzes Schlauchboot auf den Strand zu. Der offenbar schallgedämpfte Außenbordmotor war kaum zu hören. Vier Männer sprangen, kaum dass das Boot auf Grund lief, an Land. Zwei von ihnen rannten geräuschlos in entgegengesetzte Richtungen davon und verschwanden bald aus dem Sichtfeld. Die beiden anderen zogen das Boot ein paar Meter über den Sand, bevor sie sich Gewehre griffen und links und rechts des Bootes Aufstellung nahmen.

Einer richtete den Blick landeinwärts, der andere auf das Meer. Sturmgewehre vom Typ HK G36. Der junge Mann versteifte sich ein wenig. Wäre er nicht auf einem Wachposten, sondern in Aktion, trüge er jetzt die gleiche Waffe.

Er duckte sich in seine Mulde. Beobachten. So lautete sein Befehl. Beobachten und Bericht erstatten. Sonst nichts. Die Männer am Strand trugen schwarze Kampfanzüge und Nachtsichtgeräte; als blickte er in einen Spiegel. Still liegen bleiben. Rund zwanzig Sekunden später ging ein tiefes Summen durch den Sand. Ein Strandbuggy mit Elektromotor, der neben dem Boot anhielt. Der Fahrer stieg aus und half einem Mann aus dem Boot, der sich im Heck unter einer Plane versteckt hatte. Anschließend holte er einen Rucksack aus dem Buggy und legte ihn ins Boot, bevor die beiden Männer den Buggy bestiegen und leise in südöstlicher Richtung davonfuhren. Die beiden anderen setzten sich wieder ins Schlauchboot und legten ab. Die ganze Operation hatte nicht länger als dreißig Sekunden gedauert.

Für den jungen Polizisten gab es keinen Grund, irgendetwas zu unternehmen. Er drehte sich weder um, noch versuchte er, in seine Tasche zu greifen, in der seine 9 mm Sauer SIG Pro steckte. Dazu war es ohnehin zu spät. Stattdessen dachte er wieder an seine hübsche Frau und sein Kind, die nur wenige Kilometer entfernt in ihren Betten lagen und schliefen, als ein Teilmantelgeschoss vom Kaliber .45 – abgefeuert aus einer schallgedämpften Glock 30 – von hinten seinen Schädel durchschlug, am Stirnbein abprallte und Teile seines Gehirns auf dem schwarzen Sand der Provence verspritzte.

12

1. Erstes Briefing

»Drei? Alle drei?«

Die Stimme, die das tumultartige Durcheinander übertönte, klang ungläubig und verstört.

»Alle drei?«

Das Wortgefecht zwischen drei der fünf anwesenden Personen setzte sich mit verminderter Lautstärke noch eine Weile fort. Die Chefs der regionalen Polizei, der *Gendarmerie nationale*, und der Vertreter der *Direction de la Surveillance du Territoire* (DST) waren sichtlich aufgebracht. Die beiden anderen Personen hatten noch keinen Laut von sich gegeben. Die eine trug einen grauen Geschäftsanzug und repräsentierte eine Antiterroreinheit mit dem seltsamen Namen *Recherche, Assistance, Intervention et Dissuasion* (RAID). Die andere, eine elegante Frau in grauem Seidenkostüm und champagnerfarbener Bluse, führte nominell den Vorsitz und saß am Kopf des ovalen Tisches. Im Unterschied zu den anderen, die mit schwitzenden Händen die polierte Oberfläche des Tisches beschmierten und sich gegenseitig Papierstöße hin und her schoben, ruhten ihre Hände bewegungslos im Schoß. Vor ihr lag nur ein einzelnes Handy. Sie saß entspannt, aber aufrecht und bewegte den Kopf nur, um scheinbar dem

Gespräch zu folgen, das sich zu einer Schimpfkanonade hochgeschaukelt hatte.

In Wirklichkeit aber hörte sie gar nicht mehr zu. Schon vor Beginn der Unterredung war ihr klar gewesen, was sie zu sagen hatte. Die Spiegelfechtereien langweilten sie. Sie hob die rechte Hand in die Höhe und wartete. Der Lärm verebbte allmählich, und alle vier Männer richteten den Blick auf sie. Jeder dachte etwas Ähnliches. Was steckte eigentlich hinter dieser blasierten, wichtigtuerischen Schnalle aus Paris, die da mit ihnen am Tisch saß? Und dort eigentlich gar nichts verloren hatte. Ihr würde bald aufgehen, dass die Provence eine Männerwelt war und Frauen ganz weit hintanstanden.

»Meine Herren. So kommen wir nicht weiter. Wir sind nicht zusammengekommen, um das, was vor zwei Tagen geschehen ist, lang und breit zu diskutieren. Wer für das Fiasko die Verantwortung zu tragen hat, werden andere ermitteln. Ich bin gebeten worden, Ihre Berichte entgegenzunehmen und mit Ihnen zu beraten, welche Schritte nun einzuleiten sind.«

»Gebeten, Madame? Von wem, wenn ich fragen darf?«

Die Frage kam vom Colonel der Gendarmerie, der die Einsatzkräfte der Region anführte. Der Karrieresoldat konnte seine Verachtung für die piekfeine Zivilistin kaum verhehlen.

»Vom Präsidialbüro, Monsieur«, antwortete sie übertrieben höflich.

Der RAID-Mann grinste über die Anrede. Die Pariserin hatte offenbar absichtlich die Rangbezeichnung unterschlagen, während das Gesicht des Gendarmen die Farbe seiner scharlachroten Schulterstücke annahm.

»Und wie kommt das Präsidialbüro darauf anzunehmen, in dieser Sache mitsprechen zu können? Mein Dienstherr ist der Verteidigungsminister.«

Der Mann wurde grob, und die anderen beobachteten ihn interessiert.

»Monsieur«, wiederholte die elegante Dame ihren Fauxpas, nun mit einer Spur mehr Stahl in der Stimme. »Muss ich Ihnen wirklich die geltenden Befehlswege erklären? Selbst die Gendarmerie ist an die Weisungen der zivilen Spitze unseres Landes gebunden. Auch wenn das im vorliegenden Fall kaum von Belang sein sollte. Ich will Ihnen nun sagen, was zu tun ist. Und darüber wird nicht weiter verhandelt.«

In den Mienen der drei Polizisten spiegelten sich unterschiedliche Stadien der Empörung. Sogar der Mann von der Antiterrorabteilung zeigte sich verunsichert und rutschte nervös auf seinem Stuhl hin und her. Aber keiner wagte es, das Wort gegen die Frau zu erheben.

»Vorgestern ist am frühen Morgen ein einfacher Observations- und Überwachungseinsatz am Strand von Beauduc – eine Operation, die von Ihnen geplant wurde – verheerend gescheitert. Ergebnis: Drei junge Polizeibeamte wurden getötet, oder sollte ich sagen hingerichtet? Erkenntnisse konnten nicht gewonnen werden. Auch wie es zu der Katastrophe kommen konnte, bleibt anscheinend fraglich. Wichtige geheimdienstliche Informationen unserer Mitarbeiter in Tunesien wurden nicht genutzt und sind verschwendet worden, ganz zu schweigen vom Leben der drei Beamten, die Familie hatten und gute Aussichten darauf, befördert zu werden. Ihr Einsatzbefehl – zu beschatten, wer immer an Land geht – führte zu nichts. Zu behaupten, man hätte etwas aus den Augen verloren, träfe es wohl nicht korrekt. Schließlich kann man nicht verlieren, was man gar nicht erst gesehen hat.«

Sie betrachtete die feindselige Herrenrunde und fuhr ungerührt fort.

»Sie, und nur Sie, werden für dieses Fiasko die Verantwortung tragen. Bis auf Weiteres sind Sie freigestellt. Die heutige Sitzung ist geschlossen. Wir werden uns in zwei Tagen in meinem Haus in Arles wiedersehen. Es wäre schön, wenn Sie mir dann Vorschläge zum weiteren Vorgehen unterbreiten und mich nebenbei davon überzeugen könnten, dass Ihre Dienste für die Republik unverzichtbar sind.«

»Und was wäre falsch daran, unsere – Ihre – nächste Sitzung in den Räumlichkeiten der Gendarmerie in Arles abzuhalten, Madame?«, blaffte der Colonel.

Die Frau betrachtete ihn mit einem Ausdruck der Herablassung, der auch jeden anderen auf die Palme gebracht hätte. »Ziemlich alles, Colonel. Ich muss Sie doch nicht daran erinnern, dass Ihre Erfolgsgeschichte in Sachen vertrauliche Organisation und Planung einiges zu wünschen übrig lässt.«

Sie wandte sich wieder an alle.

»Wenn mich Ihre Vorschläge zufriedenstellen, werde ich ein gutes Wort für Sie einlegen. Wenn nicht, wird Ihre Freistellung in eine unehrenhafte Entlassung münden, mit all den Folgen, die Ihnen bekannt sein dürften. Die Entscheidung darüber treffe ich. Rechtsmittel sind ausgeschlossen. Habe ich mich verständlich gemacht?«

Sie schaute sich in der Runde um. Aus der Stille meldete sich prompt der Gendarm, der inzwischen puterrot angelaufen war.

»Und was bevollmächtigt Sie, Madame, uns dermaßen zu drohen?«

Statt zu antworten, griff sie mit ihrer elegant manikürten Hand nach dem Smartphone und drückte eine Taste. Der Lautsprecher war eingeschaltet, und alles lauschte gebannt dem Rufton.

Als plötzlich eine sehr vertraute Stimme zu vernehmen war, machte sich auf den Gesichtern der Männer schieres Entsetzen breit.

»Guten Tag, Madame Blanchard. Ich hatte wohl recht in der Annahme, dass Sie eine Bestätigung Ihrer Vollmachten brauchen, nicht wahr?«

»Guten Morgen, Monsieur le Président. Ich fürchte, so ist es.«

Die Männer am Tisch hatten intuitiv Haltung angenommen.

»Meine Herren, dass mir keine Missverständnisse aufkommen«, fuhr der Präsident fort, »Madame Blanchard handelt in meinem Auftrag, hat mein vollstes Vertrauen und ist vollumfänglich befugt zu tun, was sie für geboten und sinnvoll erachtet. Ist das klar angekommen?«

Alle vier hatten sich schnell genug erholt, um die Frage zu bejahen.

Der RAID-Mann sah sich an Kardinal Richelieu erinnert, der nach Dumas Mylady de Winter eine ähnliche

17

Carte blanche ausgestellt hatte, die sich allerdings als eine weniger verlässliche Vollmacht erwies.

»Auf Wiedersehen, Madame«, erklang erneut die Stimme aus Paris, »und viel Glück. Ich bin gespannt auf das, was Sie mir zu sagen haben.«

»Auf Wiedersehen und danke, Monsieur le Président.«

Madame Blanchard stand auf, ließ das Smartphone in ihre Handtasche gleiten und verließ den Raum, gefolgt von den verwunderten Blicken der vier Männer.

2. Der alte Mann

Der alte Mann war nicht bei der Sache und mit seinen Gedanken ganz woanders. Normalerweise hätte sich Gentry schwergetan, den gerissenen alten Vogel zu schlagen, aber heute spielte sein Gegner unkonzentriert und fahrig. Über die drei Jahre, die sie sich in einer hinteren Ecke des ziemlich verlotterten Café de Paris gleich unterhalb des Place Voltaire auf eine Partie Dame und ein kleines Schwätzchen zusammensetzten, hatte er, Gentry, die cleveren Züge des Gegners zu schätzen gelernt. Marcel Carbot mochte weit über achtzig sein – was für die notorisch langlebigen Arlesianer nicht besonders ungewöhnlich war –, spielte aber wie ein junger Berserker und ließ Gentry häufig noch älter aussehen. Carbot bestand darauf, um Geld zu spielen. Das sei Ehrensache. Zur Gewinnausschüttung kam es allerdings nie. *Sei's drum*, dachte Gentry mit einem kleinen inneren Lächeln. Die Bilanz würde für ihn wenig vorteilhaft ausfallen.

Diesmal wollte das Gespräch zwischen ihnen nicht wirklich in Schwung kommen, und das war selten der Fall. Der alte Mann erzählte sonst gern von seiner Jugend in Arles, vor und nach dem Zweiten Weltkrieg. Es waren Geschichten, denen Gentry gern zuhörte. Heute aber war er ungewöhnlich still, und Gentry sah sich genötigt, ein paar Fehler seines Gegners zu übersehen, damit das Spiel ein bisschen länger dauern würde.

»Marcel, alter Freund, es geht mich vielleicht nichts an, aber du scheinst heute nicht ganz bei der Sache zu sein. Was ist los?«

Der alte Mann lehnte sich auf seinem Stuhl zurück und ließ die Schultern hängen. »Tut mir leid, David. Ja, du hast recht. Ich bin heute keine gute Gesellschaft und ein schlechter Gegner.«

»Warum? Sag's mir, wenn du willst.«

Der alte Mann seufzte. »Mein Enkel Jean-Claude – ich habe dir doch schon von ihm erzählt, oder?«

»Ja, natürlich. Ist der nicht bei der Gendarmerie?«

»Nun ja. Vor Kurzem wurde er zur DST versetzt.«

Gentry verspürte sofort ein leises Unbehagen. Er wusste mehr über die Direction de la Surveillance du Territoire, den französischen Dienst für Terrorismusbekämpfung, als sein Freund ahnte; und vieles von dem, was er wusste, war nicht gut. Also ging er nicht weiter darauf ein. Aber der Alte redete von sich aus weiter, und Gentry erkannte, dass dessen Augen feucht wurden.

»Vor vier Tagen ist er ums Leben gekommen. Angeblich bei einer Übung.«

Gentry erinnerte sich, dass sein Freund immer mit großem Stolz über den Jungen und seine Karriere gesprochen hatte. Es war in der Familie der Carbots Tradition, Militärdienst zu leisten. Sein Sohn hatte im Algerienkrieg gekämpft und war posthum mit dem *Croix de Guerre* ausgezeichnet worden. Seine Leiche wurde nie gefunden.

Vor vielen Jahren war auch Marcel mit der sehr seltenen *Médaille militaire* dekoriert worden. Beide, er und sein Sohn, hatten die *Fourragère* tragen dürfen. Dass er nun auch noch seinen Enkel verloren hatte, musste furchtbar schmerzlich für ihn sein.

»Mein herzliches Beileid, Marcel. Ich weiß, wie stolz du auf ihn warst. Wenn es dir recht ist, würde ich gern an der Beerdigung teilnehmen.«

Gentry wusste, dass die Familie des Jungen im Norden Frankreichs lebte, er aber zu seinen Wurzeln in der Provence zurückgekehrt war, um ein hiesiges Mädchen zu heiraten und mit ihr eine eigene Familie zu gründen. Worüber der Großvater sehr glücklich gewesen war.

»Danke, mein Freund. Die Beisetzung wird in Paris stattfinden, wie man mir gesagt hat. Ich fahre mit dem Zug dorthin. Über Begleitung würde ich mich freuen. Wenn es dir keine Umstände macht.«

»Ach was, natürlich komme ich mit.«

Der Alte hob den Kopf und lächelte dankbar, die Augen jetzt voller Tränen.

»Er ist schon eingeäschert worden. Es wird nur eine Trauerfeier geben.«

Gentry hoffte, dass ihm der alarmierende Gedanke, der ihm spontan in den Sinn kam, nicht anzumerken war, denn schnelle Einäscherungen waren ihm seit jeher suspekt. Er wartete, bis sich der Alte wieder gefasst hatte. Über seine vielen Jahre im Dienst war er unzählige Male mit Nachbesprechungen von Einsätzen traktiert worden und wusste, wie wichtig es war, dass eine gestresste Person ausreichend Zeit bekam, um nähere Auskünfte geben zu können. Nach einer Weile ließ er per Handzeichen zwei Tresterschnäpse bringen. Beide kippten etwas mehr als das übliche Maß. Der Mann am Tresen schien zu wissen, dass mit dem Alten etwas nicht stimmte.

Marcel holte ein frisch gewaschenes Taschentuch hervor, trocknete sich ohne Anzeichen von Verlegenheit die Augen und straffte die Schultern. »In Wirklichkeit war's kein Unfall.«

Gentry fühlte sich plötzlich sehr müde. Ihm war klar, dass es keinen Sinn hatte zu fragen, woher er das wusste. Er wusste es einfach, und das reichte. Marcel war in der Camargue geboren, und dort hatten auch sein Sohn und sein Enkel gelebt. Sie alle gehörten ein und derselben Gemeinschaft an oder hatten ihr angehört, einer sehr engen Gemeinschaft, von der andere, selbst die Nachbarn aus Arles, ausgeschlossen waren. Jeder kannte jeden. Irgendjemand hatte Marcel gesagt, dass die Militärs logen, und er – wie auch Gentry – war geneigt, diesem Jemand mehr zu glauben als den Großkopferten.

»Wo hat der Unfall offiziell stattgefunden?«

»In den Alpen.«

»Und wo war er tatsächlich?«

»Bei Beauduc.«

Gentry überlegte. Die Camargue lag im Rhônedelta, wo sich der große Fluss ins Mittelmeer ergoss. Trotzdem gab es dort erstaunlich wenige Sandstrände, die Besuchern zugänglich waren. Das ganze Gebiet war ein Nationalpark, durch den nur wenige Straßen führten, noch weniger bis ans Meer. Die bekanntesten Strände waren der von Saintes-Maries-de-la-Mer und Île des Sables. Der von Beauduc war nur über eine rund fünf Kilometer lange, holprige Schotter-piste zu erreichen, die sich mit einem herkömmlichen Auto kaum befahren ließ. Gentry hatte nie auch nur die geringste Lust verspürt, diesen Ort aufzusuchen. Wie sein Freund Smith fand er Sand unangenehm, und Strände waren ihm ohnehin verhasst, wobei ihm durchaus bewusst war, dass Smith gewichtigere Gründe hatte, sie zu verabscheuen. Im-merhin kannte er den von Beauduc gut genug, um sicher zu sein, dass es im Januar keinen vernunftbegabten Men-schen dorthin verschlug. Was vielleicht auch erklärte, wo-her der Alte wusste, dass es sich nicht um einen unglück-lichen Unfall während einer Übung handeln konnte, dem sein Enkel zum Opfer gefallen war. Nichts von dem, was in Beauduc passierte, blieb den Anwohnern verborgen; nor-malerweise waren sie sogar auf die eine oder andere Weise darin verwickelt.

Gentry ahnte, was dem alten Mann Kummer bereitete. Es war nicht nur der Verlust des Enkels. Wahrscheinlich grämte ihn ebenso sehr, dass er nicht wusste, was passiert war, und er es wohl auch nie erfahren würde. Das Gefühl, belogen zu werden, kann eine geradezu zersetzende Wir-kung haben. Er blickte auf den kleinen Tisch und das ver-gessene Spiel vor ihnen und empfand tiefes Bedauern.

»Wär's dir recht, Marcel, wenn ich meine Nase in die Sache reinstecken würde?«

Sofort leuchtete in den Augen des Mannes ein Funken Hoffnung auf. »Könntest du das?«

Gentry nickte und legte dem Alten eine Hand auf den Arm. »Ich glaube, ja.« Eigentlich hätte er antworten müs-sen: »Nein, aber ich kenne jemanden, der es könnte«, doch so genau mochte er es jetzt nicht nehmen; es hätte den Freund nur unnötig verunsichert.

»Ich wäre dir sehr dankbar. Wenn ich wüsste, dass irgendwann die Wahrheit ans Licht kommt, würde mir die Trauerfeier weniger schwerfallen.«

»Verstehe, aber ob sie ans Licht kommt, kann ich nicht versprechen.«

»Ja, ja, ich weiß. Aber trotzdem …« Damit stand er abrupt auf und streckte die Hand aus. »Ich muss jetzt gehen, David. Tut mir leid, ich fürchte, ich war dir heute keine gute Gesellschaft. Vielleicht das nächste Mal. Ich rufe dich an, wenn ich weiß, wann die Trauerfeier stattfindet. Danke noch mal für alles.«

Er drückte Gentrys Hand, straffte die Schultern und verließ in aufrechter Haltung das Café. Gentry holte sich von der Bar die aktuelle Ausgabe von *Le Provence*, dem regionalen Tagblatt, nahm noch einen weiteren Cognac mit und setzte sich zurück an seinen Tisch in der Ecke. Er wollte noch eine Weile nachdenken und nicht bloß Löcher in die Luft starren, was die anderen Gäste (sie kannten ihn allesamt gut) als Aufforderung verstanden hätten, sich zu ihm zu setzen und über die jüngste Tragödie zu sprechen, die dem Alten widerfahren war. Darum tat er, als vertiefte er sich in die Zeitungslektüre, und hoffte, ungestört zu bleiben.

Dass irgendetwas schiefgelaufen war, lag auf der Hand. Offizielle Verlautbarungen über ungewöhnliche Vorkommnisse gehörten früher zu seinem Berufsalltag, und die traurige kleine Geschichte, von der er soeben erfahren hatte, stank zum Himmel. Er hielt es für angebracht, irgendetwas zu ihrer Aufklärung zu unternehmen. Nach einer Weile stand er auf, beglich seine Rechnung und ging langsam durch die engen mittelalterlichen Straßen zurück zu seinem Haus. Er fand, es war an der Zeit, ein paar Gefälligkeiten einzufordern.

Sein Arbeitszimmer war eine kleine Dachloggia, hoch oben auf einem fünfstöckigen alten Haus, das ihm gehörte. Eine Wendeltreppe, die in einem Schrank seines Schlafzimmers ein Stockwerk tiefer fußte, führte hinauf in die Kammer. Einst eine Dachterrasse und darum mit Steinplatten gefliest, bot sich von ihr aus ein Dreihundertsechzig-Grad-Panorama über die Stadt. Der Blick reichte bis über die Flussbiegung im Norden hinaus, die gesamte Altstadt, dahinter im Westen zum Gebirgszug der Alpillen und über das Amphitheater und Saint-Trophime hinweg bis tief in den Süden. Anders als der Rest des täuschend großen Hauses, in dem hinter zugezogenen Fensterläden meist Dunkelheit herrschte, waren alle vier Seiten der Dachkammer verglast, und der Raum war entsprechend hell. Deutlich anders war auch das Mobiliar. Die unteren Räume besaßen die Atmosphäre eines Herrenklubs mit viel Mahagoni, dunklem Leder, Holzvertäfelung und orientalischen Teppichen – ganz nach dem Geschmack eines betuchten Staatsdieners im Ruhestand, der auf Geselligkeit wenig Wert legte und lieber allein war. Die Loggia hingegen war extrem minimalistisch eingerichtet: ein großer Tisch mit Edelstahlgestell und Glasplatte, auf der eine Halogenlampe aus gebürstetem Stahl stand, davor ein passender Bürosessel mit hoher Lehne. Auf einem ähnlichen, aber kleineren Tisch war ein MacBook Air platziert, das auf dem Glas zu schweben schien. Daneben lagen, etwas profaner, ein einzelner Aktenordner mit den Papieren, die es aktuell zu bearbeiten galt, ein Schreibblock und ein Zeichenstift. In die Loggia gelangte immer nur eine Projektarbeit und blieb dort, bis sie erledigt war. Ein kleines Satellitentelefon. Der Rest der Einrichtung bestand aus einer Flasche Banff Single Malt, einem georgischen Schwenker aus geschliffenem Kristall sowie einer Chaise von Charles Eames samt Fußbänkchen. Abgesehen von der Tischlampe wurde der Raum beleuchtet von dem, was sich der Herrgott gerade an Illumination für Arles und die Provence hatte einfallen lassen, wenngleich vor der vollen Sonneneinstrahlung im Sommer fotoempfindliche Glasscheiben schützten.

Kein Gebäude in der näheren Umgebung war gleich hoch oder gar höher, weshalb die Loggia von außen nicht unmittelbar eingesehen werden konnte – mit einer der Gründe dafür, dass Gentry das Haus überhaupt gekauft hatte. Wer auf die Idee verfallen wäre, ihn hinter seinen kugelsicheren Scheiben zu beobachten, müsste überdies bald feststellen, dass das Glas undurchsichtig war, auch dann, wenn bei Nacht dahinter Licht brannte. Zudem war die Loggia schon wegen ihres großen Abstands zur Dachkante hin von der Straße aus nicht zu sehen. Er war der Einzige, der diesen Glaskasten betrat, und nur wenige wussten von seiner Existenz. Die Männer, die ihn errichtet hatten, kamen wie auch das Baumaterial vom Geheimdienst in London. Sie hatten ihren Job nebenbei gemacht und gut daran verdient.

Gentry setzte sich an den kleinen Schreibtisch, startete den Laptop und tätigte ein paar Anrufe.

26

3. Eine alte Freundschaft

Sie trafen sich fast jede Woche einmal auf einen Drink und zum Schach, in der einen oder anderen Wohnung oder auch, was aber seltener vorkam, nur auf einen Drink und zum Plaudern in einer der vielen Bars der Stadt. Smith hatte sich ein oder zwei Jahre später als Gentry in Arles niedergelassen, was für beide überraschend kam. Obwohl sie jahrelang eng zusammengearbeitet hatten, war ihre Vorliebe für die wunderschöne alte Stadt im Norden der Camargue nie zur Sprache gekommen. Smith hatte sie seit seiner Kindheit immer wieder besucht, zuerst mit seinem Vater, der nach dem Zweiten Weltkrieg in Marseille stationiert gewesen war und im Auftrag der Alliierten im Süden Frankreichs Nazis gejagt hatte. Arles war voll davon gewesen, obwohl sich im Nachhinein hartnäckig die Behauptung hielt, es habe keine Kollaboration und nur Résistance gegeben. Gentry hatte sich unabhängig von Smith in die alte Römerstadt verliebt. Als es für ihn an der Zeit war, in den Ruhestand zu treten und den Gespenstern Englands – sowohl den realen als auch den eingebildeten – zu entkommen, bot sich Arles für ihn wie selbstverständlich als Zufluchtsort an. Er hatte erst in späteren Jahren die Stadt für sich entdeckt, fühlte sich aber ebenso stark wie Smith zu ihr hingezogen. Und so hatte er für sein Antiquariat nach einem geräumigen *Hôtel particulier* im Stadtzentrum Ausschau gehalten, an einem so versteckten Ort, dass sich nur wirklich ernsthafte Sammler von Büchern die Mühe machten, ihn aufzusuchen. Er hatte das Richtige gefunden.

Ab und zu hielten die beiden Freunde auch außerhalb der Reihe ein Treffen ab. Dafür gab es dann meist einen bestimmten Grund. Gentrys Anruf fiel darunter, und seine Hoffnung, dass Smith helfen würde, bewahrheitete sich.

Es war schon spät am Nachmittag, als er die Nummer wählte. Am anderen Ende klingelte es etliche Male. Anscheinend saß Smith nicht an seinem Schreibtisch. Womöglich meldete sich gleich der Anrufbeantworter. Den Smith nie abhörte. Wahrscheinlich, glaubte Gentry, hatte Smith nicht einmal versucht, die Funktionsweise von dem Ding zu erlernen. Aber dann nahm er schließlich doch ab.

»Ja?«

»Smith? Gentry.«

Gemäß britischer Privatschultradition nannten sich enge Freunde stets bei ihren Nachnamen, was auch für die beiden ganz selbstverständlich war. Und keiner erkundigte sich nach dem Befinden des jeweils anderen. Die Antwort darauf war klar.

»Hast du einen Moment Zeit? Ich möchte dich um Rat bitten.«

»Soll heißen, um meine Hilfe.«

Gentry lachte. »Ja, recht hast du.«

»Schön. Komm vorbei. In zehn Minuten.«

Gentry lehnte sich zurück und versuchte, seine Gedanken zu ordnen. Es war einer jener fantastisch klaren, sonnigen Tage, die es winters in der Provence häufiger gab, und die Aussicht von seiner Loggia war atemberaubend. Er fasste im Geiste zusammen, was er erfahren hatte, und das war herzlich wenig. Fünf Minuten später machte er sich auf den Weg, passierte das Amphitheater, überquerte den Place de la Major und klopfte an Smiths Haustür.

Arthur, der aus düstersten Winkeln Ostlondons adoptierte große Windhund, begrüßte ihn wie immer überschwänglich. Smith hatte bereits zwei Drinks eingeschenkt, einen Banff Malt für Gentry und einen verschnittenen Scotch aus dem Supermarkt mit Perrier-Wasser für sich selbst. Mit den Gläsern in der Hand setzten sie sich auf eines der beiden verschlissenen, rechtwinklig angeordneten Sofas, während der Hund auf dem anderen Platz nahm. Gentry hielt nicht lange hinterm Berg.

»Ich möchte dich um einen Gefallen bitten.«

Das tat er selten, sehr selten. Und deshalb nahm Smith sein Anliegen ernst.

»Der Enkel eines Freundes von mir wurde vor Kurzem während einer Übung von Spezialkräften getötet. So wurde es jedenfalls seinem Großvater mitgeteilt.«

»Und du zweifelst daran, dass dem so ist?« Smith konnte die Zeichen deutlich lesen.

»Ich bin mir nicht sicher, weiß aber, dass Leute von ziemlich weit oben, Militärs und andere, den Fall untersuchen.«

»Erzähl«, sagte Smith und schenkte nach.

Peter Smith und David Gentry konnten auf eine lange gemeinsame Geschichte zurückblicken, die bis auf ihre Zeit als Studenten zurückging. Gentry war als junger Mann nach einem Universitätsabschluss in Geschichte sofort zum Geheimdienst gegangen und bis zu seiner Pensionierung dort geblieben. Smith hatte eine krummere Laufbahn eingeschlagen: Er war in Amerika und Europa als Dozent für Kunstgeschichte tätig gewesen sowie als Geschäftsmann in verschiedenen Branchen; er hatte eine Familie gegründet und verschiedene andere Unternehmungen in Angriff genommen, wie etwa das eine oder andere Projekt im Auftrag von Gentrys Arbeitgeber, einer Spezialabteilung des britischen Geheimdienstes. Sie hatten viel zusammengearbeitet, der eine übernahm die Planung und überwachte, der andere war im Außeneinsatz tätig. Ihre Freundschaft dauerte an.

Die Geschichte von dem Vorfall bei Beauduc war schnell erzählt. Wie immer berichtete Gentry präzise und ohne Umschweife. Es war ein Briefing wie in alter Zeit; Smith hörte aufmerksam zu und verzichtete auf jeden Kommentar, obwohl ihm sofort einige Leerstellen in dem Vortrag auffielen. Er wusste allerdings, dass sein Freund immer Fragen offenließ, um den Zuhörer neugierig zu machen.

Die zügige Einäscherung war ein klarer Hinweis darauf, dass etwas im Argen lag. Es gab keinen ersichtlichen Grund dafür, was einen bestimmten Verdacht nahelegte, aber Smith wusste seinem Freund nichts anzubieten, was der nicht längst selbst in Betracht gezogen hatte. Gentry war der stille Ermittler, und zwar mehr als alles andere. Er verfügte über zahllose Kontakte weit über die Region hinaus und war sehr wohl in der Lage, Spuren aufzunehmen. In dieser Beziehung war er auf Smiths eher praktischen und manchmal auch handgreiflichen Ansatz nicht angewiesen.

Die Antwort auf die Frage, die im Raum stand, lag offenbar in dem, was Gentry unerwähnt gelassen hatte, und Smith wusste, dass von ihm nun erwartet wurde, gezielt nachzuhaken.

»Okay, und wofür brauchst du mich?«

Auf den Busch zu klopfen hatte keinen Zweck. Und von seiner Sympathie für den Freund abgesehen, konnte sich Smith für den Fall nicht recht begeistern. Noch nicht.

»Von einem Freund aus dem Élysée-Palast weiß ich, dass man sich an höchster Stelle brennend für die Sache interessiert, und damit ist nicht der Wald-und-Wiesen-Übungsunfall gemeint.«

Dass Gentry auch einen Kontakt im Amtssitz des Präsidenten hatte, überraschte Smith nicht im Geringsten. Für seinen früheren Arbeitgeber, den unpassend, aber bequemerweise sogenannten britischen Geheimdienst, war Gentry gerade deshalb so wertvoll gewesen, weil er still und heimlich Quellen anzugraben und zu vernetzen vermochte.

»Es wurde ein Ausschuss aus vier Spitzenbeamten der Polizei und einem hochrangigen Geheimdienstler gegründet, die Ermittlungen aufnehmen sollen. Den Vorsitz führt eine vom Präsidenten höchstpersönlich bestellte Frau.«

Smith ließ sich auf Gentrys Spielchen wieder einmal gern ein. »Und?«

Klar, dass es ein »Und« gab.

»Sie ist eine alte Freundin von dir. Suzanne Blanchard.«

Smith ließ die Information auf sich wirken. »Ah«, sagte er schließlich leise. »Ich verstehe.« Wieder blieb es eine Weile still, ziemlich lange sogar, denn Smith machte im

Geiste eine Bestandsaufnahme. »Und was genau wünschst du dir von mir?«

»Nun, offen gesagt, in Anbetracht der Tatsache, dass du eine Menge Beweise gegen sie in der Hand hältst, die zwar nicht ausreichen, um sie vor Gericht zu stellen, sie aber immerhin direkt in Verbindung bringen mit der rituellen Kastration und dem Mord an ihrem verblichenen Gatten ...« Gentry machte eine Pause und betrachtete seinen alten Freund. »Ich dachte, es könnte dir gefallen, sie zu fragen, was am Strand von Beauduc tatsächlich passiert ist.«

»Hum«, sagte Smith und griff wieder zur Flasche.

4. Eine wiederaufgefrischte Bekanntschaft

Arles war wie ausgestorben. Die kurzzeitige Belebung über Weihnachten und den Jahreswechsel, ohnehin eher bescheiden, war verebbt, und der Januar ging unauffällig in den Februar über. Ein richtiger Winter wird in diesem Teil der Provence niemals so richtig heimisch. Manchmal hängt der Himmel voller Regenwolken, und natürlich fällt hin und wieder dieser seltsame Wind, der Mistral, aus dem Norden ein. Wenn nachts die Temperaturen unter den Gefrierpunkt sinken und sich auf den Pfützen eine Eisschicht bildet, scheint es in den Straßen keinen anderen Gesprächsstoff mehr zu geben. Dann wundert man sich allenthalben über dieses seltene Phänomen, selbst wenn das Eis längst geschmolzen ist und die Sonne wieder scheint. Sehr, sehr selten schneit es auch einmal. Der Seltenheitswert eines zehnminütigen Schneeschauers ist etwa fünfzigmal so hoch wie der einer Frostnacht. Die Menschen verbringen ihre Tage in der nächsten Boulangerie, wo man sich wortreich über die Unwägbarkeiten des Wetters unterhält. Dieses Thema schlägt selbst die übliche Nummer eins, die Gesundheitsproblematik. Es wäre ein Fehler, die Begrüßungsformel »*Comment allez-vous?*« als bloße Konvention der Anrede abzutun. Wer diese Frage stellt, riskiert eine

Antwort in enzyklopädischer Ausführlichkeit, belegt mit Attesten hinsichtlich Blutdruck, Cholesterinspiegel und anderen messbaren Körperfunktionen, die praktischerweise auf dem Smartphone jederzeit abrufbar sind. In Frankreich gibt es mehr Bäckereien als Ärzte und Apotheken, und das hat seinen guten Grund.

An diesem besonderen Morgen war es kalt, und die Frühaufsteher, denen Smith begegnete – er führte wie immer pünktlich um sieben Arthur aus –, tanzten vorsichtig und mit eingerollten Regenschirmen um gefrorene Pfützen herum. Es wehte ein Wind; er war zwar kein Mistral, aber auf dem besten Weg dahin. Wer stehen blieb, einen Moment lang von seinem subjektiven Unwohlsein absehen konnte und den Blick schweifen ließ, wurde entschädigt. In der klaren Luft reichte der Blick über die Alpillen im Nordosten bis zum Mont Ventoux. Atemberaubend, denn selbst im Winter waren solche Aussichten einfach Luxus.

Gentrys Bitte hatte Smith in Unruhe versetzt, wenn auch in angenehmer Weise. Suzanne Blanchard war ihm, Smith, schon einmal über den Weg gelaufen, weshalb Gentry ihn zu Hilfe gerufen hatte. Vor gut einem Jahr war Smith dahintergekommen, dass sie nach aller Wahrscheinlichkeit ihren pädophilen Ehemann hatte töten lassen. Stichhaltige Beweise dafür besaß er zwar nicht, aber davon hatte die elegante Madame Blanchard keine Ahnung. Schuldgefühle können die meisten Menschen zum Narren halten, und Madame war gewiss keine Ausnahme. Gentry hatte recht. Ihre Verwicklung in den Mordfall öffnete ihm die Tür zu Ermittlungen in der aktuellen Sache, auch wenn es inzwischen so schien, als wäre sie von ihrem Job bei Europol auf einen noch viel höheren, exotischeren Posten befördert worden. Smith empfand ein vages Unbehagen. Er pflegte seine Einsamkeit und hielt sich möglichst bedeckt. Sein Ruhestand war ihm schon jetzt viel zu ereignisreich, wenngleich ihn eine gewisse Madame Aubanet, die Hauptursache für seine in jüngster Zeit etwas unwillkommene Sichtbarkeit, mehr als schadlos hielt. Nun aber die Klingen zu kreuzen mit einer ehrgeizigen Frau, die ihm alles andere als sympathisch war (was wohl auf Gegenseitigkeit beruhte) und die im Dienst des Präsidialamtes in einer Sache der nationalen Sicherheit Ermittlungen leitete, war ganz und gar nicht nach seinem Geschmack. Sie musste über sehr mächtige Freunde verfügen und war in einem Biotop zu Hause, um das Smith einen weiten Bogen machte. Aber Gentry hatte ihn um Hilfe gebeten, und das war Grund genug, aus der Deckung zu gehen. Er schuldete ihm so einiges, nicht zuletzt sein Leben, auch wenn sich die Schuldenberge auf beiden Seiten türmten und in ihrer gemeinsamen Vergangenheit entstanden waren. Smith seufzte, dachte einen Moment lang nach, fasste sich schließlich ein Herz und sprang ins kalte Wasser.

Als Erstes wollte er ein bisschen im Trüben fischen. In Anbetracht ihres vermutlich schlechten Gewissens würde Madame Blanchard mehr als überrascht sein, wenn er sich plötzlich bei ihr meldete. Nach den Vorkommnissen im vergangenen Jahr hatte sie mehrfach versucht, telefonisch Kontakt mit ihm aufzunehmen; wahrscheinlich wollte sie herausfinden, ob und inwieweit ihr Smith auf die Schliche gekommen war. Er hatte nie zurückgerufen. Nein, er mochte diese schlanke, aufgedrehte Frau nicht besonders, zumal sie in seinen Augen gegen ihre Cousine Martine deutlich abfiel, auf deren Bitte hin er sich überhaupt mit dem Fall befasst hatte. Martine und er waren sich im Laufe seiner Ermittlungen nähergekommen und hatten Freundschaft geschlossen. Im Vergleich zu ihr war Suzanne Blanchard eine völlig andere *paire de manches*. Smith traute ihr so weit über den Weg, wie er sie mitsamt ihrem eleganten Hintern werfen konnte, und obwohl das durchaus weiter sein mochte, als sie vermutete, war es nicht weit genug.

Nachdem er seinen üblichen Becher Espresso gemacht und sich vergewissert hatte, dass Arthur mit Hundekeksen und frischem Wasser versorgt war, ging er in sein Arbeitszimmer im Obergeschoss seines kleinen Hauses, das gleich neben dem Amphitheater von Arles lag. Der Hund sträubte sich generell, die glatten Steinstufen hinaufzusteigen, und zog es vor, auf der schattigen Terrasse vor der Küchentür zu liegen und auf Katzen zu warten, denen er nachjagen konnte. Er war ein Experte darin, Plagegeister in ihre Schranken zu weisen, wie auch Smith auf seine Art. Es war noch dunkel draußen und in seinem Arbeitszimmer ungemütlich kalt. Er schaltete seinen PC ein und ertrug geduldig das zum Teil völlig unnötig lange Hochfahren, das alle Nutzer des von Herrn Gates ausgeheckten Betriebssystems zähneknirschend über sich ergehen lassen müssen. Als es endlich so weit war, warf er einen Blick auf seine Outlook-Kontakte. Er hatte tatsächlich eine Mobilfunknummer von ihr gespeichert.

Es war inzwischen acht Uhr am Morgen, eine gute Zeit, um jemanden auf dem falschen Fuß zu erwischen. Bei ihr hatte er allerdings das Gefühl, dass sie, wann immer man sie anrief, hellwach und perfekt frisiert an ihrem Schreibtisch sitzen würde.

»Madame Blanchard. Guten Morgen, Peter Smith hier.«

»Monsieur Smith. Wie schön, von Ihnen zu hören. Wie geht es Ihnen?«

Respekt, dachte er, wie schnell sie sich erholte. Aber nicht schnell genug. Die Schrecksekunde war geradezu greifbar gewesen. Trotzdem, ihre Reaktion hätte einem Grand-Prix-Rennfahrer alle Ehre gemacht, der sich bei Tempo zweihundert plötzlich auf dem Seitenstreifen wiederfand. »Gut. Und Ihnen, Madame?«

»Auch gut. Was verschafft mir das Vergnügen Ihres Anrufes?«

Dass sie mit Nettigkeiten noch weniger am Hut zu haben schien als er, stimmte Smith freundlich. »Nun, Madame, ich würde mich gern mit Ihnen treffen und plaudern. Möglichst bald. Wäre das einzurichten?«

Ihre Antwort verblüffte und freute ihn zugleich. Als jemand, der Verhöre zu führen verstand, hatte er den Eindruck, bei eigenem Aufschlag auf Thirty-Love erhöht zu haben.

»Woher wissen Sie, dass ich in Arles bin? Ich bin erst vor ein, zwei Stunden angekommen.«

Er wusste es natürlich nicht. Sie nahm nur etwas Falsches an, wie so viele, die vergessen, dass sie ein Mobilfunkgerät benutzen. Smith genoss es, ein sanftes »Ahhh« durchs Netz zu hauchen. Nicht mehr. Und wieder war an der Art, wie schnell sie sich erholte, nichts auszusetzen.

»Ich würde mich gern mit Ihnen unterhalten, Madame. Unter vier Augen.«

Ihr Zögern war hörbar. »Wann immer Sie möchten. Ich bin zu Hause.«

Smith erinnerte sich an das hübsche kleine Haus am Boulevard Haussmann, in dem sie mit ihrem Mann gewohnt hatte.

»Vielleicht essen Sie heute mit mir zu Mittag«, fügte sie hinzu.

Smith spürte, wie sehr sie hoffte, dass er die Einladung ausschlug und stattdessen ein Treffen an einem neutraleren Ort zu einer späteren Tageszeit in Aussicht stellte, was ihr mehr Zeit geben würde, sich darauf einzustellen und vorzubereiten.

»Es wäre mir ein Vergnügen, Madame.«

Die Schrecksekunde war diesmal nicht mehr messbar, und niemand hätte ihr eine Enttäuschung angemerkt. Im Allgemeinen nimmt kaum jemand zur Kenntnis, dass Kommunikation zu achtzig Prozent nonverbal abläuft und selbst bei einem Telefongespräch sehr viel mehr herauszuhören ist aus dem, was nicht gesprochen wird, als aus dem tatsächlich Gesagten.

»Also um eins, Peter.«

»Ich freue mich darauf, Suzanne.«

Ihre Verwendung seines Vornamens hatte einen sarkastischen Anklang. Dass er sie mit Suzanne anredete, war nichts als eine boshafte Replik.

Glück gehabt, dachte er, als er das Handy weglegte.

Er hatte wahrhaftig nicht damit gerechnet, dass es so leicht sein würde, sich mit ihr zu treffen, und erst recht nicht, dass sie sich in Arles aufhielt und nun gar glaubte, er habe das gewusst. Sein Bluff brachte ihn allerdings nun selbst in Zeitnot. Er musste sich auf die Schnelle etwas einfallen lassen, womit er sich auf dünnes Eis begab. Die Metapher erschien ihm jahreszeitgemäß.

Gentry hatte ihm nur ein paar dürftige Auskünfte mitgeben können. Was an sich ungewöhnlich war. Normalerweise war er derjenige, der sich zunächst eine Fülle von Informationen verschaffte und sich damit abfinden musste, dass er, Smith, aufs Geratewohl improvisierte. Jetzt schien es, dass es sich andersherum verhielt und Smith die Führung zu übernehmen hatte. Im Fall seines Freundes Marcel hatte Gentry ausnahmsweise einmal einem Impuls nachgegeben, was die Sache umso schwieriger machte. Denn waren die Dinge erst einmal ins Rollen gekommen, trat er in den Hintergrund zurück und überließ Smith das Feld. Sich mit Problemen herumzuschlagen und in brenzligen Situationen spontan die richtige Entscheidung zu treffen, war Smiths Stärke, was sich beispielsweise am Schachbrett als Vorteil erwiesen hatte. Je unverschämter sein Zug, desto schneller war Gentry mit seinem Latein am Ende. Er hielt seinen Freund für unbekümmert und waghalsig, verkannte dabei aber, dass Smiths Erfolge – sowohl im Schach als auch in ihren gemeinsamen und mitunter unorthodoxen Unternehmungen – vor allem auf ein gerütteltes Maß an Erfahrung zurückzuführen waren und nicht etwa auf das Glück des Dummen (wie Gentry vielleicht glauben mochte). Gentrys Domäne war die Wissenschaft, und Smith hatte es noch nicht über sich gebracht, dem Freund beizubringen, dass es nicht reichte, genug zu wissen. Apollinisches und Dionysisches passten wunderbar zusammen, wenn das Verhältnis stimmte – etwa so wie bei einer

Gewürzmischung für eine Suppe. Smith wusste, wie, Gentry nicht. Vielleicht erklärte es das Geheimnis ihrer langen Beziehung: Gentry war zwar wichtig für Smith, aber Smith war für Gentry unentbehrlich.

Er musste irgendwie dafür sorgen, dass Gentry wieder auf seinem gewohnten Posten und auf die Sache fokussiert war. Denn so viel stand für ihn fest: Falls es in dem anstehenden Fall zu Problemen kommen sollte, brauchte er seinen Freund als Informationsquelle und Strippenzieher im Hintergrund.

Smith überlegte kurz und entschied, Gentry von dem geplanten Treffen mit Suzanne nichts zu sagen. Er würde sich moralisch verpflichtet fühlen, ihn zu briefen. Da aber ihr Rendezvous in weniger als drei Stunden stattfinden sollte, würde Gentry in der Kürze der Zeit keinen guten Job mehr machen können, und er wäre zu Recht sauer. Nein, Smith musste aus dem Stegreif vorgehen. Also rekapitulierte er noch einmal die dürftigen Informationen, die ihm vorlagen.

Der junge Mann am Strand von Beauduc war nach offizieller Lesart auf tragische Weise verunglückt. Möglich, durchaus. Beim Militär oder bei der Polizei gab es Unfälle in aller Regelmäßigkeit. In Frankreich, wo die Grenzen zwischen beiden Diensten gewissermaßen fließend waren, standen die Chancen, dass ein unzureichend qualifizierter junger Mann von einer Situation überfordert wurde, relativ hoch. Die Einäscherung war an sich auch nicht besonders ungewöhnlich, allerdings das zügige Prozedere. Was zudem aufmerken ließ, war die Beteiligung einer Senkrechtstarterin wie Madame Blanchard an den Ermittlungen.

Normalerweise kümmerte sich das Militär um seine Angelegenheiten selbst. Als er mit Madame das letzte Mal zu tun
gehabt hatte, war sie eine hochrangige Beamtin bei Europol gewesen, der europäischen Polizeibehörde mit Sitz in
Den Haag. Jetzt arbeitete sie anscheinend für die französische Regierung. Dass ausgerechnet sie mit Nachforschungen betraut worden war, hatte einen faulen Beigeschmack.
Ein Unfall bei einer Routineübung lag doch wohl kaum
in ihrem Ressort. Smith nahm sich vor, genau an diesem
Punkt anzusetzen.

Allerdings schien es geboten, sie in dieser frühen Phase
nicht allzu sehr in Verlegenheit zu bringen. Sie würde sich
wahrscheinlich bedeckt halten und auf keinen Fall ermitt-
lungsrelevante Informationen preisgeben. Obwohl er einiges gegen sie in der Hand hatte, empfahl es sich, Zurückhaltung zu üben. Sie wurde von höchster Stelle gedeckt
und konnte ihm womöglich das Leben schwer machen,
wenn er ihr zu fest auf die Füße trat. Also das Ganze besser
sachte angehen lassen.

Sie hatte sich nicht verändert. Schlank, mittelgroß,
schick herausgeputzt. Die dunkelbraunen Haare waren im
Nacken gerade geschnitten. Sie trug kleine Perlenstecker
in den Ohrläppchen und ein einfaches Goldband um den
Hals. Die Farbe der eleganten Leinenhose war in Smiths
Kindertagen *Eau de Nil* genannt worden und schien eigentlich gar nicht mehr existent zu sein. Guccis mit kleinen Ab-
sätzen. Smith bemängelte im Stillen, dass sie von ihrem
verstorbenen Mann offenbar die Neigung zu italienischen
Lederquasten übernommen hatte. Eine hinreißend baro-
cke Seidenbluse von Lacroix steckte in einem breiten Gür-

tel, der um ein Loch enger geschnallt war als nötig, wenn nicht mit Absicht eine Taille zur Geltung gebracht werden sollte, die Smith mit beiden Händen hätte umfassen können (nicht dass er das versucht haben wollte). Eine Leerstelle in der Knopfleiste mehr wäre streng genommen unschicklich gewesen; so gab der Ausschnitt einen Blick auf das Dekolleté frei, an dem die raffinierte Corsage wahrscheinlich einen größeren Anteil hatte als der Schöpfer. Smith musste zugeben, dass sie ungemein attraktiv war, auf jene Art, die vielen französischen Frauen eigen ist: schlank und ein wenig schartig. Er hatte den Eindruck, dass sie nackt enttäuschen würde. So wie er.

Sie zog die Tür weit auf und streckte ihre Hand aus.

Ihr Lächeln war so dünn wie sie selbst.

»Peter, was für eine Überraschung!«

Ihr Händedruck war fest, aber korrekt. Immerhin, dachte er, versuchte sie gar nicht erst, so zu tun, als sei er ihr willkommen. Das beruhigte ihn irgendwie, und er nahm sich seinerseits vor, ebenfalls auf heuchlerisches Gebaren zu verzichten.

»Nett von Ihnen, dass Sie sich Zeit für mich genommen haben. Hoffentlich komme ich nicht allzu ungelegen.«

Sie lächelte über seine Verwendung des Wortes »allzu«. Keine Frage, er kam nicht nur ungelegen, sondern war auch unerwünscht. Aber mit dem Handwerkszeug einer praktizierenden Politikerin ausgestattet, hatte sie sich wahrscheinlich vorgenommen, das Beste daraus zu machen.

»Zu essen habe ich leider nur, was im Kühlschrank ist und was meine Haushälterin eingekauft hat, als sie erfuhr, dass ich zurückkehre. Sie müssten mit einem Omelette, Salat und Käse vorliebnehmen. Das wäre auch schon ungefähr alles, was meine Kochkünste hergeben.«

Smith beschloss, galant zu sein – eine Kunst, die ihm als Brite nicht besonders schwerfiel. »Madame, das klingt perfekt. Wie wäre es, wenn ich den Salat zubereite, während Sie das Omelette machen? Dabei könnten wir uns doch schön unterhalten.«

Es war ein kalkuliertes Spiel. Er brauchte Informationen; Informationen, die sie wohl lieber für sich behalten würde. Um dennoch daran zu gelangen, empfahl es sich, die Probleme aus der Vergangenheit ruhen zu lassen. Ihr zu drohen wäre die schlechteste Strategie. Es gab nur wenige Leute, die ihn realistischerweise als charmante Person beschreiben würden. Und die allerwenigsten kannten ihn wirklich. Doch wie die meisten Briten konnte er sich charmant geben, solange nicht von ihm verlangt wurde, sich über Gebühr derart zu verhalten.

Es funktionierte. Diesmal wirkte ihr Lächeln echt, und ihr Argwohn schien von jetzt auf gleich in spöttische Koketterie überzuwechseln. »Ich beginne zu verstehen, was meine Cousine Martine in ihrem Engländer sieht, Monsieur Smith. Ja, ich bin einverstanden.«

Smith folgte ihr in die Küche, die wie der Rest des Hauses modern und geschmackvoll eingerichtet war.

»Im Kühlschrank steht eine Flasche Krug, Monsieur, und in dem Schrank über der Spülmaschine finden Sie die passenden Gläser.«

Smith hatte Mühe, mit dem Stimmungsumschwung Schritt zu halten. War sie vorhin noch reserviert und in der

43

Defensive gewesen, lächelte sie jetzt entspannt und sexy, wie er einräumen musste. Sie zeigte sich von einer Seite, die er an ihr noch nicht kennengelernt hatte. Fast schien es, als flirtete sie mit ihm. Doch plötzlich erinnerte er sich wieder an die postume Entmannung ihres Ex-Gatten. Trotzdem war er eher erfreut als beunruhigt. Und schon hielt er es für durchaus möglich, dass der tragische Tod des jungen Polizisten tatsächlich auf einen Unfall zurückging. So etwas passierte ständig. Wenn es sich tatsächlich um einen Unfall handelte, blieb jedoch fraglich, warum man sie mit der Aufklärung beauftragt hatte. Jetzt galt es für ihn aber erst einmal, seinen Vorteil nicht zu verspielen. Nachdem er den ersten Test seiner neuen Coolness bestanden und die Champagnerflasche geöffnet hatte, ohne mit dem Korken ein Loch in die teure abgehängte Decke zu schießen oder eine der elegant platzierten Leuchten zu zertrümmern, glaubte er, ein bisschen mehr wagen zu können.

»Peter, Madame, bitte.«

»Gern.« Und um ihm weiteres Rätselraten zu ersparen, fügte sie hinzu: »Was Sie für den Salat brauchen, finden Sie im Schrank neben den Gläsern.«

Smith füllte zwei Champagnertulpen. Beide machten sich dann an die Zubereitung des Mittagessens, und schon bald saßen sie sich am Küchentisch gegenüber. Sie hatte die Omelettes noch mit einer geräucherten Forelle verfeinert, während ihm zu seiner Verwunderung eine Dose Senfpulver von British Colman's in die Hände gefallen war, das das seiner Meinung nach weit überschätzte French Dressing halbwegs interessant machte. Dazu gab es zwei Baguettes. Das Essen war einfach, aber vorzüglich, was ihn ein wenig überraschte, obwohl er den Grund dafür nicht hätte benennen können.

Spaß beiseite. Ihm war nicht ganz klar, wie er das ernstere Thema anschneiden sollte. Fast hätte er vorgeschlagen, den Krug zu leeren, noch ein wenig dabei zu plaudern und sich auf ein weiteres Treffen zu verabreden, um wieder bei null anzufangen und einander wieder unsympathisch sein zu können. Doch dann – er hatte sich gerade einen Happen des zugegebenermaßen köstlichen Omelettes in den Mund geschoben – kam ihm eine Idee. Ehrlichkeit. Oder zumindest partielle Ehrlichkeit, wozu er in letzter Zeit gerade noch imstande war.

»Suzanne, ich bin gekommen, um Sie um Hilfe zu bitten.«

Sie schaute ihn über den zunehmend verkrümelten Tisch hinweg an, mit einem Blick, der um einiges wärmer war als die Miene, mit der sie ihn vor einer Dreiviertelstunde begrüßt hatte. Unvoreingenommene Erwartung lag darin.

Er wagte den Sprung. »Vor ein paar Tagen ist ein junger Polizist einer Sondereinheit, ein Mann namens Jean-Claude Carbot, während einer Nachtübung ums Leben gekommen – angeblich in den Alpen, tatsächlich aber am Strand von Beauduc hier in der Camargue. Er stammt aus dieser Gegend. Sein Großvater hat mich gebeten herauszufinden, ob es sich wirklich nur um einen Unfall gehandelt hat. Ich weiß inzwischen, dass Sie von höchster Stelle beauftragt worden sind, die Untersuchungen in dieser Sache zu leiten. Was an sich schon darauf hindeutet, dass mehr als ein bloßer Unfall dahintersteckt.«

45

Ihr Blick wurde streng. Ihr schien klar zu sein, dass ein Dementi keinen Zweck hatte. Sie kannte Smith gut genug und wusste, dass er sie nicht aufgesucht hätte, wenn er nicht im Bilde gewesen wäre. Und sie täuschte sich auch nicht darüber hinweg, dass er der einzige Grund war, warum sie jetzt eine so gehobene Position innehatte, statt in irgendeinem Frauengefängnis zu schmachten. Trotzdem konnte sie es sich nicht verkneifen, ein paar Haken zu schlagen.

»Was würden Sie sagen, Peter, wenn ich behauptete, nicht die geringste Ahnung von dem zu haben, worauf Sie anspielen?«

Statt zu antworten, schenkte Smith neu ein und sagte nichts.

Sie lächelte grimmig. »Dachte ich's mir doch.«

Es entstand eine längere Pause, in der sie sich anscheinend damit abzufinden versuchte, dass sie es nun schon zum zweiten Mal innerhalb eines Jahres mit diesem ärgerlichen Engländer zu tun bekam. Er war sehr viel mehr als ein zufälliger Zaungast und konnte ihr, wie sie ahnte, zum Verhängnis werden. Gleichzeitig schien ihr bewusst zu sein, dass er ihr auszuhelfen vermochte. Er verfügte über ungewöhnliche Fähigkeiten, von denen sie womöglich bei der einen oder anderen Gelegenheit Gebrauch machen konnte.

»Machen Sie mir nichts vor, Suzanne«, begann er jetzt, als hätte er ihre Gedanken gelesen. »Sie wissen, dass ich Ihnen eine Art von Hilfe zukommen lassen kann, die Ihre politischen Freunde zu leisten nicht imstande oder willens sind. Ich fürchte, Sie werden sich nicht einmal auf deren

Kooperation verlassen können. Mein Engagement in dieser Sache mag Ihnen gefallen oder nicht, ich bin jedenfalls mit von der Partie.«

»Warum, Peter? Was haben Sie davon?«

»Ich habe mich einverstanden erklärt, nach Antworten auf die Fragen zu suchen, die der Großvater des toten Jungen stellt.«

»Ist er ein Freund von Ihnen?«

»Nein, aber ich schulde jemandem einen Gefallen.«

»Nur einen Gefallen?«

»Ja, nur einen Gefallen.«

»Wie gesagt, Sie zum Freund zu haben ist bestimmt von großem Vorteil, Monsieur Smith. Und wehe dem, der Sie zum Feind hat. Ich durfte schon von beidem eine Kostprobe nehmen.« Ihr Lächeln hielt nicht lange vor. »Noch einmal: Ich verstehe, was Martine in Ihnen sieht.«

»Madame, auch Sie könnten mich zum Freund haben, selbst wenn noch einiges dagegenzusprechen scheint.«

Sie schaute ihm direkt in die Augen. Beide erinnerten sich an die Schrecken aus der jüngeren Vergangenheit.

»Ja, vielleicht wird mir das irgendwann klar, hoffentlich beizeiten.« Sie schien sich in das Unausweichliche zu fügen, holte tief Luft und packte aus.

»Vor Kurzem erreichte uns von Kontakten aus Algerien die Nachricht, dass ein gewisser Hassan Agreti, einer der Chefstrategen von Al-Qaida, Terroranschläge in Frankreich, Spanien und Italien plant. Zu diesem Zweck sollte er in einem Fischerboot nach Frankreich übersetzen, kurz vor dem Ziel in ein Schlauchboot umsteigen und bei Beauduc an Land gehen. Wir haben über dreißig Männer auf einem insgesamt zehn Kilometer langen Küstenabschnitt postiert. Keiner von ihnen hat etwas gesehen, aber es scheint, dass die drei Männer, die getötet wurden, ziemlich genau die Stelle im Auge gehabt haben müssen, an der das Schlauchboot angelandet ist. Der junge Mann, für den Sie sich interessieren, war einer von ihnen.«

»Er wurde erschossen?«

Sie nickte langsam. »In den Hinterkopf. Mit einem Teilmantelgeschoss Kaliber .45.«

»Die drei Männer haben ihre Killer nicht kommen hören?«

»Wahrscheinlich nicht.«

»Dann werden Sie jetzt nach einer undichten Stelle suchen, nicht wahr?«

»So ungefähr.«

»Und haben dabei mit Abteilungsleitern zu tun, die schleunigst in Deckung zu gehen versuchen.«

»So ungefähr.«

»Gegenüber wem sind Sie rechenschaftspflichtig?«

»Dem Präsidenten.«

»Direkt?«

»Ja.«

Sein lang gezogener Pfiff war für beide gut zu hören, obwohl er ihn gar nicht auszustoßen brauchte.

»Madame Blanchard, ich bin beeindruckt.«

Sie neigte den Kopf ein wenig und ließ dabei Stolz erkennen. »Danke, Monsieur.«

»Mit wem haben Sie es zu tun?«

»Polizei, Gendarmerie, DST und RAID.«

Smith war entsetzt und empfand zum ersten Mal einen

Anflug von Mitleid für sie. »Himmel! Die kommen sich doch ständig ins Gehege. Da kann man ja noch froh sein, dass nur drei Männer dran glauben mussten.«

Smith lehnte sich zurück und dachte nach. Der Präsident. Das setzte nicht nur sie, sondern auch ihn unter Druck. Nur zu gut erinnerte er sich daran, was bei solchen Geschichten alles schieflaufen konnte. Bei einer ähnlichen Aktion hatte er einst Verletzungen davongetragen, deren Narben noch zu sehen waren. Obwohl Gentry das Schlimmste hatte verhindern können, war er für ein paar Nächte in einer somalischen Verhörzelle gelandet. Der Gedanke daran ließ ihn erschauern. Bei dem Versuch, das französische Militär und seine Polizeidienste zu koordinieren, die alle auf ihre Selbstständigkeit pochten, waren Desaster vorprogrammiert.

»Ja, hätte ich von Anfang an ein Mitspracherecht gehabt, wäre das nicht passiert«, stimmte sie ihm zu. »Bei dem ganzen Aufgebot an verschiedenen Diensten wundere ich mich nur, dass Presse und Rundfunk noch nicht Wind davon bekommen haben. Es war ein Fiasko, und es werden noch Köpfe rollen. Ich hätte die Aktion ganz anders organisiert.«

Smith sah eine gewisse Ironie in der Vorstellung, dass auch Madames Kopf buchstäblich ins Rollen hätte geraten können, abgetrennt von Madame Guillotine, wenn Frankreich nicht vor ein paar Jahren die Todesstrafe abgeschafft hätte. Ihr verblichener Gatte mochte ein abscheulicher Päderast gewesen sein, aber das rechtfertigte nach französischem Recht keine Do-it-yourself-Hinrichtung. Schade eigentlich, dachte Smith.

»Sie haben es von Europol weit gebracht, Madame.« Ihm fiel plötzlich etwas ein. »Waren Sie eigentlich schon früher in der Terrorismusbekämpfung tätig?«

»Es tröstet mich, dass zumindest noch ein kleiner Teil meines Lebens kein offenes Buch für Sie ist, Peter. Wie dem auch sei, ich treffe mich heute Nachmittag mit den regionalen Abteilungschefs. Sie sind mir ein paar Erklärungen schuldig.«

»Sie sind gestern aus Paris gekommen. Haben Sie Grund zu der Annahme, dass die Ursachen für das Fiasko hier bei uns aufzudecken sind?«

Sie nickte. »Laut Auskunft meiner persönlichen Kontakte, ja. Wir glauben, dass die undichte Stelle in einer der hiesigen Behörden zu finden ist.«

»Dann werden Sie mit Ihren Ermittlungen keinen Erfolg haben, und das müsste Ihnen klar sein.« Smith seufzte. »Sie wissen, was man in dieser Gegend von der Polizei, dem Militär und von Außenseitern hält. Nicht viel, um es gelinde auszudrücken. Die Leute vor Ort sind Deppen, die einen Terroristen nicht einmal dann erkennen würden, wenn er sich mit einer Anstecknadel als solcher zu erkennen gäbe. Von denen erfahren Sie nichts, selbst wenn sie etwas wüssten, was aber wahrscheinlich nicht der Fall ist. Sie werden Hilfe nötig haben.«

Sie lächelte durchtrieben. »Warum, glauben Sie, war ich so schnell bereit, mich mit Ihnen zu treffen, Peter?«

Dafür, dachte er, kamen mehrere Antworten infrage, darunter einige, die ihr nicht gefallen würden. Offenbar versuchte sie, verlorenen Boden gutzumachen, doch Smith ließ es dabei bewenden.

»Hat dieser Opa Gründe für seinen Verdacht?«, wollte sie wissen.

Smith spürte plötzlich Ärger in sich aufkeimen und fand, dass es nicht schaden würde, wenn er ihn auch zeigte.

»Madame, dieser ›Opa‹, wie Sie ihn geringschätzig bezeichnen, hat für Frankreich gekämpft und wurde im Zweiten Weltkrieg hoch dekoriert. Sein Sohn war später im Algerienkrieg und fiel für sein Vaterland. Beide verdienen höchste Anerkennung für ihre Tapferkeit. Er ist ein Patriot der alten Schule und am Boden zerstört, jetzt, da auch sein Enkel getötet wurde. Ich wäre Ihnen dankbar, wenn Sie ihm den Respekt entgegenbringen, den er verdient, auch wenn Ihnen Ihr unbestreitbar elegantes Hinterteil auf Grundeis geht. Unter den gegebenen Umständen sollte ihm vielleicht die volle Wahrheit erspart bleiben, aber ich werde nicht zulassen, dass er als Unbequemlichkeit abgetan wird.«

Verblüfft und aufrichtig zerknirscht streckte sie die Hand über den kleinen Tisch aus, berührte seinen Arm und zog sie langsam wieder zurück.

»Tut mir leid, Peter. Ich verbringe anscheinend zu viel Zeit in meinem Beruf und habe ein paar grundlegende Regeln der Höflichkeit vergessen. Sie haben natürlich recht. Er ist ein guter Freund von Ihnen, nicht wahr?«

Smith schaute sie an. »Tatsächlich sind wir uns noch nie begegnet, Madame.«

Sie staunte. Dieser Engländer überraschte sie doch immer wieder.

Smith half ihr aus der Verlegenheit. »Entschuldigung angenommen, Suzanne.«

Er goss ihnen den restlichen Champagner ein und nahm sich ein Stück Käse. Champagner, und war er noch so gut, zählte nicht zu seinen Lieblingsgetränken. Der billigere Crémant passte erstens besser zu seinem Budget und schmeckte zweitens nicht nach Lackentferner. Mit einem Stück Käse ließ er sich aber auch den Edelschampus gefallen. Smith fand, dass es an der Zeit war, ihr etwas entgegenzukommen.

»Ihre Leute werden einiges getan haben, um die Operation bei Beauduc geheim zu halten, mussten aber letztlich scheitern, weil zu viele Dienste involviert waren. Die drei Männer waren schon in dem Moment verloren, als sie für den Einsatz eingeteilt wurden.«

Sie seufzte. »Ich fürchte, Sie haben recht.«

»Der ganzen Camargue dürfte inzwischen bekannt sein, dass da am Strand etwas Schlimmes passiert ist. So etwas bleibt den Einheimischen nicht verborgen. Ich vermute, dass deshalb der alte Mann die offizielle Version vom Ableben seines Enkels anzweifelt. Wahrscheinlich hat er etwas gehört. Wenn Ihre arabischen Mittelsmänner die Operation gründlich vorbereitet haben, wovon ich ausgehe, werden sie die Gegebenheiten vor Ort ausgelotet haben. Ich halte es darum für sehr wahrscheinlich, dass sie fremde Hilfe hatten. Sind Sie deshalb nach Arles gekommen?«

»Ja. Allerdings mache ich mir keine falschen Hoffnungen, denn wie Sie bestimmt wissen, bin ich in der Camargue nicht gern gesehen.«

Es blieb eine Weile still am Tisch. Smith wusste tatsächlich Bescheid. Nahe Angehörige von ihr waren während des Zweiten Weltkriegs als Kollaborateure gebrandmarkt worden, und nur ein Teil ihrer Familie war im Widerstand gewesen. Durch die Verwandtschaft ging ein entsprechend tiefer Riss, und die Feindschaft zwischen beiden Seiten hatte sich noch verschärft, als es kurz nach der Befreiung 1944 zu einem Brudermord kam. Auch für ihren Onkel Emile Aubanet, Martines Vater, war diese Feindschaft noch nicht beigelegt. Natürlich nicht, hatte er doch vor all den Jahren den tödlichen Schuss abgefeuert.

»Für wen arbeiten Sie, Peter?«, unterbrach sie seine Gedanken.

»Wie meinen Sie das?«, entgegnete er verwundert.

»Nun, Sie können sich vielleicht vorstellen, dass ich durchaus in der Lage bin, Erkundigungen über jede x-beliebige Person einzuholen, wenn mir danach ist. Offen gestanden habe ich mich nach unserer ersten Begegnung auch über Sie zu informieren versucht, unter der Hand, versteht sich. Aber obwohl ich sehr kenntnisreiche und gut vernetzte Freunde sowohl in Frankreich als auch in England auf Sie angesetzt habe, konnte ich bislang so gut wie nichts über Sie in Erfahrung bringen. Der Mann, den ich als Peter Smith kenne und der zweifellos existiert, scheint einfach keine Geschichte zu haben.«

Smith begnügte sich damit, eine einzelne Augenbraue unbekümmert hochzuziehen, was er eigentlich nicht recht konnte, und er war sich bewusst, dass er dabei aussah, als leide er unter einer kleinen Gesichtslähmung. Jedenfalls gefiel es ihm, dass ein Großteil seiner Vergangenheit verborgen blieb, unwiderruflich abgelegt an einem Ort, zu dem sein ehemaliger Arbeitgeber niemandem Zugang gewährte. Und wenn sie seine Geheimnisse nicht zu lüften vermochte, würde das wahrscheinlich niemand können. Er hatte Gentry wirklich viel zu verdanken.

»Seien Sie versichert, Madame, ich arbeite für niemanden. Nach einem durchweg unauffälligen Berufsleben als Lehrer und Unternehmer bin ich in den Ruhestand getreten. Ich bin zweimal geschieden, habe zwei Töchter, einen Windhund, ein kleines Haus in der Nähe der Arena und eine bescheidene Rente.«

»Quatsch.«

Dieses Wort klang seltsam aus dem Mund einer so edlen Dame.

»Wie haben Sie es bloß geschafft, Omelettes zu backen, ohne Ihre schöne Hose zu bekleckern?«, lenkte er ab.

Sie ging darauf nicht ein. »Mir ist zu Ohren gekommen, dass Sie nach einem Opernbesuch mit Martine in Marseille in eine ziemlich unschöne Situation geraten sind. Mit welcher Kaltschnäuzigkeit Sie darauf reagiert haben, scheint mir zu einem pensionierten Lehrer nicht recht zu passen.«

Vier Kugeln, zwei Tote, erinnerte er sich nicht unzufrieden. Zweimal zwei gezielte Schüsse. Er hielt es für besser zu schweigen, aber ein inneres Stirnrunzeln schien sein Gesicht zu erreichen, denn sie fügte schnell hinzu:

»Das wurde mir von Kontakten in Marseille zugetragen, nicht von Martine.«

Er betrachtete sie, sagte aber nichts. Das Gespräch wurde für seinen Geschmack zu persönlich. Auf Dauer zu schweigen verbot sich allerdings, obwohl er früher schon unter erheblich größerem Druck über längere Zeit keinen Mucks von sich gegeben hatte. Die seltsame Frau gefiel ihm zunehmend. Dass er sich über Suzanne Blanchard und seine anfänglichen Ressentiments ihr gegenüber zum ersten Mal Gedanken gemacht hatte, war nach dem besagten Abenteuer gewesen, das ihn mit der Familie Aubanet in Kontakt gebracht hatte. Wenn sie es tatsächlich gewesen war, die ihren Mann auf so dramatische Weise umgebracht hatte, wäre er im Rahmen seiner ziemlich unorthodoxen Moralvorstellungen durchaus bereit, sie dazu zu beglückwünschen. Er würde es selbst getan haben, wenn er Gelegenheit dazu gehabt hätte, wenngleich wahrscheinlich auf weniger provenzalische Art. Auch Martine mochte sie trotz der Familienfehde, und das bedeutete für ihn eine Menge. Also versuchte er jetzt, sie direkt anzufliegen.

»Sie wollen meine Hilfe?«

Sie verzog keine Miene. Sie riskierte ihren Traumjob, wenn sie sich ihm, dem geheimnisvollen Engländer, anvertraute, über den sie keinerlei Kontrolle hatte. Wahrscheinlich verstieß sie gegen etliche Regeln der nationalen Sicherheitspolitik. Aber dass sie ihm ihre Freiheit und möglicherweise auch ihr Leben verdankte, musste wohl einiges aufwiegen. Sie holte tief Luft.

»Ich glaube ja, Peter.«

»Nicht dass wir uns missverstehen: Ich habe nicht gefragt, ob Sie meine Hilfe brauchen, sondern *wollen*. Das ist etwas anderes.«

Sie schien ein wenig verunsichert und ruderte zurück. »Unter gewissen Bedingungen, Peter.«

»Die akzeptiere ich nicht, Suzanne.«

Sie seufzte. »Verstehe.«

»Worauf sind Sie aus? Haben Sie den Auftrag herauszufinden, was schiefgelaufen und wer dafür verantwortlich ist? Oder müssen Sie Terroranschläge vereiteln?«

»Ersteres. Ich soll in Erfahrung bringen, ob, und falls ja, wo es eine undichte Stelle gibt.«

»Weiter nichts?«

»Nein. Um alles Weitere kümmern sich andere.«

»Gott sei Dank. Ich bin nämlich ein bisschen zu alt für die Jagd auf Terroristen. Aber wenn ich helfen kann – gern.«

»Warum eigentlich?«

Smith dachte kurz nach und gestand sich ein, dass die Frage schwieriger zu beantworten war als angenommen.

»Im Krieg sterben jede Menge Soldaten. Das ist nicht schön – erst recht nicht in Konflikten, wie sie heutzutage ausgetragen werden. Aber es ist normal. Dafür werden sie schließlich bezahlt. Soldaten rechnen damit, getötet zu werden. Aber dran glauben zu müssen, weil man verraten wurde, von jemandem, dem man vertraut hat, ist etwas anderes, völlig anderes. Der junge Mann wurde ermordet. Er starb nicht im Dienst an seinem Land. Auch von einer Exekution kann nicht die Rede sein. Er wurde ermordet. Das ist für mich entscheidend. Aber das wissen Sie ja bereits.«

»Wenn bislang noch nicht ganz, dann jetzt. Sie scheinen aus Erfahrung zu sprechen, Peter.«

Er sortierte seine Gedanken. Konnte man ohne Vertrauen leben? Vielleicht war es an der Zeit, eine endgültige Antwort darauf zu finden. Er schaute ihr in die Augen.

»Ja, so ist es. Und mehr will ich dazu nicht sagen.«

Ihr Blick hielt seinem stand. »Sei's drum. Sie glauben also, dass die drei Männer verraten wurden. Haben Sie Anhaltspunkte dafür?«

»Noch nicht, aber ich kenne mich in diesem Metier gut genug aus, um Verrat zu wittern, wenn er in der Luft hängt«, antwortete Smith. »Die falsche Mitteilung an den Großvater, die schnelle Einäscherung der Leiche, Ihre Berufung. Die drei jungen Männer waren bestens ausgebildet, und das werden auch die gewesen sein, die ihnen von hinten eine Kugel in den Kopf gejagt haben. Für mich sieht das sehr nach Komplott aus. Und dass Sie beauftragt wurden, Aufklärung zu leisten, kann nur heißen, dass jemand an sehr hoher Stelle Bescheid weiß. Sie sollen den oder die Verräter stellen oder aber Informationen beibringen, die dazu angetan sind, die ganze Sache zu verschleiern.«

Sie verzog das Gesicht, vielleicht weil sie an die Schnellwahltaste ihres Smartphones dachte.

Plötzlich drängte es ihn aufzubrechen. Länger zu bleiben würde zu nichts führen, obwohl er ihre Gesellschaft angenehmer fand als zulässig. Die Mischung aus Geplänkel und ernsthaften Themen verunsicherte ihn zunehmend. Er stand auf.

»Danke für die Einladung, Suzanne. Es war mir ein Vergnügen, mit Ihnen zu Mittag zu essen.«

Sie streckte die Hand aus und berührte seinen Arm. »Ich bin froh, Sie diesmal auf meiner Seite zu wissen.«

»Sie haben doch wohl nicht vergessen, dass ich das auch im vergangenen Jahr war. Vielleicht hat es sich damals für Sie nur anders angefühlt. Viel Erfolg für Ihr Treffen heute Nachmittag. Ich fürchte allerdings, Sie werden nicht viel in Erfahrung bringen. Die jeweiligen Behördenchefs haben sich inzwischen bestimmt ein paar Dinge zurechtgelegt. Halten Sie mich auf dem Laufenden.«

Er beugte sich ein wenig vor, um zur Anwendung zu bringen, was er als Engländer über die in der Provence übliche Form der Begrüßung und Verabschiedung gelernt hatte: drei Küsschen verteilt auf zwei Wangen. Er wusste nie, auf welcher Seite er anfangen sollte. In Anbetracht der Geringfügigkeit einer solchen Geste hielt er sie eigentlich für überflüssig. Trotzdem neigte er den Kopf und spürte plötzlich, wie sich ihre Hand auf eine Stelle legte, die in vornehmer Gesellschaft als verlängerter Rücken bezeichnet wurde. Er war sich nicht ganz sicher, hätte aber schwören können, dass sich ein weiterer Knopf ihrer Bluse geöffnet hatte. Im allerletzten Moment drückte sie ihm einen flüchtigen Kuss auf die Lippen. Leicht verwirrt suchte er das Weite. Auf der Straße aber musste er sich noch einmal umdrehen, weil sie ihm nachrief. Sie stand in der Tür, hatte eine übertriebene Kontrapost-Haltung angenommen, eine Hand auf die Hüfte gestützt und grinste breit.

»Finden Sie mein Hinterteil wirklich so elegant, Monsieur?«

»Ja, Madame, und wie.«

»Eleganter als Martines?«

Er wandte sich ab und hörte ihr Kichern noch bis zum Ende der Straße. Erst als er wieder zu Hause war und die Tür hinter sich schloss, griff er in seine Jackentasche und zog einen kleinen zusammengefalteten Zettel daraus hervor. Darin steckte ein Schlüssel, und in einer Notiz hieß es: *Das Treffen beginnt um 16:30 Uhr. Seien Sie vorsichtig. Sie werden nicht allein sein.* Der Hinweis hielt ihn von weiteren Fragen ab. Er warf einen Blick auf seine Uhr. Es war halb drei. Sie erwartete ihn also um kurz nach vier.

5. Gesprächsrunden und Gedankenspiele

Es herrschte eine angespannte, feindselige Atmosphäre, als die Chefs in Suzanne Blanchards elegantem, aber sehr minimalistisch eingerichtetem Esszimmer zusammenkamen. Tische und Stühle von Matteo Thun. Gemälde aus der hochklassigen Sammlung moderner Kunst, die ihr der verstorbene Ehemann hinterlassen hatte. Die vier Herren waren gekleidet wie bei ihrem vorangegangenen Treffen – zwei trugen Uniform, die anderen beiden Anzüge. Madame hatte sich für ein dunkelgraues Nadelstreifenkostüm mit einem Rock entschieden, der bis zu den Knien reichte. Eine weiße Bluse und sehr hohe Stilettos. Vor ihr auf dem Tisch lag wieder nur das Smartphone, nicht nur als symbolisches, sondern auch als praktisches Accessoire.

»Meine Herren. Danke, dass Sie gekommen sind. Bevor wir anfangen, möchte ich betonen, dass unser Gespräch nicht dokumentiert wird. Verzichten Sie also auf Notizen, und sollten Sie Aufnahmegeräte in Ihren Taschen oder Aktenkoffern haben, schalten Sie diese jetzt bitte aus. Zu Ihrer Beruhigung: Der Raum ist nicht verkabelt. Im Übrigen bin ich nicht interessiert an vorbereiteten Statements; packen Sie sie bitte weg.«

Begleitet von verhaltenen Missfallensäußerungen und

raschelndem Papier, verschwanden Schreibblöcke, Akten und sonstige Unterlagen vom Tisch zurück in ihre Aktenkoffer. Madame wartete geduldig darauf, dass wieder Ruhe einkehrte, während Roger Gallion, der Kommandant der RAID, offenbar zufrieden ein leicht amüsiertes Lächeln aufsetzte. Er hatte in weiser Voraussicht nichts vorbereitet.

Wieder war es der Gendarm Claude Messailles, der Widerspruch anmeldete. »Und wer garantiert uns, Madame, dass Sie diese Sitzung nicht doch heimlich aufzeichnen?«

»Niemand, Colonel. Fangen wir an. Ich möchte möglichst schnell fertig sein. Bitte keine langen Erklärungs- oder Entschuldigungsversuche betreffs der Vorfälle bei Beauduc. Und ich will auch keine wechselseitigen Schuldzuweisungen hören. Ich habe lediglich drei Fragen und bitte um knappe Antworten. Erstens: Ist die undichte Stelle identifiziert? Zweitens: Wissen Sie, wer geschossen beziehungsweise den Auftrag dazu erteilt hat? Drittens: Wissen Sie, um welchen Terroristen es sich handelt, der bei Beauduc an Land gegangen ist?« Sie schaute in die Runde. »Vielleicht versuchen wir es für den Anfang mit einem einfachen Ja oder Nein auf die jeweilige Frage.«

Keine Antwort.

Sie wandte sich an den RAID-Chef. »Die getöteten Männer gehörten zu Ihrer Truppe, Gallion. Ich bitte um Ihre Stellungnahme.«

Gallion starrte mit völlig ausdruckloser Miene auf die gläserne Tischplatte. Fast flüsternd sagte er: »Nein, nein und nein, Madame.«

»Granais?«

»Meine Antworten sind ebenfalls negativ, Madame«, erwiderte der Commissaire der Police nationale.

»Und was haben Sie zu sagen?«

Lefaivre von der DST und der Chefgendarm Messailles schüttelten nur die Köpfe.

Madame Blanchard zeigte ihre Herablassung mit aller Deutlichkeit. »Na schön, danke Ihnen. Colonel Messailles und Commissaire Granais, Sie können gehen. Sie finden wohl allein hinaus.«

Die beiden uniformierten Männer waren sichtlich schockiert. Messailles meldete sich zu Wort.

»Madame, ich muss protestieren. Unsere Mitwirkung an den Nachforschungen ist unverzichtbar. Sie können uns nicht einfach ausschließen. Und außerdem: Sollten Sie mit Ihrer gestrigen Drohung Ernst machen und uns unserer Ämter entheben, sollten Sie uns wenigstens die Chance geben, uns zu verteidigen.« Der Mann zitterte.

»Colonel Messailles, Ihre persönliche und berufliche Zukunft steht auf meiner Prioritätenliste nicht gerade weit oben. Wie dem auch sei, ich werde zu gegebener Zeit auf Sie zurückkommen. Sie können derweil hoffen, dass ich Ihnen eine größere Chance zur eigenen Verteidigung einräume, als sie den drei Männern am Strand gewährt worden ist. Guten Tag.«

Die beiden Polizisten erhoben sich unsicher von ihren Plätzen und verließen den Raum. Als die Tür ins Schloss fiel, war Madame wieder ganz geschäftsmäßig und wandte sich den verbliebenen zwei Herren zu. »Nun, zur Sache. Möchte jemand einen Drink?«

Gallion hatte sich als Erster wieder gefasst.

61

»Ähem, ja, einen Scotch bitte.«

Sein Kollege schloss sich mit einem Kopfnicken an. Suzanne Blanchard stand auf, steuerte auf einen kleinen Beistelltisch vor der Wand zu und kehrte mit einem Tablett zurück, auf dem eine Whiskykaraffe, passende Tumbler und ein Krug Wasser standen.

»Bedienen Sie sich, meine Herren. Für mich bitte halbhalb.«

Es wäre vielleicht etwas übertrieben gewesen zu sagen, dass den beiden Männern längst klar geworden sein musste, warum diese Frau für den jetzigen Posten ausgewählt worden war. Aber zumindest hatten sie spätestens jetzt eine Ahnung davon bekommen. Als wieder alle am Tisch saßen, erhob Madame ihr Glas.

»Meine Herren, auf die Sicherheit unserer Nation und im Andenken an drei tapfere junge Männer.«

Die beiden nickten und tranken.

»Lefaivre, Ihre Behörde hat die Operation geplant. Ihre Männer, Gallion, waren am Strand. Erklären Sie mir, was passiert ist. Möglichst gerafft, wenn ich bitten darf. Und verzeihen Sie mir, wenn ich zwischendurch Fragen stelle.«

Der DST-Mann nickte und genehmigte sich schnell noch einen Schluck aus seinem Glas.

»Wie Sie wissen, erhielten wir vor drei Monaten von unseren Mittelsmännern in Algerien die Nachricht, dass Hassan Agreti, einer der Chefstrategen von Al-Qaida, nach Frankreich kommt. Die Terrororganisation unterhält eine kleine Zelle in Marseille. Sie war es auch, die die Überfahrt organisiert hat. Er kam mit einem Fischerboot von Algerien, stieg kurz vor dem Ziel in ein Schlauchboot um und landete am Strand von Beauduc.«

»Warum Beauduc?«, hakte sie nach.

Lefaivre zuckte mit den Achseln. »Wir können nur mutmaßen. Der Ort ist vom Land aus so schwer erreichbar und entlegen, dass die Wahrscheinlichkeit, zufällig von Passanten entdeckt zu werden, gegen null geht. An den Stränden in der Nähe von Marseille sind viel mehr Touristen unterwegs.«

Madame krauste die Stirn. »Die ganze Aktion war bestens organisiert. Kaum zu glauben, dass man eine so wichtige Frage wie die des Landgangs dem Zufall überlassen hat, Monsieur le Directeur.«

Wieder zuckte er mit den Achseln und fuhr fort: »Wir hatten einen Informanten in der Marseiller Zelle und sind uns ziemlich sicher, dass seine Hinweise zutreffen. Allerdings ist dieser Mann inzwischen von der Bildfläche verschwunden, und wir fürchten, dass er entweder enttarnt worden ist oder eine zweite Zelle in Marseille existiert, von der wir nichts wissen – was ebenfalls Anlass zur Sorge gibt. Wir haben uns entschieden, Agreti vorerst nicht festzunehmen, sondern ihn laufen zu lassen und abzuwarten, wo er Unterschlupf findet.«

Auch Gallion ließ etwas von sich vernehmen.

»Die Information, dass Agreti bei Beauduc an Land geht, erreichte uns einen Tag vor seiner Ankunft. Wir haben uns mit der Organisation der Observation beeilen müssen und drei Männer am Strand postiert. Eine Reihe weiterer Männer wurde auf die Küstenabschnitte zu beiden Seiten verteilt, um die Verfolgung aufnehmen zu können.«

»Gab es Rückendeckung für die drei am Strand?«

»Ja, im Abstand von fünfhundert Metern mobile Einheiten, die den Strand in beide Richtungen im Auge behalten sollten.«

»Hat sich jemand um den möglichen Fluchtweg übers Wasser gekümmert?«

»Nein. Wir sind davon ausgegangen, dass für die Überfahrt kein anderes Ziel infrage gekommen ist. Daher war auszuschließen, dass der Mann ins Boot zurücksteigen und woanders an Land gehen würde.«

Madame krauste wieder die Stirn. Die Begründung ließ einiges zu wünschen übrig, aber sie beschloss, vorläufig darüber hinwegzusehen.

»Wie viele Männer waren im Einsatz?«

»Zwei schnelle Eingreiftruppen, insgesamt zwanzig Mann.«

»Satellitenüberwachung?«

»Keine.«

Lefaivre verzog das Gesicht, als er sich von ihr mit scharfem Blick taxiert sah.

»Wir haben darum gebeten, aber uns wurde mitgeteilt, dass alle zur Verfügung stehenden Zugriffszeiten vergeben seien und dass sich daran nichts ändern lasse.«

»Wer hat Ihnen das mitgeteilt?«

»Das weiß ich nicht. Tut mir leid, ich war mit anderen Detailfragen allzu sehr beschäftigt und habe es versäumt, mich zu erkundigen. Aber das werde ich nachholen.«

»Tun Sie das. Hat jemand versucht, Zugriffszeiten von den Amerikanern zu kaufen? Die haben immer Reserven.«

»Wir wollten unsere Operation nicht an die große Glocke hängen. Deren Sicherheit ist löchrig wie ein Sieb. Außerdem hatten wir ein solches Maß an Rückversicherung nicht für nötig erachtet. Wir hatten zwanzig bestens ausgebildete Männer im Einsatz und waren zuversichtlich, alles unter Kontrolle zu haben.«

Madame Blanchards akustische Reaktion kam einem Schnarchlaut nahe. »Wenn Sie ein bisschen weniger zuversichtlich gewesen wären, wüssten Sie vielleicht, wo sich Ihre Zielperson aufhält, und es gäbe keine drei bestens ausgebildeten Leichen.«

Der DST-Planer nickte beklommen. »Ja, Madame. Sie haben natürlich recht.«

Das Eingeständnis verriet aufrichtige Reue. Madame war geneigt, sich nachsichtig zu zeigen, aber Milde ließ ihr Auftrag nicht zu. Sie wartete. Es war Gallion, der den Bericht fortsetzte.

»Unsere Männer waren um zwanzig Uhr vor Ort.«

»Unter wessen Kommando?«

»Sergeant Lucien Girossi. Er ist der beste Mann, den wir haben. Die Sicht war gut. Ein zwei Tage alter Mond. Es war windig und kalt, aber ansonsten hatten wir gute Bedingungen für eine Observation.«

»Und was ist dann passiert?«

»Zwölf Minuten nach drei erhielten siebzehn der zwanzig Männer über Funk die Nachricht vom Abbruch der Operation. Sie sollten sich wie verabredet sammeln, um mit dem Hubschrauber abgeholt zu werden.«

»Und drei Männer blieben schutzlos am Strand zurück?«

»Ja, vielleicht sollte ich das erklären.«

Madame fiel ihm ins Wort.

65

»Nein, berichten Sie weiter. In chronologischer Reihenfolge.«

»Je nach Truppenstärke und Geheimhaltungsstufe einer Operation werden bestimmte Zeitfenster für den Abtransport eingerichtet. Wir hatten es mit einem schnellen, nicht verdeckten Rückzug zu tun, und die Männer hatten zehn Minuten Zeit, um die Hubschrauber zu erreichen. Als sie am Treffpunkt eintrafen, mussten sie feststellen, dass drei Mann fehlten. Fünf gingen zurück und fanden sie tot am Strand. Sie bargen die Leichen, verwischten die Spuren, und die ganze Truppe verließ um drei Uhr fünfundvierzig den Einsatzort.«

Suzanne Blanchard nahm mit Genugtuung zur Kenntnis, dass beide Männer wussten, wann es sich ziemte, den Mund zu halten. Die Stille im Raum wurde nur kurz unterbrochen von den Geräuschen, die entstanden, als sie die Gläser wieder auffüllte.

»Meine Herren, verzeihen Sie, wenn ich etwas frage, was sich für Sie möglicherweise von allein beantwortet. Aber weil auch mir diese Frage gestellt werden wird, brauche ich eine Antwort. Würden Sie mir bitte sagen, wer befohlen hat, die Operation abzubrechen?«

»Das wissen wir selbst nicht. Der gesamte Funkverkehr wurde wie üblich aufgezeichnet, aber ein solcher Befehl ist im Tonprotokoll nicht zu hören.«

»Gibt es ein Back-up?«

»Ja, an verschiedenen Stellen des hiesigen Hauptquartiers und in Paris. Sie werden standardmäßig neu verschlüsselt und via Satellit übertragen.«

»Neu verschlüsselt?«

»Ja, Funksprüche werden immer verschlüsselt. Für die Aufzeichnung wird ein anderer Algorithmus verwendet. Wir nutzen für beides, Übertragung wie Aufzeichnung, die Blockchiffre A ES 256 Bit. Für den Funkverkehr verwenden alle Mitglieder des Teams ein und denselben Schlüssel«, führte Lefaivre weiter aus. »Ich sollte aber vielleicht darauf hinweisen, dass niemand tatsächlich damit rechnet, angefunkt zu werden. Sie wurden dazu ausgebildet, unabhängig und in Eigeninitiative zu agieren. Funkgeräte kommen nur in Notfällen zum Einsatz, Funkstille ist daher die Regel. Das galt auch für unsere jüngste Operation. Aufgezeichnet wurden nur der Befehl an die Männer, sich am Treffpunkt zu sammeln, und Girossis Meldung an das Hauptquartier.«

»Wie ist es möglich, dass nur siebzehn von zwanzig die Nachricht erreichte?«

»Das einzurichten ist leider kein Problem. Man braucht nur bei denen den Schlüssel zu ändern, die man ausschließen will.«

»Geht das per Fernbedienung?«

»Ja, man kann jedes einzelne Funkgerät anpeilen. Dazu bedarf es allerdings jede Menge Insiderwissen.«

Zum ersten Mal rührte sich Gallion. »Madame, ich fürchte, wir müssen davon ausgehen, dass der Verantwortliche an einer sensiblen Schaltstelle sitzt, wer immer das auch sein mag. Die Sabotage war offenbar gut geplant. Es hat schätzungsweise fünf Minuten gedauert, bis die abgerufene Mannschaft am Strand nicht mehr in Sicht war, und weitere fünf Minuten, bis die fünf Männer zurückkamen, um nach dem Rechten zu sehen. Innerhalb dieser zehn Minuten wurden die drei Männer getötet sowie der Terrorist an Land und in Deckung gebracht.«

Sie musterte die Männer am Tisch abwechselnd.

»Danke für Ihren Bericht. Ich habe jetzt noch vier Fragen und möchte Sie bitten, sich ein paar Gedanken darüber zu machen, aber nicht hier und jetzt, sondern in Ruhe zu Hause oder sonst wo. Erstens: Warum wurden die drei getötet? Es hätte doch das ganze Team per Funkspruch vom Strand abgezogen werden können. Mit dem Warum stellt sich die Frage nach dem Wer. Also zweitens: Wer steckt dahinter? Eine kleine Terrorzelle aus einer Vorstadt von Marseille wäre mit einer derart aufwendigen und komplexen Operation heillos überfordert. Des Weiteren würde ich gern wissen, wo sich dieser Neuzugang unserer terroristischen Randgruppe zurzeit aufhält. Ich möchte ihn finden. Zu guter Letzt – die Betonung liegt auf ›gut‹ – sollte die undichte Stelle identifiziert werden. Dass wir uns richtig verstehen, meine Herren: Wenn Sie Antworten gefunden haben – irgendwelche Antworten –, beraten Sie sich mit mir, *bevor* Maßnahmen getroffen werden. Bis auf Weiteres vertraue ich Ihnen allenfalls vorbehaltlich. Missbrauchen Sie mein Vertrauen und leiten selbstständig Schritte ein, ohne mich vorher zu informieren, verspreche ich Ihnen, dass Sie innerhalb von vierundzwanzig Stunden auf Saint-Barthélemy landen und die Gezeiten observieren. Ich erwarte von Ihnen, dass Sie, jeder einzelne von Ihnen, mir jeden Tag Bericht erstatten, und zwar mündlich und nicht schriftlich, wenn nötig auch mehrmals am Tag. Haben Sie noch Fragen?«

Das war nicht der Fall.

»Noch etwas. Vielleicht sollte es Sie, die über hochgerüstete Apparate verfügen, stutzig machen, dass keiner von Ihnen bislang auf den Gedanken gekommen ist. dass der Vorfall bei Beauduc aller Wahrscheinlichkeit nach beobachtet wurde.«

»Sie meinen von amerikanischen oder russischen Satelliten?«

»Nein.«

»Von Terroristen?«

»Nein. Von einfachen Bauern, denen nicht mehr zur Verfügung steht als ein Pferd, eine lange Holzstange mit Metallspitze und ein gerütteltes Maß an Ortskenntnissen. Wenn Sie diesen Umstand nicht mit in Betracht ziehen, werden Sie unser Problem wohl kaum lösen. Von der Camargue haben Sie offenbar nur wenig verstanden.«

Damit verließen die beiden Männer den Raum. Madame Blanchard blieb noch eine Weile am Tisch sitzen. Dann stand sie auf, schenkte sich noch ein Glas ein und nahm wieder Platz.

»Du kannst reinkommen, Roland.«

Ein Teil der Bücherwand an der Stirnseite des Esszimmers öffnete sich, und ein schlanker, lässig gekleideter und gut aussehender Mann Mitte dreißig betrat den Raum. Roland DuPlessis war ein alter Freund. Sie hatten beide ihre Polizeiausbildung an der École spéciale Militaire de Saint-Cyr absolviert und bei Europol zusammengearbeitet. Jetzt war er als Colonel in führender Position für die GIGN tätig, der Groupe d'Intervention de la Gendarmerie nationale.

Bürokratische Strukturen wuchern in Frankreich schneller als Unkraut. Das gilt insbesondere für die Polizeikräfte mit ihren zahllosen Unterabteilungen. Die Antiterroreinheit RAID als Ableger der Police nationale entsprach in etwa der GIGN, die der Gendarmerie nationale zugeordnet war. Suzanne Blanchard hatte Roland DuPlessis kommen lassen, weil sie sich von ihm als Vertrautem Unterstützung bei ihren Ermittlungen erhoffte.

»Und?«

Er schenkte sich einen Scotch ein und setzte sich. »Vielleicht ist die ganze Sache auch als eine Art Warnung zu verstehen.«

»Warnung? An wen gerichtet?«

»Wenn du die Antwort darauf findest, und du findest sie, hast du den Fall gelöst. Übrigens, meine Gruppe hätte diese Operation wahrscheinlich auch nicht besser abgewickelt.«

»Stellt sich also unter anderem die Frage, warum ihr nicht eingebunden worden seid.«

»Suzanne, die Aufklärungs- und Antiterrordienste stehen nicht auf bestem Fuß miteinander. Das Gleiche gilt für Planer und Politiker. Ständig gibt es Reibereien und Rivalitäten. Auf militärischer Ebene wird mehr zusammengearbeitet, als du dir vorstellen kannst. Ich schätze, das hat was damit zu tun, dass man die Risiken streuen will.«

»Ich möchte, dass du deine Nase in die Sache steckst. Tief, wenn's sein muss. Wenn dir jemand querkommt, lass es mich wissen. Ich halte dir den Rücken frei, weiß aber nicht, wie lange noch. Durchaus möglich, dass es bald mit der Unterstützung für mich vorbei ist, wenn ich selbst keine Ergebnisse liefere.«

Er leerte sein Glas und stand auf. »Okay, mal sehen, was sich machen lässt.«

Als sie DuPlessis zur Tür gebracht hatte und ins Esszimmer zurückgekehrt war, fand sie Smith darin vor. Auch er hatte sich einen Drink eingeschenkt und sich an den Tisch gesetzt, aber nicht auf ihren Platz, wie sie schmunzelnd registrierte. Vor ihm lag der Haustürschlüssel.

»Ich bin wirklich langsam zu alt für solche Versteckspielchen, Suzanne.«

Sie ging hinter seinem Stuhl vorbei und gab ihm einen Kuss in den Nacken. »Och, das würde ich nicht sagen. Auch ältere Herren können durchaus sexy sein.«

»Sex hatte ich nicht im Sinn, Suzanne.«

Sie schob ihren Stuhl zurück, damit er sie voll im Blick hatte, zog ihren Rock höher, als es der Bequemlichkeit diente, und schlug die Beine übereinander. Sie trug Strümpfe, keine Strumpfhose.

Smith konnte sich nicht erinnern, jemals jemandem begegnet zu sein, der flirten und gleichzeitig über die Morde von Terroristen sprechen konnte. Sie ließ den Stöckelschuh wippen.

»Nun?«

»Sie haben tolle Beine, Suzanne, aber möglicherweise einen lausigen Geschmack, was Ihre Freundschaften anbelangt. Ich meine, Sie sollten sich einmal fragen, warum Ihr Freund DuPlessis und seine unbestreitbar sehr effektive Antiterrorgruppe von der Planung der Operation ausgeschlossen wurde. Dass Sie mit ihm ein unabhängiges Paar Augen und Ohren zur Hilfe heranziehen, kann ich ja verstehen, aber es ist doch wirklich sehr seltsam, dass er angeblich mit dem Debakel nichts zu tun hat. Was für ein Glück für ihn, finden Sie nicht auch?«

»Er sagt, er sei anderswo im Einsatz gewesen. Sein Team stand offenbar nicht zur Verfügung.«

»Das lässt sich überprüfen. Sie sollten das, was er sagt, nicht für bare Münze nehmen, Suzanne.«

Sie seufzte und wirkte plötzlich müde und traurig. »Er ist über jeden Zweifel erhaben. Ich kenne ihn schon ziemlich lange. Übrigens, wie haben Sie es geschafft, ihm auszuweichen, als Sie gekommen sind?«

»Ich war vor ihm da.«

»Aber ich dachte …«

»Ich weiß, was Sie dachten, bin aber gern unberechenbar. Hat sich als nützliche Angewohnheit herausgestellt.«

Sie nickte. »Vermutlich hat sie Ihnen auch manchmal das Leben gerettet. Waren Sie etwa schon im Haus, als ich mich umgezogen habe?«

»Madame, ich bin kein Voyeur.«

»Wie schade. Ich hätte mich mehr ins Zeug gelegt.«

Für Smiths Geschmack wurde es ein bisschen zu schlüpfrig, daher wechselte er das Thema. »Suzanne, ich habe mich bereit erklärt, Ihnen zu helfen, aber …«

Sie warf den Kopf zurück und lachte kurz auf.

»Schon gut, Peter. Tut mir leid. Zugegeben, wir haben es mit einer ernsten Angelegenheit zu tun, und ich schätze Ihre Hilfsbereitschaft sehr. Sie scheinen tatsächlich der Einzige zu sein, dem ich voll vertrauen kann. Verzeihen Sie, wenn ich mich gelegentlich etwas legerer gebe und zu entspannen versuche. Das brauche ich von Zeit zu Zeit. Übrigens, nicht zum ersten Mal muss ich erfahren, dass meine Cousine mir um einiges voraus ist. Aber zurück zum Geschäftlichen. Wie fanden Sie das Treffen?«

»Sie waren gut und haben gut daran getan, Granais und Messailles nach Hause zu schicken. Die beiden mögen in ihrem Job ganz gut sein, scheinen aber keine Ahnung zu haben, auch wenn ich das Gefühl habe, dass hinter Messailles mehr steckt, als es den Anschein hat. Gallion und Lefaivre haben mich nicht sonderlich beeindruckt. Sie sind für meinen Geschmack ein bisschen zu plumpvertraulich und waren viel zu entspannt in Ihrer Gegenwart, wenn man bedenkt, dass Sie mit Ihrer Macht die beiden über die Klinge springen lassen können. Sie hätten stinksauer sein müssen, waren's aber nicht. Das würde mich an Ihrer Stelle etwas beunruhigen. Das einzige Mal, dass Sie sie auf dem falschen Fuß erwischt haben, war bei Ihrer Andeutung, sie seien womöglich beobachtet worden. Das hat ihnen ganz und gar nicht gefallen. Ich fürchte, Ihre Freunde vom Lande könnten in den nächsten Tagen unangenehmen Besuch bekommen. Ich werde Martine warnen müssen.«

»Das habe ich schon getan.« Als er sich etwas überrascht zeigte, fuhr sie fort: »Sie sind nicht der einzige Gesprächspartner meiner Cousine.«

»Wie gesagt, ich bin mir ziemlich unschlüssig, was Ihren Freund DuPlessis betrifft, und werde deshalb Erkundigungen über ihn einholen müssen.«

»Einverstanden. Und was steht als Nächstes an?«

Sie war wieder ganz bei der Sache, obwohl Smith bemerkte, dass ihr Rock noch ein Stück höher gerutscht war.

»Wir müssen in Erfahrung bringen, was genau passiert ist. Ich werde mit Martine sprechen und versuchen, an Satellitendaten heranzukommen.«

»Ich dachte, die gäbe es nicht.«

Smith schüttelte den Kopf. »Unsinn. Mir kann man nicht vormachen, dass die Möglichkeit, einen Al-Qaida-Terroristen zu beobachten, nicht genutzt werden konnte, weil angeblich kein Satellitenfenster zur Verfügung stand. Wer das versucht, will Sie für dumm verkaufen. Wenn es tatsächlich Engpässe gegeben haben sollte, wären die Amerikaner sofort eingesprungen. Es würde mich nicht wundern, wenn sie von der Operation ohnehin gewusst und aus dem Orbit zugeschaut haben, und was sie gesehen haben, wird demnächst womöglich auf YouTube oder Facebook zu sehen sein.«

Suzanne runzelte die Stirn. »Was kann ich tun?«

»Üben Sie Druck auf Ihre Leute aus. Fordern Sie Berichte ein, und zwar häufiger, als ihnen lieb ist. Stellen Sie Fragen, deren Antworten Sie schon kennen. Das Übliche halt.«

»Und was machen Sie?«

»Oh, ich gehe meiner Lieblingsbeschäftigung nach und schnüffle ein bisschen herum. Wenn ich auf etwas Interessantes stoße, gebe ich Ihnen sofort Bescheid. Und nehmen Sie sich in Acht, Suzanne: Es sind da ein paar sehr mächtige Leute im Spiel, und Sie mischen als einzige Mitspielerin und Frau in dem Land von Nicolas Chauvin mit. Die Mörder der drei Polizisten könnten sehr wohl beste Verbindungen zum Élysée-Palast haben. Wenn ein Schuldiger gefunden werden muss, werden sie alles auf eine Karte setzen. An Ihrer Stelle würde ich Ihren Freund DuPlessis genau unter die Lupe nehmen. Es ist nur ein vager Verdacht, aber ich finde, bei ihm müffelt es etwas.«

»Wir sind seit Jahren befreundet, Peter.«

»Na und? Seien Sie vorsichtig, besonders ihm gegenüber.«

Sie ließ sich anmerken, dass ihr seine Worte nicht gefielen. »Danke, Peter. Ich weiß Ihre Besorgnis zu schätzen.«

»Wenn ich Sie wäre, würde ich diesen wohl ziemlich wichtigen Auftraggeber, den Sie da haben, um Personenschutz bitten. Ein paar Männer von der GSPR wären genau das Richtige.«

»Ich glaube kaum, dass sich die Sicherheitsgruppe des Präsidenten für mich interessieren könnte, Peter.«

»Wenn er sie dazu auffordert, schon. Und er hat Sie schließlich in Gefahr gebracht.«

»Ich rede mit ihm, wenn Sie es wünschen.«

»Ja, und lassen Sie mich bitte wissen, was arrangiert wurde. Ich möchte nicht in Verlegenheit geraten.«

»Soll das heißen, Sie haben ein Auge auf mich?«

»Wenn ja, werden Sie nichts davon bemerken.«

»Peter, Sie sorgen sich um mich. Ich bin gerührt«, sagte sie mit einem spöttisch-sorglosen Lächeln.

»Ich wundere mich selbst. Wie dem auch sei, ich möchte in meiner Sorge um Sie nicht allzu viel Zeit verlieren. Ich habe einen Termin am Schachbrett.«

Sie geleitete ihn zur Tür, stellte sich auf die Zehenspitzen und gab ihm einen Kuss auf die Lippen.

»Noch mal danke, Peter. Ich weiß Ihre Hilfe wirklich zu schätzen. Ohne Sie käme ich in dieser Sache wahrscheinlich nicht viel weiter.«

Er schaute ihr in die Augen. »Vielleicht wäre es besser gewesen, Sie hätten den Auftrag gar nicht erst angenommen, Suzanne.«

Die beiden Freunde konzentrierten sich auf die Spieleröffnung. Sie saßen einander an dem wunderschönen kleinen Sheraton-Schachtisch gegenüber, jeder auf seiner üblichen Seite mit einem Drink am Ellbogen – einem feinen Banff Single Malt für Gentry und einem einfachen Whisky aus dem Monoprix, dem Walmart Frankreichs, mit Perrier und Eis für Smith. Auf dem Kaminrost brannte ein Holzfeuer, vor dem Arthur tief und fest schlief. An den Wänden ringsum reihten sich die Bücher auf, die Gentry, zumindest theoretisch, zum Verkauf anbot. Wie Smith immer wieder bemerkte, veränderte sich die Sammlung nur selten. Gentry wollte eigentlich gar nicht verkaufen, ja, er ließ sich sogar einiges einfallen, um potenzielle Kundschaft abzuhalten. Die Ladentür war nicht einsehbar und nur über einen kleinen Innenhof seines stattlichen Hauses zu erreichen, das in den engen Straßen und hohen mittelalterlichen Mauern nordwestlich des Amphitheaters versteckt lag. Nur wenige, die an seinem Geschäft vorbeikamen, wussten von der vorzüglichen Sammlung an Büchern und Gemälden, die Gentry zusammengetragen hatte. Durch die zwei kleinen Stabkreuzfenster zum Hof fiel nur wenig Licht in den Raum, zumal die Scheiben offenbar noch nie geputzt worden waren. Für Beleuchtung sorgten im Wesentlichen nur die Bibliothekslampen über den Regalen und messingbeschlagenen Schaukästen aus Mahagoni. Der Laden war für ungestörte Ruhe und stille Einkehr wie gemacht.

Gentry hatte diesmal Weiß und eröffnete mit der Italienischen Partie. Auf Smiths relativ konservative Antwort hin versuchte er es bald mit dem Evans-Gambit. Normalerweise wählte er bei Weiß die Spanische Eröffnung, und

Smith fragte sich, ob sein alter Gegner etwas Neues ausprobieren wollte. Sie spielten schon seit Jahren gegeneinander und waren gut aufeinander eingestellt, obwohl sie völlig unterschiedliche Strategien verfolgten. Gentry ging methodisch vor und ließ eine Enzyklopädie von Wissen in sein Spiel einfließen. Seine Positionen waren sorgfältig aufgebaut und gut abgesichert. Smith, der zwar den taktischen Kanon besser kannte, als er zuzugeben bereit war, präferierte unorthodoxe Züge und wartete auf Fehler des anderen. Nicht zum ersten Mal dachte er auch jetzt wieder daran, wie kunstvoll das große Spiel ihr Verhältnis zueinander und ihre jeweilige Persönlichkeit widerspiegelte. Smith war vom Typ her unorthodox; das Beste holte er aus sich heraus, wenn er gezwungen war, auf gut Glück zu improvisieren. So spielte er auch Schach, mit dem Ergebnis, dass er oft und selbst in scheinbar auswegloser Lage gewann und nur dann verlor, wenn er etwas Wichtiges übersah. Es frustrierte Gentry ungemein, dass Smith die Nase bei den gewonnenen Partien ein wenig vorn hatte, obwohl keiner von beiden sich die Mühe machte mitzuzählen.

Diesmal fragte sich Smith, ob Gentry glaubte, der methodische Ansatz der Italienischen Partie könne ihn frustrieren und seine Geduld strapazieren.

Im Verlauf des Spiels unterrichtete Smith den Freund von seinem Gespräch mit Suzanne Blanchard. Anders als ernsthafte Schachspieler spielten sie nie durchgängig schweigend. Sie wussten zwar, dass der andere konzentrierter bei der Sache war, als er vorgab, nutzten aber die regelmäßigen Treffen vor allem auch dafür, miteinander zu reden.

Nachdem Smith seinen Bericht abgeschlossen hatte, nahm Gentry einen tiefen Schluck aus seinem Glas.

»Nun, ich fürchte, meinem alten Freund können wir nicht die ganze Wahrheit anvertrauen. Madame B war ungewöhnlich offen zu dir und hat sich damit in Gefahr gebracht. Der Alte ist zwar ein ehrenwerter Kerl, aber wir müssen wohl davon ausgehen, dass er dieses Geheimnis nicht mit ins Grab nehmen würde – es sei denn natürlich, man stößt ihn vorzeitig hinein.«

»Ja, du hast recht. Aber vielleicht könnten wir ihm sagen, dass sein Enkel einer geheimen Mission für sein Land zum Opfer gefallen ist. Damit würde sich der alte Soldat vielleicht zufriedengeben. Vielleicht wäre er sogar stolz auf ihn.«

»Das will ich verdammt noch mal hoffen.«

Smith blickte auf. Dass sein Gegenüber fluchte, war sehr ungewöhnlich.

»Dieser inkompetente Haufen überbewerteter Sicherheitsfatzkes«, fuhr Gentry merklich verärgert fort, »der nicht mal ein ordentliches Besäufnis in einer Brauerei auf die Beine stellen könnte, verpfuscht eine simple Überwachungsoperation, die ich im Schlaf organisiert hätte. Und der nette alte Soldat, der schon seinen Sohn verloren hat, verliert jetzt auch noch seinen Enkel an Frankreich. Und für was, frage ich. Eine verdammte Sauerei ist das.«

Smith erinnerte sich an düstere Zeiten in der Vergangenheit, in denen er unter Gentrys Leitung an vorderster Front solcher Operationen gestanden hatte, was beileibe nicht immer reibungslos vonstattengegangen war. Aber immerhin hatte man ihm nicht – jedenfalls bis heute – das

Gehirn mit einer .45er zermanscht. Er beugte sich über den Tisch und legte tröstend eine Hand auf den Arm des alten Freundes, der aufgebracht schien wie selten zuvor. Normalerweise war es Smith, der die Fassung verlor.

»Das Leben ist scheiße, und dann muss man sterben. Wie oft hast du mir das nicht schon gesagt, wenn ich fix und fertig von einem Einsatz zurückgekehrt bin?«

Gentry ließ sich in die Lehne zurückfallen. Smith versuchte, ihn wieder in die Spur zu bringen.

»Der alte Mann hat deine Wut nicht nötig, sondern braucht deinen Rückhalt. Ja, vielleicht wirst du ihn belügen müssen. Hauptsache, er behält seinen Enkel in stolzer Erinnerung. Es wäre nicht das erste Mal, dass du andere vorsätzlich falsch informierst. Übrigens, auch ich brauche deinen Rückhalt.«

Gentry warf ihm einen scharfen Blick zu. »Wieso, wenn ich fragen darf?«

»Ich helfe Madame Blanchard herauszufinden, was passiert ist.«

Gentry verdrehte die Augen himmelwärts, seufzte und nahm einen tiefen Schluck Whisky. Smith bewunderte seine Koordinationsgabe und wartete darauf, dass sich der Freund erholte.

»Himmel, Peter! Warum?«

»Das weiß ich selbst nicht so genau, alter Knabe. Vielleicht ist mir langweilig geworden.«

»Pass auf, dass es nicht ungemütlich wird.«

»Solange du auf mich aufpasst ...«

»Wie kommst du darauf, dass ich dazu bereit sein könnte? Wieder einmal?«

»Weil auch du dich langweilst, auch wenn du dir einredest, als lediger Ruheständler vollkommen zufrieden zu sein.«

Es entstand eine Pause, in der sich Gentry mit dem Gedanken vertraut machte, dass sein Freund recht hatte. Seufzend ließ er einen Schwall Luft ab. »Na schön«, erwiderte er matt. »Was steht an?«

Smith fuhr ihn so heftig an, dass er darüber selbst erschrak.

»Für dich erst einmal nichts, es sei denn, du springst schnell an Bord. Weder dein alter Freund und Dame-Partner noch Suzanne Blanchard oder meine Person hat Verwendung für dich, wenn du weiter schmollst. Wenn ich nicht deine volle Aufmerksamkeit habe, zieh ich das Ding allein durch.«

In all den Jahren, die sie zusammengearbeitet hatten, waren sie nie wirklich aneinandergeraten. Beide wussten, wie abhängig sie voneinander waren, und das hatte bislang ausgereicht, damit sich Meinungsverschiedenheiten nie zu einem ernsthaften Problem entwickelten. Sie bildeten ein fast ideales Team. Gentry plante, organisierte, lieferte Informationen, beriet und wies gelegentlich auch an. Smith für seinen Teil leistete praktische Arbeit und konnte sich, wenn Pläne nicht aufgingen, auf seine unschätzbare Fähigkeit verlassen, aus jeder Situation das Beste zu machen. Ihre Einsätze – Überwachung, Infiltration, Überführung, Kidnapping und in sehr seltenen Fällen auch Liquidation, kurz, alles, was Ihre Majestät verlangte – waren meist erfolgreich gewesen. Nur die letzte Mission in Somalia war beiden so sehr an die Nieren ge-

80

gangen, dass sie ihren Dienst quittiert hatten. Gentry schaute Smith an.

»Tut mir leid, Peter. Du hast recht. Ich helfe, keine Frage. Schließlich habe ich dich in die Sache reingezogen. Ich werde dich jetzt nicht hängen lassen.«

Smith lächelte. »Hätte ich auch nicht von dir erwartet. Dazu wärst du gar nicht fähig.«

Gentry schaltete in seinen Dienstmodus um. »Also gut, was hast du als Erstes vor?«

Smith war froh, dass die Krise überwunden schien, einstweilen jedenfalls. Auch er wurde geschäftsmäßig.

»Ich werde mich bei Martine melden.« Auf Gentrys Gesicht zeigte sich ein breites Grinsen, und Smith ging sofort in die Defensive. Im Laufe des vergangenen Jahres hatte er sich mehr und mehr in Martine Aubanet verliebt, was er weder sich selbst noch ihr oder Gentry wirklich eingestehen mochte. Aber mit seinen Täuschungsversuchen war er wohl nicht sehr erfolgreich gewesen. Er fuhr fort, von Gentrys spöttischer Miene ein wenig gehemmt: »Sie oder ihr Vater wird wissen, was bei Beauduc geschehen ist. Ich brauche ihre Hilfe, um mit den richtigen Leuten in Kontakt zu kommen.«

»Ich dachte, Suzanne Blanchard ist in diesem Teil der Familie eine Persona non grata.«

»Nur für den alten Herrn, glaube ich, und das aus durchaus nachvollziehbaren Gründen. Martine scheint tote Kollaborateure ruhen lassen zu können.«

»Ich frage mich manchmal«, sinnierte Gentry, »ob unser modernes Bedürfnis zu vergeben, zu vergessen und den Blick nach vorn zu richten, wie es immer so schön heißt,

81

wirklich ein Segen für uns ist. An einer ordentlichen Feindschaft, vielleicht sogar Rache, ist doch eigentlich nichts auszusetzen, finde ich.«

Smith ignorierte die Bemerkung, für die er durchaus Sympathie empfand, und gab seinem Partner keine Chance, in Erinnerungen zu schwelgen.

»Ich möchte herausfinden, wer am offiziellen Ende dieser ganzen Geschichte sitzt. Wer hat sie organisiert, was zum Henker war eigentlich geplant? Dass es sich um einen bloßen Observationsauftrag gehandelt haben soll, kann ich nicht glauben. Niemand, der recht bei Verstand ist, wird einen namhaften Terroristen frei herumlaufen lassen, auch nicht in der Hoffnung, dass er einen auf eine interessante Spur bringt. Man hätte ihn doch auch an Ort und Stelle aufgreifen, seine Schleuser kaltstellen und ihm dann die Keimdrüsen grillen können, um Informationen aus ihm herauszupressen. Ich will wissen, woher die Hinweise kamen und wozu sie gut waren. Was ist mit der Nordafrika-Connection? Wer hat die Operation vorbereitet? Wer war involviert? Wer war der Verbindungsmann vor Ort? Wer hat das Überwachungsteam zusammengestellt? Wer hat die strategische Planung vorgenommen? Ich will auch wissen, warum die Männer am Strand keine Rückendeckung hatten. Oder wenn es sie gab, warum sie nichts taugte. Warum gab es keine Überwachung aus der Luft? Gibt es Satellitenaufnahmen? Und dann will ich alles über diesen GIGN-Mann Roland DuPlessis wissen und der Frage nachgehen, warum seine Gruppe in die Operation nicht mit eingebunden war. Ich glaube, er ist ein wichtiger Faktor, weil er der Einzige zu sein scheint, dem Suzanne voll und ganz vertraut. Was sie verwundbar macht, wenn er unaufrichtig ist und sie linkt.«

Gentry merkte auf. »Was hast du eigentlich gegen diesen Mann, Peter? Abgesehen davon, dass du gegen jeden und alles Verdacht hegst, scheinst du dich auf diesen DuPlessis von Anfang an eingeschossen zu haben.«

Smith dachte eine Weile nach, bevor er antwortete. »Erstens vertraut Suzanne ihm. Nach den Regeln unserer Zunft macht ihn das suspekt. Zweitens: Die GIGN wurde ausgelassen. Drittens: Während ich Suzannes gemütliche Runde belauscht habe, war DuPlessis hinter einer Tapetentür versteckt und nahm mit einem Richtmikrofon das Gespräch auf, das er dann Gott weiß wohin geschickt hat.«

Gentry sprang darauf an. »Ah, wenn wir wüssten, wer der Empfänger ist, wären wir der Lösung unseres kleinen Rätsels schon ein gutes Stück näher.«

Smith nickte und fuhr fort: »Okay, ich hätte da noch eine Frage.«

Gentry wirkte leidend. Es fehlte nur, dass er die Augen verdrehte.

»Warum Suzanne?«

Eine rhetorische Frage, glaubte Gentry zu wissen.

»Ich zweifle nicht daran, dass sie eine tüchtige Ermittlerin ist oder zumindest war«, dachte Smith laut nach. »Sonst hätte sie es nicht so weit gebracht. Außerdem hat sie viele Kontakte in der Provence. Trotzdem ist sie nur eine von vielen, die diesen Job machen könnten. Na schön, sie hat die richtige Nationalität, gehört aber nicht zum Establishment der französischen Dienste, die bekanntlich ziemlich chauvinistisch sind. Sie ist erfahren, aber nicht erfahren genug für einen Posten, der direkt dem Präsidenten unterstellt ist. Ich finde das alles ziemlich rätselhaft.«

»Wenn du mich fragst, was bislang noch nicht passiert ist, verdankt Suzanne ihren Job mehr ihrer Person als irgendwelchen Qualifikationen«, versuchte Gentry einen zaghaften Ausfall in den Monolog. »Kurz, der Präsident von Frankreich will, dass sie ihn macht. Warum ist die Frage, die du beantworten solltest.«

»Genau. Deshalb will ich von dir wissen, was über Madame Blanchard in politischen Kreisen geredet wird. Als ich sie das letzte Mal gesehen habe, war sie eine höhere Beamtin von Europol mit einem gerade verstorbenen pädophilen Ehemann. Bis hinauf in die Hallen des Élysée-Palastes ist es ein weiter Weg. Wie hat sie ihn nur geschafft? Ist sie mit dem Präsidenten ins Bett gegangen?«

Eine kleine Pause trat ein.

»Warum erzähle ich dir das alles bloß? Du weißt doch ohnehin schon Bescheid.« Smith betrachtete die hübsche georgianische Reiseuhr auf dem Kaminsims, die Gentry zu seiner Pensionierung geschenkt bekommen hatte. Es war fast eins und das Feuer darunter ausgebrannt. »Du weißt jetzt, was ich von dir will. Wenn du mit deinen Recherchen fertig bist, kannst du dich wieder deinem Ruhestand widmen.«

»Wirklich?« Gentry lächelte matt.

»Bestimmt. Aber jetzt mach dich gefälligst an die Arbeit.«

Wie um die Dringlichkeit seines Anliegens zu betonen, beugte sich Smith nach vorn und goss dem Freund ein gutes Maß Banff ins Glas.

6. Knochen für Martine

Den ganzen Vormittag über reute es Smith, in der Nacht zuvor vielleicht das eine oder andere Glas zu viel getrunken zu haben. Es ging ihm heute erst besser, nachdem er sich ein spätes, anständiges Frühstück – Baguette, Pâté und Camembert – genehmigte, das er sich mit einem erwartungsvollen Arthur teilte. Seine Erholung verdankte er weniger den Heilkräften des frisch gebackenen Brotes als dem ausgezeichneten und skandalös billigen Rotwein von Monsieur Simon. Wie dem auch war, sie antwortete wie gewöhnlich schon nach dem zweiten Klingelzeichen. Gewohnt war auch ihr heiterer Ton; sie freute sich merklich, von ihm zu hören. Seit ihrer ersten Begegnung im vergangenen Jahr glaubte er, endlich gefunden zu haben, was ihm als Herzenswunsch vorgeschwebt hatte: eine *compañera*. Jemanden, der seinen beschaulichen Ruhestand begleitete, ohne allzu sehr Teil seines Lebens zu werden. Er war zweimal verheiratet gewesen und hatte sich zweimal scheiden lassen, und zwar auf jene britisch zivilisierte Art und Weise, die beide Seiten in Unzufriedenheit zurückließ. Ein ordentliches Blutbad wäre das angemessene Ende einer langen Beziehung und nicht ein freundliches Händeschütteln. Es schien ihm, als brächte die moderne Welt vor allem

Vernebelung statt Klarheit. Dabei sollte doch zählen, was zum Vorteil gereichte, und nicht dumpfe Beständigkeit. Als er nach Südfrankreich gekommen war, hatte er die leise Hoffnung gehegt, einer attraktiven, kultivierten und intelligenten Frau über den Weg zu laufen, ungefähr in seinem Alter, mit der er eine der wenigen ihm verbliebenen Leidenschaften – neben Mozart und Arthur – teilen mochte, nämlich am Esstisch einem ansehnlichen Gesicht gegenüberzusitzen und zu plaudern. Sex rangierte weit unten auf seiner Prioritätenliste, wohl aufgrund mangelnden Zutrauens, das der Entwöhnung und einem nachlassenden Erinnerungsvermögen geschuldet war. Martine affizierte ihn auf geradezu verstörende Weise. Oder sollte er dafür dankbar sein? Vielleicht war er emotional doch noch nicht so moribund wie erhofft.

»Peter, wie schön, dich zu hören.«

Tatsächlich hatte er sie vor ein oder zwei Wochen das letzte Mal angerufen. »Martine, ich würde dich gern zum Essen einladen. Mir ist nach Kochen zumute.«

»Nur, wenn's heute Abend ist.«

»Oh, warum?«

»Weil ich dich möglichst bald wiedersehen möchte.«

Er sah sie plötzlich vor sich in dem großen Mas tief in der Camargue, wo sie mit ihrem Vater lebte. Betörend schön, reich, intelligent, stilsicher und wohlgesittet, erfüllte sie alle Kriterien seiner idealen *compañera*, abgesehen davon, dass sie ein hundsgemeines Begehren in ihm auslöste. Was nicht so recht in das Bild passte, das er sich von ihr machte. Und dass er seine Vorstellung von ihr nicht ins Reine zu bringen vermochte, stellte wenigstens für ihn

86

ein Problem dar, das ihn an einer Intensivierung ihrer Beziehung hinderte. Es schmeichelte und besorgte ihn zugleich, dass sie anscheinend bereit war, auf seine Entscheidung zu warten.

»Also dann heute Abend.«

»Prima. Was soll ich anziehen?«

Eine solche Frage hatte sie ihm noch nie gestellt; er war entsprechend verblüfft. Unnötig zu sagen, dass er sich in der Zwickmühle wähnte.

»Ähem, ich dachte, wir bleiben unter uns.«

Ihre Stimme senkte sich um ein emotionales Dezibel. »Aha. Unter welchem Vorzeichen? Geht es um Geschäftliches oder um Sex?«

Vielleicht langweilte sie inzwischen das Warten. Er rettete sich in den Versuch einer halbwegs galanten Replik.

»Nein, Martine, nicht nur ums Geschäftliche. Aber ja, ich habe ein Problem, und du könntest bei dessen Lösung helfen. Aber vor allem geht es mir natürlich darum, dich wiederzusehen.« Letzteres war völlig ehrlich gemeint.

»In dem Fall«, erwiderte sie triumphierend, »werde ich mich geschäftsmäßig und sexy anziehen. Und was zum Nachtisch mitbringen. Bis um sieben.«

Sie verzichtete auf weitere Floskeln und legte auf.

Smith warf einen Blick auf die Uhr. Ihm blieben fünf Stunden, um aufzuräumen, einkaufen zu gehen, sich zu duschen, umzuziehen und das Essen vorzubereiten. Martine Aubanet und ihre Familie besaßen unter anderem mehrere Restaurants in der Stadt, die für ihre gute Qualität bekannt waren und vielen gehypten, Michelin-bewerteten Einrichtungen für die Hautevolee der Stadt zur Schande gereichten. Die Lokale befanden sich in entlegenen Winkeln und wirkten von außen unauffällig, boten aber exquisite Mahlzeiten zu Preisen, die sich auch der durchschnittsverdienende Einwohner leisten konnte. Betuchte, blasierte Touristen wurden mit dem Hinweis abgewiesen, alle Tische wären besetzt. Reservierungen existierten nicht, genauso wenig wie eine Bestuhlung mit Plastik. Aus naheliegenden Gründen fühlte sich Smith ein wenig befangen, als er sich Gedanken um das Essen machte. In seiner Gefriertruhe fand er ein paar *paupiettes*, die er für seine Töchter anlässlich ihres letzten Besuchs vorbereitet hatte. Er holte die Fleischröllchen heraus, legte sie auf einen Teller und stellte ihn auf den Gartentisch, damit sie im fahlen Licht der Wintersonne auftauen konnten. Alles andere würde er im Monoprix besorgen.

Über den Place Voltaire und den Place Lamartine ging er zum Supermarkt, der am Nordtor der Stadt lag, wo die heftigsten Kämpfe getobt hatten, als Arles 1944 von den deutschen Besatzern befreit worden war. Zuvor hatte die amerikanische Luftwaffe nicht nur sämtliche Rhônebrücken zerstört, sondern auch aus Gründen, die wahrscheinlich nur sie kannte, mit Bomben eine breite Schneise durch das mittelalterliche Stadtzentrum zwischen Fluss und Amphitheater geschlagen. Zu den vielen Kollateralschäden dieses sinnlosen Bombardements gehörte auch die Zerstörung der meisten Häuser am Place de la Major und des berühmten Gelben Hauses am Place Lamartine, das van Gogh achtzehn und Gauguin drei Monate lang beherbergt hatte. Smith machte sich immer einen Spaß daraus, gut gelaunte Touristen aus Amerika darüber aufzuklären, dass ihre Flieger einst das Häuschen dem Erdboden gleichgemacht hatten. Es war wohl nur ein glücklicher Zufall gewesen, dass die Bomben das römische Amphitheater wie auch die Notre-Dame de la Major verfehlt hatten, die kleine Stiftskirche der Bruderschaft der Camarguehirten gleich neben der Stelle, wo einst das Gelbe Haus gestanden hatte.

Von seinen Einkäufen zurückgekehrt, stellte er fest, dass die *paupiettes* natürlich noch nicht gänzlich aufgetaut waren. Er briet sie dennoch in Olivenöl und Butter an und gab sie in eine große Kasserolle, um sie vorsichtig darin garen zu lassen. Als Nächstes bereitete er eine schlichte Soße vor, die es aber in sich hatte: aus Tomaten, Schalotten, Knoblauch, Kräutern und einem großzügigen Schuss Alkohol. Die gab er über das garende Fleisch. Die *paupiettes*, die er von seinem Metzger bezog, waren nicht aus Puten-, sondern aus Kalbfleisch, mit einer selbst gemachten Farce gefüllt und, wie Smith wusste, so saftig, dass sie der Soße ordentlich Mumm verleihen konnten. Er warf ein paar Kartoffeln in kochendes Wasser, um sie kurz vor dem Garpunkt aufzuschneiden und zu braten. Ein Tomatensalat mit gehacktem, etwas schlappem Schnittlauch aus dem Wintergarten würde den Hauptgang komplettieren. Monoprix hatte keinen anständigen Käse im Angebot, weshalb er sich mit dem Rest des Schafskäses begnügen musste, den er am Wochenende für sündhaft viel Geld auf dem Markt erstanden hatte. Für die Vorspeise wollte er eine noch nicht ganz reife, in Scheiben geschnittene Birne in Butter und einem Spritzer Pernod anschwitzen und mit etwas grünem Salat mit einer leichten, mit Honig gesüßten Vinaigrette servieren. Sein Gast würde, wie versprochen, für den Abschluss der Mahlzeit sorgen.

Die Weinauswahl gab ihm zu denken. Familie Aubanet bewirtschaftete ein paar großartige Weingärten in der Umgebung. Ihre Weine waren vorzüglich, ließen sich aber kaum vermarkten, vielleicht weil sie untypisch für die Region waren. Die Lagen der Côtes du Rhône rund um Arles waren im Allgemeinen sehr gut, ohne aber außergewöhnlich zu sein, die Landweine durchweg köstlich und im wahrsten Sinne des Wortes bekömmlich – also nicht etwa in dem herablassend abwertenden Sinn, den sich die Welt inzwischen angeeignet hatte. Die wirklich guten Weine waren im Übrigen recht günstig. Andere aber, besonders diejenigen, die sich dem jüngsten Bio-Trend anbiederten, schmeckten scheußlich und kosteten inflationär viel. Emile Aubanet produzierte kleine Mengen eines Rotweins, der dem Grand Cru aus Bordeaux durchaus Konkurrenz machen konnte; des Weiteren einen süßen weißen, der ebenfalls jedem Vergleich mit den besten seiner Art standhielt. Sein Crémant war sogar weit besser als die meisten sogenannten Champagner-Marken. Aber gegen den Tropfen, den Smith bevorzugte, kamen sie alle nicht an. Der Händler seines Vertrauens hatte einen exzellenten Landwein im Angebot, der von einer der letzten kultivierten Uferparzellen an der Rhône stammte, bevor sie sich nahe von Mas Thibert ins Delta ergoss. Dieser Saint-Pierre war hervorragend, ein gewissenhaft gekelterter Wein, der mit einer zapfsäulenähnlichen Handpumpe in selbst mitgebrachte Behälter gefüllt wurde. Anderthalb Euro kostete der Liter, und Smiths Vorräte gingen immer schnell zur

Neige, was aber für ihn kein besonderes Problem darstellte.

Während das Fleisch köchelte, machte er sich ans Aufräumen. Es war immer ziemlich staubig in seinem Haus. Von der Tatsache abgesehen, dass denjenigen, die nach dem Krieg mit dem Wiederaufbau der zerstörten Wohnungen betraut gewesen waren, anscheinend nur schlecht abgebundener Beton zur Verfügung gestanden hatte, sorgte der Straßenverkehr in seinem Viertel für jede Menge Staub (er ließ gern die Fenster offen, wenn es nicht allzu kalt und heftig von Norden wehte). Dabei hasste er Hausarbeit. Es hätte sich die Beschäftigung einer *femme de ménage* für ihn angeboten, von denen es etliche in der Stadt gab. Aber zehn Euro pro Stunde waren ihm einfach zu viel. Schon oft hatte er mit der Quentin-Crisp-Methode geliebäugelt, wonach die Belästigung durch Schmutz nach vier Jahren nicht mehr zunimmt, und sich vorgenommen, den Staub einfach zu ignorieren, bis sich die Haustür nicht mehr öffnen ließ. Aber ganz so weit war es noch nicht gekommen. Nachdem er mehr schlecht als recht für Ordnung gesorgt und Staub gewischt hatte, machte er Feuer im Kamin, und schon wurde es Zeit zu duschen und sich anzuziehen. Er schenkte sich ein Glas Whisky mit Eis und Perrier ein, dann ging er nach oben.

Ja, geschäftsmäßig und sexy war durchaus zutreffend. Martine Aubanet sah zum Niederknien aus, was ihr vollauf bewusst war. Sie trug einen mittelgrauen Nadelstreifenanzug mit messerscharfer Bügelfalte, dazu eine weiße, leicht gerüschte Bluse, Perlenstecker in den Ohren und eine eng anliegende, doppelreihige Perlenkette um den Hals. Der einzige andere Schmuck war – wie immer – ein silbernes Kreuz der Saintes Maries Camargue am Revers. Ihr dunkelbraunes Haar hatte sie hochgesteckt, wie es für die Frauen aus Arles typisch war. Das Outfit komplettierten dunkelgraue Strümpfe oder eine Strumpfhose – Smith erlaubte sich nicht zu raten, was von beiden; dazu ein paar schwindelnd hochhackige schwarze Pumps mit dünnen Riemen von Christian Lacroix, mit denen sie ihn überragte. Wie sie damit ihren Range Rover gefahren hatte, wusste der Himmel. Smith war beeindruckt. Sein Gesichtsausdruck machte ihr Spaß. Statt der üblichen und geschlechtsneutralen Begrüßung mit dreifacher, flüchtiger Berührung Wange an Wange drückte sie ihm einen langen, leidenschaftlichen Kuss auf den Mund.

»So viel zum Geschäftlichen«, sagte sie fröhlich. »Kommen wir zur Sache.«

Martine Aubanet – sie hatte nach dem Tod ihres Mannes wieder ihren Mädchennamen angenommen – war offenbar bester Laune. Nicht zum ersten Mal fragte sich Smith, was sie eigentlich an ihm fand. Gut, er hatte den Mord an ihrem letztlich unbetrauerten Gatten aufgeklärt. Die Beziehung, die sich daraus ergeben hatte, dauerte bis heute an, was vor allem darauf zurückzuführen war, dass sie daran festhielt. Was er selbst kaum glauben konnte, da der Altersunterschied zwischen ihnen gut fünfzehn Jahre betrug.

Arthur hatte inzwischen alle Selbstachtung verloren und führte sich auf wie ein Hysteriker. Martine war eine seiner Favoriten, und er scheute sich nicht, ihr das in aller Deutlichkeit mitzuteilen. Er war ein wirklich großes Windspiel, durchaus in der Lage, sich auf die Hinterbeine zu stellen und ihr die Vorderpfoten auf die um die Stilettos erhöhten Schultern zu legen. Und genau das tat er nun. Smith fing an, ihn zurechtzuweisen, obwohl sie das Tier in seinem tollen Benehmen ermutigte. Sie setzte sich auf den Rand von Arthurs Sofa, ohne von den vielen Haaren darauf Notiz zu nehmen. Er sprang an ihre Seite und legte seinen Kopf auf ihren Schoß, rundum zufrieden.

»Martine, du siehst wunderschön aus.«

Sie nickte. »Ich weiß. Aber hast du eine Ahnung davon, wie unbequem diese verflixten Treter sind?«

»Ähem, nein.« Smith war schon nicht mehr ganz bei sich.

»Christian meint, dass sie eigentlich nur dazu gedacht sind, im Bett getragen zu werden.«

»Ähem, ach so.«

Allein die Vorstellung war zu viel für Smith, der sich damit ablenkte, ihr einen Whisky einzuschenken. Es überraschte ihn jedoch nicht, dass sie Christian Lacroix persönlich kannte, schließlich war der Modeschöpfer ein berühmter Sohn der Stadt Arles und Martine eine ihrer reichsten und wahrscheinlich auch modebewusstesten Bewohnerinnen.

Die nächste Stunde verging viel zu schnell. Sie unterhielten sich über die Geschäfte der Aubanets, die Farm und die Bullen ihres Vaters, der einer der erfolgreichsten Züchter auf dem weiten Marschgebiet der Camargue war. Alle anderen Unternehmungen der Familie – Landwirtschaft, Immobilien, Weinkellerei und Handel – lagen in Martines Händen. Sie waren samt und sonders in der Region verankert, und viele davon, vor allem die kleinen Hotels und Handwerksbetriebe, waren nicht sonderlich gewinnträchtig. Dennoch wurden sie weitergeführt, denn die Familie Aubanet lebte seit vielen Generationen in der Gegend und nahm ihre soziale Verantwortung ernst. Was, wie Smith oft dachte, von der französischen Regierung nicht immer gesagt werden konnte.

Zu seiner Überraschung und nicht minder großen Erleichterung waren die *paupiettes* superb, und wie erhofft hatte der Fleischsaft die schlichte Tomatensoße köstlich aufgepeppt. Die Vorspeise, Smiths einziger persönlicher Beitrag zur internationalen Cuisine, mundete perfekt, die Birne war nicht verkocht, was allzu leicht hätte passieren können. Wie immer zwischen ihnen geriet die Konversation abwechslungsreich und lebhaft. Er fühlte sich wieder einmal rundum glücklich in ihrer Gegenwart. Arthur hatte es sich auf dem Boden vor ihren Füßen bequem gemacht und freute sich über jeden kleinen Happen, den sie ihm von ihrem Teller zuwarf. Martine war ihm vertraut und wie ihr Vater geneigt, ihn mit Leckereien zu verwöhnen. Es dauerte nicht lange, und sie saßen alle wieder auf den Sofas, Smith und Martine mit einem Drink in der Hand.

»Was hast du auf dem Herzen? Raus damit«, begann sie.

Smith riss seinen Blick von ihren außergewöhnlichen Schuhen los und schaute ihr ins Gesicht. In Anbetracht der Umstände fiel es ihm nicht leicht, sein Anliegen zur Sprache zu bringen.

»Ich vermute, du hast mittlerweile von den jüngsten Vorfällen am Strand von Beauduc erfahren.«

Soeben noch ganz kokett, wurde sie plötzlich sehr ernst.

»Ja, das habe ich. Schreckliche Geschichte.«

»Weißt du auch schon, dass deine Cousine die Ermittlungen leitet?«

Martine schaute ihn ziemlich scharf an. »Nein. Erstaunlich. Was hat Europol mit diesem Fall zu tun, der doch hausgemacht zu sein scheint?«

»Sie arbeitet inzwischen für den Élysée-Palast, zumindest in dieser besonderen Sache.«

Dass er darüber informiert war, schien sie nicht sonderlich zu wundern. Er wusste einfach Bescheid. Schon als er auf ihre Bitte hin seine Nase in die Angelegenheiten ihres ermordeten Gatten gesteckt hatte, war ihr klar geworden, dass Smith Dinge wusste und tat, die sich einer näheren Betrachtung nicht anempfahlen. Sie begnügte sich mit der Einsicht, glückliche Nutznießerin seiner verschiedenen Talente zu sein. Sie verdankte ihnen ihr Leben und war bereit, ihm voll zu vertrauen. In dem Jahr, das sie sich nun kannten, hatte sie zärtliche Gefühle für ihn entwickelt, was in ihrem Bekannten- und Freundeskreis allen aufgefallen war, nur ihm, Smith, anscheinend nicht. Sie nahm es hin – einstweilen jedenfalls. Warum er jetzt mit ihr über die Vorfälle bei Beauduc reden wollte, glaubte sie immerhin zu erahnen. Sie kannte die Familie eines der getöteten Polizisten, insbesondere dessen Großvater, ein Urgestein der Camargue. Sie wusste auch, was am Strand passiert war und dass die offizielle Version, die den Angehörigen der Opfer aufgetischt worden war, so nicht zutreffen konnte. Der desaströse Fehlschlag war den Anliegern nicht verborgen geblieben. Martine wartete darauf, dass er sein Interesse an der Sache erklärte und sie um Hilfe bat. Sie hatte für sich natürlich schon beschlossen, seiner Bitte nachzukommen, auch auf die Gefahr hin, dass er sich wieder in etwas einmischte, was ihn eigentlich nichts anging.

»Ich habe Suzanne versprochen, die undichte Stelle ausfindig zu machen.«

Sie musterte ihn kritisch. »Warum? Ich dachte, du könntest sie nicht leiden.«

»Im Grunde ist es ein Freund, der über mich herauszufinden versucht, was passiert ist. Es ist eine Art Familienangelegenheit.«

Sie ließ sich mit ihrer Entgegnung Zeit. Sie hatte eine Ahnung davon, was Freundschaft für Smith bedeutete, und war immer zurückhaltend respektvoll, was dieses Thema anbelangte. Sie wusste, dass er nur wenige Freunde hatte und es absolut nichts gab, was er für sie nicht tun würde. Sie wusste auch um seinen Wertekanon, der im Vergleich zu ihresgleichen ganz andersgeartet war. Während sich die meisten aufplusterten und Pfauenräder schlugen, um Karriere zu machen, war Smith durchaus bereit, notfalls Federn zu lassen. Die wenigen Personen, mit denen er unermüdlich Kontakt hielt, waren ihm wichtiger als er selbst. Darum liebte sie ihn. Sie wusste, dass sie zu diesem sehr kleinen Kreis der Erwählten gehörte.

»Wie kann ich da helfen?« Ihre Stimme war so ruhig wie ihre Frage aufrichtig. Egal, warum Smith in diesem Fall zu ermitteln versuchte, die Tatsache, dass er es tat, war ihr Begründung genug. Er berichtete ihr, was er wusste, und sie hörte aufmerksam zu.

»Ich muss wissen, was genau in dieser Nacht passiert ist. Wer vor Ort war und warum. Weshalb ist die Sache schiefgelaufen, und wer zeichnet dafür verantwortlich.« Er nahm ihre Hand und fuhr fort: »Martine, was ich von dir brauche, sind nur – ich wiederhole: *nur* die Namen von Personen, mit denen ich sprechen könnte. Mehr nicht. Es geht hier nicht um ein lokales oder regionales Problem. Es ist, wie ich vermute, sehr viel höher angesiedelt. Du und dein Vater, ihr schaut hier in der Camargue auf eine zweitausendjährige Geschichte zurück, die von Loyalität und Tradition geprägt ist und euch bestmöglich beschützt. Aber es könnte durchaus sein, dass in diesem Fall eure Sicherheit nicht gewährleistet ist, wenn ihr mit hineingezogen würdet. Die Welt des Terrorismus kennt keine Gnade. Deshalb möchte ich, dass du mir versprichst, nicht mehr zu tun als das, worum ich dich ausdrücklich bitte.«

Normalerweise blieb sie locker, wenn er allzu ernst wurde, aber jetzt steckte er sie mit seiner Sorge an.

»Natürlich, Peter. Versprochen. Was ist mit dir? Die Sache könnte doch auch für dich gefährlich werden.«

Darüber war sich Smith im Klaren. Aber im Unterschied zu Martine wusste er, worauf er sich einließ, und konnte sein Risiko abschätzen. Er wusste, dass es in erster Linie darauf ankam, am Leben zu bleiben, und das war ihm während der vergangenen vierzig Jahre und in den vielen brisanten Situationen mit Gentrys Hilfe immer wieder gelungen. Jetzt war Suzanne Blanchard seine beste Sicherheitsgarantie, solange sie vom Élysée-Palast geschützt wurde. Gentry würde sie im Auge behalten und Alarm schlagen, falls sie im Zuge der Ermittlungen die Rückendeckung verlieren sollte. Möglich, dass sie sich schon viele mächtige Personen zum Feind gemacht hatte und nur so lange ungeschoren blieb, wie sie Erfolge für sich verbuchen konnte.

»Meine Liebe, ich habe bis zu meiner Verrentung den Kopf über Wasser gehalten und bin entschlossen, meinen Ruhestand zu genießen.«

Sie krauste ihre Nase und schnaubte. »Du hast eine seltsame Vorstellung von Ruhestand. Normalerweise machen Pensionäre nicht Jagd auf internationale Terroristen.«

»Das tue ich auch nicht. Ich versuche nur herauszufinden, wie ich einen alten Mann möglichst schonend mit einer Notlüge abfinden kann.«

»Notlüge?«

»Ich fürchte, die Wahrheit wäre für ihn zu bitter.«

»Ah, verstehe«, erwiderte sie leise.

Er senkte den Blick und sah, dass er immer noch ihre Hand hielt. Behutsam hob er sie an und schmiegte ihren Handteller an seine Wange. Es war ein unerwartet zärtlicher Moment, der sie beide ein wenig überraschte.

Die Uhr zeigte schon nach Mitternacht. Sie hatte noch eine Einladung zu übermitteln.

»Mein Vater hat am Samstag Geburtstag. Er gibt eine große Party, zu der du natürlich eingeladen bist.«

Smith zuckte innerlich zusammen. Ihm war klar, dass er seit ihrem Abenteuer im vergangenen Jahr zu einer Art Berühmtheit bei den Freunden und Bekannten der Familie Aubanet aufgestiegen war. Obwohl er sich von der Einladung geehrt fühlte, hatte er keine Lust, den Fokus der Aufmerksamkeit auf sich zu lenken, wo doch die Hauptperson der Jubilar sein sollte.

»Er weiß aber, dass du lieber nicht kommen und die Einladung nur aus Höflichkeit annehmen würdest«, fuhr sie fort, um ihm aus der Verlegenheit zu helfen. »Deshalb bittet er Arthur um einen Besuch am Sonntag. Er könnte die Kälber der neuen Saison begutachten und an einem kleinen Mittagessen im engsten Kreis teilnehmen. Auch dazu wärst du herzlich eingeladen.«

Ihr Vater hatte an dem Hund einen Narren gefressen. Beide mochten einander sehr. Die Bullen aber waren Emile Aubanets größte Leidenschaft, und eine Einladung anlässlich neuen Herdennachwuchses bedeutete mehr als ein Empfang mit Champagner, Tapas und Small Talk.

»Richte ihm bitte aus, dass wir uns beide freuen.«

»Schön. Sagen wir um zehn? Morgen Vormittag hätte ich vielleicht schon ein paar Informationen für dich. Jetzt muss ich leider gehen.«

Er stand mit ihr auf. »Du fährst doch nicht selbst nach Hause, Martine, oder?« Was als Frage formuliert war, klang eher wie eine Aufforderung.

»Nein. Jean-Marie chauffiert mich.«

Das erklärte auch die hohen Absätze. Seine Erinnerungen an ungewöhnlich aufregende Autofahrten mit ihr und Jean-Marie am Steuer waren noch relativ frisch. Sie tat vor allem ihm, Smith, einen Gefallen damit, sich von dem jungen Mann fahren zu lassen. Er hatte sie ausdrücklich darum gebeten und außerdem erkleckliche Zeit darauf verwendet, Jean-Marie die wesentlichen Aspekte defensiven Fahrens und den Gebrauch einer Schusswaffe beizubringen, wobei Letzteres nicht unbedingt zum herkömmlichen Lehrplan einer Fahrschule gehörte.

Sie gingen zusammen zur Haustür, und tatsächlich

99

parkte der Range Rover am Straßenrand. Jean-Marie sprang heraus. Martine wandte sich mit ernster Miene Smith zu.

»Pass auf dich auf, Peter. Die Sache gefällt mir nicht. Und mir gefällt nicht, dass du dich wieder in Gefahr begibst. Dich davon abzuhalten werde ich gar nicht erst versuchen, aber du musst mir gestatten, dass ich mir Sorgen um dich mache. Du bist mir wichtig.«

»Du mir auch, Martine. Ich hoffe, das weißt du inzwischen.«

Für den Abschiedskuss nahmen sich beide viel Zeit. Dann lief sie die Stufen hinunter und stieg in den wartenden Wagen. Er sah ihn bergab auf das römische Amphitheater zufahren, das sein Hauptgrund für den Kauf des kleinen Hauses gewesen war. Ihm war nicht entgangen, dass ihm der junge Fahrer im Vorbeifahren zugezwinkert und verschlagen gegrinst hatte.

Es scherte ihn nicht, dass ein Anruf nach Mitternacht eigentlich eine Zumutung war. Noch überraschte es ihn, dass schon während des ersten Ruftons sein Anruf entgegengenommen wurde. Der Mann schien sich weder gestört zu fühlen, noch machte er einen verschlafenen Eindruck.

»Peter. Schön, von dir zu hören.«

Smith hatte keine Ahnung, wie es Girondou fertigbrachte, die Nummernunterdrückung aufzuheben und zu sehen, wer am anderen Ende war. Aber immerhin sprach er mit dem Oberhaupt des organisierten Verbrechens in Marseille und war darum kaum überrascht. Vielleicht wusste er auch nur deshalb, dass Smith am Apparat war, weil es um diese Uhrzeit sonst niemand wagen würde.

»Alexei, ich hoffe, ich störe nicht.«

»Nein, du nicht, Peter. Würden mich andere aus dem Bett klingeln, gäb's für sie ein böses Erwachen, und zwar im Beton eines Brückenfundaments.«

Girondou hatte eine sehr unfranzösische Art, sich selbst zu verulken, wobei seine Scherze oft auf verstörende Weise authentisch klangen.

»Tatsächlich habe ich deinen Anruf erwartet und gehofft, dass du mein Jobangebot annimmst«, fuhr er fort. »Ich fühle mich einfach wohler mit einem Mann deiner Qualitäten an meiner Seite, aber da sich dein Bekenntnis zu moralischer Neutralität als stichhaltig erwiesen hat, muss ich mich damit abfinden, dass du mit meiner Version auf der dunkleren Seite des Lebens nicht so recht einverstanden bist. Wenn ich richtig vermute, geht es dir um die Sache bei Beauduc, und ich glaube, dass ich an der Reihe bin, dich zum Essen einzuladen. Morgen ... Nein, heute gegen Mittag?«

»Wäre mir sehr recht.«

Girondous Informationsnetz war unübertroffen, weshalb es nicht wundern konnte, dass er mit seiner Vermutung ins Schwarze traf. Wie dem auch war – eigentlich lag Smith zu dieser nachtschlafenden Zeit längst im Bett. Also ließ er Arthur noch mal in den Garten, schloss dann die Türen und verfügte sich in sein Schlafzimmer.

7. Lunch mit einem Gangster

Smith schätzte die Höhe der Mauer auf ungefähr vier Meter. Sie war mit wildem Wein überrankt und erstreckte sich zu beiden Seiten, so weit das Auge reichte. Ein ebenso hohes schmiedeeisernes Tor mit prächtiger Ornamentik war in die Mauer eingelassen. Auch wenn man von dem Anwesen dahinter mehr nicht sehen konnte, musste jedem Vorbeifahrenden sofort klar sein, dass hier viel Geld residierte. Alexei Girondou stand einem Verbrechersyndikat vor, das entlang der gesamten Küste von Italien bis Spanien und bis hinauf ins zweihundert Kilometer entfernte Lyon sein gewinnbringendes Unwesen trieb. Nicht dass man ihm diese fragwürdige Stellung irgendwie angesehen hätte: Er war mittelgroß, mittelschwer und von insgesamt eher durchschnittlicher Erscheinung. Immer makellos gewandet in Dunkelbraun und von einwandfreien Manieren, entsprach er haargenau dem Typ des erfolgreichen, kultivierten Geschäftsmanns. Was in gewisser Weise auch der Wahrheit entsprach.

Das Haus stand auf einer Anhöhe über Sausset-les-Pins, einer Ortschaft im Süden der Meeresbucht Étang de Berre zwischen Martigues im Westen und Marseille im Osten. Eine Landschaft wie aus dem Bilderbuch. Tatsächlich hat schon Cézanne den herrlichen Blick über die Côte Bleue und den Golf von Marseille in Öl verewigt, etwa zu der Zeit, als van Gogh in Arles gearbeitet hatte. Im Norden beschützte das Anwesen die Hügelkette Chaîne de l'Estaque vor Winden und Fremdüberwachung. Es war ein geradezu archetypischer Ort, die Art von Anwesen, das sich jeder Normalsterbliche unter dem eines superreichen Anwohners der Côte d'Azur vorstellte. Und es war ungemein praktisch für einen Mann wie Girondou. Die A55 war in nur fünf Minuten über drei verschiedene Routen zu erreichen, die sich allesamt in überraschend gutem Zustand befanden. In zwei oder drei Minuten gelangte man über einen abschüssigen Fußweg an den Strand. Mit dem Hubschrauber dauerte es fünf Minuten bis zum Flughafen von Marignane im Nordosten. Durch den natürlichen Schutzschirm, den die Hügel im Norden bildeten, blieb fast unbemerkt, dass das Haus und seine idyllische Umgebung von einem besonders effektiven Trutzwall umgeben waren: einem weitläufigen Industriegebiet, das sich mit Ölraffinerien und Chemiefabriken bei Fos, Martigues und Istres im Westen bis zu den neueren Einkaufsmeilen zwischen L'Estaque und Marseille im Osten erstreckte. Dazwischen lag Girondous Schaltzentrale, die Basis seiner Hausmacht über das organisierte Verbrechen in Südfrankreich. Die Unterwelt von Marseille hatte ihren Stammsitz nicht etwa im Vieux Port, wo jeder Passant wie ein Krimineller aussah und Touristen Doppelgänger von Jimmy »Popeye« Doyle nachstellten. Die eigentliche Macht ging von hier aus. Und Girondou lebte unter Freunden. Auf der D5 bewegte sich kein Fahrzeug, ohne beobachtet und gecheckt zu werden, und niemand näherte sich dem Anwesen, ohne ins Visier der Männer zu geraten, die in dem hübschen kleinen Torhaus neben der Einfahrt vor ihren Bildschirmen wachten.

Als Smith vorfuhr, öffnete sich das Tor, und ein älterer, täuschend gut gelaunter Portier winkte ihn durch. Smith hatte sich zum Glück beizeiten daran erinnert, dass die Windschutzscheibe seines alten und verbeulten Peugeot 307 sehr dreckig war. Deshalb sah er sich genötigt, sich weit nach vorn zu beugen und in die Überwachungskamera zu lächeln, als er vor rund fünf Kilometern Les Ventrons passiert hatte. Gesichts- und Nummernschilderkennung hatten ein Übriges getan. Als er jetzt die Toreinfahrt hinter sich ließ, spürte er ein leichtes Vibrieren des Chassis. Vor ihm hatten sich Poller in die Fahrbahndecke versenkt, die mit pneumatischem Druck in Bruchteilen von Sekunden daraus hervorschießen und einen schweren Truck aufzuhalten vermochten. Smith stellte sich lieber gar nicht erst vor, wie viel Feuerkraft seinen Weg über die lange, kurvenreiche Auffahrt zwischen Olivenbäumen und Oleanderbüschen begleitete.

Sein Gastgeber erwartete ihn auf dem weiten Vorhof seiner Villa. Es war einer jener sonnigen Wintertage in der Provence, deren helles Licht über die kühlen Temperaturen hinwegtäuschte. Girondou begrüßte ihn mit einer Herzlichkeit, die nicht aufgesetzt war, und freudig ausgestreckter Hand. Seine Aufmachung entsprach dem Stil, in dem sich sehr reiche Männer in der Provence gern zeigen und der häufig und fälschlicherweise mit »leicht und lässig« apostrophiert wird: ein einfaches cremefarbenes Baumwollhemd und eine dazu passende Hose, polierte

Gucci-Slipper und ein lose über die Schulter geworfener Kaschmirpullover. Keine Ringe, er gönnte sich nur den Luxus einer goldenen Cartier am Handgelenk.

»Peter, wie schön, dich zu sehen.« Er meinte, was er sagte.

So auch Smith. »Das beruht auf Gegenseitigkeit. Danke für deine Einladung.«

Girondou wurde plötzlich ernst. »Ich musste auf die Schnelle umdisponieren. Als Angèle hörte, dass du kommst, hat sie einen Termin bei ihrem Friseur abgeblasen, und die Mädchen, die eigentlich auf der Canebière shoppen wollten, sind kurzerhand zu Hause geblieben. Sie wollten unbedingt dabei sein, wenn wir zu Mittag essen. Ist dir das recht? Wir könnten uns dann anschließend ein bisschen die Beine vertreten.«

»Gern, Alexei. Was könnte einem alten Kerl wie mir besser gefallen, als mit drei wunderschönen Frauen an einem Tisch zu sitzen?«

Sein Gastgeber verzog das Gesicht. »So schmeichelt der Engländer. Aus dem Munde eines Franzosen würden sich deine Worte wie müde Anmache anhören, aber bei dir scheint es zu funktionieren. Komm mit.«

Sie gingen durchs Haus und setzten sich auf die Terrasse, die einen spektakulären Ausblick auf das Meer bot. Nicht zum ersten Mal fragte sich Smith, wie es sein konnte, dass sich in den acht Monaten seit ihrer ersten Begegnung eine echte Freundschaft zwischen ihnen entwickelt hatte. Jedenfalls saß er nun vor einem gekühlten Grand Cru Chablis, der jedem noch so blumigen Qualitätsurteil spottete, und tauschte Nettigkeiten mit einem Mann aus, dessen

Missetaten auf keine Kuhhaut gingen. Er war der Geschäftsführer eines Unternehmens, das mordete, entführte und betrog. Prostitution sowie Handel mit Drogen, Waffen und allem, was einen Haufen schmutziges Geld einbrachte, waren sein Metier. Smith seinerseits hatte viele Jahre undercover für die britische Regierung gearbeitet und selbst jede Menge Dreck am Stecken. Der Umstand, dass er geltendes Recht im Auftrag Ihrer Majestät gebrochen hatte, machte kaum einen Unterschied. Sie, Smith und Girondou, waren in vielerlei Hinsicht einander ähnlich. Der Rest der Welt würde vielleicht anders darüber denken, aber er scherte sich schon lange nicht mehr darum, was der Rest der Welt dachte.

Er und Girondou waren sich letzten Sommer über den Weg gelaufen, als er den Mord an Martines Ehemann aufzuklären versucht und nebenbei mehr über den Gangster in Erfahrung gebracht hatte, als ihm eigentlich lieb sein konnte. Girondou hatte einiges riskiert, als er Smiths Beteuerung vertraut hatte, dass ihm nichts daran liege, die Polizei zu informieren – schließlich ermittelte er nur aus Gefälligkeit für eine Mandantin. Und Smith hatte Wort gehalten, die beiden waren Freunde geworden und geblieben, trotz Girondous regelmäßigen, aber erfolglosen Versuchen, Smith als Mitarbeiter seines Familienunternehmens zu rekrutieren.

Ihr kurzes Begrüßungsgespräch wurde unterbrochen durch die Ankunft der Frauen. Auf den ersten Blick schienen alle drei Schwestern zu sein. Die Zwillinge waren siebzehn und kaum voneinander zu unterscheiden. Ihre Mutter mochte an die fünfundzwanzig Jahre älter sein, sah aber

107

aus wie Anfang zwanzig. Sie waren bildschön, groß, schlank, schwarzhaarig und freuten sich augenscheinlich, ihn zu sehen. Die Mädchen eilten auf ihn zu und umarmten ihn stürmisch. Madame Angèle folgte gemessenen Schritts, ergriff dann seine beiden Hände und gab ihm die drei obligatorischen Wangenküsse. Alexei hatte keine Geheimnisse vor den dreien, und sie wussten, was sie Smiths Schweigen zu verdanken hatten. Er trat einen Schritt zurück und betrachtete sie. Anscheinend war eine Art Bardot-Retro bei der jüngeren Generation angesagt, denn die Mädchen trugen weite Jeans, deren Gürtel gefährlich eng um die ohnehin schlanken Taillen saß, dazu schlichte weiße T-Shirts und Espadrilles an den Füßen. Ihre Mutter zeigte sich mit einer Bluse, Freizeithose und Segeltuchschuhen in der Haute-Couture-Version desselben Themas. Smith sah sich an seine eigenen, etwas älteren Töchter erinnert. Er flüsterte dem einen der Mädchen etwas zu, worauf beide wegliefen und wenig später mit einer Pralinenschachtel zurückkehrten, die er bei Madame Legrand, der legendären Chocolatiere von Arles, für sie gekauft hatte, sowie einem kleinen Blumenstrauß. Geschenke für Leute zu finden, die entweder alles hatten oder sich alles leisten konnten, war nicht leicht, vor allem dann nicht, wenn man wie Smith nur über bescheidene Mittel verfügte. Aber er hatte seinen Spaß daran, den drei gertenschlanken Schönheiten Kalorienbomben unterzujubeln. Sie würden die Pralinen in sich hineinstopfen und wahrscheinlich kein Gramm zunehmen. Madame Girondou nahm die Blumen dankend entgegen und eilte davon, um nach einer Vase zu suchen.

Das Mittagessen wurde in einem geschützten Winkel

der Terrasse eingenommen und von launigem Geplapper begleitet. Aus irgendeinem Grund hatten die Töchter Smith als eine Art Ehrenonkel adoptiert, der nun mit einigem Vergnügen zuhörte, wie sie in der Schule vorankamen und mit welchen Jungs sie jetzt ausgingen. Über Ersteres wurde naserümpfend berichtet, während das andere Thema ganz offensichtlich mehr interessierte. Er konnte nicht umhin, die Jungen ein wenig zu bemitleiden. Mit diesen beiden Mädchen auszugehen war wohl in vielerlei Hinsicht ein ziemlich einschüchterndes Unterfangen. Beide Eltern blickten mit Stolz auf die Töchter, die die Konversation bestimmten. Bevor der Nachtisch aufgetragen wurde, entschuldigten sich die Mädchen und stellten Smith in Aussicht, ihn während der Oster-Feria in Arles zu überfallen. Dann gingen sie, um sich mit ihren neuen Eroberungen zu treffen, und es amüsierte Smith zu hören, dass die beiden Jungen während des Mittagessens die ganze Zeit in einem der vielen Zimmer des Hauses auf sie warten mussten.

Bei Käse und Dessert kam endlich auch Angèle zu Wort und berichtete von ihren jüngsten Unternehmungen, fasste sich aber kurz, weil sie wusste, dass die Männer noch Geschäftliches zu besprechen hatten.

»Ich lass euch jetzt allein und fahre zum Friseur.« Sie stand von ihrem Platz auf. »Komm bald wieder, Peter. Übrigens, wenn der Besuch der Mädchen während der Feria nicht passen sollte, scheu dich bitte nicht, uns das zu sagen.«

»Aber nein, ich freue mich, wenn es in meinem Haus wieder einmal lebendig wird. Allerdings werden sich die beiden vielleicht ein Bett teilen müssen, weil sich auch meine Töchter angemeldet haben. Ob sie tatsächlich kommen, steht aber noch in den Sternen. Danke für das köstliche Essen. Es war wieder einmal wunderschön, euch alle zu sehen.«

Sie drückte ihm einen Kuss auf die Wange und ging. Smith wandte sich an den Gastgeber und lächelte onkelhaft, wie es sich für seine ehrenhalber verliehene Position gehörte.

»Du musst ein glücklicher Mann sein, Alexei.«

»Ja, ich weiß. Sollen wir hier sitzen bleiben, oder würdest du lieber ein paar Schritte gehen?«

»Lieber gehen.«

Es war noch kühler geworden, aber die Sonne schien und die Luft war klar. In Mäntel gehüllt, schlenderten sie auf diversen Pfaden über den Berghang. Immer wieder kamen sie an Stellen vorbei, an denen die Oleanderbüsche und Nadelbäume eine herrliche Aussicht freigaben. Hätte Smith nicht einen Instinkt dafür entwickelt, wäre ihm verborgen geblieben, dass sie die ganze Zeit beobachtet wurden. Sehr diskret, wie er einräumen musste. Zu sehen war zwar niemand, aber der Eindruck täuschte.

»Schieß los, Peter. Wie kann ich dir helfen?«

Smith hatte sich Gedanken darüber gemacht, wie er erklären sollte, was er selbst nicht recht verstand, und beschlossen, seinem Gastgeber die Geschichte von Anfang an zu erzählen. Als er geendet hatte, gingen sie eine Weile schweigend weiter. Dann blieb Girondou plötzlich stehen und schaute ihn an.

»Mir war voriges Jahr sofort klar, warum du dich für die Aufklärung des Mordes an DuGresson eingesetzt hast. Du bist Wachs in den Händen einer schönen Frau, und dein etwas, sagen wir, ungewöhnlicher Sinn für Moral verabscheut Pädophilie, während er den Dingen, die ich tue, eher gleichgültig gegenübersteht. Deshalb ist seitdem weder die Familie Aubanet noch meine Person von den Flics behelligt worden, und Madame Blanchard sonnt sich im Glanz des Präsidenten, ohne befürchten zu müssen, selbst ins Visier der Ermittler zu geraten. Du bist ein ehrenwerter Mann, Peter, zumindest in dem Sinne, wie ich dieses Attribut verstehe. Aber warum nun diese Geschichte, mein Freund? Du solltest doch wissen, dass du dich in gefährliches Fahrwasser begibst, sehr viel gefährlicher als im vergangenen Jahr.«

Smith dachte nach. Er war diesem Mann zwar keine Rechenschaft schuldig, wollte ihm aber dennoch eine Erklärung anbieten. Dazu sah er sich als Freund verpflichtet.

»Vieles von dem, was du tust, Alexei, habe ich in der Vergangenheit auch getan. Der einzige Unterschied zwischen uns ist, dass ich im Auftrag Ihrer Majestät gehandelt habe. Ich war im Grunde ausschließlich meiner Selbsterhaltung verpflichtet und konnte mir einreden, England zu dienen oder irgendeiner lächerlichen Idee. Ich glaube, ich hatte stets die Wahl und hätte immer Nein sagen können, habe es aber nie getan. An diesen Unterschied, der dich zum Kriminellen und mich zu einem vermeintlich ehrenwerten Soldaten in einem heimlichen Krieg gemacht hat, glaube ich nicht mehr. Ich habe längst die Hoffnung aufgegeben, irgendwann einmal ein höheres moralisches Gesetz hinter all dem ausfindig zu machen. Dass es eins gibt, bezweifle ich inzwischen.« Er machte eine kurze Pause, damit Giron-

111

dou das Gesagte verdauen konnte. »Ich habe mir deshalb eine eigene Moral zurechtgelegt, und sooft ich eine Entscheidung treffen muss, stelle ich bei aller Gewissensprüfung und Selbstanalyse immer wieder fest, dass es eigentlich ganz einfach ist, Gut und Böse auseinanderzuhalten. Was ich in der Geschichte sehe, ist schnell beschrieben. Ich sehe einen jungen Mann und Familienvater mit bescheidenen Ansprüchen, dem das Gehirn weggeblasen wurde, weil Leute in hohen Ämtern entweder inkompetent waren oder Verrat begangen haben. Ich sehe eine junge Witwe und ein Kind, die bis letzte Woche eine Zukunft vor sich hatten, die jetzt einer schrecklichen Vergangenheit gewichen ist. Ich sehe einen ehrlichen und stolzen alten Mann, der jetzt vielleicht an seinem Kummer sterben wird. Und all das wegen einiger hochrangiger Schwachmaten und/oder Würdenträger, die ein doppeltes Spiel spielen. Für solche Leute habe ich ein halbes Leben lang gearbeitet, und sie sind mir zuwider.« Kopfschüttelnd fuhr er fort: »Ich wäre selbst schön dumm, wenn ich mir einbilden würde, es mit Terroristen aufnehmen zu können. Der Versuch würde mich zwar vielleicht reizen, aber ich lasse es lieber, weil die Aussicht auf Erfolg gleich null wäre. Ich kann aber etwas für den alten Mann tun und diejenigen ausfindig machen, die für den Tod seines Enkels mitverantwortlich sind.«

»Und sie bestrafen?«

Girondou fragte nicht bloß.

Es entstand eine längere Pause. Und als Smith antwortete, war er kaum zu hören.

»Ja, wenn es kein anderer tut.«

Girondou hakte sich bei ihm unter. Schweigend setzten

112

sie ihren Weg fort. Nach einer Weile schaute der vielleicht mächtigste Mann Südfrankreichs dem Engländer in die Augen.

»O Mann, ich kann nur hoffen, dass du es nicht irgendwann einmal auf mich abgesehen hast.«

»Keine Angst, das würde mir nie einfallen«, sprach Smith zu ihm wie zu einem Kind. »Du und deine Familie, ihr seid meine Freunde.«

»Du verzeihst keinen Verrat, habe ich recht, Peter?«

»Niemals. Glaub mir: Ich weiß, was Verrat bedeutet.«

Sie kamen schließlich zurück zum Haus und blieben vor Smiths Wagen stehen. Er warf seinen Mantel auf den Rücksitz. Girondou bat ihn, ein Weilchen zu warten, und verschwand im Haus. Als er ein paar Minuten später wieder auftauchte, reichte er Smith eine braune Pappschachtel.

»Darin ist ein abhörsicheres Satellitentelefon«, erklärte er. »In Anbetracht der Typen, mit denen du es jetzt zu tun haben wirst, würde ich mich an deiner Stelle nicht mehr auf Telefon oder PC verlassen. Übrigens, hast du ein E-Mail-Konto?«

Smith ging auf die unverschämte Frage gar nicht ein. »Und das Telefon ist wirklich sicher?«

»O ja.« In Antwort auf Smiths etwas skeptische Miene führte er aus: »Verschlüsselt. Ich bin über die Schnellwahltaste eins zu erreichen. Deine Nummer findest du im Speicher unter ›Moi‹. Ich dachte, das könnte dir gefallen. Der GPS-Chip ist aktiviert, kann aber nur von mir gelesen werden. Falls du in Schwierigkeiten geraten solltest, drück zweimal auf die Neun. Mehr ist nicht nötig, und das Gerät wird keinen Ton von sich geben. Im Umkreis von hundert

Kilometern kannst du innerhalb von zehn Minuten mit Hilfe rechnen. Apropos, du solltest Madame Blanchard raten, ähnliche Vorsichtsmaßnahmen zu ergreifen. Ich bin mir sicher, dass ihre Anrufe nicht unbelauscht bleiben. In den Genuss deines girondouschen Heimdienstes kommt sie allerdings nicht. Sie kann selbst auf sich aufpassen«, fügte er grinsend hinzu.

»Danke, Alexei. Du bist mir wirklich eine große Hilfe. Ich bin dir einiges schuldig.«

»Ach was. Unter Freunden ist das selbstverständlich, und überhaupt, die Mädchen würden mich umbringen, wenn ich dich hängen ließe.« Er wurde ernst. »Natürlich helfe ich dir so gut ich kann, Peter. Aber dir muss klar sein, dass ich meine Angelegenheiten hier nicht gefährden darf. Ich bin auf die Gunst vieler Leute angewiesen, sowohl hier als auch in Paris. Auf die eine oder andere Person kann ich verzichten, wenn's sein muss, aber das Ganze braucht ein gewisses Maß an Vertrauen. Ich würde für dich weiter gehen als für jeden anderen, aber auch das hat Grenzen.«

»Das verstehe ich.«

Girondou nickte in Richtung Pappschachtel. »Ich werde dich heute Abend anrufen. Vielleicht habe ich bis dahin schon was rausgefunden.«

»Könntest du mir von diesen Geräten noch mehr besorgen? Vier vielleicht?«

»Klar. Ich lasse sie dir bringen.«

Die beiden schüttelten sich die Hand, Smith stieg in seinen Wagen und fuhr zurück nach Arles.

Am frühen Abend war er wieder zu Hause. Von dem köstlichen *déjeuner* war er noch gesättigt, daher verzichtete er auf ein Abendessen und beschloss, früher als sonst mit Arthur seine Runde zu drehen und es sich anschließend mit einem Buch bei einem Glas Whisky bequem zu machen.

Doch bevor er ging, rief er noch schnell Suzanne Blanchard an. Er ließ sie gar nicht erst zu Wort kommen und meldete sich auch nicht mit seinem Namen, sondern sagte: »Hallo. Ich gehe jetzt mit Arthur spazieren. Wir treffen uns in ein paar Minuten vorm Réattu.«

Bevor sie sich dazu äußern konnte, legte Smith wieder auf. Er hielt es für ausgeschlossen, dass sie ihn möglicherweise missverstanden hatte. Also machte er sich mit Arthur auf den Weg zum Fluss und schlenderte an der Ufermauer entlang in Richtung Trinquetaille-Brücke. Es war noch keine sieben, aber schon dunkel. Graue Wolken hingen über der Stadt, und das Wasser der Rhône war kabbelig. Als er das Museum Réattu erreichte, das in den Priorei-Mauern des Johanniterordens untergebracht war, entdeckte er unter den funzeligen Laternen am Ufer eine schlanke Gestalt in Jeans und dicker Wetterjacke, die sich gegen den Wind stemmte und auf ihn zukam. Ihr Gesicht, das sie ihm zum Begrüßungskuss darbot, wirkte besorgt. Arthur reagierte ausnahmsweise spröde auf ihr Gehätschel; er scannte gespannt die Umgebung, ob sich nicht irgendeine Katze töten ließ. Alte Gewohnheiten waren auch bei ihm hartleibig. Sie hakte sich bei Smith unter, und gemeinsam gingen sie, vom Wind gebeutelt, am Fluss entlang.

»Ein ziemlich unorthodoxes Rendezvous, wenn Sie

mich fragen, Peter, und vor allem ungemütlich. Ist was passiert?«

»Ich muss Ihnen nur schnell etwas mitteilen. Aller Wahrscheinlichkeit nach wird Ihr Telefon abgehört. Möglich auch, dass Ihr Haus verwanzt ist und Ihre E-Mails mitgelesen werden.«

Sie schaute sich um.

»Nein«, fuhr Smith fort, »beschattet werden wir nicht.«

»Soll das heißen, Sie sind in der Sache schon weitergekommen?«

Ehrlich ließ sich ihre Frage nur mit einem Nein beantworten, doch er wählte eine vorsichtigere Variante. »Ein wenig.«

»Haben Sie eine Ahnung, wer an dem, was ich von mir gebe, interessiert sein könnte?«

»Eine Ahnung habe ich, aber das ist auch schon alles. Morgen werde ich Ihnen mehr sagen können. Wie kommen Sie mit Ihren Ermittlungen voran?«

»Nun, die Großen und Guten der Sicherheitsbehörden treten auf der Stelle, und im Unterschied zu Ihnen muss ich mich an den Dienstweg halten, was ziemlich hinderlich ist.«

»Mit anderen Worten, Sie haben noch nichts erreicht.«

»So ungefähr.«

Der Wind wurde noch stärker. Sie gingen durch leere Straßen. Ohne eine bestimmte Absicht zu verfolgen, führte er sie zurück zu ihrem Haus. Sie öffnete die Tür und trat zur Seite. »Wie wär's mit einem Absacker?«

»Gern, aber ich habe noch zu arbeiten.«

»Schade.« Sie schaute ihn an. »Es geht wohl alles ein

bisschen weit, weiter als vereinbart. Ich bin Ihnen sehr dankbar, Peter. Aber warum legen Sie sich eigentlich so ins Zeug?«

Smith wurde verlegen. Ihre Frage war ihm selbst nicht in den Sinn gekommen, und wie so oft, wenn er sich mit persönlichen und unerwarteten Dingen konfrontiert sah, entschied er sich für die Wahrheit. »Vielleicht aus einer familiären Verpflichtung heraus.«

Sie lachte freudlos. »Emile wird mich gewiss nicht als Teil seiner Familie betrachten.«

»Aber Martine. Sie sollten alten Männern zugestehen, dass sie ihre Meinungen haben; Sie brauchen sich ja nicht daran gebunden zu fühlen. Ich würde meine Töchter nicht mit meinen Sünden belasten.«

Das kleine weiße Gesicht, das zu ihm aufschaute, hatte nichts von der Selbstsicherheit einer Ermittlerin aus dem Präsidialamt; es verriet vielmehr, dass Madame Blanchard sehr einsam war. Smith verspürte ein Stechen, er hatte Mitleid mit ihr. Vielleicht war es aber auch nur die Kälte, die ihm wieder Schmerzen in der Schulter bereitete, wo immer noch der Splitter einer russischen Kugel steckte. Der Chirurg hatte ihm damals eröffnet, er müsse, um ihn herauszuholen, das ganze Schultergelenk zerlegen.

»Schließen Sie hinter sich ab, Suzanne, und rufen Sie mich an, wenn Sie in Schwierigkeiten geraten.«

Er gab ihr einen Kuss auf die Stirn des immer noch zu ihm aufwärts gewandten Gesichts und wartete, bis er den Riegel im Schloss einrasten hörte.

Als er wieder zu Hause ankam, war es nach halb neun. Der Wunsch, ein gutes Buch zu lesen, hatte sich verflüchtigt, aber auf einen Schluck Whisky hatte er immer noch Lust. Zum Glück übertrug sein Satellitenkanal die Wiederholung eines Rugbyspiels zwischen Australien und Südafrika.

Trotz seiner fortwährenden Bemühungen, der Penetranz nervender Pieptöne und pseudomusikalischer Versatzstücke aus Smartphones, Toastern oder sonstigen elektronischen Geräten Einhalt zu gebieten, hatte er sich immer noch nicht gänzlich davon befreien können. Und so, wie er sich das Kennzeichen seines Autos einfach nicht merken konnte, war es ihm bislang auch noch nicht gelungen zu unterscheiden, welches Gerät welchen Laut von sich gab. Manche waren ihm allerdings notgedrungen vertraut, dieser zählte jedoch nicht dazu. Er verwirrte ihn anfangs ein bisschen. Dann bemerkte er, dass er seinem schicken neuen Telefon entsprang. Weil er sich mit dem Ding noch nicht auskannte, dauerte es eine Weile, bis er den richtigen Schalter gefunden hatte.

»Peter.«

Da nur er am anderen Ende des Umwegs über einen geostationären Satelliten sein konnte, war die Anrede als Aussage zu verstehen und nicht als Frage.

»Alexei.«

Das galt auch in umgekehrter Richtung.

»Wir haben schon ein paar vorläufige Informationen ausgraben können. Einer meiner Jungs wird dir in fünf Minuten einen Ausdruck vorbeibringen, du brauchst also nicht mitzuschreiben. Hier nur das Wichtigste: Wir haben die Mitglieder von Madame Blanchards Team unter die

Lupe genommen. Von den fraglichen vier kannst du Paul Granais, den Kommandanten der Polizei vor Ort, getrost abhaken, so auch den hiesigen Chef der Gendarmerie nationale, Claude Messailles.«

»Ach ja? Darf ich fragen, warum?«

Die Antwort war so einfach wie offenbar wahrhaftig. »Sie gehören zu meinem Team.«

»Ah, und das bedeutet, sie sind ...« Smith hielt inne. Das Wörtchen »ehrlich« wollte ihm nicht so recht über die Lippen gehen. Aus dem All flatterte ihm ein glucksendes Kichern zu.

»Ich würde sagen, verlässlich. Granais ist ein Opportunist mit geringen Ambitionen. Er will nur möglichst früh verrentet werden und genug Geld haben für sich, seine Frau und seine drei Kinder, nicht zu vergessen seine zwei Mätressen. Weiß der Himmel, wie er sein Leben auf die Reihe kriegt, wenn er keinen Vorwand mehr hat, das Haus zu verlassen. Messailles hat dagegen Format. Auf den ersten Blick mag er als aufbrausender, arroganter Mistkerl erscheinen. Im Grunde ist er das auch, aber darüber hinaus hat er einen scharfen Verstand und macht einen sehr, sehr guten Job. Er könnte es eines Tages bis zum Generaldirektor der Gendarmerie nationale bringen, was uns sehr gelegen käme. Wie dem auch sei: Beide haben ihre persönlichen Macken, die mich teuer zu stehen kommen – sie verschniefen entsprechend viel Geld, wenn du verstehst ... Dass sie an dem Treffen beteiligt waren, erklärt sich eigentlich von selbst, da sie für alle Geschehnisse zuständig sind, die in ihrem Revier passieren. Es ist aber äußerst unwahrscheinlich, dass sie irgendetwas über den anstehenden Fall wissen. Eine der beiden Gruppen, die die Operation geplant haben, nämlich die DST – die ungefähr eurem MI5 in Großbritannien entspricht –, war durch Lefaivre vertreten, eine mediokre Charge aus der Planungsabteilung. Interessant übrigens, dass niemand von der GIGN, der Antiterrorgruppe innerhalb der Gendarmerie, mit von der Partie war.«

»Ich dachte, die DST operiert nur im Ausland.«

»Das war früher auch der Fall, aber inzwischen hält man's nicht mehr so genau mit dem eigentlichen Auftrag.«

»Und der vierte Mann?«

»Tja, bei dem scheinen wir auf fruchtbaren Boden zu stoßen. Er als RAID-Vertreter in der Runde ist nicht etwa irgendeine Lokalgröße, sondern der Kommandant des Vereins. Roger Gallion sein Name. Er ist mit Abstand der Interessanteste der vier. Nominell der Polizei unterstellt, genießt die RAID jede Menge Freiheiten. Ich weiß nur so viel über sie, dass ich noch hoffen kann, dass sie nicht direkt in die Sache involviert war. Es handelt sich um eine sehr kleine, hoch spezialisierte Truppe aus weniger als hundert Mitgliedern, die aber für sich in Anspruch nehmen darf, die am besten ausgebildete und ausgestattete Antiterroreinheit in Frankreich, wenn nicht auf der ganzen Welt zu sein. Ich schätze, dass die RAID die Strandparty organisiert hat, und es würde mich wundern, wenn ihr dabei ein Fehler unterlaufen wäre. Aber man kann nie wissen. Falls sie einen Verräter in ihren eigenen Reihen hat, steckt Frankreich tief in der Bredouille. Wie gesagt, seltsam finde ich, dass die GIGN nicht vertreten war. Man sollte doch meinen, dass sie an der Planung, wahrscheinlich auch an der Ausführung hätte beteiligt sein sollen. Wir hätten also in unserem Fall drei Antiterrorgruppen in Aktion, die sich untereinander nicht riechen können und – typisch französisch – aus Mücken Elefanten machen. Ein Desaster ist vorprogrammiert, obwohl jede einzelne dieser Gruppen unbestreitbare Fähigkeiten besitzt. Die ganze Operation war vielleicht von vornherein zum Scheitern verurteilt. Eine Riesenpleite.«

»Das würde alles noch schlimmer machen, Alexei. Unabhängig davon, ob hier oder da Mist gebaut worden ist, wird jemand vertrauliche Informationen verraten haben.«

Smith dachte plötzlich an einen adrett gekleideten jungen Mann in einer Washingtoner Bar, legte das Bild aus der Erinnerung aber ebenso schnell zur Seite. Er glaubte nicht so recht an eine selbst verschuldete Pleite, wollte sich aber nicht länger damit befassen. Außerdem hatte es an der Tür geklopft. Davor stand jemand, der ihm eine braune Versandtasche und eine weitere Pappschachtel überreichte. Auf der Straße sah Smith einen Range Rover parken. Zwei Männer standen davor, vorn und hinten, und blickten über den Platz. Nachdem der Bote geliefert hatte, reichte er Smith die Hand und kehrte zu dem Wagen zurück. Das düstere Trio verschwand so leise in die Nacht, wie es gekommen war.

»Deine Kavallerie war hier, Alexei. Vielen Dank.«

»Eines Tages wirst du vielleicht wirklich Grund haben, dieser Kavallerie zu danken, Peter. Ich werde derweil ein bisschen weiterrecherchieren. Nimm dich in Acht, mein Freund.«

»Gute Nacht, Alexei, und noch mal: danke. Ich stehe in

deiner Schuld. Übermittle deinen Frauen schöne Grüße und gib ihnen einen Kuss von mir.«

»Nein, du stehst nicht in meiner Schuld. Komm häufiger zu Besuch, dann kannst du ihnen selbst einen Kuss geben. Du bist alt genug.«

Smith streifte plötzlich der Gedanke, dass Girondou und seine Familie womöglich nicht allzu viele wahre Freunde besaßen.

»Das werde ich, Alexei, versprochen.«

8. Intermezzo aus Leibesübungen und Papierkram

Andere Prioritäten mochten die Plätze tauschen, doch das Morgenritual stand fest. Arthur war ein Gewohnheitstier, und so stand Smith um sechs in der Früh auf, ging bei jedem Wetter eine Stunde lang mit dem Hund vor die Tür, duschte, trank einen starken Espresso und tat dann, was ihm das Leben als Nächstes auftrug. Im Sommer, wenn schon um elf die Temperaturen auf über dreißig Grad anstiegen und es bis acht Uhr am Abend heiß blieb, war es relativ einfach, sich an eine solche Routine zu halten. Wer allerdings etwas geschafft bekommen wollte, war gut beraten, es vorher oder nachher zu tun. Schon am frühen Vormittag hatten sich alle Spuren der nächtlichen Kühle verflüchtigt, die meisten Fensterläden waren geschlossen, die Fliegennetze heruntergezogen, und ein jeder tat in den nächsten Stunden so wenig wie möglich oder gar nichts, außer zu essen und zu schlafen natürlich. Smith tat sich schwer damit, mitten am Tag zu schlafen, und Siesta zu halten war nicht nach seinem Geschmack.

Im Winter hingegen hatte das frühe Aufstehen andere Vorzüge. Dann war kaum jemand auf den Beinen, und die Stadt lag wie ausgestorben. Durch die windigen Straßen zu gehen war für Smith immer wieder ein Vergnügen, zumal andere Hundehalter, die sich über die Leinenvorschrift genauso lässig hinwegsetzten wie über Parkverbote, wahrscheinlich noch das Bett hüteten. Entsprechend entspannt führte sich dann Arthur auf, der auch noch als pensionierter Rennhund jedem Vierbeiner lustvoll nachjagte, der kleiner war als ein Pferd.

An diesem Tag hatte Smith nichts Besonderes auf seiner Agenda, abgesehen von Girondous Infos, die auf dem Schreibtisch auf ihn warteten. Er beschloss darum, eine größere Runde zu drehen als gewöhnlich. Es war noch stockdunkel, als er das Haus verließ. Hinter dem Amphitheater folgte er der abschüssigen Rue Voltaire in Richtung Norden, passierte auf der Rue de la Cavalerie das alte römische Stadttor, überquerte die Place Lamartine und schlenderte die Avenue de Stalingrad entlang. Nicht zum ersten Mal sinnierte er über Straßennamen nach, die wie alles andere dem Zeitenwandel unterworfen waren. Die ältesten hatten oft religiöse Bezüge. Die Revolution tauschte sie gegen die Namen von Personen aus, die sich verdient gemacht hatten. Während der deutschen Besatzungszeit im Jahr 1942 kamen die Namen rechtslastiger Politiker in Mode; so wurde zum Beispiel aus der Place de la République die Place Pétain, nur um wenig später, als die Deutschen wieder abgezogen waren, schnell wieder umbenannt und sozialistischer konnotiert zu werden. Vor dem Zweiten Weltkrieg hieß die Hauptstraße, die im Norden aus der Stadt hinausführte, sinnigerweise Route d'Avignon. Smith fragte sich, wie lange sich wohl ihr jetziger Name – Avenue de Stalingrad – noch halten beziehungsweise wann er im Zuge einer neuerlichen Revision ausgetauscht werden würde.

Er passierte die beiden Eisenbahnbrücken, von denen die größere die Züge aus Marseille sicher in den Bahnhof geleitete. Die kleinere davor hatte den Schienenweg nach Lunel getragen, war aber stillgelegt worden, nachdem amerikanische Bomber im Sommer 1944 im Vorfeld der Operation Dragoon – des Einmarschs der Alliierten in Südfrankreich – die Rhônebrücken gesprengt hatten, um die deutschen Besatzer am Rückzug zu hindern. Der Bombenteppich hatte einen Großteil des Chartier de la Cavalerie dem Erdboden gleichgemacht. Zu den heutzutage sogenannten Kollateralschäden zählten auch die elegante Vorstadt von Trinquetaille am Nordufer des Flusses, van Goghs berühmtes Gelbes Haus und auch dasjenige, das an der Place de la Major gestanden hatte, wo sich nun jene Nachkriegsversion befand, die Smith sein Eigen nannte.

Schön war die Straße nicht, die kurz hinter den Brücken an Supermärkten, Lagerhäusern, Kfz-Werkstätten und Fast-Food-Restaurants vorbeiführte. Smith kam sich hier vor wie in einer amerikanischen Stadt, in der sich kommerzielle Interessen über den guten Geschmack oder eine sorgfältige Planung oder wahrscheinlich beides hinweggesetzt hatten. Er ging dennoch weiter, bis er das Gefängnis erreichte und dort nach Osten abbog, dann auf kleinen Straßen Le Trébon durchquerte und an den Canal du Vigueirat gelangte, der die Crau bewässerte, jene ehemalige Schottersteppe östlich von Arles. Auf seinem Weg entlang der Felder jenseits des Kanals kam er am Mas de la Croix vorbei, der letzten kleinen Garnison der Deutschen vor ihrem Rückzug im August 1944, dann an einem der neu angelegten Friedhöfe und ging schließlich zum Pont-de-

Crau, wo er sich wieder in Altstadtnähe befand. Einen Spaziergang von solcher Länge unternahm er nur im Winter, denn im Sommer würden ihm am Kanal Myriaden von Stechmücken zugesetzt und den Spaß verdorben haben. Für einen Longdog wie Arthur war diese Art von Landschaft ohnehin kein artgerechtes Habitat, weil sie ihm zu wenig Spielraum ließ. Er begnügte sich damit, an der Leine zu laufen, ohne daran zu ziehen.

Wie immer, wenn Smith spazieren ging, nutzte er die Zeit, um das, was ihn beschäftigte, kritisch zu analysieren und sich Handlungsoptionen durch den Kopf gehen zu lassen. So wie es sein Freund Gentry tun würde. Aber er war nicht Gentry. Zu entscheiden, was sich als nächster Schritt empfahl, war kein Problem für ihn, und meist tat er instinktiv das Richtige. Und selbst wenn er sich vergaloppierte, gelang es ihm meist doch, Schwierigkeiten im letzten Moment aus dem Weg zu gehen. Manchmal zugegebenermaßen nur mit knapper Not.

An dem vorliegenden Fall, über den er sich nun Gedanken machte, reizte ihn nicht nur Suzanne, sondern die Sache selbst. Was am Strand von Beauduc passiert war, hatte ihn mehr als neugierig gemacht. Suzanne war ein politisches Schwergewicht, aber dass es angeblich der Präsident höchstpersönlich war, der sie mit scheinbar unumschränkten Vollmachten an die Spitze der Ermittlungen gesetzt hatte, machte Smith doch zumindest sehr skeptisch. Die Teilnehmer der jüngsten Sitzung repräsentierten die wichtigsten Säulen der französischen Terrorbekämpfung und Strafverfolgung. Normalerweise gingen sich die besagten Herrschaften geflissentlich aus dem Weg. Es musste also eine größere Agenda dahinterstecken, und die Tatsache, dass das Élysée anscheinend unmittelbar involviert war, verlieh der ganzen Geschichte eine sehr düstere Färbung.

Nachdem er, mal rechts, mal links abbiegend, an mehreren Deichen und Wassergräben vorbeigekommen war, musste er plötzlich feststellen, dass er sich verlaufen hatte. Feste Stege oder Brücken gab es nur wenige. Er war an einen großen Teich gelangt und konnte den See Étang de la Gravière tief im Osten der von ihm eingeschlagenen Richtung ausmachen. Offenbar war er weiter gekommen als gedacht. Auf den Feldern ringsum wimmelte es von Vögeln: Enten, Blesshühner, Reiher und sogar Flamingos. Schließlich traf er auf einen Deich, der ihn am Wasser entlang und auf eine Straße führte, auf der er in vertrauteres Terrain zurückfand. Er überlegte kurz, ob er seinen Spaziergang noch verlängern und bis zu den berühmten, aus spätrömischer Zeit stammenden Mühlen von Barbegal gehen sollte. Das kanalisierte Wasser war über eine steile Böschung fast dreißig Meter hinabgestürzt und hatte acht in zwei Reihen gegliederte Mühlen zum Mahlen von Getreide angetrieben. Auch wenn nicht mehr viel davon übrig geblieben war, waren sie immer noch ein beliebtes Ausflugsziel für Touristen. Dort standen auch noch die Reste eines Aquädukts, der die Stadt Arles mit dem Wasser der Alpillen versorgt hatte.

Aber weil sein Rundgang schon länger gedauert hatte als geplant und er auch bald etwas essen und trinken wollte, machte er sich strammen Marsches auf den Heimweg und erreichte zwanzig Minuten später die Ortschaft Pont-de-Crau. Neben den Mühlen gab es eine weitere Sehenswürdigkeit in dieser Gegend, nämlich das Château de

Barbegal, ein etwas plumpes, schlossähnliches Gebilde mit einer Fassade im Renaissancestil, einem Rundturm auf der einen und einem eckigen Turm auf der anderen Seite. Heute diente es dem einträglichen Gewerbe der Ausrichtung von Hochzeiten für Leute, die über entsprechend viel Geld verfügten. Gegen Ende des Krieges hatte ein deutsches Infanterieregiment dort Quartier bezogen, als es wegen der amerikanischen Bombenangriffe gezwungen war, seinen Hauptstützpunkt im Hôtel Jules César in der Stadtmitte von Arles zu räumen. In den Hochglanzbroschüren der vornehmen Event-Location war allerdings von diesem Teil ihrer Geschichte nichts zu finden.

Es dauerte nicht lange, und Smith saß in dem Café von Pont-de-Crau, das er und Gentry manchmal aufsuchten, wenn sie sich ungestört auf neutralem Boden unterhalten wollten. Es war ein kleines, sehr traditionelles Lokal an der Hauptstraße gegenüber dem inzwischen stillgelegten Elektrizitätswerk, von dem Arles einst seinen Strom bezogen hatte. An dem Café schätzte Smith die Abgeschiedenheit vom Rummel in der Stadt, die gute einfache *plat du jour*, die es normalerweise im Angebot hatte, sowie seinen Parkplatz hinter dem Haus, der von der Straße aus nicht einzusehen war. Was ihn außerdem bewog, von Zeit zu Zeit dort einzukehren, war die ausgesprochene Freundlichkeit der Wirtsleute gegenüber Hunden. Arthur konnte immer sicher sein, mit Leckereien verwöhnt zu werden. Heute stand Lammeintopf auf der Speisekarte, gefolgt von einer Apfeltarte.

Sowohl Smith als auch der Hund waren glücklich, endlich essen zu können, und während Smith sich den Eintopf schmecken ließ, versuchte er, sich zu analytischem Denken zu zwingen. Er brauchte ungefähr zwei Minuten, um einzusehen, dass er damit keinen Erfolg haben würde. Er wusste einfach zu wenig über den Fall. Von Suzanne erfuhr er nichts, trotz ihres neuerdings wiedergewonnenen Vertrauens ihm gegenüber. Oder sie rückte von sich aus nicht mit der Sprache heraus. Er grinste, als er sich sein ziemlich umfangreiches Repertoire an robusteren Verhörmethoden vergegenwärtigte, ließ aber den Gedanken, sie gegebenenfalls wieder einmal zum Einsatz zu bringen, gar nicht erst zu. Er würde ein bisschen in der jüngeren Vergangenheit der Männer graben müssen, die an Suzannes letzter Sitzung teilgenommen hatten, doch er vermutete, dass Girondou darüber schon alles Wissenswerte zusammengetragen hatte. Wenn nicht, könnte Gentry nachhelfen. Mit einem inneren Schulterzucken konzentrierte er sich auf sein Essen, das heute noch besser war als sonst. Arthur dachte wohl auch so und hatte sich in Richtung Küche verabschiedet. Wenn Erfahrungswerte tatsächlich etwas taugten, war zu erwarten, dass seine Schritte auf dem Rückweg aus der Küche sehr viel behäbiger sein würden als auf dem Hinweg.

Statt irgendeinen Plan zu fassen, dachte er über das nach, was ihn von Anfang an irritiert hatte. Warum waren drei Polizisten getötet worden? Auf den ersten Blick hätte doch die heimliche Landung eines Terroristen an einem provenzalischen Küstenabschnitt eben vor allem eines sein sollen, nämlich heimlich. Kaltblütiger Mord dagegen sorgte doch nur für Wirbel. Ob es den Verantwortlichen womöglich genau darauf angekommen war? Wollten sie damit etwas aussagen? Welche Motive auch immer dahintergesteckt haben mochten – erreicht worden war die Aufnahme einer Untersuchung, an der viele hohe Kaliber mitwirkten. Aber vielleicht war dieser Vorgang ja auch beabsichtigt. Stellte sich die Frage, wer davon profitieren konnte. Die Terroristen wohl kaum; der eingeschmuggelte Mann schien in der Halbwelt Südfrankreichs untergetaucht zu sein. Vielleicht wusste Girondou eine Antwort darauf. Smith aber war sich sicher: Wenn sein Freund etwas über den Aufenthaltsort von Hassan Agreti wusste, hätte er ihm das längst mitgeteilt. Warum und inwieweit die Polizei möglicherweise von der Sache profitiert haben könnte, war ihm schleierhaft. Vielleicht fand er in Girondous Rechercheunterlagen aufschlussreiche Hinweise. Eine persönliche Vendetta ließe sich auch noch in Betracht ziehen, doch das wäre wohl allzu weit hergeholt. Es gab sehr viel weniger komplizierte Wege, alte Schulden zu begleichen. Blieb letztlich nur ein Motiv übrig: ein Ablenkungsmanöver. Etwas anderes wollte ihm nicht einfallen.

Es war noch ein gutes Stück bis nach Hause. Also beglich er seine Rechnung, holte einen überfressenen Hund aus der Küche und machte sich auf den Heimweg längs der Hauptstraße und vorbei an den Überresten des römischen Aquädukts. Auf der kleinen Brücke überquerte er den Bahndamm, stieg die Treppe zur Place de la Major hinauf und winkte im Vorbeigehen dem Weinhändler zu, der vor seinem kleinen Laden stand. Es war inzwischen warm genug geworden, um es sich im Garten bequem zu machen. Mit einem frühen Whisky und Girondous Unterlagen als Lektüre setzte er sich draußen in den Liegestuhl. Arthur

streckte sich auf der Terrasse aus und hielt ein Verdauungsschläfchen. Als Smith die Papiere zu sichten anfing, kam
ihm plötzlich eine Idee. Er kramte sein Handy hervor und
rief Gentry an.

»Hättest du gleich ein bisschen Zeit für mich?«

»Natürlich«, antwortete der Freund spontan. »Wann ist
gleich?«

»Wie wär's mit acht Uhr?«

»Einverstanden.«

»Und könntest du bis dahin noch ein paar Erkundigungen einholen?«

Über den Äther erreichte ihn ein hohles Lachen. »Warum bin ich jetzt nicht überrascht, Peter?«

Smith ließ die frotzelnde Bemerkung unkommentiert
und las aus seinen Unterlagen ein paar Betreffzeilen vor,
die einer Auflistung von Daten aus Personalakten gleich-
kamen. Manche der genannten Namen waren ihm schon
untergekommen, andere nicht. Jedenfalls handelte es sich
durchweg um hochgestellte Amtsträger. Neben detaillier-
ten Lebensläufen und psychologischen Profilen enthielten
die Akten Informationen der etwas ungewöhnlichen Art:
Angaben über Vermögenswerte, Immobilien, Jachten –
Gallion besaß sogar ein kleines Flugzeug – sowie über
Familienangehörige, Escortdamen und Lustknaben einschließlich Adressen. Auch über die jeweilige Finanzlage
wurde detailliert Auskunft gegeben, über Darlehen, Geld-
geschäfte, Spekulationsverluste und dergleichen mehr.
Kontoauszüge der letzten dreißig Tage waren vollständig
in einer Anlage beigefügt. Jede Akte enthielt zudem ein einzelnes Blatt, auf dem die Stärken und wunden Punkte der

betreffenden Personen vermerkt waren. Nicht zuletzt zeugte das ganze Paket von Girondous geheimnisvollem Erfolg.

Wie Girondou bereits hatte durchblicken lassen, standen sowohl Granais als auch Messailles auf seiner Gehaltsliste, was beide allerdings nicht voneinander wussten. Und was durchaus Sinn ergab. Als regionale Kommandeure der Police nationale beziehungsweise der Gendarmerie nationale konnten sie sehr nützlich sein. Beide hatten beträchtliche Einlagen auf Bankkonten in der Schweiz. Interessant fand Smith, dass sein Bauchgefühl hinsichtlich des GIGN-Mannes DuPlessis durch das Dossier über ihn bestätigt wurde. Es markierte den Lieutenant der Spezialeinheit als möglichen Ansprechpartner, falls Girondou irgendwann einmal einen einflussreichen Mittelsmann in der französischen Terrorbekämpfung nötig haben sollte. DuPlessis war verheiratet, führte aber nebenher eine Liaison mit einer iranischen Geliebten, die auffällig viel Geld auf der hohen Kante hatte. Gallion und Lefaivre machten einen solideren Eindruck. Girondou zog sie als mögliche Verbündete offenbar nicht in Betracht, zumal ihre Leidenschaften – Lefaivre zog es zu jungen Männern hin, und Gallion war ein passionierter Freizeitpilot – nicht allzu viel Geld verschlangen.

Interessanter waren zwei Dossiers über Personen, von denen er noch nichts gehört hatte, beides Mitarbeiter der DST. Da dieser Direktion die Hinweise aus Nordafrika erstinstanzlich zugekommen waren und sie die anschließende Operation federführend geplant hatte, sollte sich Gentry auch diese Herren ein bisschen näher ansehen. Beide waren hochrangig, wie aus den Papieren hervorging, also durchaus in der Lage, auf alle möglichen Arten entscheidend Einfluss zu nehmen. Überhaupt kamen weniger gewichtige Personen in Girondous Informationssammlung gar nicht vor. An nachrichtendienstlichen Erkenntnissen auf lokaler Ebene schien er weniger interessiert zu sein, was darauf schließen ließ, dass seine Quellen wahrscheinlich besser waren als die derjenigen, über die er Dossiers angelegt hatte. Seine eigentliche Zielgruppe bestand aus Personen mit Einfluss auf die Gebiete, in denen er tätig war. Ein Polizeibeamter in Führungsposition und ein Chef der Gendarmerie waren für ihn sehr viel nützlicher, wenn es darum ging, Entscheidungen der Ordnungskräfte zu kontrollieren. So konnte er dafür sorgen, dass sie ihn in Ruhe ließen. Darum investierte er in sie.

Es wartete schon ein Whisky auf ihn, als Smith sich in seinen Sessel an Gentrys Kamin setzte, der wie gewöhnlich zu dieser Jahreszeit munter vor sich hin loderte. Unabhängig von den Außentemperaturen war Gentry ein Mann von traditionellem Gepräge. Auch Arthur hatte seine übliche Position eingenommen: die Horizontale auf seinem angestammten Sofa. Smith reichte seinem Freund die Unterlagen, lehnte sich zurück und wartete. Im Unterschied zu ihm konnte Gentry sehr schnell über längere Zeit lesen, insbesondere Texte wie die, die er jetzt in der Hand hielt. Er brauchte dafür sehr viel weniger Zeit als Smith und konnte augenblicklich herausfiltern, was wichtig war und was nicht.

»DuPlessis, Lefaivre und Gallion. In der Reihenfolge. Die anderen haben mit der Sache nichts zu tun.« Er stockte und setzte eine etwas zerknirschte Miene auf. »Und zwar ausschließlich wegen ihrer Antiterrorverbindungen. Ich kann mir aber beim besten Willen nicht vorstellen, was dem einen oder anderen daran gelegen sein kann, Männer aus den eigenen Reihen zu töten. Wer es in diesen Organisationen so weit geschafft hat, ist mit Sicherheit nicht auf den Kopf gefallen.«

Smith nickte. »Soll heißen, entweder wir wissen nicht genug über diese Männer oder ...«

»Wir sind im falschen Film«, ergänzte Gentry.

Beide hingen für eine Weile ihren Gedanken nach. Am Ende war es Gentry, der ihrer beider Schlussfolgerungen formulierte.

»Ich fürchte, wir kommen fürs Erste nicht weiter. Uns fehlen entscheidende Informationen.«

Smith nickte düster. »Die Hintergründe sind mir im Grunde egal«, sagte er. »Ich will nur wissen, wer abgedrückt hat. Der Grund dafür interessiert mich nicht, auch wenn dein alter Freund wohl gern Bescheid wüsste. Aber es könnte sich schließlich um eine ganz private Angelegenheit gehandelt haben, mit der der junge Kerl nichts zu tun hatte. Zwei weitere Männer wurden in der Nacht getötet, und darum kümmern wir uns kaum.«

Jetzt war es Gentry, der düster dreinblickte. »Wie gesagt, ohne zusätzliche Informationen kommen wir nicht weiter, genauso wenig wie deine Suzanne.«

»Zugegeben, aber wenn es eine Antwort gibt, wird sie nur von einem der Männer in den Akten zu erfahren sein. Jemand anders hätte eine solche Aktion nicht auf die Beine stellen können. Einer von ihnen ist das faule Ei. Und ich bin mir ziemlich sicher, Suzanne wird nicht unter den Mitgliedern ihres eigenen Komitees ermitteln.«

In der Pause, die er einlegte, hatte Gentry Zeit, die Stirn zu runzeln.

»Übrigens«, meinte Smith, »bezeichne sie bitte nicht als ›meine Suzanne‹. Davon ist sie sehr weit entfernt, und allein der Gedanke an eine solche Annäherung bereitet mir Bauchschmerzen.«

»Entschuldige, mein Lieber. Ich dachte, du würdest Frauen wie diese Aubanet sammeln. Mein Fehler.«

Smith fand, dass würdevolles Schweigen die einzig angemessene Reaktion auf Gentrys Stichelei war. Und weil er sich von dem Gespräch keinen weiteren Erkenntnisgewinn versprach, stand er auf und ging zur Tür, widerwillig gefolgt von dem Hund.

»Ich bin dann weg. Morgen erwartet mich ein vergnüglicher Tag auf dem Mas des Saintes. Deshalb gehe ich besser früh ins Bett. Und ich muss auch noch packen.«

»Schlafanzüge?«, erkundigte sich Gentry wie nebenbei.

»Ein Geburtstagsgeschenk«, murmelte Smith und ließ den grinsenden Freund mit einem Rest Whisky im Glas allein zurück.

9. Bullen und Mittagessen

Jene glücklichen Mitmenschen, die sich vehement gegen Stierkämpfe aussprechen, aber noch nie zugeschaut haben und auch nichts weiter darüber wissen wollen, hegen wenig überraschend eine beträchtliche Anzahl falscher Vorstellungen über den Gegenstand ihrer Abscheu. Eine der vielen Mythen, die auch von gutmeinenden, aber letztlich wertlosen Reiseführern aufrechterhalten werden, stellt die Camargue als eine Landschaft vollgestopft mit prächtigen Kampfbullen dar, denen ein brutalstmögliches Ende vor den Augen Tausender blutrünstiger Blödhammel im großen Amphitheater von Arles bevorsteht. Tatsächlich gibt es in der Camargue nur einige wenige Züchter von Kampfstieren, fünf oder sechs, wenn's hochkommt. Sie alle ziehen nur eine sehr kleine Zahl von Tieren heran, und zwar ausschließlich solche aus spanischer oder portugiesischer Abstammung. Die überwiegende Mehrzahl der gut dreitausend Rinder beiderlei Geschlechts, die auf den großen Manades der Camargue jedes Jahr heranwachsen, enden ganz profan in einem Schlachthaus und gelangen auf Umwegen in den Magen des Verbrauchers. Auch nicht so schön. Engagierten Tierfreunden, die als Touristen die Camargue frequentieren und gern auch die eher unzugänglichen Stellen aufsuchen, um Flamingos zu beobachten und sich gut fühlen zu können, fällt meist nicht auf, dass die vielen schwarzen Bullen entlang ihres Weges höchstens zweihundert Kilo Lebendgewicht auf die Waage bringen. Dies ist ein Durchschnittswert, der über die Jahre immer weiter abgesunken ist – zugunsten zarteren Fleisches und schnelleren Absatzes. Es sind eben nicht die fünf- oder sechshundert Kilo geschmeidig wendiger Wut mit nadelspitzen, bis zu einem halben Meter langen Hörnern, mit denen sich ein sechzig Kilo schwerer Matador konfrontiert sieht. Nein, der Großteil der berühmten Camargue-Bullen kommt direkt auf den Tisch, nicht in die Arena.

Der Sonntagmorgen war grau und mäßig windig. Smith freute sich auf den Besuch bei Familie Aubanet, auch wenn das Wetter nicht mitspielte. Im Laufe des vergangenen Jahres war ihm die *ferme* sehr vertraut geworden, und er genoss die Gastfreundschaft einer Familie, der er sich fast zugehörig fühlte. Er war ein willkommener Gast sowohl auf dem Mas des Saintes als auch in der Nachbarschaft. Obwohl er sein Alleinsein über alles schätzte, fiel es ihm ganz und gar nicht schwer, sich aufrichtiger Freundschaft zu öffnen, wenn sie freimütig und deutlich zum Ausdruck gebracht wurde. Was engere Beziehungen anbelangte, sah er sich in einem typisch britischen Dilemma gefangen: als Einzelgänger, der sich nach Gesellschaft sehnte, als unabhängiger Geist, der sich auch auf andere verlassen musste. Wie viele Briten schlug er Einladungen eher aus, wäre aber unglücklich, blieben sie aus. Seine Ausrede war dann meist, als freischaffender Kunsthistoriker und selbstständiger Unternehmer aus geschäftlichen Gründen verhindert zu sein. Seine häufigen Reisen sowie seine im Dienst für Königin und Vaterland erworbene Eigenständigkeit hatten ihn argwöhnisch gemacht gegenüber längerfristigen Bindungen (selbst in Norfolk hatte er sich stets so fremd gefühlt wie auf der Rückseite des Mondes). Verstärkt wurde sein Gefühl noch durch die Tatsache, dass ihm zwei Ehefrauen den Laufpass gegeben hatten. Vor diesem Hintergrund verunsicherte ihn die ihm von der Familie Aubanet und insbesondere von Martine entgegengebrachte Freundschaft ein wenig, sosehr er sie auch schätzte. Zum Glück hatte Martine offenbar Verständnis für seine Vorbehalte, sodass er sich ihr gar nicht erst erklären musste – was ohnehin nicht seine Stärke war. Vielleicht war seine Vorstellung von sich als dickleibigem alten Mann der wahre Grund dafür, dass er allein den Gedanken für lächerlich hielt, eine wunderschöne und intelligente Frau könnte ihn attraktiv finden.

Auf der D36 nach Süden bog er bei Le Sambuc rechts ab, steuerte den Tiefen der Camargue entgegen und freute sich auf die bevorstehenden Stunden. Arthur, der auf der Rückbank lag, rührte sich und hob den Kopf. Ihm war der Weg vertraut, und er ließ klar erkennen, dass er keinerlei Vorbehalte hatte, was die Beziehung seines Herrchens mit den Aubanets anging. Er wurde nach Strich und Faden verwöhnt und wähnte sich im Himmel, wenn er auf der Farm frei herumrennen konnte. Als Smith das geöffnete Tor in der Einfahrt passierte, steckte Arthur den Kopf zum Fenster hinaus und hielt lechzend Ausschau nach jagdbarem Getier. Mit einem Blick in den Rückspiegel versicherte sich Smith, dass das Tor hinter ihm wieder geschlossen wurde.

Noch so eine Festung, dachte er ein wenig mürrisch und fuhr auf den quadratischen Innenhof des Gehöftes.

Martine stand vor der Haustür, um ihn zu begrüßen – oder vielmehr Arthur, der aus dem Wagen sprang und auf sie zurannte. Er schien kaum langsamer geworden zu sein seit den Tagen, da er aus den Startblöcken der Rennbahn von Harlow mit wenigen Sätzen bis über sechzig Stundenkilometer hatte beschleunigen können. Schließlich beruhigte er sich und erlaubte ihr, Smith mit beiden Armen stürmisch zu begrüßen und eine öffentliche Show aus ihrer Zuneigung zu ihm zu machen – sehr zu seiner Verlegenheit und zum Amüsement verschiedener Angestellter und Hilfskräfte, die sich gerade im Hof aufhielten.

Nachdem er ihre Begrüßung erwidert und sich sanft aus ihrer Umarmung gelöst hatte, holte er ein großes, notdürftig in Geschenkpapier eingeschlagenes Paket aus dem Kofferraum. Es war sein Mitbringsel zum Geburtstag des Gastgebers.

Aus französischen Manufakturen gehen viele hochwertige Produkte hervor, auch wenn man manchmal genauer hinsehen muss, um ihre Qualität zu erkennen. Wintermäntel gehören allerdings nicht dazu. Auf der anderen Seite des Kanals hingegen war die ansonsten völlig konturlose Stadt Stowmarket in Suffolk über viele Jahre der Sitz einer Firma mit dem exotisch klingenden Namen Husky of Tostock, die mit ihrer Landhausmode den Markt bestimmte. Dazu zählten insbesondere ihre äußerst praktischen, wenn auch wenig eleganten Westen, die von der Schickeria erst sehr viel später als »gilets« bezeichnet wurden – ein nützliches Kleidungsstück zu einem vernünftigen Preis, das in der Garderobe eines jeden Landmenschen unverzichtbar wurde. Die Firma hatte nicht überleben können, wohl vor allem deshalb, weil ihre Kundschaft in der Hauptsache aus notorisch geizigen Bauersleuten bestand.

Zu ihrem Sortiment gehörte eine schwere, unförmige Tweedjacke mit gestepptem Futter, die für alle, die während der Jagdzeit auf die Pirsch gingen, häufig über Leben und Tod entschied. Diese Jacke war gewiss nichts für Modefans, aber sehr gut verarbeitet, und sie hatte große Taschen, in die bequem Munitionspakete, Zigaretten, Feuerzeug, extrastarke Minzbonbons, Flachmänner, Taschentücher und anständige Federmesser passten, dazu ein mitteldickes Taschenbuch und sonstige Zutaten eines zünftigen Aufenthalts im Grünen. Mehr als einmal hatte dieses bemerkenswerte Kleidungsstück Smith vor Unterkühlung bewahrt und ihm erlaubt, auf den Hochmooren Yorkshires bei stürmischem Novemberwetter mit nur einem Hemd unter der Jacke auf Raufußhühner zu schießen. Er hasste Westen. Jacken waren zwar teurer, hielten aber eine Ewigkeit. Husky hatte sie im Bedarfsfall auch geflickt, die Lederränder an Taschen und Ärmeln erneuert und garantiert, dass sie ihre Träger überlebten.

Husky ging pleite und musste seine Fackel an Oliver Browne in der Lower Sloan Street übergeben. Dessen Jacken waren stilistisch identisch mit denen des Vorgängers und fast so gut verarbeitet, aber leider mittlerweile in allen Varianten eines »modernen« Tweeds erhältlich und damit sehr beliebt bei Amerikanern und der neuen Generation müßiggehender Norfolk-Farmer, die den Kröterich aus *Der Wind in den Weiden* aussehen lassen würden, als trüge er Tarnkleidung. Und schrecklich teuer waren sie geworden.

Smiths Lieblingsjacke dieser Art war vor einigen Jahren von einem ehrenwerten alten Knaben während einer Dinnerparty des Rugbyklubs in der vornehmen Old English Public School gestohlen worden. Hier hatte sich Smith nach seinem Abschied aus der Geschäftswelt, seiner letzten Ehe und aus dem Staatsdienst erfolglos als Lehrer versucht. So viel zu alten Schulfreundschaften. Für einen Ersatz der Jacke hatte er einen beträchtlichen Teil des ihm nach der Scheidung verbliebenen Vermögens ausgeben müssen. Weil sich Emile Aubanet immer wieder bewundernd über die Jacke ausgelassen hatte, wenn Smith zu Besuch war, hatte er eine konservative Tweedversion beim Hersteller bestellt, um sie dem Jubilar zum Geschenk zu machen. Er war sich ziemlich sicher, dass sie passen würde. Solche Jacken schienen immer zu passen, egal von welcher Statur ihr Träger war. An eine hübsche Verpackung hatte Smith hingegen nicht viele Gedanken verschwendet.

Martine versuchte, ihm das Paket abzunehmen; sie davon abzuhalten erforderte eine nicht unbeträchtliche Mischung aus schierer Gewalt und vornehmer Zurückhaltung. Sie gingen ins Haus, wo ihn eine leicht verschnupfte Martine ins Arbeitszimmer des Gastgebers führte, der in einem Ohrensessel saß und die Morgenausgabe der Zeitung *La Provence* las. Er stand auf, als Smith zur Tür hereinkam.

»Peter, wie schön, Sie zu sehen. Danke, dass Sie gekommen sind.«

»Es ist mir ein Vergnügen, Emile. Herzlichen Glückwunsch zum Geburtstag«, erwiderte Smith und überreichte ihm das ziemlich ramponierte Paket. »Hätte schöner eingepackt sein sollen«, fügte er entschuldigend hinzu.

Die Jacke löste sich geradezu selbstständig aus dem Papier. Der alte Mann war sichtlich begeistert, so auch seine Tochter, die Smith einen Kuss auf die Wange drückte, bevor ihr Vater die drei Schritte zurücklegen konnte, die ihn von den beiden trennte.

»Wie lieb von Ihnen, Peter. Was für eine edle Jacke. Glauben Sie, ich sehe darin aus wie ein echter Engländer?«

»Monsieur, wenn dem so wäre, hätte ich sie Ihnen nicht geschenkt. Übrigens, ich glaube nicht, dass es einen echten Engländer gibt – nur unechte.«

»Gott sei Dank.« Martine wollte bei diesem Thema nicht außen vor bleiben. »Ich dachte schon, es gäbe nur einen.«

Emile probierte die Jacke an.

»Was ist das denn?«

Er hatte zwei seltsame Bänder entdeckt, die in den oberen Schubtaschen steckten und mit einem männlichen Druckknopf am äußeren Ende versehen waren. Ihr weiblicher Gegenpart befand sich unter den Klappen der beiden quadratischen Taschen darunter.

Smith demonstrierte ihren Zweck. »Sie sollen die Taschen offen halten, damit man schnell neue Patronen herausfischen und nachladen kann.«

»Aha«, staunte der Alte. »Franzosen hätten sich eine solch praktische Einrichtung nie einfallen lassen.«

»Entscheidend ist wohl eher, dass selbst Franzosen in solchen Jacken sehr viel eleganter aussehen.«

»Mag sein. Und obendrein halten sie einen noch warm.

Davon verstehen Engländer sehr viel mehr als unsereins. Sei's drum, eigentlich wollten wir ausreiten. Wie wär's, wenn wir uns draußen in zehn Minuten träfen?«

Um sich für den Ausritt fertig zu machen, musste Smith nur in die schweren Camargue-Stiefel steigen. Sie waren ein Geschenk von seinen Gastgebern und wurden im Haus für ihn aufbewahrt. Nun fehlte nur noch seine zugegeben etwas schäbigere Jacke aus dem Auto. Als er Jean-Marie sah, winkte er ihn zu sich und wechselte ein paar Worte mit ihm. Bald gesellte sich Martine zu ihnen. Sie trug ihre Arbeitskleidung: Stiefel wie seine sowie Jeans und einen Reitmantel aus schwarzem Kord. Ein schwarzer Filzhut, wie er für die Hirten in der Camargue typisch ist, vervollständigte das Bild. Smith bewunderte sie wieder einmal. Und wie üblich verstand sie seinen Blick und bedankte sich für sein Kompliment mit einer Kusshand.

Drei graue Camargue-Pferde standen gesattelt im Hof. Martine saß mit einer Leichtigkeit auf, die nur jemand erworben haben konnte, der schon als Kind zu reiten gelernt hatte. Es war, als bestiege sie ein Schaukelpferd. Smith tat sich dabei um einiges schwerer, aber immerhin schaffte er es inzwischen ohne fremde Hilfe, zumal sein Pferd im Unterschied zu einem englischen Vollblut keine allzu große Herausforderung darstellte. Camargue-Pferde zählten zu den ältesten Züchtungen überhaupt und waren nicht besonders hoch. Sein Stockmaß entsprach in etwa dem eines großen Ponys, doch es galt als stark und widerstandsfähig wie ein Bulle.

Monsieur Aubanet kam als Letzter in den Hof. Er trug Stiefel, Jeans und Hut wie seine Tochter, und Smith freute sich zu sehen, dass ihm sein Geburtstagsgeschenk wirklich gut stand und der Witterung angemessen war. Der Wind hatte aufgefrischt und brachte ein paar Regentropfen mit. Smith zog seine Mütze aus der Tasche. Martine hatte ihm zu seinem letzten Geburtstag einen Hirtenhut geschenkt, den er sich aber noch nicht zu tragen traute, sosehr er ihn auch schätzte. Arles war voller Touristen, die sich mit provenzalischen Accessoires schmückten – schwarzen Samtjacken, gemusterten Hemden, Filzhüten –, was Smith manchmal wie eine Beleidigung der Einheimischen vorkam. Auch dafür hatte Martine Verständnis gezeigt.

Vater und Tochter nahmen ihren Gast in die Mitte und begannen in dieser Formation ihre Tour über die Koppeln, auf denen Emile Aubanets Stolz und Freude weidete: seine Bullenherde. Bald schloss sich ihnen der Verwalter der *ferme* an. Er lenkte sein Pferd neben seinen Chef, in einem Abstand, der ein lockeres Gespräch möglich machte, aber nicht bis auf gleiche Höhe, sondern um einen Schritt zurückversetzt, was ihm wohl der Anstand gebot. Drei Stunden lang inspizierten sie so die Weiden und hielten regelmäßig an, um die Rinder und Kälber zu begutachten. Aubanet schwärmte von ihren Vorzügen, wobei er unwillkürlich immer wieder ins *provençau* überwechselte, den okzitanischen Dialekt, den angeblich Frédéric Mistral im neunzehnten Jahrhundert mit seiner literarischen Bewegung Félibrige vor dem Vergessen bewahrt hatte. Vom Aussterben war diese Sprache tatsächlich nie bedroht gewesen, doch hatte der alte Nobelpreisträger offenbar über eine gute PR-Maschine verfügt. Martine übersetzte für Smith simultan in ein geläufiges Französisch, das sich, wie

Smith anerkennend zur Kenntnis nahm, überhaupt nicht wie eine Übersetzung anhörte. Es faszinierte ihn immer wieder, dass diese Frau, die an der Spitze eines Unternehmens mit einem Umsatz von zig Millionen stand, am glücklichsten in der kargen Landschaft der Camargue zu sein schien. Ihm war bewusst, dass die Bauern dieser Gegend mit ihrer Viehzucht im Grunde seit zweitausend Jahren mehr oder weniger dasselbe taten; damals hatten sie die römischen Soldaten mit Fleisch versorgt, die in der Garnison stationiert waren. Und mit einem Pragmatismus, der sich in der ganzen Geschichte Frankreichs zeigte, war Arles, das schon seit dem sechsten Jahrhundert vor Christus den Griechen als Handelszentrum diente, ziemlich clever gewesen. Die Stadt schlug sich auf die Seite Caesars, als der mit Pompeius Krieg führte, während der große lokale Rivale Marseille auf den Falschen setzte. Caesars Erfolg führte zu riesigen Investitionen in der Stadt, die strategisch günstig an der Via Aurelia, der Straße zwischen Italien und Spanien, und der ersten Brücke über die Rhône lag. Ob es einen Zusammenhang gab zwischen der in dieser Gegend typischen Liebe zur Bullenzucht und der Tatsache, dass der Stier das Emblem der von Caesar aus Galliern rekrutierten Legio IV Ferrata war, mag dahingestellt sein; jedenfalls war Arles ursprünglich entwickelt und erweitert worden, um die Veteranen dieser Legion sesshaft zu machen. Den frühen Wohlstand verdankte die Stadt den Nachbarn aus Marseille, die Schande über sich gebracht hatten, was den Bewohnern von Arles eine große Genugtuung gewesen sein muss. Bis heute, selbst zweitausend Jahre später, erinnerten sie sich noch gern an diesen Triumph über den Rivalen.

Das Quartett ritt langsam und zielsicher weiter über die tellerflachen Wiesen, die einen Großteil der *ferme* ausmachten. Arthur hatte sich nach zehn Minuten wilder Hatz erschöpft, trottete nun neben ihnen her und unternahm nur noch gelegentlich Ausfälle auf das eine oder andere Gebüsch, in dem er Beute witterte. Die meisten Felder, an denen sie vorbeikamen, waren nur etwa ein oder zwei Hektar groß und von Bewässerungsgräben, Schilfrohrstreifen oder Hecken voneinander getrennt. Im mittlerweile heftigen Wind flatterten ein paar mutige Vögel. Dies war nicht die Camargue der Touristen, jedenfalls nicht zu dieser Jahreszeit. Nur wenn im Hochsommer Hunderte von rosafarbenen Flamingos das Bild prägten, wimmelte es hier von Gästen des Fremdenverkehrs, die dank der Sonne eine ähnliche Hautfärbung aufwiesen. In den Wassergräben tummelten sich Otter, Nerze und Bisamratten, und durch die Luft schwirrten Vögel aller Art: Camargue-Adler zogen ihre Kreise, leuchtende Eisvögel flogen pfeilschnell durch das Schilf, und reglos lauerten die Reiher auf Beute, wobei sie es fertigbrachten, wachsam und zugleich schwermütig zu wirken. Davon war heute nichts zu sehen. Für jemanden, der diese Landschaft nicht von Herzen liebte, mochte sie öde und unwirtlich erscheinen. Für Smith war sie der Himmel auf Erden.

Wieder einmal legten die vier eine kurze Pause ein. Emile und sein Verwalter waren in ein Gespräch vertieft. Martine wandte sich Smith zu.

»Du bist sehr still, Peter.«

»Mir geht gerade durch den Kopf, wie wohl ich mich hier fühle. In dieser großartigen Landschaft. Es ist kein Ort

147

stolzer Architektur oder malerischer Flüsse oder Berge. Es gibt nichts, was im herkömmlichen Sinne beeindruckt. Viel Himmel, ja, aber obwohl ich zwanzig unglückliche Jahre im verregneten Norfolk verbracht habe, lasse ich mich von den vermeintlichen Wonnen einer strahlenden Sonne nicht täuschen. Im Sommer scheint das Land zu schlafen. Aber jetzt, gerade jetzt im Winter, präsentiert die Landschaft ihre Eigentümlichkeit.«

»Ah, du verstehst also. Die Camargue ist wirklich alles andere als ein Idyll, aber sie schafft Schönheit in der Seele. Sie ist eine Landschaft für das Herz, nicht fürs Auge.«

Ihr gefiel, dass er ähnlich empfand wie sie. Martine beugte sich über die Kluft, die ihre beiden Pferde bildeten, und gab ihm einen Kuss auf die Wange. Kichernd nahm sie zur Kenntnis, dass ihr Vater beim Anblick der beiden lächelte und der Verwalter diskret zu Boden schaute.

»Irgendwann solltest du eine rechtschaffene Frau aus mir machen«, fuhr sie fort. »Wenn nicht, wird unser Personal, wenn nicht sogar sämtliche Anwohner im Umkreis von dreißig Kilometern glauben, dass mit mir etwas nicht in Ordnung ist.« Ihre Stimme bekam plötzlich einen etwas dunkleren Klang. »Nach der Sache mit Robert glauben das sowieso schon viele.«

»Könnte es nicht sein«, erwiderte er, »dass man eher glaubt, mit mir könnte etwas nicht in Ordnung sein?«

»Nicht nach dem, was du voriges Jahr für uns getan hast. Du unterschätzt immer noch die Wirkung, die du mit deiner Hilfe erzielt hast. Und außerdem bist du der Mann. Das bedeutet hier noch etwas.«

Smith fürchtete, auf Glatteis zu geraten, und war erleichtert, als plötzlich ein seltsames Geräusch für Ablenkung sorgte, das nicht vom windgeschüttelten Schilf herrühren konnte, aber durchaus ähnlich klang. Beide schauten zum Himmel empor und entdeckten ein Flugobjekt, das dicht unter der Wolkenschicht über sie hinwegzog.

Martine runzelte die Stirn. »Diese verflixten Ultras sind ein zunehmendes Ärgernis. Bislang waren sie nur im Sommer zu sehen, aber jetzt tauchen sie offenbar auch im Winter auf. Warum kann man denen nicht Einhalt gebieten? Ich hoffe, der Wind bläst ihn nach Algerien.«

Smith hielt es nicht für angebracht, Martine in Unruhe zu versetzen und ihr den Unterschied zwischen einem Ultraleichtflugzeug und einer Überwachungsdrohne begreiflich zu machen.

»Immerhin machen sie nicht so viel Lärm wie andere Sportgeräte. Aber ich bin ganz deiner Meinung und würde sie am liebsten mit der Flinte vom Himmel holen, egal, ob sie ein Naturschutzgebiet überfliegen oder nicht.«

Sie warf ihm einen strengen Blick zu. Auch wenn sie ihn inzwischen sehr gut kannte, irritierte er sie mit seinem schwarzen Humor britischer Färbung immer noch gelegentlich. Ob er es ernst meinte oder nicht, wusste sie manchmal nicht zu unterscheiden.

Viel zu schnell war der Ausritt für Smith zu Ende, der ihn wieder einmal mit wohltuenden Eindrücken von der Landschaft und den Menschen, die darin arbeiteten, verwöhnt hatte. Gegen eins kehrten sie auf den Hof zurück, und nachdem sie sich trockene Kleidung angezogen hatten, nahmen sie an dem großen Küchentisch Platz. Es gefiel Smith, dass in der Küche für sie gedeckt war und nicht in dem vorneh-

149

men Wohnzimmer. Sie setzten sich ans Kopfende des langen Holztisches, an dessen anderem Ende die beiden Haushälterinnen das Mittagessen zubereitet hatten, die jetzt die Küche verließen. Martine trug auf. Von dem familiär intimen Arrangement fühlte sich Smith geschmeichelt. Anscheinend fanden Vater und Tochter, dass ihr Gespräch bei Tisch nicht für andere Ohren bestimmt war. Wie üblich brachte sich Arthur neben Emile Aubanets Stuhl in Position. Windhunde waren zwar keine besonders intelligenten Wesen, doch hatte Arthur schnell entdeckt, dass sich der Platz zu Füßen des großen alten Mannes am meisten lohnte.

Die Rotweinflasche besaß kein Etikett. Die Mahlzeit konnte beginnen, und der Gastgeber redete nicht lange um den heißen Brei herum.

»Peter, auf was haben Sie sich denn nur diesmal eingelassen?«

Nicht zum ersten Mal kam sich Smith, von Emile zur Rede gestellt, wie im Rektorat seiner alten Schule vor. Einschüchterungen, die man als Kind erfahren hatte, wurde man so schnell nicht los. Er hielt es für das Beste, die ganze Geschichte wahrheitsgetreu zu erzählen. Der Familie Aubanet vertraute er ebenso vollständig wie Girondou, wenngleich aus anderen Gründen. Seit den Vorkommnissen im vergangenen Jahr gehörte er fast dazu. Während er nun von dem anstehenden Fall berichtete, sah er, wie Emile von Erinnerungen an seine Geschichte geplagt wurde. Der Riss, der seit dem Krieg durch die Familie ging, war nicht zu kitten. Emiles Schuld daran war bis heute virulent, zumal er zu einer Generation gehörte, der verzeihen oder verges-

150

sen sehr schwerfiel. Als Smith geendet hatte, schaute ihn sein Gastgeber nachdenklich an.

»Nur eine Frage, Peter: Die Sache scheint mir ziemlich verwickelt und brandgefährlich zu sein, wenn nicht nur hiesige Behörden darin verwickelt sind, sondern auch die nationale Sicherheit auf dem Spiel steht. Verstehen Sie mich nicht falsch, ich bewundere Ihre Fähigkeiten und bin weiß Gott dankbar dafür, aber übernehmen Sie sich da nicht? Warum tun Sie sich das an?«

Smith hielt seinem Blick stand. Seine Antwort auf die Frage entsprach der, die er Girondou gegeben hatte. »Weil mich ein Freund darum gebeten hat.«

Der alte Mann musterte ihn noch eine Weile. Dann nickte er bedächtig.

»Ich fürchte, ich kann Ihnen nicht viel weiterhelfen. Einige Leute von hier haben gesehen, was passiert ist, aber es scheint, dass der Vorfall keinen Bezug zu den Örtlichkeiten hier hat. Keiner weiß, wer da an Land gegangen ist, geschweige denn, wohin. Die drei jungen Männer, die getötet wurden, waren Gendarmen, Mitglieder der GIGN, soviel ich gehört habe, einer von ihnen ein Junge aus der Gegend. Jean-Claude Carbot. Wir kennen seine Familie gut. Die drei haben den Landgang offenbar beobachtet. Eine andere Gruppe, bestehend aus rund zwanzig Mann, sollte den Strand absichern und den Terroristen im Auge behalten, während eine dritte Gruppe etwa hundert Meter landeinwärts positioniert war. Als eine Art Rückendeckung, wie es scheint.«

»Was ist dann passiert?«

»Das weiß ich nicht. Anscheinend haben sich alle Einsatzkräfte kurz nach der Ankunft des Terroristen zurückgezogen. Als meine Bekannten an den Strand gekommen sind, haben sie deutlich sehen können, wo die drei Polizisten tot im Sand gelegen hatten. Anscheinend haben es deren Kollegen beim Verwischen der Spuren an Gründlichkeit mangeln lassen.«

»Tja, ich hatte auch schon den Eindruck, dass es sich hier nicht um einen auf die Region begrenzten Fall handelt. Sie sind also derselben Ansicht.«

»Dennoch verstehe ich immer noch nicht, warum Sie sich engagieren, Peter«, fuhr Emile Aubanet fort. »Wie gesagt, die Sache ist gefährlich. Nicht zuletzt für Sie persönlich. Für uns, meine Tochter und mich, wäre es schrecklich, wenn Ihnen etwas zustoßen würde.«

Smith ärgerte sich. Seine Entscheidung war seine Entscheidung. Sich anderen gegenüber rechtfertigen zu müssen gefiel ihm ganz und gar nicht, was auch der Grund dafür war, dass er keine engeren Beziehungen eingehen mochte. Nach einem Leben voller Fremdbestimmung glaubte er nun das Recht zu haben, zu tun und zu lassen, wonach ihm der Sinn stand. Er wollte sich nicht länger reinreden lassen, und Gefahren bedeuteten ihm nichts oder nur wenig. Er hatte sich in der Vergangenheit schon oft mit dem Tod konfrontiert gesehen. Das letzte Mal in Somalia, als er mit Elektroden an den Hoden im eigenen Blut vor sich hin gedämmert und schon aufgegeben hatte, im Kopf den Gedanken: *Scheiß was drauf.* Seine völlig unerwartete Rettung war damals – nicht zum ersten Mal – von Gentry orchestriert worden, und Erfahrungen wie diese hatten ihn den Wert von Freundschaft im Leben zu schätzen gelehrt. Sie zu verteidigen war ihm oberstes Gebot.

»Ich habe mich entschieden, und damit muss es gut sein.« Er bedachte seinen Gastgeber mit sehr scharfem Blick, einem Blick, der den alten Herrn überraschte.

»Ah, verstehe. War es nicht Edmund Burke, der gesagt hat: ›Für den Triumph des Bösen reicht es, wenn die Guten nichts tun‹? Mir scheint, er hat dabei nicht berücksichtigt, dass es mitunter ein großes Ungleichgewicht der Kampfkraft gibt. Ein Guter gegen zahllose Böse?«

Smith, der beim Austausch von Zitaten gut mithalten konnte, konterte: »Von Burke stammt auch der Satz: ›Indem sie sich durch einen Deich beißt, kann selbst eine einzelne Ratte eine ganze Nation fluten.‹ Aber wie gesagt, ich möchte mich über dieses Thema nicht weiter unterhalten.«

»Aber Peter …«, insistierte Emile.

Es reichte. Ihm gefiel das nicht, und er wurde leicht ungehalten. »Monsieur, ich würde mir im Traum nicht einfallen lassen, mich in Ihre Angelegenheiten einzumischen oder Ihnen Ratschläge zu erteilen. Vielleicht fiele mir das eine oder andere dazu ein, aber ich würde mir nie anmaßen, Sie damit zu behelligen. Über Ihr Leben bestimmen allein Sie. Es wäre schön, Sie ließen das auch für mich gelten.«

Sein Ausfall war ungehörig und auch nicht ganz fair, zumal er wusste, dass die Sorge seines Gastgebers und seiner Tochter um ihn echt war. Aber er hatte kurz gespürt, wie die Wände der somalischen Hütte in sein Gedächtnis zurückkehrten und ihn zu erdrücken drohten. »Emile, ver-

153

zeihen Sie mir bitte«, setzte er verlegen hinzu. »Ich habe mich im Ton vergriffen.«

Der alte Mann seufzte, und am Tisch machte sich beklommenes Schweigen breit. Martine versuchte, die Spannung zu lösen. Sie ergriff Smiths Hand und hielt sie sehr fest umfasst.

»Was können wir tun, um dir zu helfen?«

Immer noch verärgert, wollte Smith, der etwas übergewichtige und pensionierte Waliser, so schnell nicht klein beigeben. Der alte Mann sollte wissen, was seine Tochter längst wusste, nämlich dass er ziemlich gemein und garstig sein konnte.

»Nun, ihr könntet zum Beispiel Suzanne ins Bild setzen. Sie hat es nicht leicht und, wenn ich das richtig sehe, nur sehr wenige Freunde. Sie braucht Hilfe. Eure Hilfe.«

Emile Aubanet schien plötzlich um Jahre gealtert zu sein. Smith für seinen Teil hatte sich um alte Feindschaften nie lange geschert; es kamen viel zu schnell neue hinzu, als dass er sich auf eine hätte kaprizieren mögen. Rache verschaffte ihm keine Befriedigung, und wäre sie auch noch so süß. Die meisten Menschen ließen ihn einfach kalt. Als Kunsthistoriker aus der Schule Baxandalls versuchte er außerdem, Vergangenes aus dem Blickwinkel der jeweiligen Zeit zu betrachten, so auch das, was 1944 geschehen sein mochte. Er würde den Teufel tun und sich jetzt davon beeinträchtigen lassen.

Das Schweigen dauerte an. Er spürte, dass er an einer Wasserscheide in seiner Beziehung zur Familie angelangt war. Wenn sie akzeptierte, was er für sich beanspruchte, wäre seine informelle Position als adoptierter Sohn gefestigt. Und die würde er kaum mehr aufgeben können. Er würde womöglich zum ersten Mal in seinem Leben Wurzeln schlagen. Wenn nicht, müsste er sich wohl bald zurückziehen, und er wäre in Arles wieder das, was er immer hatte sein wollen: frei und allein. Smith wusste selbst nicht so recht, was ihm letztlich lieber wäre.

Wieder war es Martine, die die Initiative ergriff. Sie hielt immer noch seine Hand und drückte so fest zu, dass es fast ein bisschen wehtat.

»Einverstanden. Was noch?«

»Ihr könntet veranlassen, dass rund um die Uhr für Sicherheit gesorgt ist, bis wir mehr wissen. Wenn du, meine Liebe, den Mas unbedingt verlassen musst, lass dich bitte auf Schritt und Tritt von Jean-Marie begleiten. Aber bleib fürs Erste lieber zu Hause und zieh dich nicht in deine *garrigue* zurück. Das Gleiche empfehle ich Ihnen, Emile.«

Emile hatte immer noch nicht ganz zu seiner Gelassenheit zurückgefunden, und so schwang ein gereizter Ton in seiner Stimme mit. »Und wie lange soll der Ausnahmezustand andauern, wenn ich fragen darf?«

Smith schaute ihn an. Jetzt war der Moment, in dem er entweder die Kontrolle übernehmen oder darauf verzichten musste. »Bis ich ihn aufhebe, Monsieur.«

Martine beeilte sich zu sagen: »Natürlich, Peter. Aber glaubst du wirklich, wir müssen selbst hier auf unserem Anwesen auf der Hut sein? Wir sind von loyalen Menschen umgeben, die sich für uns schlagen würden.«

»Es ist nur eine Vorsichtsmaßnahme, Martine, die zur Not auch abschreckend wirken soll. Ich glaube nicht, dass ihr wirklich in Gefahr seid, aber wir haben es mit einem Fall zu tun, dessen Ursachen ganz weit oben in der politischen Führung angesiedelt sind. Es könnte sein, dass andere zwischen Suzanne und ihren Ermittlungen und dem Rest ihrer Familie nicht den Unterschied machen, den ihr seht.«

Er wurde wieder still und dachte über die Ereignisse am Vormittag nach. Es war ihm nach wie vor ein Rätsel, dass Martine ihn so gut verstand. Er hatte sich immer damit gebrüstet, schwer durchschaubar zu sein, aber diese bemerkenswerte Frau schien in ihm wie in einem offenen Buch lesen zu können. Ihre nächste Frage, so überraschend sie auch war, überraschte ihn letztlich wenig. Im Unterschied zu ihrem Vater.

»Was hast du heute Morgen am Himmel gesehen, Peter?«

Er betrachtete sie und wusste, dass sie sich nicht täuschen ließ.

»Das Ultraleichtflugzeug war kein Ultraleichtflugzeug. Es war ein UAV.« Ihrer Frage vorgreifend, fuhr er fort: »Ein unbemanntes Luftfahrzeug, eine Drohne, wenn man so will. Es sind sehr kleine, ferngesteuerte Flugzeuge, die sich sehr lange in der Luft halten können und unter anderem zur Aufklärung eingesetzt werden. Was wir heute gesehen haben, mag völlig harmlos gewesen sein, vielleicht ein Testflug oder dergleichen. Und selbst wenn es zur Aufklärung eingesetzt worden ist, wird es wahrscheinlich nach dem gesuchten Terroristen Ausschau gehalten haben und nicht etwa an eurer *ferme* interessiert gewesen sein. Habt ihr so ein Ding früher schon einmal über euer Land fliegen sehen?«

Beide schüttelten den Kopf.

»Wie gesagt, vielleicht ist das weniger eine schlechte als

eine gute Nachricht, aber es schadet nicht, alles in Betracht zu ziehen. Wenn diese Drohne vom Militär in die Luft geschickt wurde, wofür vieles spricht, haben wir zumindest fürs Erste nichts zu befürchten. Es gibt von diesen Maschinen nur so wenige, dass eine inoffizielle, illegale Nutzung nahezu ausgeschlossen ist. Außerdem bedürfen ihr Einsatz und die Auswertung der gesammelten Daten einer Vielzahl von Spezialisten. Dass damit Schindluder betrieben wird, kann ich mir kaum vorstellen. Wir sollten aber trotzdem vorsichtig sein.«

Als hätte er eingesehen, dass ihm das alles über den Kopf wuchs, schien Emile Aubanet endlich zu kapitulieren. »Peter, was, glauben Sie, ist am Strand von Beauduc geschehen?«

»Bislang habe ich keine Ahnung. Ich glaube jedenfalls nicht, dass es nur ein Fiasko war und irgendetwas schiefgelaufen ist. Operationen dieser Art werden von Diensten geplant und ausgeführt, die sich keine Schlappe leisten können. Nein, ich vermute, die ganze Sache war von Anfang an minutiös geplant, und im Rahmen dieser Planung mussten drei Männer sterben. Mit anderen Worten, sie wurden von ihren eigenen Leuten getötet.«

Martine verstand.

»Und deshalb möchtest du zur Aufklärung beitragen. Du warst früher selbst einer von denen, deren Tod rücksichtslos in Kauf genommen wurde.«

Smith lächelte freudlos. »Ich hatte Glück. Ich konnte mich auf meine nächsten Mitarbeiter voll verlassen. Und im Unterschied zu Jean-Claude Carbot hatte ich keinen Großvater, der um mich getrauert hätte.«

»Wo setzt du mit deinen Ermittlungen an?«

»Suzanne muss sich mit den beteiligten Diensten befassen. Ihr könntet euch erkundigen, ob irgendjemandem am Tatort noch etwas aufgefallen ist. Am Strand beträgt der Tidenhub zurzeit weniger als fünf Zentimeter. Die Spuren, die der Buggy zurückgelassen hat, werden vielleicht noch zu erkennen sein. Irgendjemand müsste wissen, wohin er gefahren ist. Girondou wird bei seinen Leuten auf den Busch klopfen und herauszufinden versuchen, ob da ein krummes Ding gedreht worden ist.«

»Und du?«

»Oh, ich werde mich um den mutmaßlichen Terroristen kümmern, der an Land gekommen ist.«

»Mutmaßlichen?«

»Wir werden sehen. Für jemanden, der unerkannt in Frankreich einreisen möchte, gibt es bestimmt bessere Anlandestellen als den Strand von Beauduc. Aber selbst wenn es die beste wäre, würde er sich still und heimlich vom Acker machen und nicht drei Polizisten erschießen. Nein, unauffällig geht anders.« Er wandte sich an seinen Gastgeber. »Emile, vielleicht finden Sie heraus, wohin diese Spuren führen. Sie sind der Einzige, der das für mich tun könnte.«

Der alte Mann blickte zum ersten Mal wieder vom Tisch auf. »Natürlich, Peter. Vielleicht weiß einer unserer Freunde Bescheid.«

Smith sah, dass über Martines Gesicht ein dankbares Lächeln huschte. Ihr Vater ließ sich einspannen, wenn auch widerwillig, und vielleicht überwand er dabei endlich den einen oder anderen Groll.

»Für mich wird es Zeit, ein Nickerchen zu halten.« Emile erhob sich von seinem Platz. »Peter, nochmals vielen Dank für die Jacke und Ihre Gesellschaft. Ich hoffe, der Ausritt hat Ihnen gefallen. Ich bin auch dankbar dafür, dass Sie sich mir gegenüber so freimütig erklärt haben. Sie haben natürlich recht, aber vielleicht erlauben Sie einem alten Vater, dass er sich um das Wohlergehen seiner einzigen Tochter sorgt. Und lassen Sie mich das noch sagen: Ob es Ihnen gefällt oder nicht, Sie sind jetzt Teil dieser Familie.«

Smith und Martine standen auf, als sich der alte Herr in seine Siesta verabschiedete, bei seinem Gast nicht etwa mit dem üblichen Handschlag oder angedeuteten Küssen auf die Wangen, sondern indem er ihm einen sehr sanften Klaps auf die Wange gab. Es war eine Geste wie zwischen Vater und Sohn. Smith wusste sie zu würdigen. Emile Aubanet hatte keinen Sohn.

Als er gegangen war, wandte sich Smith an Martine.

»Ich muss mit Jean-Marie reden. Würdest du ihn herbitten und uns eine Viertelstunde Zeit geben?«

Sie zeigte sich etwas beleidigt. »Nur wenn du mit mir noch einen Spaziergang machst, bevor du wieder wegfährst.«

»Gern, ich kann mir nichts Schöneres vorstellen.«

Jean-Marie betrat eine Minute später das Zimmer. Er wusste anscheinend schon, worum es ging, ehe Smith ein Wort gesagt hatte.

»Sie waren sehr gut heute Vormittag, Jean-Marie. Ich bin sicher, niemand hat Sie gesehen. Selbst mir sind Sie nicht aufgefallen. Waren Sie immer in Reichweite?«

Reichweite hieß in einem maximalen Abstand von

dreißig Metern, dem effektiven Wirkungsbereich einer Glock 30, mit der umzugehen Smith dem jungen Mann beigebracht hatte.

»Fast immer. Manchmal war es schwer, weil es keine Deckung gab.«

»Ja, aber auch das müssen Sie antizipieren. Sei's drum, von jetzt an werden Sie sichtbarer sein. Wer passt auf Monsieur Aubanet auf?«

»Roger.«

»Sind Sie einverstanden damit?«

»Ja. Er ist gut und versteht sich auf seinen Job.«

»Gut. Ich bin mir ziemlich sicher, dass der Familie nicht wirklich Gefahr droht, aber wir müssen auf alles gefasst sein. Wissen die Männer, dass Sie das Sagen haben?«

»Ja.«

Nach den Ereignissen im Vorjahr hatte Smith viel Zeit darauf verwendet, Jean-Marie ein paar Grundregeln der Sicherheit und des Personenschutzes zu vermitteln. Der Mas war ein isolierter Ort und die Familie Aubanet gesellschaftlich sehr exponiert. Er war sich ziemlich sicher, dass der junge Mann, den er einst auf dem Rückweg von der Oper in Marseille aus einem von Kugeln durchsiebten Range Rover gezogen hatte, inzwischen durchaus in der Lage war, die Familie zu beschützen.

»Gut. Lassen Sie mich wissen, ob und wie ich helfen kann. Im Kofferraum meines Wagens liegt ein Paket mit Ihrem Namen drauf. Es enthält ein sicheres Satellitentelefon. Mich erreichen Sie über die Schnellwahltaste eins, Madame auf der zwei, sobald ich auch ihr ein solches Gerät gegeben habe. Rufen Sie mich an, wenn irgendetwas Verdächtiges aufkommen sollte, mit dem Sie nicht allein klarkommen. Zu jeder Tages- und Nachtzeit.« In Antwort auf Jean-Maries fragenden Blick fuhr er fort: »Wir haben es mit Regierungsbehörden zu tun und nicht etwa bloß mit der Halb- oder Unterwelt. Normale Netzanschlüsse sind daher nicht sicher.«

Jean-Marie nickte. Weitere Erklärungen waren nicht nötig.

Der Spaziergang mit Martine verlief in fast völliger Stille. Arthur hatte sich am Vormittag offenbar so verausgabt, dass er lieber in der warmen Küche zurückgeblieben war und sich vom Personal verwöhnen ließ, das den Mittagstisch abräumte. Der Wind hatte sich zu einem ordentlichen Sturm ausgewachsen und jagte graue Wolken über den Himmel. Das Schilfrohr und die Bäume, unter denen die Bullen Schutz gesucht hatten, krängten sich in südliche Richtung. In der aufgewühlten Luft hielten sich nur ein paar flatternde Tauben. Martine hatte sich bei ihm untergehakt und lehnte im Gehen ihren Kopf an seine Schulter. Nach ungefähr zwanzig Minuten erreichten sie ihre *garrigue*, eine riedgedeckte Hirtenhütte, von der sie sich nach seinem Ratschlag in der nächsten Zeit fernhalten sollte. Sie war ein Geschenk ihrer Mutter und bildete seit deren Tod eine Art Zuflucht für Martine. In nunmehr fünfzehn Jahren hatten sie dort nur ihr Vater und ihr verstorbener, unbetrauerter Ehemann besuchen dürfen. Und natürlich er, Smith. Es war ein idyllischer Ort; ihn zu meiden würde ihr schwerfallen. Aber sie wusste, dass ihr Schutz kaum zu gewährleisten wäre, wenn sie sich dort aufhielte.

Sie blieben eine Weile vor dem Haus stehen und betrachteten es. Zu dieser Jahreszeit und bei diesem Wetter schien es in der Landschaft zu verschwinden, statt wie im Sommer mit seinen strahlend weißen Mauern daraus hervorzustechen. Martine wandte sich ihm zu und gab ihm einen langen, zärtlichen Kuss.

»Ich möchte, dass du vorsichtig bist, Peter. Nimm dich in Acht. Du weißt dich zu behaupten, keine Frage, aber diese Sache könnte selbst dir über den Kopf wachsen. Ich verstehe, warum du dich einsetzt, habe aber trotzdem und gerade deshalb Angst um dich. Vielleicht kannst du auf andere verzichten, ich jedoch nicht. Insbesondere nicht auf dich. Ich werde warten, wie lange es auch dauern mag. Verstehst du mich?«

Er erwiderte ihren Kuss, konnte ihr aber sonst nichts entgegnen, und so setzten sie ihren Spaziergang schweigend fort. Mitunter war kaum zu unterscheiden, wer an wem festhielt. Nachdem er Arthur eingesammelt und ihr das Telefon gegeben hatte, nahmen sie im Hof Abschied voneinander. Jean-Marie beobachtete sie von dem Bogengang aus, der zu dem Gebäudeflügel führte, in dem sich die Büros befanden. Smith nahm ihre Hände in seine.

»Mach dir keine Sorgen, Martine. Jean-Marie wird gut auf dich aufpassen. Versprich mir, dass du im Ernstfall tust, was er sagt.«

Sie warf einen Blick auf den jungen Mann, der ihr bislang nur als Chauffeur auf Abruf gedient hatte.

»Du kannst dich auf ihn verlassen«, fuhr Smith fort. »Er hat schnell dazugelernt. Und dich heute keinen Moment lang aus den Augen gelassen.«

»Auch als wir unterwegs waren?«, fragte sie verblüfft.

»Ja.«

»Oh.« Sie kicherte und wurde ein bisschen rot.

»Aber nicht in Hörweite, glaube ich jedenfalls.« Er bezweifelte, dass sein Beschwichtigungsversuch erfolgreich war. »Er hat auch so ein Telefon. Bitte, nutze deins, wenn du ihn sprechen willst und er nicht in Reichweite ist. Er wird auch den Schutz deines Vaters und der Sicherheitskräfte des Gehöfts organisieren. Übrigens, vielleicht könntet ihr über eine Gehaltserhöhung für ihn nachdenken.«

»Hat mein Vater auch eins dieser Telefone?«

»Ähem, nein. Findest du, er sollte eins haben?«

»Er würde es wahrscheinlich verlegen.«

»Okay. Sag ihm einfach, er soll vorsichtig sein, wenn er über euren Netzanschluss anruft.« Damit küsste er sie ein letztes Mal. »Ich melde mich heute Abend bei dir.«

Arthur sprang auf die Rückbank des verbeulten Peugeot 307, und bald waren sie auf dem Weg nach Arles. Unterwegs schickte er Gentry eine Textnachricht. »In einer Stunde. Bei dir.«

Nachdem er den Wagen vor seinem Haus abgestellt hatte, war er mit Arthur auf Umwegen und allem Anschein nach unbeobachtet zu Gentry gegangen. Nun saß er mit einem Whisky in der Hand im Arbeitszimmer seines Freundes vor einem lodernden Kaminfeuer und kam gleich zur Sache.

»Heute Morgen ist ein UAV über dem Anwesen der Aubanets gekreist. Ich will wissen, was es da zu suchen hatte.«

Gentry reagierte auf den Wunsch so gelassen wie auf die Bitte nach einer Zuckerdose, seufzte aber leise. »Dir ist doch wohl klar, dass heute Sonntag ist.«

»Allerdings. Und deine berühmten Kontakte sind wahrscheinlich alle zu Hause bei ihren Familien. Umso größer die Chance, sie zu erreichen, meinst du nicht auch?«

»Wie lange habe ich Zeit?«

»Ich warte.«

Gentry seufzte wieder, diesmal sehr viel lauter, stand aber von seinem Sessel auf, in dem er es sich gerade erst bequem gemacht hatte, und verließ den Raum.

Smith starrte in die Flammen und versuchte, seine Gedanken zu ordnen. Aber es dauerte nicht lange – verwunderlich in Anbetracht der Aufgabe –, und Gentry kehrte zurück.

»Die Drohne war eine Crécerelle, ein inzwischen schon fast antikes Stück, aber immer noch im Gebrauch beim Militär. Sie hält sich bis zu fünf Stunden in der Luft und erreicht bei günstigen Bedingungen eine Spitzengeschwindigkeit von zweihundertvierzig Stundenkilometern. Sehr viel weniger bei starkem Wind, und das war ja heute Morgen der Fall, nicht wahr? Also wird das Ding aus mittlerer Distanz gesteuert worden sein. Nehmen wir an, es war rund hundertzwanzig Stundenkilometer schnell und hat eine Stunde hin und zurück gebraucht; dann wird der Startplatz ungefähr sechzig Kilometer entfernt gewesen sein. Ich tippe auf den Luftwaffenstützpunkt Miramas. Vermutlich sollte es die Strände der Camargue abfliegen und hatte kein bestimmtes Ziel im Visier.«

»Freut mich zu hören. Heute Morgen hat es tatsächlich gestürmt. Die Lichtverhältnisse waren auch nicht gut. Für eine Aufklärungsdrohne, die nach einem arabischen Terroristen suchen soll, denkbar schlechte Voraussetzungen.

Von der Annahme, dass die Zielperson wohl kaum im Freien herumspaziert, ganz zu schweigen. Wahrscheinlicher ist, dass sie in irgendeinem Café in Marseille sitzt und Kaffee trinkt.«

»Dachte ich mir, dass du darauf kommst. Es wird dich interessieren, dass die fragliche Drohne nicht mit einem optischen System bestückt war.«

Er legte eine Pause ein, um Spannung zu erzeugen. Was aber bei Smith nicht zog. Er blieb ruhig und rührte sich nicht.

»Von dem üblichen GPS-Zeugs abgesehen, war sie – und das ist ungewöhnlich – mit einem Strahlungssensor ausgestattet.«

»Keine Kameras? Kein Infrarot?«

»Nein, nur mit diesem Strahlungsdings.«

Für eine Weile schwiegen beide. Smith betrachtete Gentry. Offenbar wurde beiden schlagartig klar, worum es ging, und plötzlich setzte sich das Bild ganz anders zusammen. Gentry meldete sich als Erster wieder zu Wort.

»Es geht hier nicht um einen infiltrierten Terroristen, sondern um ein großes Geschäft. Um ein Atomgeschäft, um den Import einer Bombe oder zumindest um deren Bestandteile.«

»Oder um den Export«, murmelte Smith.

Gentry nickte bedächtig. »Das vermute ich auch. Aber dafür brauchst du Beweise.«

»Ich?«

»Nun, du vielleicht nicht, aber die meisten anderen schon.«

»Was scheren mich die meisten anderen? Ich will wissen, in wessen Auftrag die Drohne unterwegs war und wer sie konfiguriert hat. Augenblick mal.« Smith holte sein sicheres Telefon aus der Tasche und rief Martine an. Sie antwortete sofort und klang ein wenig verschnupft.

»Weißt du eigentlich, wie spät es ist?«

»Ich hab nicht auf die Uhr gesehen. Würdest du bitte in Erfahrung bringen, ob der Anwohner, der das Schlauchboot hat anlanden sehen, auch beobachtet hat, ob es wieder abgelegt hat?«

»Na schön. Ich werde mich umhören. Und dich zurückrufen.«

»Ich warte.«

»Ich dachte an morgen.«

»Ich warte.«

»Morgen, Peter. Du willst doch die Informationen möglichst schnell und nicht sofort, oder?«

Sie hatte natürlich recht, und Smith beendete ohne ein weiteres Wort das Gespräch.

Gentry schaute ihn über seine halbe Brille hinweg an und grinste amüsiert. »Du hast da ein ziemlich interessantes Spielzeug, Peter. Sehr speziell. Für dich. Was der Straßenmarkt von Arles nicht so alles hergibt. Wie ist deine Nummer?«

»Keine Ahnung. Muss aber irgendwo in diesem Ding gespeichert sein.«

Gentry wunderte sich nicht. Smith kannte weder seine Telefonnummer noch sein Autokennzeichen oder irgendwelche anderen Nummern auswendig. Hoffentlich, dachte Gentry, erinnerte er sich an seine eigene Hausnummer, die nur aus einer Ziffer bestand. Er streckte die Hand aus und ließ sich von dem Freund das Telefon zuwerfen. Gentry fand die Nummer und warf den Apparat zurück. »Von allein hast du dir bestimmt nicht diese nützliche Anschaffung gegönnt. Ich vermute, du hast sie von Girondou.«

Smith lächelte und nickte. »Wo ich gerade dabei bin, eine Einkaufsliste aufzustellen, David – angeblich hat die DST eine Satellitenüberwachung beantragt, die hier nicht bewilligt wurde. Das ist natürlich Unsinn. Es gibt Aufzeichnungen, wenn nicht bei den hiesigen Diensten, dann bei den Amerikanern. Heutzutage scheinen die Yankees routinemäßig alles zu fotografieren, was sich bewegt.«

Gentry kniff die Brauen zusammen. »Ich dachte, die Amerikaner hätten mit dieser Geschichte nichts zu tun, Peter?«

»Wer weiß? In Fragen der nationalen Sicherheit scheut Frankreich zwar jede fremde Hilfe, aber wenn es sich wirklich um den Schmuggel von Bauteilen einer Bombe handelt, wird man womöglich kaum darum herumkommen.«

»Wenn die Amerikaner nicht involviert waren, werden meine Ermittlungen sie zumindest neugierig machen. Was den Franzosen nicht gefallen wird.«

»Zumal sie offenbar Bockmist gebaut haben. Aber das tut wohl nichts zur Sache. Wie dem auch sei, welcher ist deiner Meinung nach der sicherste Ort von ganz Frankreich?«

»Der Élysée-Palast«, antwortete Gentry wie aus der Pistole geschossen.

»Genau. Auf Politiker ist doch immer Verlass. Wenn die Amerikaner anfangs nichts gewusst haben, werden sie mit Sicherheit jetzt im Bilde sein.«

»Okay, ich werd's herausfinden. Wie kommst du eigentlich voran, Peter?«

»In Anbetracht der Drohne halte ich die Terroristengeschichte für eine falsche Fährte. Aber welche wahre Geschichte soll vertuscht werden? Eine Anzahl hochrangiger Mitarbeiter aus verschiedenen Behörden – Polizei, Gendarmerie und was weiß ich nicht für speziellen Diensten – versucht mehr oder weniger zögerlich und mit unterschiedlichem Engagement, dem Zorn des Staates in Person von Madame Blanchard zu entgehen. Der Vorwurf: Das Scheitern einer einfachen Antiterroroperation, bei der es anscheinend überhaupt nicht um Terroristen gegangen ist. Es sieht aus, als stünde geschäftlich einiges auf dem Spiel. Das wird Girondou nicht gefallen, und auch ich kann mich für ein solches Problem nicht wirklich begeistern. Für den Fall, dass Plutonium oder ein anderes radioaktives Material verschachert werden soll oder wurde, wäre die Sache zwar ernster, aber ich für mein Teil hätte noch weniger Interesse daran. Der Staat hat Hunderte gut bezahlter Leute, die sich darum kümmern könnten. Wenn sie einen schlechten Job machen, kann ich nichts dafür. Aber es sind drei junge Männer getötet worden, weil jemand nicht dichtgehalten hat, und das geht mich etwas an.«

»Warum?«

»Reykjavík«, antwortete Smith mit einem Wort.

Gentry nickte. Er wusste, dass von Verrat die Rede war, und diejenigen, die das Fiasko von Beauduc zu verantworten hatten, taten ihm schon ein wenig leid. Sie waren so gut wie tot.

Die beiden Freunde erinnerten sich schweigend. Von

168

Reykjavík aus, der Hauptstadt des neutralen Islands, hatte sich ein sowjetischer Spion nach Großbritannien absetzen wollen. Keine große Sache und denkbar einfach, so einfach, dass Gentry gesagt wurde, seine Anwesenheit oder sein Rat seien nicht nötig. Smith reiste nach Island unter dem Vorwand, einigen dort ansässigen Reiseunternehmen vorzuschlagen, gut betuchte Flegel aus dem Londoner Bankenviertel in PS-starken Allradfahrzeugen mit Getöse durch das Naturreservat Thorsmörk zu kutschieren. Seine eigentliche Aufgabe, die Begleitung des abtrünnigen Spions, hatte nebenbei abgewickelt werden sollen. Vom Hotel abholen, zum Strand bringen, um zwei Uhr nachts dem Landeteam eines U-Boot-Kommandos Ihrer Majestät übergeben und zurück zum Hotel fahren. Ein einundzwanzigjähriger CIA-Novize aber hatte in einer Washingtoner Bar zu viel getrunken, mit dem Ergebnis, dass sich am fernen Strand auf Island Russen auf die Lauer legten. Vier an der Zahl. Wie immer vorsichtig, war Smith mit seinem Schützling schon zwanzig Minuten früher am Ort der Übergabe als geplant. Eine halbe Stunde später sammelten überraschte Marinesoldaten den Überläufer und Smith ein, der um das Gewicht von drei Neun-Millimeter-Geschossen vom Typ SP-10 AP schwerer war. Vier tote Russen blieben am Strand zurück.

»Ich kann Strände nicht leiden«, knurrte Smith in Gedanken an damals.

10. Observierungen

Martines Anruf erreichte Smith auf seiner morgendlichen Runde mit Arthur. Nach einer bewölkten Nacht schickte sich der Tag an, ebenfalls bewölkt und nur ein bisschen heller zu werden. Immerhin stürmte es nicht mehr so sehr, aber die beiden hatten trotzdem noch einen Großteil der Stadt für sich. Sie waren zum Ostende der alten Eisenbahnbrücke über die Rhône gegangen, die nach 1944 nicht wieder aufgebaut worden war, und schlenderten gerade über den abgrundtief hässlichen Busbahnhof vor dem nur unwesentlich attraktiveren Bahnhof. Nur wenige Pendler kamen, um den frühen TGV zu besteigen, der in vier Stunden Paris erreichte, oder einen der Regionalzüge, die fast ebenso lange für die Strecke nach Marseille, Nîmes oder Avignon brauchten. Vom Busbahnhof aus nahmen die meisten Linien ihre Fahrt in die einzelnen Stadtteile und das Hinterland auf. Sämtliche Busse schienen es immer sehr eilig zu haben, denn keiner hielt länger als wenige Minuten. Fahrkartenschalter, Cafés, beleuchtete Aufenthaltsräume oder Zeitungskioske suchte man vergebens. Die überdachten Wartestellen aus schäbigem Beton zierten nicht einmal Graffiti. Der Ort wirkte wie die Kulisse für einen italienischen Science-Fiction-Film der frühen Sechzigerjahre. Smiths persönliche Verbindung zum Weltraum klingelte in seiner Tasche.

»Guten Morgen, mein Lieber. Wie geht es dir?«

»Gut, und dir?«

»Ich bin's leid, allein zu schlafen«, versetzte Martine.

Um halb sieben in der Früh war Smith nicht danach, dieses Thema zu vertiefen oder wortreich zu umschiffen. Zum Glück kam sie gleich zur Sache.

»Du hattest recht, wie immer. Es haben mehrere Leute gesehen, was am Strand passiert ist. Sie haben aber wohl kaum verstanden, wovon sie Zeugen waren. Aber vielleicht möchtest du dich mit einem Mann unterhalten, einem Obst- und Gemüsebauern aus La Béluge gleich hinter Salin-de-Giraud. Er kannte Marcel Carbots Enkel und wird bestimmt gern helfen. Soll ich dir gleich sagen, wo er wohnt?«

»Lieber nicht, Martine. Ich fürchte, mein Besuch wäre nicht gut für seine Sicherheit. Kommt er manchmal nach Arles?«

»Ja, er beliefert alle unsere Restaurants. Ich könnte ein Treffen vereinbaren.«

»Gut. Schick ihn bitte in den kleinen Park an der Rue André Campra unterhalb der Avenue du Docteur Robert Morel. Heute Nachmittag.«

»In Trinquetaille?«

Der Stadtteil am Nordufer des Rhônebogens galt nie als wirklich zugehörig zu Arles. Weil er weniger von Überschwemmungen bedroht war, hatten sich die Römer ursprünglich dort niedergelassen. Erst später entfaltete sich auf der anderen Flussseite ihre Pracht. Trinquetaille blieb mehr oder weniger unabhängig. Die Bewohner ließen sich auch nicht von dem berühmten Baedeker-Führer beeindrucken, der einen Besuch dieses Stadtteils als nicht lohnenswert einstufte.

»Ja. Ist ja nicht weit.«

»Wie willst du ihn erkennen?«

»Er soll mich erkennen.«

»Ah, und wie? Trägst du eine grüne Nelke im Knopfloch und eine eingerollte *Times* unterm Arm?«

Smith seufzte theatralisch. »Du hast zu viele schlechte Filme im Fernsehen gesehen, Martine. Ich würde doch sagen, dass ein großer Windhund an der Leine Hinweis genug ist. Davon gibt es, soviel ich weiß, nicht viele in Trinquetaille.«

»Stimmt. Um wie viel Uhr?«

»Um drei vielleicht? Und würdest du ihn bitten, den Wagen auf der Altstadtseite zurückzulassen und zu Fuß über die Brücke zu kommen? Übrigens würde ich später gern noch bei Madame Durand vorbeischauen.«

»Oh, Peter, das finde ich schön. Sie wird sich sicher freuen«, erwiderte Martine freudig überrascht. »Soll ich ihr sagen, dass du kommst?«

An sich mochte Smith keine Vorwarnungen, aber weil Madame Durand über neunzig Jahre alt war, ließ er sich auf den Vorschlag ein. »Ja, tu das, danke. Erzähl mir bitte jetzt etwas von deinem Nachbarn. Was hatte er mitten in der Nacht am Strand zu suchen?«

Martine zögerte kurz, besann sich dann aber. »Ich muss etwas weiter zurückgreifen. Vor vielen Jahren – schon lange vor meiner Zeit – hatten wir hier in der Camargue eine Art

Netzwerk. Nichts, was gut organisiert gewesen wäre – das kannst du dir wohl denken, du kennst unser Völkchen ja. Aber es gab einem zumindest das Gefühl, dass man aufeinander achtgibt. Soweit ich weiß, wurde es während des Zweiten Weltkriegs ernst damit, als sich der Widerstand vor den Nazis hüten musste. Wie du weißt, war Arles besetzt, und es gab, vorsichtig formuliert, gemischte Reaktionen auf die Besatzer. Viele Bewohner der Camargue, darunter mein Vater, sind nach wie vor voller Argwohn gegenüber Leuten aus der Stadt. Hier unten bei uns gab es in dieser Frage kein Vertun. Viele Verfolgte aus Deutschland und dem Vichy-Frankreich, ja, selbst aus der spanischen Republik kamen durch unser Land. Wie auch dir inzwischen aufgefallen sein dürfte, boten sich die Strände als Anlegestellen für kleine Boote an, die mit den Flüchtlingen nach Nordafrika oder Portugal weitergefahren sind. Für uns war es entscheidend zu wissen, wo sich die Deutschen aufhalten und was sie tun. Daraus entwickelte sich eine Art Tradition oder Gewohnheit: Der eine oder andere Anwohner ist immer zur Stelle und hält Ausschau.«

»Jede Nacht?«

»Gerade nachts. In schöner Regelmäßigkeit. Heute werden Drogen, Waffen und dergleichen geschmuggelt, was wir hier nicht haben wollen. Wir mussten immer schon auf uns selbst aufpassen. Was da am Strand passiert ist, wäre unseren Leuten auch an jeder anderen Stelle zwischen Le Grau du Roi und Port-Saint-Louis aufgefallen.«

»Wer gibt die Regeln vor?«

»Mein Vater.«

»Und nach ihm?«

»Wenn er stirbt, werde ich zuständig sein, was wir nicht zuletzt dir zu verdanken haben.«

»Du musst mir eines Tages erklären, was ich damit zu tun habe.«

»Das werde ich, Peter, eines Tages.«

»Na schön, das wär's dann. Ich bin gespannt auf das Treffen mit deinem Nachbarn.«

»Schön, dass du Madame Durand besuchen wirst. Sie ist mir sehr lieb und teuer.«

Smith lächelte in Gedanken an die alte Dame. »Sie hat in ihrem langen Leben viel Kummer ertragen müssen. Aber sie schenkt guten Whisky ein, und Arthur mag sie sehr. Ihr beide, du und Madame, habt viel miteinander gemein.«

»Ja, das haben wir. Wir lieben beide dasselbe, wozu auch, wie ich glaube, mein Vater zählt.« Nach einer kurzen Pause fuhr sie fort: »Möchtest du den Namen des Nachbarn nicht wissen?«

»Nein, es ist besser so. *A bientôt, ma chère.*«

»*A presto, il mio più caro.*«

Das Gespräch endete mit einem schon gewohnt seligen Gefühl und einem unerwartet heftigen Zerren von Arthur an der Leine, der anscheinend glaubte, sein Herrchen sei gestorben. Er konnte zwar wie jeder Windhund brav stehen bleiben, aber die Kälte machte ihm zu schaffen. Smith war gegen acht zurück zu Hause und rief umgehend Girondou an.

»Zunächst danke für deine Infos, Alexei. Sie waren wieder einmal sehr aufschlussreich und nützlich. Übrigens, wie viele solcher Dossiers hast du eigentlich?«

»Ausreichend viele«, antwortete er sibyllinisch. »Eine

fehlt mir allerdings noch in meiner Sammlung. Irgendwie komme ich an das Material nicht ran.«

»Oh, Alexei, wir Mädchen müssen doch unsere Geheimnisse haben, meinst du nicht auch? Aber davon abgesehen kannst du einfach fragen.«

»Ich fürchte, das wäre vertane Zeit. Zum wiederholten Mal: Warum zum Teufel kommst du nicht zu mir, arbeitest für mich und wirst ein reicher Mann?«

»Damit ich am Ende unsere Freundschaft ruiniere? Mit meinen Bossen habe ich mich auf Dauer nie gut verstanden. Außerdem bin ich nicht scharf darauf, ein reicher Mann zu werden.«

»Na schön. Wie kommst du voran?«

»Ich habe das Gefühl, dass die ganze Sache mit Terrorismus wenig zu tun hat.«

Smith wusste, dass er sofort die volle Aufmerksamkeit seines Freundes hatte. Solange nicht der gute altmodische Terrorismus im Spiel war, konnte für Girondou womöglich einiges herausspringen. Girondou wartete darauf, dass er fortfuhr.

»Was weißt du über den Handel mit nuklearem Material?«

»Nicht viel. Das ist nicht unser Bier. Ehrlich gesagt habe ich nichts dergleichen auf dem hiesigen Markt gehört. Aber das liegt vielleicht bloß daran, dass wir uns für dieses Zeugs nicht interessieren und darum kein Anbieter an uns herangetreten ist.«

»Ich bin mir noch nicht sicher, vermute aber, dass am Strand von Beauduc nicht jemand an Land gebracht, sondern etwas verschifft wurde.«

176

Das Schweigen zwischen den beiden dehnte sich aus, während es über der Place de la Major allmählich heller wurde, und Smith fragte sich, wer eigentlich die Rechnung für die Gespräche mit dem teuren Spielzeug zahlte, das er in der Hand hielt.

»Peter, mir ist nicht besonders wohl bei der Sache. Dass ich mit meinen Geschäften Erfolg habe und noch lebe, verdanke ich nicht zuletzt meinem Gespür dafür, was gut ist und was nicht. Wenn du mit deiner Vermutung recht hast, bewegen wir uns auf einem Terrain, das weit jenseits unserer Expertise liegt.«

»Warum? Im Nuklearhandel steckt viel Geld. Irre viel Geld. Inwiefern unterscheidet er sich von anderen Verdienstmöglichkeiten?«

»Darauf weiß ich keine Antwort, Peter. Ich spüre nur, dass es eine gibt. Zugegeben, ich verkaufe Terroristen zwar keine Waffen, kaufe aber Drogen von ihnen. Mit nuklearem Material will ich nichts zu tun haben. Ich kann dir den Grund nicht erklären und erwarte nicht einmal, dass du meine Bedenken verstehst.«

»Alexei, du sprichst mit einem der ganz wenigen Leute, die dich verstehen können.«

»Ja, ich weiß. Deshalb sind wir Freunde. Was schlägst du vor? Gibt es irgendetwas, was ich tun kann?«

»Nein, nicht bevor ich mich wirklich schlaugemacht habe. Danke trotzdem.«

Girondou musste sich ungewohnt nutzlos fühlen.

»Gib mir Bescheid, Peter, und pass auf dich auf. Mir schmeckt das Ganze nicht.«

»Mir auch nicht, mein Freund. Mein Interesse an dieser

Geschichte ist einzig und allein privater Natur. Ich habe nicht vor, den Großen und den Bösen dabei zu helfen, ihr Leben in Ordnung zu bringen.«

»Halt dich an deinen Vorsatz, Peter. Die Gewässer in dieser Gegend sind ziemlich tückisch.«

»Ja, ich weiß, mein Freund.«

Smith war erleichtert, als er das Telefon wieder wegstecken konnte. Nicht dass ihn Girondou verunsichert hätte. Smith schätzte den erfolgreichen Obergangster für ehrlicher ein als die meisten anderen Menschen seiner Umgebung. Vielmehr sorgte ihn der Umstand, dass immer mehr Personen in diese Affäre verwickelt wurden. Und Koordination war wahrhaftig nicht seine Stärke, darauf verstand sich Gentry sehr viel besser. Aber alle diese Leute waren Teil seiner Welt, nicht der von Gentry, und er konnte sie nicht wie einen Stapel Akten anderen zuschieben, damit die sich darum kümmerten. Das machte ihm zu schaffen, nicht seine Gegner und ihre Absichten. Sie gehörten zu einer Welt, in der er sich besser auskannte als Girondou, ganz zu schweigen von Suzanne Blanchard, die wahrscheinlich noch gar nicht wusste, auf was sie sich da eingelassen hatte. Dass die wenigen Leute, die ihm etwas bedeuteten, allein seinetwegen involviert waren, setzte ihm schwer zu.

Smith sah den Mann auf der Trinquetaille-Brücke näher kommen und den kleinen Park ansteuern, der von zwei der weniger schönen Wohnblocks der Stadt eingekeilt wurde. Er hielt sich in einer kleinen Seitenstraße am nördlichen Ende der Brücke versteckt und hatte kein Problem, ihn zu identifizieren. Es waren ohnehin nur wenige Leute zu Fuß unterwegs und trotzten dem Wind, der über die Rhône pfiff. Und der Mann machte einen sehr nervösen Eindruck. Immer wieder warf er Blicke zurück über die Schulter. Auf der zweihundert Meter langen Brücke hielt sich außer ihm nur noch eine andere Person auf, eine ältere Dame, die sich gegen den Wind stemmte und in entgegengesetzte Richtung ging. Dem Bauern folgte niemand.

Die Stadt hatte den Park erst vor Kurzem angelegt und adrett mit jungen, an Pfosten festgebundenen Bäumchen und Blumenbeeten bepflanzt. Bänke standen in regelmäßigen Abständen entlang geteerter Gehwege. Vielleicht würde die Anlage irgendwann einmal recht hübsch aussehen, aber noch war sie karg und öde, weshalb Smith sie als Treffpunkt ausgesucht hatte. Dort belauscht zu werden war so gut wie ausgeschlossen.

Der Landwirt blieb vor einer der Bänke stehen und zeigte eine verunsicherte Miene, als Smith auf ihn zukam. Smith hatte wieder einmal umdisponiert und Arthur kurzerhand zu Hause gelassen. Er streckte die Hand aus.

»Sie haben mich in Begleitung eines Hundes erwartet, nicht wahr?«, sagte Smith zur Begrüßung. »Sollen wir ein paar Schritte gehen? Ich möchte Sie bitten, mir zu erzählen, was genau Sie in der bewussten Nacht am Strand von Beauduc gesehen haben. Waren Sie allein?«

Gemeinsam schlenderten sie über den mit Kies gestreuten Platz, der in einer anderen Welt durchaus auch als Gefängnishof getaugt hätte. Der Wind blies sehr heftig.

»Nein, Monsieur, wir waren zu viert, entlang der Küste verteilt.«

Der Bauer wusste nicht viel Neues zu berichten. Ein

179

Mann war an Land gekommen und in einem elektrisch betriebenen Strandbuggy davongefahren. Dann aber wusste der Augenzeuge etwas nachzutragen, was Smith bereits vermutet hatte. Er sagte, das Schlauchboot habe wieder abgelegt, sei ein Stück die Küste entlanggefahren und habe den Mann wieder eingesammelt.

»Wurde noch etwas in das Schlauchboot geladen?«

»Ja, Monsieur, ein Paket.«

»Und der Buggy?«

»Der wurde etwas weiter unterhalb in einen Lastwagen gefahren, der an der Straße parkte und dann mitsamt dem Buggy verschwunden ist.«

»Haben Sie sich das Kennzeichen merken können?« Die Frage erübrigte sich eigentlich, weil selbst eine positive Antwort nicht weiterhelfen würde.

»Hélas, nein.«

»Die Polizeikräfte wurden abgezogen. Wie lange hat es gedauert, bis die drei verbliebenen Männer getötet wurden?«

»Nicht mehr als fünf Minuten.«

»Konnten Sie die Männer sehen, die geschossen haben?«

»Nur ganz kurz, Monsieur. Sie tauchten wie aus dem Nichts auf und waren Sekunden später wieder verschwunden. Völlig lautlos.«

»Sie waren also Zeuge, wie die drei Polizisten erschossen wurden?«

Das Gesicht des Mannes verdunkelte sich. »Ja, Monsieur. Es war schrecklich.«

»Haben Sie jemanden wiedererkannt?«

»Nein, Monsieur. Es war Nacht. Alle trugen eine schwarze

Kampfmontur, einer sah aus wie der andere.« Der Bauer schien mit dem, was er mitteilen konnte, am Ende zu sein.

»Sagen Sie mir, gab es irgendeinen besonderen Grund für Sie, in dieser Nacht am Strand zu sein?«

»Ähem, nein. Wir sind in den meisten Nächten dort.«

Smith musste aufpassen, nicht automatisch in seinen Verhörmodus zu verfallen. Seine Frage hatte den Mann merklich in Verlegenheit gebracht, und es würde zu lange dauern, um herauszufinden, warum. Was letztlich nicht besonders wichtig war. Smith schickte sich an zu gehen, hörte dann aber, dass sein Zeuge doch noch etwas zu sagen hatte.

»Übrigens, eins noch, Monsieur: Als ich die Stellen aufgesucht habe, an denen man die jungen Männer erschossen hat, ist mir aufgefallen, dass deren Stiefelabdrücke im Sand genauso aussahen wie die der Männer, die sie getötet haben.«

»Das enttäuscht mich sehr, junger Mann.«

Smith war beileibe kein junger Hüpfer mehr und kannte auch niemanden, der ihn derart unzutreffend betitelte, auch wenn es lieb gemeint war. Bei Madame Durand ließ er eine Ausnahme gelten. Mit ihren dreiundneunzig Jahren durfte sie ihn anreden, wie es ihr gefiel. Ihr Gesicht war wie eine Handtasche von Cellerini: dunkelbraun, voller Falten und höchst wertvoll. Blitzgescheit und messerscharf – es gab viele abgegriffene Ausdrücke, die sie beschreiben konnten, alle zutreffend und wieder auch nicht. Sie war Martines Kinderfrau und ein Faktotum der Familie Aubanet gewesen und hatte sich schließlich in Trinquetaille zur Ruhe gesetzt, in einem recht vornehmen Stadthaus aus dem achtzehnten Jahrhundert. Es war von den Luftminen, die im Sommer 1944 einen Großteil Trinquetailles in Schutt und Asche gelegt hatten, glücklicherweise verschont geblieben. Jetzt verbrachte sie ihre späten Tage in einer Bequemlichkeit, die ihr während ihres Berufslebens nie beschieden gewesen war. Ihre Tochter und ihre Enkelin waren beide tot. Smith hatte die alte Dame im vergangenen Jahr kennengelernt und seitdem bei ihr einen Stein im Brett, was wahrscheinlich nicht zuletzt auf Arthur zurückzuführen war, den sie sofort ins Herz geschlossen hatte. Ihre Zuneigung zu Smith beruhte auf Gegenseitigkeit, dabei war sie die einzige Person auf der ganzen Welt, vor der er sich ein bisschen ängstigte. Warum, wusste er selbst nicht.

Ihre Enttäuschung rührte natürlich daher, dass er den Hund nicht mitgebracht hatte und sie ihm seine Entschuldigung nicht abkaufen mochte, wonach Arthur Bauchgrimmen habe und dann stets zu Durchfall neige. Das habe Smith ihren Teppichen nicht zumuten wollen.

»Kommen Sie doch rein.«

Smith nahm seinen Stammplatz in ihrem überraschend eleganten Wohnzimmer ein, während sie in der Küche für die Drinks sorgte. Als sie ihm seinen Whisky gebracht hatte, setzte sie sich auf die Sofastelle, die Arthur sonst für sich beanspruchte, um ihr seinen Kopf auf den Schoß zu legen. Smith bedauerte nun doch, den Hund nicht mitgebracht zu haben.

»Sie sehen blendend aus, Madame.«

Sie war direkt wie immer. »Danke, junger Mann, mir geht es auch gut. Und jetzt verraten Sie mir mal, auf was Sie sich da eingelassen haben. Ich kannte den jungen Mann nicht, aber Marcel Carbot ist mir durchaus vertraut. Schön, dass Sie ihm helfen.«

Die alte Dame war wie immer gut informiert. Sie telefonierte täglich mit Martine.

»Eine schreckliche Geschichte«, fuhr sie fort. »Sie müssen sich in Acht nehmen, Peter.«

Smith musterte sie. Es war, soweit er sich erinnerte, das erste Mal, dass sie ihn beim Vornamen nannte. »Das werde ich, Madame. Und bevor Sie mich dazu ermahnen: Ich werde auch auf Martine aufpassen.«

Ihn erreichte ein außergewöhnlicher Blick, der sowohl drohend als auch verletzlich wirkte.

»Das will ich hoffen, junger Mann. Bevor ich sterbe, möchte ich auf Ihrer Hochzeit tanzen.«

Nicht zum ersten Mal gingen ihm im Gespräch mit dieser wunderbaren Frau die Worte aus. »Ähem ...«

Wie zur Beschwichtigung hob sie die Hand ein wenig und lächelte. »Keine Sorge. Mit dem Sterben will ich mir noch etwas Zeit lassen. Im Übrigen weiß ich von Martine, dass Sie sie noch nicht ins Bett getragen haben. Ich würde vorschlagen, damit nicht mehr allzu lange zu warten. Sie werden beide nicht jünger. Sie geben ein hübsches Paar ab, obwohl Sie ein wenig abnehmen könnten.«

Diesmal brachte er nicht einmal ein »Ähem« zustande. Sie warf den Kopf in den Nacken und lachte schallend.

Die nächsten zwei Stunden plätscherten in seichter Unterhaltung dahin. Sie erzählte wieder aus ihrem Leben, von der Camargue, vom Krieg. Er spürte, worauf sie eigentlich abzielte, und war froh, als sie schließlich den Mut aufbrachte und das für sie offenbar heikle Thema ansprach.

»Es ist gut, dass Sie Suzanne zu helfen versuchen. Sie hatte es sehr schwer, und ich glaube, es gibt nur wenige Freunde, auf die sie sich verlassen kann. Dieser unsägliche Gatte ...« Sie geriet ins Stocken und musste neu ansetzen.

»Sie sollten nachsichtig sein mit Emile. Er lebt noch mehr in der Vergangenheit als ich. Wie die meisten Männer ist er sentimentaler als wir Frauen. Auch ich habe die Jahre des Krieges und der Besatzung in Arles miterlebt; es war furchtbar. Aber für ihn war es schlimmer. Wir sind hier an den Tod gewöhnt, Peter. Er ist Teil des Lebens und nicht unbedingt das Ende für einen selbst. Die Camargue ist für seine Bewohner ein harter Landstrich, der nichts verzeiht. Aber zu tun, was er getan hat, verlangt einen Mut, von dem die meisten keine Vorstellung haben. Und er hat Verletzungen dafür in Kauf genommen, die nie ausheilen. Er kann weder dem Bruder verzeihen, der sich am anderen schuldig gemacht hat, noch sich selbst für seinen Brudermord. Sie, Martine und ich sind die Einzigen, die Verständnis für ihn aufbringen. Das müssen wir. Er ist ein großer Mann; von seiner Art gibt es nicht viele.«

Smith stand auf und setzte sich neben sie. In einer Geste, die für seine respektvolle Haltung ihr gegenüber völlig untypisch war, legte er seinen Arm um ihre hageren Schultern. Sie lehnte sich an ihn und weinte. Plötzlich wurde ihm manches klar. Emile Aubanet war offenbar die Liebe ihres Lebens. Nach einer Weile richtete sie sich auf und betupfte sich mit einem kleinen Spitzentuch die Augen. Schließlich wurde sie wieder nüchtern und sachlich.

»Sie haben bestimmt noch viel zu tun und sollten sich jetzt auf den Weg machen, Monsieur Smith.«

Sie stand auf und führte ihn zur Haustür, wo er ihr einen Kuss auf die Wange gab. Nur einen. Was sehr viel liebevoller war als drei. Ihre Augen strahlten.

»Gehen Sie mit ihr ins Bett, Peter. Sie brauchen einander. Und das nächste Mal bringen Sie gefälligst Arthur mit.«

Als die Tür leise hinter ihm ins Schloss gefallen war, schaute er sich auf der Straße um und stellte sicher, dass sich niemand Verdächtiges in der Nähe aufhielt. Dann überquerte Smith die jetzt völlig menschenleere Trinquetaille-Brücke. Es war dunkler und noch stürmischer geworden. Ein heftiger Regenschauer kündigte sich an. Ein guter Abend, um unsichtbar zu bleiben. Finster und unfreundlich.

Wieder zu Hause, gab er Arthur zu fressen und beschloss, sich selbst auf Diät zu setzen. Madame Durands Spitze hatte gesessen. Kein Essen, aber er musste nachdenken, und das ging nicht ohne einen Whisky.

Er setzte sich aufs Sofa und zog für sich ein Resümee, begleitet von Beethovens Kleiner Sonate für das Hammerklavier in einer Interpretation von Schnabel. Es dauerte nicht lange, und er kam dahinter, dass er nicht sehr viel wusste, aber jede Menge lose Enden vorweisen konnte. Ein verworrenes Durcheinander. Keine Richtung, kein Plan, kein Fortschritt. Trotzdem hatte er das Gefühl, Vorsichtsmaßnahmen treffen zu müssen.

Gentry antwortete nach dem ersten Klingelzeichen. »Guten Abend, Peter.«

»David, ich weiß nicht weiter. Ich brauche einen Plan, und den könntest du für mich erstellen.«

»Ich weiß.«

»Okay. Das Wichtigste zuerst: Ich mache mir Sorgen um Martine. Jean-Marie hat eine Menge dazugelernt, aber ich fürchte, er wäre überfordert, wenn etwas wirklich Ernstes geschehen würde. Haben wir Freunde, ich meine solche, die noch leben?«

Man konnte Gentry fast schmunzeln hören. »Ich bin dir schon einen Schritt voraus. Heute Abend gegen elf trifft Deveraux mit dem TGV ein.«

»Danke, Gentry. Ich stehe schon wieder in deiner Schuld.«

»Auch das weiß ich«, antwortete der Freund müde.

Deveraux, der unter anderem nebenbei mit Antiquitäten handelte, war jahrelang die erste Wahl in der Abteilung gewesen, wenn es hart auf hart kam. So alt wie Smith und darum schon ein bisschen überreif, hatte er sich noch schwerer mit seinem Dasein als Ruheständler abgefunden. Diverse Regierungsvertreter auf der ganzen Welt verdankten es seinen Fähigkeiten, dass sie immer noch Gottes frische Luft atmen durften. Kurzum, er war schlicht und einfach der beste Personenschützer im Gewerbe. Vollkommen skrupellos, unfehlbar und brutal. Dabei spielte er außerdem vorzüglich Klavier. Smith fragte sich immer noch, ob ihm der Beruf oder die Musik zur Entspannung diente. Auf dem Mas des Saintes kannte ihn niemand. Erleichtert wandte sich Smith wieder dem anstehenden Problem zu.

»Gentry, wir müssten ein bisschen Bewegung in die Sache bringen.«

»Ich habe befürchtet, dass du das sagst.« Sein Freund seufzte. »Ist dir klar, dass du damit vorschlägst, die tüchtigsten Spezialeinheiten von Polizei und Armee aufzuscheuchen und Terroristen zu reizen, die womöglich mit waffenfähigem Material handeln und nicht gerade dafür bekannt sind, dass sie Geld an Unicef spenden? Ganz zu schweigen von der Gefahr, dem französischen Präsidenten auf die Nerven zu gehen.«

»Ist das alles?«

»Wenn du willst, setze ich meine Aufzählung fort. Wir hätten es da außerdem mit der regionalen Polizei und Gendarmerie zu tun, deinen kriminellen Freunden in Marseille, einer Horde Camargue-Bauern und sonstigen Interessengruppen, die wir noch gar nicht alle identifiziert haben.«

»Das Geld, Gentry. Das Geld.«

»Was ist damit?«

»Tu nicht so, alter Freund. Besinn dich und klär mich darüber auf. Geld. Darum dreht sich doch alles. Mit Sicherheit. Wenn radioaktive Stoffe exportiert wurden, sind die Käufer vielleicht an ideologischen Zielen interessiert, vielleicht auch nicht; die Verkäufer haben jedenfalls nur ihren Profit im Sinn. Steig in dein Adlerstübchen oben auf dem Dach und nimm die verdammte Spur des Geldes auf. Und dann folge ihr in beiden Richtungen. Das kannst du doch. Und überlass es mir, für Ärger zu sorgen.«

»Na schön, Peter. Den Gegner aufzumischen war immer schon eher deine Stärke. Aber gib mir bitte vorher Bescheid, wenn du die Bombe zu zünden gedenkst.«

»Und du ruf Deveraux an, wenn er hier ist. Ich brauche ihn.«

»Verstanden.«

»Und sorg dafür, dass er sich ins Mobilfunknetz und alle Anrufe einklinken kann, die den Mas erreichen oder von ihm ausgehen. Um das Festnetz kümmert er sich dann selbst.«

Smith setzte sich neben Arthur, der auf dem Sofa schlief, und hing seinen Gedanken nach. Womit sollte er beginnen? Der gesuchte Schlüssel zu dem Ganzen lag irgendwo bei den Mitgliedern von Suzannes Komitee. An der Auskunft des Bauern war kaum zu zweifeln, aber es blieb fraglich, ob Mörder und Opfer von Beauduc tatsächlich aus derselben Einheit stammten. In jedem Fall galt es, an die Drahtzieher heranzukommen. Ihnen musste er gehörig wehtun, wenn er denn etwas erreichen wollte. Zur Not würde der eine oder andere dran glauben müssen. Davor schreckte er nicht zurück. Aber in diese Richtung weiterzudenken brachte jetzt nicht viel. Er musste auf Gentrys Auskunft warten. Seine Gedanken schweiften ab, als plötzlich das Telefon klingelte. Er überlegte kurz, ob er einfach nicht antworten sollte. Unter normalen Umständen hätte er genau so entschieden. Aber die Umstände waren nicht normal, und weil er wusste, dass es nur sehr wenige gab, die ihn zu erreichen versuchten, nahm er den Anruf entgegen. Er hörte wortlos zu, was ihm die andere Seite zu sagen hatte, und spürte, wie sich ihm das Herz zusammenschnürte.

»Und die Mädchen?«, fragte Smith, als sich Girondou wieder etwas beruhigt hatte.

»Die sind hier bei mir. Gott sei Dank.«

»Wann kam der Anruf?«

»Vor ungefähr fünf Minuten.«

»Kannst du mir einen Wagen vorbeischicken?«

»Ja.«

»Verrammle dein Haus und tu nichts, bis ich zur Stelle bin. Wirklich nichts. Lass niemanden rein oder raus. Führ keine Telefonate. Sie werden so schnell nicht noch einmal anrufen. Sie wollen, dass du dir ein paar Stunden lang die Haare raufst. Wenn sie dann anrufen, hör ihnen einfach zu und merke dir Wort für Wort. Sag selbst nur das Nötigste.«

»Aber ...«

»Tu, was ich dir sage, Alexei. Vertraue mir, ich weiß, was zu tun ist. In solchen Sachen bin ich besser als du.«

Damit beendete Smith das Gespräch und rief unverzüglich Gentry an. »Jemand ist uns zuvorgekommen. Girondous Frau wurde entführt.«

»Scheiße.«

»Mach dich an die Arbeit, alter Freund. Ich brauche dich.«

»Du klingst ziemlich verärgert.«

»Das bin ich auch. Sehr.«

»O Mann. Dann möchte ich nicht in der Haut unseres Unbekannten stecken.«

»Der Unbekannte kann mich mal.«

Smith ging in sein Arbeitszimmer, schloss den Tresor auf und schnallte sich das Holster um die Schulter, in der die Glock steckte. Dazu griff er sich zwei Ersatzmagazine und kehrte nach unten zurück. Kurz darauf fuhr ein Wagen vor.

11. Krieg

Nicht alles, was sich unter einem blinkenden Blaulicht schnell bewegt, ist ein Polizei- oder Krankenwagen. So auch dieses Fahrzeug nicht, obwohl es im amtlichen Auftrag unterwegs zu sein schien, als es auf der Überholspur der Straße von Arles nach Salon-de-Provence und von dort in südlicher Richtung auf L'Estaque zuraste, nur selten unter zweihundert Stundenkilometern. Dem Mercedes-AMG S65, von einem Chauffeur gesteuert und mit Smith auf dem Beifahrersitz, pappte ein solches Blaulicht mit Magnetfuß auf dem Dach, das alle anderen Verkehrsteilnehmer, die zu dieser Uhrzeit noch unterwegs waren, mit Leichtigkeit auf die andere Spur zu verscheuchen wusste. Smith brauchte eine Weile, bis er volles Vertrauen in das Fahrvermögen des Mannes am Steuer gewonnen hatte. Der Wagen schien weder zu beschleunigen noch abzubremsen. Er flog einfach dahin, und der Mann blieb die ganze Zeit über völlig ruhig und entspannt, was nur einem absoluten Profi gelingen konnte. Smith tippte darauf, dass er für das diplomatische Korps arbeitete oder zumindest in dessen Umfeld ausgebildet worden war. Solche Leute waren meist die besten Fahrer. Sicherheitshalber hatte sich Smith nach vorn gesetzt. Eine schräge Windschutzscheibe lenkte Geschosse

191

eher ab als die Fenster an den Seiten, ob kugelsicher oder nicht.

Er versuchte, sich zu entspannen und in Gedanken noch einmal alles durchzugehen. Ihm schwante, dass es brenzlig werden würde. Ab sofort war auch er Leidtragender einer undichten Stelle, wo immer sie stecken mochte. Kein angenehmer Gedanke. Er griff zum Telefon.

»Gentry, schau bitte mal nach meinem Auto. Und nimm Arthur mit zu dir nach Hause. Sag Deveraux, dass in diesem Spiel jetzt alle Regeln außer Kraft gesetzt worden sind.«

Der letzte Satz war eine Botschaft an Deveraux, der nun wusste, was nötig sein würde. Smith hatte die Regeln satt. Er war unglücklich, sehr unglücklich, denn es stand zu befürchten, dass es weitere Opfer geben würde. Einen Rückruf erwartete er nicht. Gentry wusste, dass nun Krieg herrschte und was von ihm verlangt wurde.

Als Nächstes rief er Martine an, der er keine Gelegenheit ließ, Nettigkeiten zu formulieren.

»Liebste« – und das war sie, wie ihm plötzlich bewusst wurde – »bitte mich jetzt nicht um Erklärungen. Du darfst den Mas nicht verlassen, bis ich wieder Kontakt mit dir aufnehme. Es ist wichtig. Auch dein Vater muss zu Hause bleiben. Halt dich in Jean-Maries Nähe auf. Die ganze Zeit über. Hast du verstanden?«

»Ja, natürlich.«

»Würdet ihr Suzanne für ein oder zwei Tage bei euch aufnehmen? Ich will zumindest, dass sie in den nächsten vierundzwanzig Stunden nicht allein ist. Mir ist klar, dass ich viel von euch verlange, aber ...«

»Ich spreche mit meinem Vater, keine Sorge«, fiel sie ihm ins Wort.

»Danke.«

Es sprach für sie, dass sie keine Erklärungen verlangte. Eine sanfte Ermahnung konnte sie sich aber nicht verkneifen.

»Sieh dich vor, Peter. Ich will dich nicht verlieren.«

»Ich dich auch nicht.« Und dann, als sich die Worte endlich in ihm auf den Weg machten, kamen sie ihm überraschend leicht über die Lippen. »Ich liebe dich.«

Nach diesem gewichtigen Geständnis holte ihn ihr sachlicher Tonfall auf den Boden der Tatsachen zurück.

»Ja, mein Lieber. Ich weiß. Wohin fährst du?«

»Ich hole Girondous Frau zurück. Sie wurde entführt.«

»Er kann sich glücklich schätzen, dass du ihm hilfst, Peter.«

»Denk daran, was ich dir gesagt habe, Martine: Unternimm nichts, bis ich anrufe. Bitte.«

»Zu Befehl, der Herr.«

Obwohl er sich auf ein paar schwierige Stunden gefasst machen musste, lächelte er voller Zufriedenheit, als das Gespräch beendet war.

Anschließend reichte der Chauffeur ihm ein Gerät, ohne die Augen von der Straße zu nehmen. Es war ein Ladegerät für Satellitentelefone. Der Mann war wirklich gut. Smith schloss seinen Apparat an, wählte Jean-Maries Nummer und briefte ihn, was nicht lange dauerte. Deveraux ließ er unerwähnt, Jean-Marie von ihm zu erzählen hatte keinen Zweck, er würde ihn ohnehin nie zu Gesicht bekommen. Dann war Suzanne an der Reihe.

»Suzanne. Ich habe keine Zeit für lange Erklärungen. Setzen Sie sich unverzüglich in Ihren Wagen, fahren Sie zum Mas des Saintes und bleiben Sie dort fürs Erste. Martine erwartet Sie.«

»Was ist los, Peter? Bin ich in Gefahr?«

»Möglich. Wir sollten jedenfalls kein Risiko eingehen. Vertrauen Sie mir. Ich erkläre Ihnen alles, muss aber vorher noch etwas erledigen.«

»Warum ausgerechnet der Mas?«

»Es wird langsam Zeit, dass Ihre Familie mit der Vergangenheit zu leben lernt.« Smith formulierte seine Antwort absichtlich schroff. »Wenn Sie nicht tun, was ich Ihnen sage, wird einer von Ihnen wahrscheinlich innerhalb der nächsten vierundzwanzig Stunden sterben. Falls es Martine treffen sollte, mache ich mit Ihnen kurzen Prozess. Machen Sie sich verdammt noch mal auf den Weg. Keine Widerrede!«

Der Chauffeur passierte mit halsbrecherischem Tempo die Toreinfahrt von Girondous Anwesen und raste über die Serpentinen, die zum Haus hinaufführten. Die Bewachung war auffälliger als sonst. Smith drehte sich um und vergewisserte sich, dass die stählernen Poller hinter ihnen wieder hochgefahren wurden. Sie bogen auf den kiesbedeckten Vorplatz ein und verloren keine Zeit. Smith wandte sich mit einem fragenden Blick an den Chauffeur. Mehr war nicht nötig.

»Henk van der Togt.«

»Können Sie mit einer Schusswaffe genauso gut umgehen wie mit dem Wagen?«

»Ja.«

»Diplomatenschutz?«

»KCT.«

Auweia, dachte Smith. Offenbar waren nicht alle Holländer haschende Blumenkinder. Wie war wohl Girondou an diesen Kerl gekommen? Jedenfalls schien er eine gute Besetzung zu sein.

»Danke. Warten Sie hier. Ich brauche Sie noch.«

Der Mann nickte und blieb reglos am Steuer sitzen. Smith fand seinen Freund im Wohnzimmer vor. Er saß zwischen seinen hübschen Töchtern auf dem Sofa, die beide Tränen im Gesicht hatten und völlig verängstigt waren. Girondou wollte aufstehen, setzte sich aber wieder, als Smith abwinkte. Er trat auf sie zu, ging vor dem Sofa in die Hocke und ergriff die Hände der Mädchen.

»Eure Mutter wird bald wieder hier sein. Sicher und wohlbehalten. Vertraut mir. Ich gebe euch mein Wort darauf. Mein Wort, versteht ihr?«

Sie verstanden ihn natürlich nicht, nickten aber.

Smith erhob sich abrupt und hielt immer noch ihre Hände fest. Sie standen mit ihm auf. Er gab beiden einen Kuss auf die Stirn, und seine eigenen Töchter kamen ihm in den Sinn.

»Okay. Ihr geht jetzt zu Bett. Ins Bett eurer Eltern. Verlasst unter keinen Umständen das Schlafzimmer und ruft auch niemanden an. Das ist wirklich wichtig. So, und jetzt gebt eurem Vater einen Kuss und geht. Wir haben noch zu arbeiten und wollen uns keine Sorgen um euch machen. Und denkt daran: Ihr könnt euch voll auf mich verlassen.«

Die beiden nickten ernst und verließen zögernd den

Raum. Als sie die Tür hinter sich geschlossen hatten, wandte er sich an seinen Freund.

»Hast du einen Leibwächter für sie abgestellt?«

»Ja.«

»Hol ihn her.«

Girondou ging zur Tür, öffnete sie und winkte einen gedrungenen Mann herein. Ehe er ihn vorstellen konnte, trat Smith an ihn heran und blickte ihm aus nächster Nähe ins Gesicht. Unverkennbar stand pure Feindseligkeit darin geschrieben.

»Sie beziehen Posten vor dem Schlafzimmer, in dem sich Monsieur Girondous Töchter aufhalten, und lassen bis auf Weiteres niemanden hinein. Und sollte sich jemand anders als Monsieur oder meine Person der Tür bis auf zehn Meter nähern, machen Sie von Ihrer Schusswaffe Gebrauch, ohne Vorwarnung und ohne zu zögern. Falls den Mädchen etwas zustößt, ziehe ich Sie persönlich zur Rechenschaft, und die wäre tödlich für Sie. Habe ich mich deutlich ausgedrückt?«

Innerhalb weniger Sekunden verflog die leicht arrogante Miene des Mannes, Entsetzen machte sich breit. Er nickte und ging. Girondou richtete den Blick auf seinen Freund.

»War das dein Ernst?«

»O ja.«

»Verdammt, Peter, ich bin froh, dass du hier bist – glaube ich wenigstens.«

»Okay. Kommen wir zum nächsten Punkt. Alle verlassen das Haus. Zurück bleiben nur fünf bewaffnete Männer, denen du vertrauen kannst. Lass sie jetzt gleich antreten. Und schenk mir bitte einen Drink ein.«

Der Whisky kam schneller als die Männer, aber nicht viel. Es war ein bunter Haufen, doch wusste Smith aus langer Erfahrung, dass der Anschein oft trog und kein verlässliches Urteil zuließ. Girondou ergriff das Wort.

»Wie ihr wahrscheinlich wisst, haben wir ein Problem zu lösen. Das ist mein Freund Mr Smith. Ihr werdet seinen Anweisungen genauso präzise folgen, als kämen sie von mir. Er gehört zur Familie. Hört auf ihn und tut, was er sagt.«

Smith registrierte widerwilligen Respekt in den Augen der Männer, als sie ihre Blicke auf ihn richteten.

»In diesem Haus halten sich ab sofort nur Monsieur Girondou und seine beiden Töchter auf, Letztere im Elternschlafzimmer. Vor der Tür steht ein Kollege, der den Befehl hat, jeden, der sich dem Zimmer nähert, zu erschießen. Das schließt jeden von Ihnen ein. Und glauben Sie mir, er wird seinem Befehl nachkommen. Wenn nicht, tue ich es. Diese vier und Sie fünf sind die einzigen Personen im Haus, nachdem ich es verlassen habe. Ihr Job besteht darin, es so dichtzumachen wie die Jungfrau Maria. Wenn ich zurückkehre, lassen Sie mich rein, ansonsten niemanden. Sie sind verantwortlich für die Sicherheit des Hauses und mir gegenüber rechenschaftspflichtig. Versagen Sie, reiße ich Ihnen eigenhändig die Eier ab, während Sie noch atmen. Wenn Sie mich verstanden haben, schlage ich vor, dass Sie jetzt an die Arbeit gehen. Wenn nicht, bleiben Sie noch ein Weilchen, und ich erklär's Ihnen auf andere Art.«

Es konnte nicht weiter verwundern, dass alle fünf zügig den Raum verließen. Smith antwortete, bevor der Freund fragen konnte.

»O ja, das würde ich.«

Also setzten sie sich.

»Okay. Sag mir, was passiert ist«, begann Smith. »Erst mal die reinen Fakten. Um die Verantwortlichen kümmere ich mich, wenn Angèle wieder in Sicherheit ist.«

Es war deprimierend simpel und deprimierend beiläufig geschehen. Angèle war mit dem Wagen nach La Couronne gefahren, um kurz vor Ladenschluss um acht Kleider aus der Reinigung zu holen. Sie saß selbst am Steuer. Es waren nur vier Kilometer, die sie zurückzulegen hatte. Vor etwa vier Stunden hätte sie wieder zu Hause sein müssen, doch sie meldete sich nicht und war nicht zu erreichen. Girondou machte einen verzweifelten Eindruck. Vor den Mädchen hatte er noch Stärke markiert, aber davon war jetzt nichts mehr übrig geblieben. Smith fühlte sich schuldig und entsprechend schlecht.

»Wie bist du kontaktiert worden?«

»Jemand hat angerufen und einfach nur gesagt, dass man sie in ihrer Gewalt hat.«

»Sonst nichts?«

»Nein.«

»Eine Spur?«

»Nein.«

»Wo wohnt der Betreiber der Reinigung?«

»Über dem Laden, wenn ich mich nicht irre.«

»Kennst du Angèles Mobilfunknummer?«

»Natürlich. Aber darüber ist sie nicht zu erreichen. Es meldet sich nur die Mailbox.«

»Es heißt also nicht: ›Teilnehmer vorübergehend nicht zu erreichen‹ oder dergleichen?«

»Nein, die Mailbox, wie ich sagte. Hat das was zu bedeuten?«

»Frag nicht, Alexei. Ich frage, du antwortest. Bitte. Springt die Mailbox sofort an oder erst nach ein paar Rufzeichen?«

»Ähem, nach ein paar Rufzeichen, glaube ich. Was tut das zur Sache?«

»Glaube mir, es ist wichtig. Die Nummer …«

Smith rief Gentry an, während Girondou diktierte, und teilte ihm die Nummer mit.

»Wenn wir Glück haben, ist das Gerät noch an und hat noch Akku, David. Die Frau ist clever und hat es vermutlich auf stumm geschaltet. Ich brauche eine Spur, und zwar sofort. Ich bleibe dran.«

Die Satellitenverbindung wurde unterbrochen. Girondou war immer noch nicht auf den Trichter gekommen.

»Peter, um Himmels willen, lass mich nicht im Dunkeln. Was tust du, wen rufst du da an?«

Smith hatte ein Nachsehen. Der Mann war sichtlich von der Rolle. Eine Erklärung täte ihm gut, und dazu blieb ein wenig Zeit, bis Gentry seine Recherchen beendet haben würde.

»Alexei, deine Frau ist nicht nur eine der schönsten, die ich je gesehen habe, sondern auch sehr gescheit. Die Mailbox meldet sich, was nichts anderes bedeutet, als dass ihr Gerät eingeschaltet ist. Ich vermute, sie hat es auf stumm geschaltet, als sie gekidnappt wurde. Ihr war klar, dass du anrufen würdest, und das Klingeln hätte die Entführer auf das Ding aufmerksam gemacht. Wäre es ausgeschaltet, würde sich die Mailbox sofort melden. Jedenfalls scheinen ihre Entführer ziemlich dumm zu sein, keine Profis. Sie machen Fehler. Allerdings sind sie wahrscheinlich auch unberechenbar. Wir müssen also vorsichtig sein und können nur hoffen, dass sie weiterhin so dumm agieren.«

»Aber wieso hat man Angèle überhaupt entführt?«

»Das kann ich beantworten, sobald ich – sagen wir mal – mit den Entführern ein paar Takte geredet habe. Sie haben Angèle vor vier Stunden gekidnappt, könnten also überall sein, aber das glaube ich nicht. Und weil sie in La Couronne anscheinend niemandem aufgefallen sind, werden sie aus der Gegend kommen oder zumindest so aussehen. Wie dem auch sei, Alexei, ich werde sie finden und deine Frau zurückbringen. Tot ist sie denen zu nichts nütze.«

Smith hielt es für unangebracht, seinem verzweifelten Freund aufzuzählen, welche Vorteile andere aus dem Tod seiner Frau ziehen könnten.

»Ich gehe davon aus, dass ihr Handy eines von der moderneren Sorte ist, oder? Eines, das sich überall auf der Welt verwenden lässt.«

»Ja, ich glaube schon.«

»Dann hat es einen GPS-Chip. Darüber könnten wir es orten – zumindest mein Freund könnte es.«

»Dein Freund?«

»Frag nicht.«

Genau in diesem Moment meldete sich Gentry wieder.

»La Bouilladisse, Chemin de Coutran, Nummer 41.«

»Wo ist das?«

»An der A52, rund dreißig Kilometer nördlich von Marseille.«

»Danke.«

Smith steckte sein Telefon weg und wandte sich erneut an seinen Freund. »Alexei, ich lasse dich jetzt hier zurück und hole Angèle. Ich brauche den Wagen und Henk.«

Girondou war perplex und protestierte. »Nein, ich komme mit. Und wir brauchen mehr Männer. Ein ganzes Team.«

»Genau das brauchen wir nicht, Alexei. Es wäre grundverkehrt, mit einer Horde durchgeknallter Schläger in John-Rambo-Manier anzumarschieren, die angeführt wird von einem Mann, der in seinem ganzen Leben noch kein einziges Feuergefecht durchgestanden hat, wie ich vermute.«

Girondou nickte traurig.

»Überlass das mir«, fuhr Smith fort. »Bitte, bleib hier bei deinen Töchtern. Sie brauchen dich. Angèle braucht jetzt mich. Heute Nacht werden wahrscheinlich Menschen sterben, und ich werde eher ungeschoren davonkommen als du. Und was wir erst recht nicht brauchen, sind *flics*, die durch deinen Garten trampeln und hoffen, dich einbuchten zu können. Am liebsten wäre mir, wir könnten dich in Sicherheit bringen, aber du darfst dich jetzt nicht vom Fleck bewegen, bis wir wissen, was da abläuft. Bleib hier und kümmere dich um die Mädchen. Vertrau mir. Ich bin in spätestens vier Stunden wieder hier, mit Angèle.«

»Ähem, und was hat es mit diesem Henk auf sich?« Girondou machte immer noch einen verstörten Eindruck.

»Er ist der Richtige«, antwortete Smith. »In Zukunft solltest du dir aber deine Mitarbeiter vielleicht ein bisschen genauer ansehen. Dieser Henk ist als Chauffeur klar unterbeschäftigt.«

Girondou runzelte die Stirn und schaute entgeistert

drein. Smith führte es auf seinen Schock zurück, zweifelte daran aber selbst ein wenig, als er das Haus verließ und auf den parkenden Mercedes zusteuerte.

Henk saß immer noch am Steuer; er schien sich die ganze Zeit nicht gerührt zu haben und hielt die Augen geschlossen. Der CD-Player spielte eine Klaviersonate von Schubert. Smith setzte sich leise auf den Beifahrersitz, zog seine Glock und richtete sie auf den scheinbar schlafenden Fahrer. Der öffnete die Augen und ließ nicht die geringste Irritation erkennen. Beruhigend, wie Smith fand.

»Bevor wir losfahren, würde ich gern Folgendes wissen: Wer zum Teufel sind Sie, und woher zum Teufel kommen Sie?«

Die Antwort überraschte Smith, überraschte ihn aber gleichzeitig auch nicht.

»Gentry.«

Dieser wundervolle Mistkerl, dachte Smith nicht zum ersten Mal und steckte die Waffe wieder weg.

»Aha. Okay, ich habe dieses Ding und zwei volle Ersatzmagazine. Und Sie?«

»Ich habe auch eine Glock 30 und drei Magazine. Gnädigerweise scheint der Wagen von Monsieur Girondou mit ein paar unüblichen Extras ausgestattet zu sein. Im Kofferraum liegen zwei Pumpguns Kaliber 12, hundert Schuss Munition, sechs Blend-, vier Gas- und vier Handgranaten. Der Wagen ist ein umgebauter AMG mit aufgemotzter Federung und allem Drum und Dran. Aber nicht gepanzert.«

Smith kniff die Brauen zusammen. »Mit anderen Worten: Er geht ab wie eine Rakete, fängt aber allenfalls Vogeldreck ab. Wenn das alles hier vorbei ist, sollten Sie Monsieur Girondou vielleicht empfehlen, ein bisschen mehr Geld in die Sicherheit zu investieren.«

Henk nickte und grinste.

»Keine automatischen Waffen?«, fragte Smith.

»Nein«, antwortete der Fahrer. »Sind auch nicht so mein Fall. Viel zu laut.«

Smith musterte den Mann, um zu sehen, ob er ihn vergackeiern wollte. Was anscheinend nicht der Fall war.

»Sind wir uns früher schon mal begegnet, Henk?«

»Nein, ich glaube nicht. Daran würden wir uns beide wohl erinnern. Schade eigentlich.«

»Mein Name ist Smith.«

»Ich weiß.«

»Wo waren Sie, als Madame Girondou entführt wurde?«

»In Arles. Vor Ihrem Haus. Ich war erst ein paar Minuten dort.«

Gentry hatte offenbar mehr Verstärkung zusammengetrommelt als vorgegeben.

»Wie kommt's, dass Sie diesen Wagen fahren?«

»Tja, wie soll ich mich ausdrücken? Sagen wir, ich habe mit dem eigentlichen Fahrer die Plätze gewechselt, als er bei Ihnen angekommen ist.«

»Sie scheinen sich in fremder Umgebung schnell zurechtzufinden. Wie schaffen Sie das?«

Der dünne Holländer grinste. »Ach, wozu GPS nicht alles gut ist. Leider nicht sehr sicher, wenn die Adressen der Auftraggeber gespeichert sind.«

»Wo steckt der eigentliche Fahrer jetzt?«

Smith befürchtete Schlimmes, denn Henks Grinsen wurde breiter.

»Wie die Waffen im Kofferraum. Ein wenig indigniert, würde ich meinen.«

»Lassen Sie ihn laufen.«

Wenig später machten sie sich auf den Weg und bogen auf die Autobahn ab, die sie in den Norden von Marseille und weiter auf die A52 führte.

Smith betrachtete seinen Begleiter. Ende dreißig, fit, sonnengebräunt.

»Wir ziehen in den Krieg. Kolumbianischer Auftrag.«

Henk nickte bedächtig. Smith lag richtig. Geiselbefreiung war ein aufstrebendes Gewerbe in Südamerika.

»Die Sicherheit der Geisel geht vor. Ein Täter wird unschädlich gemacht und festgesetzt. Der Rest liquidiert. Haben Sie eine Ahnung, mit wie vielen wir es zu tun haben?«

»Nein«, bekannte Henk.

»Es könnten mehrere sein. Kommen Sie damit klar?« Smith glaubte ein leichtes Zögern neben sich zu spüren.

»Ja«, kam die Antwort leise.

Sie fuhren schnell durch die Nacht und verloren kein überflüssiges Wort, und mit einer Télépéage-Chipkarte passierten sie die Mautstelle ohne Verzögerung. Nach weniger als einer halben Stunde nahmen sie die Ausfahrt von La Bouilladisse. Das Navigationsgerät führte sie am Südrand der Kleinstadt vorbei in eine Hügellandschaft und schließlich auf eine einspurige Straße, an der sich auf beiden Seiten ein paar wenige Häuser ungleichmäßig verteilten. Smith fand die Gegend ziemlich trostlos, was aber auch an seiner Stimmung liegen mochte. Sie stellten den Wagen am Straßenrand ab und schauten sich um. Das gesuchte Haus lag am Ende der Straße, was ihnen gut in den

Kram passte. Es besaß einen kleinen Garten vorne und einen etwas größeren auf der Hinterseite. Ein paar willkürlich platzierte Lampen sorgten für schütteres Licht. Smith warf einen Blick auf seine Uhr. Es war erst kurz nach Mitternacht.

»Okay, sehen wir uns das Ganze mal genauer an. Sie nähern sich von der Rückseite. In zehn Minuten treffen wir uns wieder hier. Und wenden Sie vorher den Wagen. Ihn zu verstecken ist nicht nötig. Bevor einer der Nachbarn aufmerksam wird, sind wir längst wieder verschwunden.«

Sie bewegten sich leise, hatten es aber nicht besonders eilig. Es handelte sich um ein kleines, typisch provenzalisches Haus mit zwei Etagen. Keine Anbauten oder Nebengebäude. An der Vorderseite standen die Fensterläden offen, und Smith hoffte, dass Henk ähnlich viel Glück hatte. Eine erste Orientierung von außen erleichterte den Zugriff erheblich. Zehn Minuten später waren beide wieder am Wagen.

»Und?«

»Zwei plus Zielperson«, antwortete Henk, der mit dieser Form des Briefings offenbar vertraut war. »Obergeschoss, nach hinten raus.«

Smith ließ ihn wissen, was er gesehen hatte. »Im Wohnzimmer sitzen drei vor dem Fernseher und schauen Fußball. Niemand hält Wache. Es scheint, dass der Boss einer der dreien ist. Ihn will ich haben. Eine Alarmanlage oder dergleichen ist nicht installiert. In der Haustür steckt ein einfaches Zylinderschloss.«

»Wir haben es offenbar mit verdammten Amateuren zu tun.«

Smith nickte. »Interessant, nicht wahr?«

»Auch wir könnten die Geisel befreien und einen der Männer mitnehmen«, schlug Henk vor, »aber ohne dass die anderen etwas davon merken.«

Smith runzelte die Stirn. Er verfolgte einen anderen Plan.

»Nein. Der Urheber dieser Geschichte braucht eine Botschaft. Sie knöpfen sich die drei Fußballfans vor. Halten Sie sie einfach in Schach, ich gehe derweil nach oben. Wir treffen uns unten mit der Geisel und den anderen.«

Henk warf Smith einen scharfen Blick zu, erwiderte aber nichts.

»Unsere Glocks sollten wohl reichen«, fuhr Smith fort. »Legen Sie eine der Westen aus dem Kofferraum auf die Rückbank. Ich möchte, dass Madame auf der Rückfahrt geschützt ist. Ich glaube zwar nicht, dass wir noch in einen Hinterhalt geraten, aber man kann nie wissen.«

Smith erinnerte sich noch lebhaft an die ereignisreiche Rückfahrt vor acht Monaten, als er mit Martine die Premiere von *Madame Butterfly* besucht hatte.

Nachdem Henk den Wagen abgeschlossen hatte, machten sie sich gemeinsam auf den Weg zum Haus.

Die Eingangstür ließ sich mit der kleinen flexiblen Stahlfeder öffnen, die in Smiths Gürtel zu Hause war. Henk blieb im Flur zurück, als Smith die Treppe nach oben stieg, wobei er die Stufen nur am äußersten Rand betrat. Sie knickte auf halber Höhe ab. Smith hielt auf dem Zwischenpodest an, an einer Stelle, von der er Henk gerade noch sehen konnte. Mit einer Handbewegung setzte er den Countdown in Gang. Fünf Sekunden später öffneten beide die jeweilige Tür vor ihnen und betraten ruhig die Zimmer.

Einer der beiden Männer, die auf Madame aufzupassen hatten, war tatsächlich eingeschlafen. Es dauerte eine Weile, bis er registrierte, wer ihn da aufgeweckt hatte. Smith richtete seine Pistole auf die Männer und sagte leise, aber deutlich: »Wenn sich einer von euch beiden bewegt oder etwas sagt, war's das auch schon.«

Die beiden Geiselnehmer verstanden sofort. Madame Girondou lag auf dem Bett und war mit verbundenen Augen an Händen und Füßen gefesselt; überraschenderweise machte sie aber keinen gequälten Eindruck. Smith klappte sein kleines Messer auf, das er vor Jahren in Südafrika gekauft hatte und seitdem ständig in der Tasche bei sich trug, und befreite sie von den Fesseln und der Augenbinde. Die beiden Männer waren so eifrig damit beschäftigt, ihre Gedanken zu sortieren, dass sie keine Gefahr darstellten. Außerdem konnte ihnen nicht entgehen, dass Smith unablässig die Pistole seelenruhig auf sie gerichtet hielt. Er gab Girondous Frau einen Kuss auf die Wange und flüsterte ihr ins Ohr:

»Angèle. Du gehst jetzt leise nach unten und wartest vor der Haustür. Ich komme gleich mit diesen beiden Herren nach. Ein Freund von mir bringt dich zum Wagen. Hab keine Angst vor ihm. Ich bin in wenigen Minuten wieder bei dir. Verstanden?«

Sie nickte und folgte seinen Anweisungen. Vor der Haustür stehend, sah sie unendlich viel schöner aus, als es einem Entführungsopfer zustand.

Smith brachte die beiden Männer ins Wohnzimmer. Die drei anderen knieten nebeneinander auf dem Boden und hatten die Hände hinter den Köpfen verschränkt. Die beiden von oben reihten sich ein. Henk hatte ihnen gegönnt, dass sie den Fernseher im Blick hatten. Mit einem kurzen Kopfnicken verließ er das Zimmer, und Smith hörte, wie die Eingangstür aufging und sich leise wieder schloss.

Die Fenster verfügten über Rollos, die Henk klugerweise heruntergelassen hatte. Smith stellte sich vor den Fernseher und betrachtete die Reihe der knienden Gestalten. Es war an der Zeit zurückzubeißen. Sie würden lernen, dass man mit seinen Freunden kein Schindluder trieb. Er setzte sein liebenswürdigstes Gesicht auf.

»Nun denn, wer von euch ist der Boss?«

Alle fünf schwiegen.

»Ich frage noch einmal. Nur noch ein Mal. Wer führt das Kommando? Wenn ihr jetzt bitte so freundlich wärt zu antworten … Wenn nicht, frage ich auf andere Weise.«

Wieder kam keine Reaktion. Smith bemerkte, dass zwei von ihnen etwas besser gekleidet waren als die anderen, und diese beiden schienen ihre Chancen abzuwägen, ob Gegenwehr erfolgreich sein könnte. Immerhin waren sie zu fünft – fünf gegen einen. Smith fackelte nicht lange und schoss dem Jüngeren der beiden eine Kugel in den Kopf. Das Rollo hinter ihm verfärbte sich plötzlich dunkelbraun, und mehrere dünne Rinnsale bewegten sich langsam auf die Fußleiste zu. Die Glock war leiser gewesen als der Fußballkommentar.

»Ihr wolltet gerade etwas sagen?«, erkundigte er sich höflich.

Der Älteste in der Gruppe hatte sich als Erster gefangen. »Ich.«

»Gut. Dann wirst du mich jetzt begleiten.«

Zehn Minuten später fuhren sie mit hohem Tempo über die Autobahn zurück nach Hause. Smith saß mit Angèle im Fond, ihr Gast auf dem Beifahrersitz, an Händen und Füßen mit Stromkabeln gefesselt sowie die Augen verbunden. Ein breites Klebeband zierte seinen Mund, und er zitterte vor Angst am ganzen Körper.

Smith tippte dem Fahrer auf die Schulter. »Danke, mein Freund. Sie waren sehr tüchtig.«

»Die anderen?«, fragte der Holländer, fürchtete aber, die Antwort schon zu kennen.

Smith spürte, wie Angèle nach seiner Hand griff und fest zudrückte. Beklommenes Schweigen machte sich breit.

»Wer auch immer dahintersteckt, wollte uns warnen. Jetzt weiß die andere Seite, dass auch wir es ernst meinen.«

»Aber ...«

»Henk, niemand vergreift sich an meinen Freunden. Niemand. Merken Sie sich das.«

»Es stimmt also, was über Sie erzählt wird.«

Smith hielt es für besser, das Gespräch zu beenden. »Wahrscheinlich.«

Er legte einen Arm um Angèles Schultern und drückte sie so dicht an sich, wie es ihre Kevlarweste gestattete. Sie verstand Smiths Ansicht, was dem Holländer offenbar schwerfiel, reckte den Hals und gab Smith einen sanften Kuss auf die Wange.

»Danke, Peter, danke«, flüsterte sie.

Er holte sein Telefon aus der Tasche. Zuerst Girondou. Als die Verbindung stand, reichte er Angèle das Gerät. Nach einer Weile gab sie es ihm zurück. Girondous Stimme war belegt.

»Peter, ich weiß nicht, was ich sagen soll.«

»Es ist alles in Ordnung, mein Freund. Sag den Mädchen, dass wir in zwanzig Minuten zurück sind. Angèle kommt allein ins Haus; ich muss mich noch um unseren Passagier kümmern. Vielleicht holst du die Mädchen runter. Aber sei vorsichtig, schließlich willst du nicht von deinem eigenen Aufpasser erschossen werden. Können wir uns in einen der Schuppen zurückziehen?«

»Ja. In den auf der rechten Seite an der Auffahrt. Der ist sicher und ungenutzt.«

»Gut. Gib den Wachposten Bescheid. Ich will nicht, dass sie durchdrehen, wenn wir kommen.«

»Mach ich. Noch mal danke, Peter. Kann ich noch irgendetwas tun?«

»Schick einen deiner Jungs zum Schuppen mit einem großen Glas Whisky. Ich komme später ins Haus, nachdem ich mit unserem Freund hier ein paar Worte gewechselt habe.«

Der nächste Anruf galt Gentry. Dank wäre unangemessen gewesen, so auch jede Erklärung. Es kam nur eine Frage durch den Äther.

»Wie viele?«

»Fünf.«

»Und jetzt?«

»Einer.«

»Aha.«

»Noch.«

»Aha.«

Sie erreichten das Anwesen. Smith schickte Angèle ins Haus und wandte sich an den Fahrer.

210

»Henk. Womit hat Gentry Sie beauftragt?«

»Ihnen den Rücken freizuhalten.«

»Wie nett von ihm. Er müsste es aber eigentlich besser wissen. Haben Sie schon *viele* auf dem Kerbholz?«

»Nein.«

»Was soll ich dann mit Ihnen?«, blaffte Smith wütend zurück. »Entweder Sie lernen zu tun, wozu Sie teuer ausgebildet worden sind, und zwar sofort und ohne zu zögern, oder Sie beenden Ihren Auftrag und verschwinden. Sie sind ein guter Fahrer und verstehen sich auf Ihren Job, aber bestimmte Leute, die in Schwierigkeiten stecken und Ihre besonderen Talente nötig haben, erwarten, dass Sie spuren, und wenn Sie dabei draufgehen. Sie sollten kapiert haben, dass in dieser speziellen Welt nur der überlebt, der mehr austeilt als einsteckt. Entweder stirbt der Gegner oder Sie beziehungsweise diejenigen, für die Sie verantwortlich sind. Wenn auf Sie in Extremsituationen kein Verlass ist, taugen Sie so viel wie eine Teekanne aus Schokolade.«

Henk wollte etwas erwidern, doch Smith war noch nicht am Ende mit seiner Standpauke.

»Sie haben die Wahl. Sie erledigen jetzt Ihren Job, wofür ich Ihnen dankbar wäre. Ich will, dass Sie für ein oder zwei Tage auf die Familie aufpassen und dafür sorgen, dass so etwas wie heute Abend nicht noch einmal vorkommt. Ich mache Sie für ihre Sicherheit verantwortlich. Falls jemand sterben sollte, wär's besser, Sie sind es. Wenn Sie damit nicht einverstanden sind, machen Sie sich vom Acker. Denken Sie darüber nach. Ich komme in fünf Minuten zurück. Sind Sie dann noch hier, verstehe ich das als Antwort. Und jetzt schaffen Sie den Kerl in den Schuppen.«

Smith nickte in Richtung Gebäude auf der rechten Seite, das etwa dreißig Meter von ihnen entfernt war.

»Oh, und holen Sie das Waffenarsenal aus dem Kofferraum. Ich werde mit dem Wagen heute noch zu mir nach Hause fahren und will nicht, dass mir das Zeug um die Ohren fliegt.«

Der Mann in der Scheune war alles andere als glücklich. Smith löste ihm die Fesseln, damit sein Blut die Extremitäten wieder mit Sauerstoff versorgen konnte, und befahl ihm, sich auf einen Stuhl zu setzen. Dass er Schwierigkeiten machen würde, war nicht zu erwarten. Er hatte offenbar schwer zu knacken an dem, was vor weniger als einer Stunde geschehen war. Smith erkannte allerdings auch, dass er von ihm nicht viel erfahren würde. Der Mann schien ziemlich ahnungslos zu sein.

Smith nahm einen Schluck Whisky aus der Flasche, die auf der Kühlerhaube eines Aufsitzrasenmähers stand, und rückte einen zweiten Stuhl zurecht. Er riss dem Mann das Klebeband vom Mund und versuchte, den Geruch zu ignorieren, der von dem feuchten Fleck in dessen Schritt ausging.

»So, lass zuerst einmal hören, wie du heißt.«

»Alphonse, Monsieur. Alphonse Didet.«

»Okay, Alphonse. Mein Name ist nicht von Belang, obwohl ich, wenn du auf meine Fragen nicht antwortest, die letzte Person bin, die du in deinem Leben siehst, das dann in fünf Minuten vorbei ist. Verstehen wir uns?«

Er nickte.

»Du wurdest angeheuert, um Madame Girondou zu kidnappen.«

Der Mann konnte gar nicht schnell genug antworten.
»Ja.«

»Wie lautet dein Auftrag?«

»Wir sollten nach La Couronne zu irgendeiner Reinigung fahren, sie dort überwältigen, nach La Bouilladisse in das Haus bringen und auf weitere Befehle warten. Man hat uns gesagt, dass wir ihr nichts tun sollen. Wir dachten, das Ganze wär 'ne Routinesache. Außerdem wurde uns 'ne anständige Summe in Aussicht gestellt.«

»Hattet ihr eine Ahnung, wen ihr da entführen solltet?«

»Ja, Monsieur, ich jedenfalls.«

»Also doch keine Routinesache. Und trotzdem warst du einverstanden?«

»Monsieur, sie haben mich und meine Familie bedroht.«

Smith schämte sich insgeheim, vor Kurzem erst auf ähnlich brutale Weise Druck ausgeübt zu haben. »Okay. Auf welchem Weg wurde dir der Auftrag erteilt?«

»Per Telefon. Gestern Morgen. Ich sollte zwei Männer mitnehmen und gegen Mittag vor der Reinigung auf die Frau warten. Ein zweiter Anruf kam um vier; da wurde mir gesagt, dass sie kommt.«

»Wer hat dich angerufen?«

»Keine Ahnung. Es war eine Männerstimme, die ich nicht kenne. Sie informierte mich, dass morgen früh jemand vorbeikommen, die Frau abholen und uns das Geld bringen würde.«

Smith zog ein ramponiertes Handy aus seiner Tasche. Er hatte es dem Mann noch im Haus in La Bouilladisse abgenommen und den Akku entfernt, den er jetzt wieder einsetzte.

»Auf diesem Handy wurdest du angerufen?«

»Ja, Monsieur.«

Smith sah, dass kein Anruf mit unbekannter Nummer vorlag, und nahm den Akku wieder heraus.

»Fällt dir noch irgendetwas ein, was mich an der Sache interessieren könnte, Monsieur Alphonse Didet?«

»Nein, Monsieur, nichts. Gott ist mein Zeuge.«

Smiths Lächeln erreichte nur die Mundwinkel. »Das ist er nicht, glaub mir. Ich bin dein Zeuge. Denk scharf nach.«

Der Mann war mit den Nerven am Ende. Smith sah, wie er verzweifelt nach einem Strohhalm suchte. Schließlich fand er einen, und der war tatsächlich interessant.

»Zwei der Männer, die Sie in La Bouilladisse ... ähem ... zurückgelassen haben, gehörten nicht zu uns. Sie waren schon zur Stelle, als wir mit der Frau angekommen sind.«

Schau einer an, dachte Smith. Seine Botschaft würde also den oder die Richtigen erreichen.

»Bist du absolut sicher, dass es hieß, Madame Girondou werde exakt zu dieser Reinigung kommen?«

»Ja, Monsieur.«

Smith vermutete, dass er von dem Mann nicht mehr erfahren würde. Er beugte sich an ihn heran und kam fast mit dessen schweißnassem Gesicht in Berührung. Sein galliger Atem war unverkennbar.

»Ich habe beschlossen, dich am Leben zu lassen.«

Die Erleichterung des Mannes war unbeschreiblich. »Gnädiger Gott ...«

»An deiner Zukunft ist nichts gnädig, mein Freund«, fiel Smith ihm ins Wort. »Du hast etwas Unverzeihliches getan und wirst dafür bestraft. Du wirst leben, aber jeden Tag, den du lebst, verfluchen und dir wünschen, du wärst tot. Und du wirst ein abschreckendes Beispiel sein für alle diejenigen, die Monsieur Girondous Familie bedrohen wollen.«

Smith stand auf, klebte dem Mann das Band wieder über den Mund, zog seine Glock, schoss ihm einmal in jedes Knie und verließ den Schuppen. Er öffnete die Fahrertür des Mercedes und betrachtete Henk, der sich nicht vom Fleck bewegt zu haben schien.

»Ich sehe, Sie haben sich entschieden. Warten Sie hier. Ich bin in zehn Minuten wieder da. Gehen Sie nicht in den Schuppen.«

Smith betrat das Haus, wo ihm drei schluchzende Frauen um den Hals fielen. Als er sich endlich von ihnen befreit hatte, nahm er die Hände der Mädchen in seine und beugte sich zu ihnen hinab.

»Ich möchte jetzt noch ein paar Worte mit euren Eltern reden. Gute Nacht euch beiden. In ein oder zwei Tagen komme ich wieder, um zu sehen, wie es euch geht. Morgen wird euch ein neuer Fahrer vorgestellt werden, ein Holländer namens Henk, der nebenbei ziemlich gut aussieht. Er wird auf euch aufpassen. Tut bitte, was er euch sagt. Und jetzt geht ins Bett. Ich bin mir sicher, eure Eltern werden in ein paar Minuten nach euch sehen.«

Sie standen noch eine Weile unschlüssig auf der Stelle und schienen etwas sagen zu wollen, ohne zu wissen, was. Smith brachte sie zur Tür.

»Und verdreht diesem Henk nicht den Kopf. Er muss sich auf seinen Job konzentrieren.«

Den Mädchen gelang ein dünnes Lächeln, als sie gingen.

Um die Eltern nicht zu behelligen, bediente er sich selbst an der Hausbar. Es war schon spät, und ihn verließen die Kräfte. Als Angèle etwas sagen wollte, kam er ihr zuvor und hob die Hand. »Angèle, ich muss dir ein paar Fragen stellen. Darf ich?«

Sie nickte.

»Hast du irgendetwas gesehen oder gehört?«

»Nein, Peter. Es ging alles blitzschnell. Ich hatte gerade die Reinigung verlassen und wurde auf die Rückbank eines Wagens gestoßen, der an der Straße parkte. Hinten saß ein Mann, vorne saßen zwei. Alle drei trugen Sturmmasken. Mir wurde was über den Kopf gestülpt. Und gefesselt hat man mich. Keiner hat etwas gesagt, auch nicht, als man mich ins Haus brachte.«

»Du hattest dein Handy auf stumm geschaltet.«

»Ja, das ist es fast immer.«

»Wann hast du beschlossen, zur Reinigung zu fahren?«

»Um vier. Es war ein spontaner Entschluss.«

»Inwiefern?«

»Ich hatte die Wäsche schon früher abholen wollen, bin aber nicht dazu gekommen. Gestern rief François an, Alexeis Bruder. Er habe auch ein paar Sachen in der Reinigung, ob ich sie nicht mitnehmen könnte, wenn ich sowieso schon hinfahren würde? Es eile nicht, meinte er, aber ich wollte die Sache ohnehin nicht länger aufschieben.«

»Hast du François gesagt, wann du fahren wolltest?«

»Nein. Oh, vielleicht doch. Ich glaube, ich habe gesagt, dass ich heute am Nachmittag in die Stadt müsse, und dabei vielleicht die Reinigung erwähnte.«

Smith hatte das Gefühl, dass eine Fortsetzung des Ge-

216

sprächs nicht viel mehr bringen würde. Er hatte genug gehört, und Girondous Frau brauchte jetzt Ruhe, auch wenn sie das noch nicht wusste.

»Angèle, würdest du mich einen Augenblick mit Alexei allein lassen? Ich werde dann gleich auch fahren. Es freut mich, dass du wieder sicher zu Hause bist. Die Mädchen warten oben ja bereits auf dich.«

Sie nickte, gab Alexei einen Kuss, stand auf und ging auf Smith zu. Sie holte tief Luft, und es schien, als suchte sie nach Worten.

Smith schaute sie an und schüttelte den Kopf. Seine nächsten Worte kamen im Flüsterton. »Ihr seid meine Familie, Angèle. Zumindest das, was einer Familie am nächsten kommt. Mehr ist dazu nicht zu sagen. Gib den Mädchen einen Kuss von mir.«

Nachdem sie gegangen war, blieb es lange still. Alexei stand auf, befüllte ihnen beiden erneut die Gläser und setzte sich Smith gegenüber, ohne etwas zu sagen. Smith wusste genau, was in ihm vorging.

»Vielleicht war's nur ein blöder Zufall, Alexei. Bevor du etwas unternimmst, solltest du dich vergewissern.«

»Mein eigener Bruder. Was ist bloß in ihn gefahren?«

»Frag zuerst nach dem Grund. Wenn er tatsächlich der Anstifter war, warum? Was hat er sich davon versprochen? Ist er darauf aus, dich zu beerben? Will er die Geschäfte hier in die Hand nehmen?«

»Ich glaube nicht, aber man kann nie wissen.«

»Ja, das ist die erste Frage, die du beantworten müsstest. Die zweite ist: Inwieweit hätte Angèles Entführung ihm in die Karten spielen können? Nebenbei wäre da noch zu klären, ob sie irgendetwas mit unseren gegenwärtigen Ermittlungen zu tun haben könnte.«

»Was glaubst du, mein Freund?« Girondou klang sehr, sehr müde. »Dir scheint in solchen Angelegenheiten mehr einzufallen als mir.«

»Ich weiß es nicht, wirklich. Wenn ich einen Tipp abgeben müsste, würde ich sagen, dass sich da jemand als Trittbrettfahrer versucht hat. Jemand, vielleicht dein Bruder François, hat die Chance gesehen, die allgemeine Verwirrung für eigene Zwecke zu nutzen. Wie dem auch sei, wir werden's herausfinden.«

»Wie?«

»Ich habe in La Bouilladisse vier Leichen zurückgelassen und im Schuppen einen Kumpel, um den du dich, wenn ich gefahren bin, kümmern solltest. Uns kann nicht daran gelegen sein, dass auch er draufgeht. Jemand wird die Botschaft erhalten und verstehen. Laut Auskunft des Mannes, der gerade den Schuppenboden mit Blut besudelt und wahrscheinlich ohnmächtig ist, waren ihm zwei der Männer in La Bouilladisse fremd, also wahrscheinlich von dem oder denjenigen geschickt, die für die Entführung verantwortlich sind. Deren Reaktion wird uns einiges verraten. Sei François gegenüber vorläufig nachsichtig, auch wenn es dir schwerfällt. Vielleicht war ihm nicht klar, dass er Angèle in Gefahr bringt. Wenn er in die Sache verwickelt ist und denkt, du würdest ihn nicht verdächtigen, wird er sich wahrscheinlich verplappern. Lade ihn morgen zu einer Art Lagebesprechung ein. Bitte ihn, Erkundigungen einzuholen. Wenn er einer der verdammten Drahtzieher ist, könnte er sich verraten. Aber lass auf keinen Fall durchblicken, dass ich mit im Spiel bin. Ich will nicht, dass mir eine Horde rachsüchtiger Killer auflauert. Vorher muss ich wissen, mit wem ich es zu tun habe. Oh, und lass François ab sofort beschatten.«

Girondou nickte müde. Der Tag zeigte Wirkung bei ihm. Smith fand, dass es fürs Erste gut sein musste.

»Alexei. Ich lasse dir Henk als deinen Leibwächter zurück. Er ist ein guter Mann. Wir hatten eine kleine Meinungsverschiedenheit, aber die ist jetzt ausgeräumt. Er wird den Schutz für dich und die Mädchen organisieren. Vertrau ihm. Er weiß, was ihm blüht, wenn er Mist baut.«

Girondou nickte. Smith warf einen Blick auf seine Uhr. Es war nach drei.

»Ich muss jetzt ins Bett«, fuhr er fort. »Ich leihe mir den Mercedes aus, wenn ich darf. Morgen nehme ich wieder Kontakt auf.« Er erhob sich und wollte zur Tür gehen, doch Girondou hielt ihn am Arm zurück.

»Peter. Wie kann ich mich nur bedanken? Ich stehe tief in deiner Schuld.«

Smith schüttelte den Kopf. »Sieh nach dem Mann draußen im Schuppen, ehe er verblutet. Wie gesagt, ich melde mich morgen wieder.«

Draußen stellte Smith Girondou und Henk einander vor und zog den Holländer zur Seite.

»Henk, ich lasse diese Leute in Ihrer Obhut und hoffe, Sie wissen inzwischen, was das bedeutet.«

»Ich glaube, ja. Es sind Ihre Freunde.«

Smith nickte und ging zum Wagen.

Mit Vollgas fuhr er nach Arles zurück, dachte über lose Enden nach, fand aber keine. Die Analyse der Ereignisse konnte warten. Er hatte vergessen, wie sehr ihn solche Aktionen mitnahmen. Und er hatte für ein, zwei Stunden nicht daran gedacht, dass er kein junger Mann mehr war. Plötzlich fühlte er sich sehr einsam und beschmutzt, und die alten Dämonen schienen wieder über ihn herzufallen. Die Gespenster der Vergangenheit meldeten sich zurück; irgendwie fühlte er sich bedroht. Schnell machte er sich eine Reihe von Dingen klar. Er rief Martine an.

»Hallo, entschuldige, wenn …«

Sie fiel ihm ins Wort. »Alles in Ordnung mit dir, Peter?«

»Das Problem ist gelöst, mir geht es gut. Und dir?«

»Mir jetzt auch, mein Lieber.«

Es blieb eine Weile still. Beide wussten, dass er jetzt etwas sagen sollte, und als er es tat, sprach er sehr leise.

»Martine, ich wäre jetzt gern bei dir. Kann ich zu dir kommen?«

»Ja. Wie lange brauchst du noch?«

»Ungefähr zwanzig Minuten. Ich fahre einen schwarzen Mercedes.«

»Gut. Dann sage ich gleich den Männern am Tor Bescheid, und mir bleibt noch Zeit, das Bett neu zu beziehen.«

Als Nächstes meldete er sich bei Gentry. Er bat ihn, Deveraux darüber zu informieren, dass er in Kürze im Mas eintreffen werde, und beschrieb den Wagen, den er fuhr. Er möge sich auch bitte weiter um Arthur kümmern. Gentry stellte keine Fragen. Smith hörte aus der Stimme des alten Freundes Enttäuschung heraus. Zu gegebener Zeit würden sie über alles reden.

Die Nacht war klar und sternenübersät. Smith steuerte den Mercedes über eine leere Autobahn. Erst als er die Rhônebrücke überquerte, überholte er ein paar spanische Lkw. Dann bog er nach Süden Richtung Camargue ab. Plötzlich tat ihm alles weh. Fast blind rauschte er durch das Tor der Einfahrt zum Anwesen der Aubanets und bremste so abrupt auf dem Innenhof ab, dass der Kiesbelag zu beiden Seiten wegspritzte. Martine erwartete ihn vor der Haustür. Sie eilte ihm entgegen und reichte ihm ihre Hand, als er sich aus dem Wagen mühte. Nach einem langen, innigen Kuss führte sie ihn ins Haus.

12. Der Morgen danach

Die Atmosphäre beim Frühstück war, gelinde gesagt, ein wenig seltsam: nicht gerade gedrückt, erst recht nicht entspannt, aber eben seltsam. Emile Aubanet saß wie immer am Kopf des Küchentischs und musterte etwas entrückt und doch leicht amüsiert ein Ensemble, das sich über Nacht verdoppelt hatte. Für gewöhnlich frühstückte er mit seiner Tochter *à deux* und besprach mit ihr die Aufgaben des Tages. An diesem Morgen sah er sich in Gesellschaft seiner Nichte, die gestern noch eine Persona non grata in seinem Haus gewesen war und heute auf der rechten Tischseite saß. In einer schlichten Bluse und Jeans sah sie gleichzeitig cool, schön und elegant aus. Sie wirkte erstaunlich locker. Den Platz zu seiner Linken hatte Martine eingenommen, was auch normalerweise der Fall war, nur dass sie jetzt ihren Stuhl näher an das andere Tischende herangerückt hatte, an dem Smith Platz genommen hatte. Sie trank eine Tasse Kaffee nach der anderen und ließ sich Brot, Butter und Aprikosenmarmelade schmecken, ohne dabei, wie es schien, die Hände von ihrem Gast zu nehmen. In ihrem Morgenmantel aus bunt schillernder Chinaseide strahlte sie regelrecht auf. Dass sie ihn immer noch trug, war keine Nachlässigkeit, sondern Absicht. Smith dagegen machte einen etwas verlegenen Eindruck, was aber nicht darüber hinwegtäuschte, dass auch er sehr glücklich war. Für das reichlich derangierte Bild, das er abgab, hatte er immerhin eine Entschuldigung. Er war wahrscheinlich der Einzige am Tisch, der in der Nacht zuvor vier Menschen er- und einen fünften zum Krüppel geschossen hatte.

Emile Aubanet als das Oberhaupt der Familie hielt es für seine Pflicht, so etwas wie ein Gespräch in Gang zu bringen.

»Nun«, hob er an, »wenn ich mich nicht irre, haben einige von uns eine aufregende Nacht hinter sich. Offenbar habe ich etwas verpasst.« Er richtete seinen Blick auf Smith. »Peter, erzählen Sie mir doch ein bisschen, bevor ihr zwei wieder ins Bett geht. Oh, Martine, ehe ich's vergesse: Zu wievielt werden wir zu Mittag essen? Ich muss der Köchin Bescheid sagen.«

Es kostete Smith einige Überwindung, Bericht zu erstatten – über alles. Martine hatte er bereits in groben Zügen unterrichtet. Jetzt rollte er die ganze Geschichte neu auf, ließ aber aus Rücksicht auf seine Zuhörer einige Details aus. Auch über Gentry, Deveraux und Henk verlor er kein Wort; ihre Existenz wollte er nur Martine anvertrauen. Als er alles gesagt hatte, behielt er ausschließlich Emile im Blick. Dass Suzanne einen geradezu entgeisterten Eindruck machte, sah er nicht. Lange blieb es still am Tisch. Schließlich meldete sich der alte Herr zu Wort.

»Nicht zum ersten Mal haben wir allen Grund, Ihnen dankbar zu sein, Peter – Monsieur Girondou und seine Familie vor allem, aber auch wir. Wieder einmal haben Sie uns hier im Süden einen großen Dienst erwiesen. Damit konnte niemand rechnen, und vielleicht haben wir ihn nicht einmal verdient. Im Unterschied zu meiner Tochter, die heute Morgen so glücklich aussieht wie noch nie nach dem Tod ihrer Mutter, machen Sie einen schrecklichen Eindruck, was nicht sonderlich überraschen kann. Ich schlage vor, wir beraten uns über nächste Schritte am Mittagstisch, dieses Mal zusammen.«

Damit streckte Aubanet die Hand in Richtung der Dame zu seiner Rechten aus und fuhr fort: »Ich würde mich jetzt gern ein wenig mit Suzanne unterhalten. Wir haben Nachholbedarf, und ich möchte einige große Fehler korrigieren, die mir in der Vergangenheit unterlaufen sind.« Und an die beiden anderen gewandt: »Ihr habt wohl auch noch Unerledigtes zu Ende zu bringen. Also ab mit euch. Um halb eins wird zu Mittag gegessen.« Mit Blick auf seine Tochter fügte er hinzu: »Lass den Mann auch ein bisschen schlafen. Er hat's nötig, wie es scheint.«

Martine stand auf, zog Smith mit sich und verschwand mit ihm auf ihr Zimmer.

Sooft er etwas sagen wollte, brachte sie ihn zum Schweigen. Es waren die aufregendsten, liebevollsten paar Stunden seines jüngeren Lebens, nicht gerade erholsam, aber für jemanden wie ihn, der sich eigentlich schon auf sein allmähliches Ableben eingestellt hatte, ein wahres Wunder. Sie liebten sich einfach und zärtlich, als hätten sie seit Jahren nichts anderes getan. Während die meisten Ehen im Desaster oder in Gleichgültigkeit enden, dauern einige wenige an, für beide Seiten mit Behagen. So etwas fühlte er jetzt. Als sie sich schließlich erschöpft hatten und zufrieden Arm in Arm beieinanderlagen, erzählte er ihr, was er den anderen verschwiegen hatte.

»Ein Mann namens Deveraux passt auf euch auf.«

»Wer?«

»Du wirst ihm wahrscheinlich nie begegnen, denn er zeigt sich nicht, aber er wird zur Stelle sein, falls Jean-Marie ausfallen oder überfordert sein sollte. Ein sehr guter Mann. Er ist jetzt draußen irgendwo.«

»Wie kann das sein? Unsere Leute hätten ihn doch entdeckt.«

»Nein, das werden sie nicht. Er ist der Beste. Viel besser als ich. Er wird dich und deinen Vater beschützen. Es darf nicht dazu kommen, dass ich dich retten muss. Du bist mir entschieden zu kostbar.«

»Aber wer ist er? Warum tut er das für uns?«

»Er ist ein Mann aus meiner Vergangenheit und ein wertgeschätzter Partner. Vielleicht wirst du ihn eines Tages kennenlernen, wenn die Umstände günstiger sind. Einen härteren und gewiefteren Mann kenne ich nicht.«

»Und die anderen?«

»Der Holländer beschützt Girondou und seine Familie. Er ist ein Angestellter. David Gentry ist vielleicht mein einziger wirklicher Freund. Wir haben viele Jahre zusammengearbeitet. Ihm vertraue ich voll und ganz.«

»Dein einziger …?«

Smith nahm ihr schönes Gesicht in seine Hände. »Der einzige Mann. Du bist die einzige Frau.«

Worauf sie einander wieder in die Arme sanken.

»Was geht da eigentlich vor sich, Peter? Warum engagierst du dich für eine Sache, die viel zu groß ist für einen

Einzelnen und an der du wahrscheinlich sowieso nichts ändern kannst?«

»Ganz einfach«, antwortete Smith. »Gentry und Suzanne haben mich darum gebeten.«

»Und sie sind natürlich Freunde.«

Er lächelte und küsste sie zum x-ten Mal. »Langsam kommst du dahinter. Und weil die Sache viel zu groß ist, hat wahrscheinlich nur ein Einzelner eine Chance, wirkungsvoll einzugreifen. Große Regierungsbehörden und Dienste schaffen nicht, zu was ein Mann in der Lage sein kann.« Er legte eine Pause ein, um seine Gedanken zu ordnen. »Anfangs hatte ich nicht die Absicht, mich einzumischen. Gentry wollte nur herausfinden, was mit dem Enkel seines Freundes passiert ist. Als ich dann aber hörte, dass Suzanne die Ermittlungen leitet, läuteten bei mir die Alarmglocken.«

»Warum? Das ist doch ihr Job.«

»Vielleicht, aber ich habe das Gefühl, dass sie benutzt wird, und zwar von jemandem, der es nicht gerade gut mit ihr meint. Man hat ihr ungewöhnlich große Vollmachten gegeben. Das hätte sie eigentlich selbst stutzig machen müssen. Aber sie sah wohl eine große Chance für sich und hat nicht lange gezögert. Sie hat sich nicht selbst ausreichend abgesichert, und ich fürchte, dass sie ohne Hilfe oder guten Rat ganz schrecklich auf die Nase fällt. Das will ich verhindern.«

»Warum? Bis gestern war sie nicht einmal wirklich Teil unserer Familie.«

»Ich mag sie und finde respektabel, wie sie sich von ihrem Mann befreit hat.«

Martines wie immer sensibles Timing holte ihn aus der Vergangenheit zurück; ihre Zärtlichkeiten waren angetan, ihn wieder dahinschmelzen zu lassen.

»Du wirst ihr doch keine schönen Augen machen, oder? Ich hätte entschieden was dagegen.«

Er schaute sie an und wagte nicht, sich vorzustellen, wozu sie fähig wäre. »Nein, Liebste, natürlich nicht. Sie ist mir zu dünn. Außerdem war dein Morgenmantel heute am Frühstückstisch ein ziemlich deutliches Signal.«

Das gemeinsame Mittagessen verlief harmonisch. Gesättigt setzte man sich anschließend vor den Kamin und las Zeitung. Nach einer Weile stand Smith langsam auf und sagte in die Runde, ohne jemanden im Besonderen anzusprechen:

»Ich werde mir mal kurz die Beine vertreten.«

Martine senkte ihre Zeitung ein wenig und plierte über den Rand. Draußen war es ungemütlich, und mit Erleichterung nahm sie zur Kenntnis, dass er ihr mit einer Geste zu verstehen gab, sie möge zurückbleiben.

Obwohl es noch früh am Nachmittag war, wurde es schon dunkel. Graue Wolken flogen über den Himmel. Der Wind hatte wieder aufgefrischt, nicht zur vollen Stärke eines ausgewachsenen Mistrals, aber viel fehlte nicht. Die Temperaturen lagen im einstelligen Bereich, und die großen Kiefern, ohnehin schon von der Dauerlast des Windes nach Süden geneigt, bogen sich noch mehr. Das Schilfrohr und die struppigen Sträucher entlang der Auffahrt waren ebenso heftig in Bewegung. Keine wirklich einladenden Umstände für einen Verdauungsspaziergang.

Ihm war klar, dass er, seit er das Haus verlassen und ein paar Worte mit Jean-Marie gewechselt hatte, unter Beobachtung stand. Er ging ein paar Minuten feldeinwärts, bis er außer Sichtweite des Anwesens war, hob dann die Hand und kratzte sich am linken Ohr. Es kam wenig überraschend für ihn, dass das Erste, was er von ihm wahrnahm, Deveraux' Stimme war. Deveraux ließ sich nur dann blicken, wenn er es wollte.

»Guten Tag, Sir.«

Smith fuhr herum und sah in einigem Abstand einen Mann, der sich seit ihrer letzten Begegnung vor rund drei Jahren kaum verändert hatte. Deveraux war fast einen Kopf größer als er und trug warme, unauffällige Winterkleidung. Er war rasiert und machte einen erstaunlich gepflegten Eindruck, obwohl er sich die ganze Nacht über im Freien aufgehalten hatte.

Für freundliche Worte hatten die beiden keine Zeit. Smith schaute ihn erwartungsvoll an. Deveraux' Bericht war kurz und präzise.

»Das Wohnhaus ist relativ sicher, das Gehöft nicht. Zugänge aus allen Richtungen. Das Haupttor zu bewachen ist im Grunde überflüssig. Alle wichtigen Personen befinden sich im Haus, einschließlich Madame Suzanne. Dieser Jean-Marie scheint seinen Job gut zu machen. Auch unter den anderen Angestellten gibt es, soweit ich es beurteilen kann, keine Schwachstellen.«

»Wie steht's um das Internet?«, fragte Smith. »Es gibt hier ein ziemlich gut ausgebautes Netzwerk, das vor allem geschäftlich genutzt wird.«

Der größere Mann grinste. »Ist momentan außer Betrieb. Sie wissen ja, wie anfällig solche Systeme in ländlichen Gegenden sind.«

»Hat denn noch niemand die Störung gemeldet?«

Das Grinsen blieb an seinem Platz. »Nein. Man vermutet wahrscheinlich, dass Sie dahinterstecken.«

»Ihre Einschätzung der taktischen Lage ...?«

»Alles andere als gut. Nicht besser als Stufe vier.«

Smith seufzte. Dass seine pessimistische Sicht bestätigt wurde, passte ihm im Grunde nicht. Die Sicherheitsgewähr des Mas mit seinem gegebenen Personal lag unter dem Durchschnitt. Die Skala ging nur bis fünf als unterste Maßeinheit. Aber daran ließ sich jetzt nichts drehen. Der beste Schutz der Familie Aubanet bestand darin, den Feind im Ungewissen zu lassen. Falls es tatsächlich einen wie auch immer gearteten Zusammenhang zwischen Angèles Entführung und dem Vorfall bei Beauduc gab, würde die Gegenseite eine Weile brauchen, um daraus schlau zu werden.

Wenn nicht, war für die Familie vorläufig nichts zu befürchten.

»Ich schätze, Ihre Anwesenheit hebt die Sicherheit mindestens auf Stufe drei«, sagte Smith.

»Danke, Sir. Dreieinhalb wäre aber, glaube ich, zutreffender.«

»Wie dem auch sei, in ein paar Tagen ist alles überstanden.«

Deveraux runzelte die Stirn. »Ich mache mir ein wenig Sorgen um Suzanne Blanchard.«

Smith grinste. »Willkommen im Klub.«

»Im Ernst. Ich habe mehrere Telefonate registriert.«

»Die mit dem Gerät geführt wurden, das ich ihr gegeben habe?«

»Nein, mit ihrem eigenen.«

»Wo ist das Problem? Gentry könnte es lahmlegen, wenn Sie wollen.«

Deveraux runzelte noch immer die Stirn. »Genau das ist nicht möglich. Es handelt sich ebenfalls um ein Satellitentelefon, eines, das clever abgesichert zu sein scheint. Vielleicht kann Gentry mir helfen, aber bis auf Weiteres weiß ich nicht, was sie treibt.«

»Wie viele Anrufe?«

»Seit ihrer Ankunft hier zwölf. Alle sehr kurz gefasst. Einige dauerten nur wenige Sekunden.«

Smith hielt inne. In seinem Hinterkopf zeichneten sich ein paar düstere Gedanken ab. Er versuchte, sie zu verdrängen und sich auf die Gegenwart zu konzentrieren. Ein weiteres Gespräch mit Gentry war fällig.

»Sonst noch was?«, fragte er.

Deveraux schüttelte den Kopf. Es gab nichts mehr zu sagen. Wenn Deveraux etwas wollte, würde er es sich holen. Gentry hatte ihn bestimmt mit dem Notwendigsten versorgt.

»Danke, Deveraux«, sagte Smith zum Abschied.

Der große Mann zuckte mit den Schultern und lächelte. »Ich war Ihnen einiges schuldig, Sir.«

Smith erinnerte sich, nickte und wandte sich ab. Das ganze Gespräch hatte weniger als zwei Minuten gedauert. Als er sich wieder auf den Mas zubewegte, widerstand er der Versuchung, noch einmal über die Schulter zurückzublicken und sich von etwas zu vergewissern, was er eigentlich bereits wusste. Deveraux hatte sich wieder unsichtbar gemacht.

Smith kehrte ins warme Haus zurück, wo alles beim Alten geblieben war. Es herrschte eine schläfrige Atmosphäre, der er sich nicht wirklich anpassen mochte. Schließlich hatte er noch einiges zu tun. Hier war es ihm zu gemütlich geworden, und nur er schien sich bewusst zu sein, dass noch immer Gefahr drohte. Also verabschiedete er sich und fuhr durch einen dunklen, regnerischen Abend nach Arles zurück.

DuPlessis lehnte sich auf dem Bett zurück und betrachtete die Frau, die neben ihm lag. Das Mondlicht, das durch die Lamellen des Fensterrollos fiel, bildete Streifen auf ihrem nackten Körper, und obwohl sie sich von ihm abgewendet hatte, war ihre Schönheit deutlich zu erkennen. Vor weniger als einem Jahr hatte er Pouneh kennengelernt, kurz nach der missglückten Operation im Tschad, als salafistische Kämpfer ihn und seine Gruppe gefangen genommen hatten. Statt die Männer um DuPlessis zu exekutieren, hatten die Al-Qaida-nahen Rebellen beschlossen, sie einer Gehirnwäsche zu unterziehen. Als sie schließlich freigelassen wurden, war tatsächlich die Hälfte von ihnen, wenn nicht konvertiert, so doch zumindest nachdenklich geworden. Im Ergebnis wollten sie von einer terroristischen Gefahr, die angeblich von den anderen ausging, nichts mehr wissen. Pouneh und DuPlessis hatten sich später in einem Hotel in Marseille getroffen, wo er für die Sicherheit und den Schutz von konferierenden Finanzministern aus dem Mittleren Osten verantwortlich war. Sie arbeitete als Dolmetscherin für die iranische Delegation und wohnte in einem Appartement mit Blick auf den Vieux Port, das für eine Frau mit ihrem Gehalt eigentlich viel zu luxuriös und teuer war.

Er hatte ihre Freunde kennengelernt, sich bis tief in die Nacht mit ihnen unterhalten und wurde, ehe er es sich versah, einer von ihnen. Es war eine Verbindung, die begünstigt wurde durch den Umstand, dass er – wie er wusste – nach seiner Visite im Tschad unter der strengen Aufsicht seiner Vorgesetzten in Paris stand. Für eine kleine Elitegruppe wie die seine war Fehlverhalten unverzeihlich und bedeutete das Ende der Karriere. Seine neuen Freunde versprachen ihm eine sehr viel üppigere Pension als diejenige, die ihm die französische Regierung in Aussicht stellte und in deren Genuss er nach seinem Scheitern womöglich gar nicht kommen würde. Und außerdem lockte ein neuer Job als Ausbilder irgendwo im Ausland. Sex, Geld, Religion und Politik waren seit Menschengedenken eine berauschende Mischung, doch was ihn letztlich vollends überzeugte, war die Zusage auf einen Posten der Fremdenlegion in Französisch-Guayana.

Moralische Bedenken hatte er nicht. Er war in den Straßen von Metz aufgewachsen und hatte es weit gebracht. Von den hochnäsigen Wichtigtuern, die ihn nach der Tschad-Affäre ausgequetscht und anschließend beurlaubt hatten, um seelenruhig entscheiden zu können, was sie mit ihm anstellen sollten, fühlte er sich wie Dreck behandelt. Sie hatten nur ihre eigene Karriere im Sinn und sahen geflissentlich darüber hinweg, dass er sich aus der Gosse emporgearbeitet, als Jahrgangsbester seinen Abschluss in der Militärschule Saint-Cyr gemacht hatte und aufgrund seines unermüdlichen Einsatzes zum Colonel der GIGN befördert worden war. Es war eine durchaus angemessene Rache, empfand er jetzt voller Bitterkeit, dem Feind Frankreichs eine Atombombe zuzuspielen. Die zwanzig Millionen Dollar, die für ihn dabei raussprangen, würden ihn schon trösten, wenn er irgendwann in der Zeitung lesen würde, dass das Ding hochgegangen sei. Und eins war sicher: Er würde sich, wenn es dazu käme, nicht in seiner Nähe aufhalten.

Die ganze Sache hatte angefangen, kurz nachdem er mit Pouneh zusammengezogen war. Sein Zwangsurlaub dauerte noch an, und ein Ende war nicht abzusehen. Seine Vorgesetzten im Ministerium weigerten sich, ihn überhaupt zu sprechen. Er und Pouneh saßen in einem der besseren Fischrestaurants in Marseille, das einfach zubereiteten Fisch servierte, anders als jene Touristenlokale, deren Teller Weihnachtsdekorationen glichen. Einer ihrer Bekannten aus der Botschaft gesellte sich zu ihnen, und um die Geschichte kurz zu machen: Sie überzeugten ihn, dass seine Loyalität gegenüber Frankreich deplatziert und er besser beraten sei, sich ihnen anzuschließen. Bei ihnen konnte er sehr viel mehr Geld verdienen und ein neues Leben beginnen, unbeschadet von der Niederträchtigkeit, die ihm zurzeit zugemutet wurde.

Es wäre reichlich untertrieben zu behaupten, dass die Nachricht nicht willkommen war, die ihn jetzt aus seinem wohligen Schlummer herausriss. Sie machte ihn fuchsteufelswild. Sie betraf den einzigen Teil des gesamten Plans, der amateurhaft eingefädelt worden war, und amateurhaft war das treffende Wort, um das Wirken dieser angeblich gewieften Bagage zu beschreiben, mit der er zur Zusammenarbeit gezwungen war. Zwar rangierte er als Colonel Commander der GIGN recht weit oben in der Nomenklatur, hatte aber, wie für französische Behörden typisch, mehreren übergeordneten Stellen zu gehorchen, von denen die wenigsten auch nur eine Ahnung vom aktiven Dienst hatten (wenn überhaupt). Es reichte, dass die Vorgesetzten samt und sonders aus besseren Familien stammten und in besseren Kreisen verkehrten. Und ebendiese Mistkerle hatten ihn und seine Gruppe nach dem Fiasko im Tschad kaltgestellt. Manche seiner Männer hatten das Handtuch geworfen, noch bevor ihre Beurlaubung ausgesprochen worden war, dem Staat den Finger gezeigt und sich vom besser zahlenden Privatsektor anheuern lassen. Ein oder zwei von ihnen waren als Leihsöldner einer privaten Sicherheitsfirma in den Tschad zurückgegangen; ihre Erfahrungen erwiesen sich als ausgesprochen wertvoll. DuPlessis blieb mit einer dezimierten Gruppe loyaler Freunde zurück. Und es waren gute Männer, die reiche Belohnung von ihm zu erwarten hatten, während die Chefs der Gendarmerie nationale ihre Hände in Unschuld waschen würden. Sie sollten schon bald dazulernen, ausnahmslos alle.

Das Problem war, dass ihm für die Operation am Strand nicht genügend Männer zur Verfügung gestanden hatten. Insgesamt nur neun, die zu beiden Seiten der Anlandungsstelle wie geplant ihre Posten bezogen hatten. Aber dann war es seinen neuen Bossen eingefallen, drei Beobachter der Polizei töten zu lassen. Wusste der Himmel, warum. Jedenfalls wurde ihm, als er aufzumucken versuchte, deutlich klargemacht, dass er Befehle auszuführen und keine Fragen zu stellen habe. Nichts Neues, dachte er, aber immerhin sprang jetzt ein Vermögen für ihn heraus.

Er brauchte nicht lange, um in die Marseiller Unterwelt einzutauchen und einen ehrgeizigen jungen Gangster ausfindig zu machen, der darauf aus war, die Frau seines älteren Bruders zu kidnappen und den eigenen Bruder auszubooten. Sie wurden schnell handelseinig. François Girondou wollte ihm ein paar Muskelmänner für die Strandparty überlassen, wofür er bei der Planung und Durchführung der Entführung aushelfen würde. Die ganze Sache war im Grunde zum Haareraufen, aber die Iraner hatten ihr Angebot um einiges erhöht, und so machte er mit. Einen Plan zu entwerfen kostete weder Zeit noch Mühe, und bald war auch ein Versteck für die Frau gefunden, ein Ferienhaus, das den Winter über leer stand.

Dass er nun mitten in der Nacht zum Telefon greifen musste, stieß ihm ziemlich sauer auf.

»Es gibt ein Problem, Boss«, meldete eine Stimme mit starkem korsischen Akzent. »Jemand hat die Frau gefunden. Davros und Saint wurden erschossen. Aus kurzer Entfernung mit einer Neun-Millimeter-Waffe. Genau zwischen die Augen. Sie liegen beide noch im Haus. Der oder die Schweine, die's getan haben, haben nicht mal den Fernseher ausgeschaltet.«

»Und die anderen?«

»Zwei von ihnen sind ebenfalls tot, der dritte wurde mitgenommen.«

Es entstand eine längere Pause, in der DuPlessis die Nachricht zu verdauen versuchte. Aus einer simplen Ent-

236

führung war ein Blutbad geworden. Die Geisel konnte gerettet werden, und einer der Entführer wurde jetzt wahrscheinlich verhört. Das Schlimmste aber war für DuPlessis der Verlust von zwei gut ausgebildeten, loyalen Männern.

»Wer steckt dahinter?«

»Das ist das Problem, Boss. Wir haben keine Ahnung. Und in der Nachbarschaft konnten wir natürlich nicht nachfragen, ob irgendjemand was gesehen oder gehört hat.«

DuPlessis reagierte blitzschnell. »Okay. Ich brauche Sie und Livetti für einen kleinen Entsorgungsjob, am späten Vormittag. Ich lasse Sie wissen, wann und wo.«

Er beendete die Verbindung, griff nach einem Wegwerfhandy, das auf dem Nachttisch lag, und wählte die Nummer von François Girondou.

»Wir müssen uns treffen«, begann er kurz angebunden.

Der Mann stolperte über seine Worte. »Ähem, hören Sie …«

DuPlessis ließ ihn nicht ausreden. Die Wahrscheinlichkeit, dass dessen Telefon angezapft wurde, war zu groß. »Wir müssen uns noch heute Vormittag treffen. Wo, überlasse ich Ihnen.«

François Girondou war sehr nervös. »Ähem. Am Nordeingang des Tunnel du Rove.«

DuPlessis hatte davon schon gehört. »Um Punkt elf.«

Er nahm SIM-Karte und Akku aus dem Handy und warf sie in die Schublade. Als Nächstes meldete er sich wieder bei dem Korsen.

»Um elf vorm Schiffstunnel. Kommen Sie früh genug und vergewissern Sie sich, dass niemand in der Nähe ist.«

Nach dem letzten Anruf zermarterte er sich den Kopf.

237

Am Strand hatte alles perfekt geklappt. Die erste Plutoniumcharge war geliefert, der Lockvogel an Land gebracht und die falsche Fährte gelegt worden: in Gestalt dreier toter Polizisten. Suzanne Blanchard, seine Verflossene, leitete die Ermittlungen. Sie hatte er im Auge. Dummerweise war sein in Ungnade gefallenes GIGN-Team zu schwach besetzt gewesen, weshalb er in der Marseiller Unterwelt weitere Kräfte hatte auftreiben müssen. Die zusätzlichen Kosten, die für sie anfielen, sollten durch das Lösegeld aus der albernen Entführung ausgeglichen werden.

Girondous Frau zu kidnappen war für die beiden GIGN-Männer, die er dem Bruder des Gangsters zur Verfügung gestellt hatte, ein Kinderspiel gewesen. Aber dann schien irgendetwas gehörig schiefgegangen zu sein, etwas, womit er nicht im Geringsten gerechnet hatte. Zwei völlig unbekannte Männer waren in La Bouilladisse aufgekreuzt; sie hatten zwei seiner eigenen Männer und die beiden anderen abgeknallt, Madame Girondou im Handumdrehen aus dem Haus geholt und sie zu ihrem Mann zurückgebracht. Und das alles binnen weniger Stunden. Ihm konnte das letztlich egal sein; er hatte nur zwei Männer verloren. Das fünfte Teammitglied war seinerseits gekidnappt worden und sang jetzt wahrscheinlich wie der sprichwörtliche Kanarienvogel. Er war einer der Hiesigen, und seine Gefangennahme kümmerte ihn nicht allzu sehr. Der Mann wusste von den Hintergründen so gut wie nichts. DuPlessis' Männer waren bestens ausgebildet und absolut verlässlich, aber den Fremden gegenüber hätte er skeptischer sein müssen. Wahrscheinlich waren sie von Girondou ins Rennen geschickt worden. Gefährlich, aber weil sie nicht wuss-

238

ten, dass er ihr Boss war, letztlich für ihn vernachlässigbar. Nur gut, dass der Plan in einem oder spätestens zwei Tagen aufgegangen sein würde.

Ein wenig dauerte es ihn schon, dass Suzanne würde sterben müssen. Ihr hatte er seinen Aufstieg zu verdanken. Es war eine böse Überraschung für ihn gewesen, als er erfahren hatte, dass ausgerechnet seine ehemalige Geliebte aus Universitätstagen seinen Coup beleuchten sollte. Aber dafür hatte er jetzt nur noch ein Schulterzucken übrig. *Tant pis.* Vielleicht würde er noch mal mit ihr ins Bett steigen, bevor sie sich aus dem Leben verabschiedete. Vielleicht bei selbiger Gelegenheit. Der Gedanke amüsierte ihn. Wenn man ihn wie Dreck behandelte, wollte er sich auch so verhalten.

Behutsam legte er seinen Arm um den Rücken der nackten Mätresse und gab sich einem ungestörten Schlummer hin.

13. Tunnel du Rove

Es war kalt und dunkel. Nur eine einzige Taschenlampe sorgte für Licht. Obwohl er einiges aushalten konnte, fror DuPlessis – trotz seines dicken Mantels.

»Verflucht, was für ein scheußlicher Ort! Von hier aus wollen Sie Südfrankreich erobern? Und das, nachdem Sie diesen Bock geschossen haben? Wo sind wir hier eigentlich?«

Im Unterschied zu seinem Gast kannte sich François Girondou bestens aus; die Gegend war ihm seit seiner Kindheit vertraut. Trotzdem war er extrem nervös. Der Mann vor ihm war Soldat, dem es offenbar gleichgültig war, sich allein in einer Gruppe von fünf schwer bewaffneten Fremden aufzuhalten, dreißig Meter unter der Erde in den Tiefen eines düsteren Kanals, über den sich eine aus Ziegeln gemauerte Decke wölbte. Das Wasser reichte fast bis zu dem steinernen Steg, über den sie gingen und der sich zu beiden Seiten hin in der Schwärze verlor.

»Im Tunnel du Rove, Monsieur. Er wurde gebaut, um eine schiffbare Verbindung zwischen dem Étang de Berre und dem Mittelmeer herzustellen. Seit 1963 ist er stillgelegt. Für uns ein gutes Versteck. Wir treffen uns hier manchmal und lagern Ware.«

Der GIGN-Mann war nicht besonders beeindruckt. »Das nächste Mal möchte ich doch um einen zivilisierteren Treffpunkt bitten, von mir aus irgendeine Kneipe. Gibt es, abgesehen vom Ein- und Ausgang, weitere Zuwege?«

François sah sich anscheinend in der Defensive. »Das Südende ist nach einem Bergsturz blockiert. Es gibt ein paar Luftschächte, aber die wurden alle versiegelt. Wir sind hier ungestört.«

»Wir stecken hier in einer verdammten Todesfalle. Ich will so schnell wie möglich wieder raus.« DuPlessis wurde heftig. »Und jetzt verraten Sie mir mal gefälligst, was da passiert ist. Ich habe Ihnen zwei meiner Männer zur Unterstützung ausgeliehen, und jetzt sind beide tot. Mit neun Millimeter großen Löchern im Kopf. Vollmantelgeschosse.«

Girondou versuchte, sich gelassen zu geben, was ihm aber nicht gelang.

»Solche Waffen gibt's jede Menge in der Gegend.«

»Stimmt, aber meine Männer waren nur zwei von fünfen, und es gibt nicht viele Typen, die den vierten oder fünften mit derselben Präzision abknallen wie den ersten. Die Ziele werden nämlich ein bisschen unruhig, wenn sie sehen, was ihnen bevorsteht. Und Spuren hat er auch nicht hinterlassen. Der Typ ist ein Profi. Also, um wen handelt es sich? Wie konnte er so schnell das Haus in La Bouilladisse ausfindig machen, und wie zum Teufel hat er es geschafft, vier bewaffnete Männer auszuschalten, die Geisel zu befreien und unbemerkt mit ihr zu entkommen? Und wo ist verdammt noch mal der fünfte Mann geblieben? Wir haben in dem Haus nur vier Tote vorgefunden.«

François Girondou wurde bleich. »Man hat ihn am Strand von Port-de-Bouc aufgelesen, lebend, aber mit zwei zerschossenen Knien. Er wird für den Rest seines Lebens im Rollstuhl sitzen.«

Den ansonsten hartgesottenen GIGN-Mann schauderte. Auch wenn der Idiot an seiner Seite offenbar schwer von Kapee war – die Botschaft hatte er auf Anhieb verstanden.

»Ich fasse zusammen.« Er trat nah an ihn heran und schnauzte los: »Wir hatten eine simple Abmachung, wir beide. Sie haben mir Verstärkung für meine Operation bei Beauduc zukommen lassen, für die Sie einen ordentlichen Batzen Geld einstreichen durften. Im Gegenzug habe ich Ihnen geholfen, Ihren Bruder, den hiesigen *capo dei capi* oder wie immer man in diesem Teil Frankreichs dazu sagt, in die Knie zu zwingen.«

Girondou nickte zur Bestätigung, und DuPlessis fuhr fort:

»Bei Beauduc scheint alles glattgelaufen zu sein, Ihr versuchter Coup dagegen ist voll in die Hose gegangen. Zwei Ihrer Männer sind tot, meine zwei ebenfalls. Ein fünfter wird allen, die es noch nicht wissen, einschärfen, dass man sich mit Ihrem Bruder nicht anlegen sollte. Die Geisel wurde, kaum dass sie entführt war, in den Schoß der liebenden Familie zurückgebracht. Wir hingegen haben uns einen verdammt kompetenten anonymen Killer eingehandelt, der uns wahrscheinlich eher am Haken hat als wir ihn. Sie sind von Ihrem angestrebten Ziel weiter entfernt als je zuvor und von Ihrem Bruder nach allen Regeln der Kunst ausgespielt worden. Jetzt lässt er Sie frei herumlaufen – oder soll ich besser sagen ›lebend‹? Er verspricht sich

243

wahrscheinlich mehr Erkenntnisse, wenn er Sie zappeln lässt. Zum Beispiel eine Antwort auf die Frage, wer noch so alles im Spiel ist. Sie sollten inständig hoffen, dass Ihr Bruder über meine Geschäfte weniger weiß als über Ihre.«

Er betrachtete sein Gegenüber mit kalter Geringschätzung. »Habe ich was ausgelassen?« Da Girondou nichts sagte, schlug DuPlessis einen freundlicheren Ton an, um ihn zu beruhigen. »Nun, François, ich schlage vor, wir halten uns für eine Weile bedeckt. Ich werde unterdessen versuchen herauszufinden, wer unser mysteriöser Mann ist. Er macht mir Sorgen. Ich habe weitere Geschäfte vor der Brust und kann mir keinen Fehler mehr erlauben.«

Girondou atmete auf. »Ja, natürlich. Ich werde tun, was ich kann.« Es erleichterte ihn, davon ausgehen zu dürfen, dass DuPlessis auch in Zukunft Verwendung für ihn hatte. Die vier Männer in seiner Begleitung schienen sich ebenfalls zu entspannen. Zwei von ihnen steckten sogar die Hände in ihre Taschen. DuPlessis grinste, aber nur innerlich. Auf seinem Gesicht war davon nichts zu sehen.

»Okay, das wär's fürs Erste. Das nächste Treffen organisiere ich.«

Die beiden Männer gaben sich die Hand. Dann kehrte der Colonel der *Groupe d'Intervention de la Gendarmerie nationale* eiligen Schrittes auf dem Treidelpfad entlang des schwarzen Wassers zum Ausgang des Tunnels zurück, der sich rund vierhundert Meter entfernt als schwacher Lichtfleck in der Ferne abzeichnete. Man brauchte scharfe Augen, um zu sehen, wie er den beiden Gestalten zunickte, die im Dunkeln an der Mauer lehnten. Sie trugen beide schwarze Kampfmontur und waren mit schallgedämpften Maschinenpistolen sowie Nachtsichtbrillen ausgestattet.

Als er sie passiert hatte, schlichen sie lautlos in Gegenrichtung auf die Gruppe zu.

Eine Stunde später saß DuPlessis im Wohnzimmer eines sauberen, ungemütlichen Neubauappartements in Gréoux-les-Bains, der Wohnung seiner nächsten Verabredung. Ihm war diesmal ziemlich mulmig zumute, was er aber seinem Gastgeber, einem kleinen Mann Mitte vierzig, nicht offen zeigte. Auf dem Tisch neben ihnen lag eine jener scheußlichen, mit Sonnenblumen und Oliven bedruckten Decken, wie sie Touristen von Souvenirhändlern als typisch provenzalisch angedreht wurden. Darauf befanden sich zwei Gegenstände: ein metallener Aktenkoffer und eine Umhängetasche aus Segeltuch. DuPlessis hatte den Koffer mitgebracht und wusste folglich um seinen Inhalt. Er wusste auch, was er eigentlich enthalten müsste, nämlich eine halbe Million Euro, die dem kleinen Mann für seine Dienste zustanden. Hätte dieser nachgesehen, wäre ihm wahrscheinlich aufgefallen, dass nur die zuoberst liegenden Banknoten echt waren und der Rest aus Blüten bestand. Ob er auch bemerkt hätte, dass in den Koffer eine doppelte Rückwand eingezogen war, hinter der mehrere Lagen Semtex verstaut lagen?

Was DuPlessis aber mulmig zumute sein ließ, war nicht der Koffer, sondern die Umhängetasche. Er hatte gründlich recherchiert und glaubte, zumindest über ein paar Grundlagen der Physik informiert zu sein. Ihm war bekannt, dass die von den Alphapartikeln ausgehende Strahlung gegen null ging und die Toxizität der Substanz im festen Aggregatzustand geringer war als bei den meisten herkömmlichen Giften, zumal Metall nur wenig Gas freisetzt, das hätte eingeatmet werden können. Er wusste, dass die Tasche einen kleinen rechteckigen Metallblock enthielt, der ungefähr die Größe von zwei aufeinandergelegten Zigarettenpackungen hatte, dafür aber rund fünf Kilo wog. Gefährlich wurde er nur, wenn er ihm auf die Füße fiel. Trotzdem fühlte sich DuPlessis unwohl in Gegenwart dieses unheilvollen Stoffes, zumal in einem so unwohnlichen Zimmer.

»Nun denn«, sagte er frischweg und schaute sein Gegenüber an. »Das ist es. Ihr Honorar steckt im Koffer. Ich glaube, damit wäre alles gesagt.«

Der kleine Mann nickte. DuPlessis rätselte, warum dieser eher mittelmäßige Techniker von Cadarache für relativ wenig Geld seine Freiheit riskierte – zumindest wenig nach den Maßstäben seiner neuen iranischen Freunde. Ebenso rätselhaft blieb ihm, warum Frankreich vor einiger Zeit beschlossen hatte, waffenfähiges Plutonium 239 aus den Gebieten der ehemaligen Sowjetunion zu schmuggeln. Damit wollte die Grande Nation die eigenen Bestände aufstocken. Das radioaktive Material wurde in dem riesigen, überraschend schwach gesicherten Kernforschungszentrum an der Straße nach Cadarache zwischengelagert, statt es in einem der sehr viel besser geeigneten Lagerstätten für Nuklearwaffen zu bunkern.

Er wusste nur, dass seine Freundin und deren islamistische Freunde von alldem Kenntnis besaßen und ihn davon hatten überzeugen können, dass ihre Heimat nachrüsten müsse, um der Bedrohung des Atomstaates Israel begegnen zu können. Der kleine glänzende Metallblock, der in Reichweite neben ihm lag, war die zweite von zwei Einheiten, die – in einem geeigneten Labor weiterverarbeitet und zusammengesetzt – jene mysteriöse kritische Masse von zehn Kilogramm ergäbe. Der erste Block war vor gut einer Woche von Beauduc aus geliefert worden. Dieser hier sollte nun innerhalb weniger Tage folgen.

Auf dem Feuerrost knackten brennende Holzscheite. Draußen war es schon, obwohl erst spät am Nachmittag, fast dunkel. Beide Männer hatten sich in den alten ledernen Sesseln ausgestreckt, auf deren breiten Armlehnen Whiskygläser standen, und starrten sinnend in die Flammen, sich der Ähnlichkeit ihrer Posen völlig unbewusst.

Gentry tat wieder ganz geschäftsmäßig, was darauf hindeutete, dass er etwas zu sagen hatte.

»Nun, bevor ich auf meine Dinge zu sprechen komme, lass hören, ob dir zu deinem jüngsten Abenteuer noch was eingefallen ist.«

»Hmm.« Smith ließ sich mit der Antwort Zeit. »Auf den ersten Blick scheint es sich um einen Familienzwist zu handeln, wenn man einen mörderischen Machtkampf um Vorrangstellung in der südfranzösischen Halbwelt als solchen bezeichnen kann. Bruder François will, wie es scheint, die Oberhand gewinnen und glaubte offenbar, mit der Entführung seiner Schwägerin seinem Ziel näher zu kommen. Ziemlich dumm, sollte man meinen, aber man steckt nicht drin.«

Gentry schlürfte einen Schluck von seinem Islay Mist.

»Tja, er hat wohl nicht damit gerechnet, dass du dich ein-schaltest.«

»Ob es einen Unterschied gemacht hat, lasse ich mal dahingestellt. Jedenfalls habe ich nicht den Eindruck, dass wir es mit einem kriminellen Mastermind zu tun haben. An sich ist die Entführung nicht ungeschickt ausgeführt worden. Mich interessieren allerdings vor allem die beiden Männer in La Bouilladisse, die nicht aus der Gegend stamm-ten, sondern allem Anschein nach von außerhalb rekru-tiert worden sind.«

»Wie kommst du darauf?«

»Den Verdacht hatte ich sofort, und der Mann, den ich mitgenommen habe, hat bestätigt, dass ich richtiglag. Von den vieren waren zwei Männer auffallend ruhig. Sie haben mir die ganze Zeit über direkt in die Augen gesehen, wäh-rend die beiden anderen Trottel nur meine Waffe im Blick hatten.«

Gentry nickte. Solche Beobachtungen zu deuten ge-hörte zum Einmaleins der Außendienstler. »Also hast du die beiden als Erste getötet?«

»Ja. Ich habe mit dem Gedanken gespielt, einen von ih-nen mitzunehmen, aber das wäre vielleicht zu gefährlich gewesen, und ich hatte keine Zeit, sie zu filzen. Außerdem musste ich davon ausgehen, dass sie gut ausgebildet sind, wahrscheinlich mit militärischem Drill; sie zu verhören hätte nichts gebracht. Der, den ich mitgenommen habe, war mir nützlicher, insbesondere als Überbringer einer Botschaft.«

»Ja, mein alter Freund, die hat mit Sicherheit ihren Ad-ressaten erreicht. Aber wo kamen die beiden Fremden her?«

»Ich habe das ungute Gefühl, dass sie in Beziehung mit dem Fall von Beauduc stehen. Für mich hat die ganze Sache streng nach Militär gerochen. Beweise dafür habe ich nicht, aber wenn es nicht so war, haben wir es mit einem Zufall sondergleichen zu tun.«

Gentry schnaubte. Er wusste, was Smith von Zufällen hielt: Für seinen Freund war es wahrscheinlicher, dass ein Hase plötzlich ein Geweih ausbildete. »Wenn du recht hast, wird jemand stinksauer sein«, bemerkte er wie immer recht pragmatisch.

»Schön. Wer stinksauer ist, macht Fehler, und darauf warte ich.«

»Alles schön und gut, Peter. In einem Wespennest herumzustochern führt immer zu Ergebnissen, aber du weißt nicht, wie groß dieses Wespennest ist.«

»Das kümmert mich nicht wirklich, David. Wenn die Entführung eine reine Privatsache war, ist der Fall für mich erledigt. Alexei wird die Konsequenzen daraus ziehen. Steckt aber mehr dahinter, werden wir bald Bescheid wissen und klüger sein.«

Gentry betrachtete ihn über den Rand seines Glases hinweg und nickte. »Ja, wenn François die nächsten vierundzwanzig Stunden überleben sollte, dann will es sein Bruder so. Wenn nicht, werden andere ihn als Sicherheitsrisiko beiseitegeschafft haben.«

»Die ganze Aktion war so dumm, dass es gute Gründe gegeben haben muss, warum diese beiden Profis sich mit hiesigen Stümpern eingelassen haben. Auf Anhieb fällt mir keiner ein.«

»Vielleicht ging's einfach nur darum, eine schlagkräftige

Mannschaft zusammenzustellen. Die kleine Gruppe von Stümpern brauchte womöglich Verstärkung. Und das sollte irgendwie quid pro quo abgerechnet werden. Und wenn die eigentlichen Drahtzieher nicht von hier sind, brauchen sie jemanden, der Ortskenntnisse hat. Wer weiß?«

»Übrigens, vielen Dank für Henk«, wechselte Smith das Thema. »Wo hast du ihn ausgegraben?«

Gentry winkte ab. »Oh, auf solche Leute trifft man eben hier und da …«

So gab er Smith zu verstehen, dass ihn das nicht weiter zu interessieren habe.

»Nun, wenn du demnächst ›hier und da‹ auf jemanden triffst, vergewissere dich bitte, dass deine Entdeckung nicht waffenscheu ist«, ärgerte sich Smith.

»Wie bitte?« Gentry war schockiert.

»Wie du dir vielleicht denken kannst, ist es sehr viel schwerer, jemanden zu töten, als einfach nur eine Pistole abzudrücken. Wer das noch lernen muss, sollte das nicht ausgerechnet dann tun, wenn ich in der Schusslinie bin.«

»Er hat die besten Empfehlungen«, wunderte sich Gentry. »Ich weiß wirklich nicht, was ich sagen soll, Peter. Tut mir leid.«

Doch Smith gab sich noch nicht zufrieden. »Dein Henk hat vielleicht ein makelloses Curriculum vorzuweisen und wird vielleicht wirklich einmal gut in seinem Job. Aber Erfahrungen sollte er lieber woanders sammeln. Vorläufig ist er für diese Art von Einsatz nicht verlässlich genug. Ich glaube, mit uns zusammen in der Scheiße zu stecken ist nicht unbedingt sein Metier.«

»Wo ist er jetzt?«

»Er bewacht Girondou. Ruf ihn bitte an und mach ihm klar, welche Verantwortung er trägt. Wenn er versagt, werde ich ihn zur Rechenschaft ziehen, und zwar mit tödlichem Ausgang für ihn.«

»Soll ich ihm das auch sagen?«

»Das weiß er bereits.«

Gentry schenkte neu ein, aber wieder war es Smith, der das Gespräch in Gang hielt.

»Erzähl mir jetzt bitte, was du herausgefunden hast.«

Smith staunte nicht schlecht, als sich ein Teil der Bücherwand lautlos öffnete und ein riesiger Flachbildschirm dahinter zum Vorschein kam. In all den Jahren, die er schon in Arles lebte, hatte er Gentry nie vor einem Fernseher sitzen sehen, geschweige denn vor einem derart großen. Es gab natürlich Bereiche in dem geräumigen Haus, die er nie betreten hatte, aber bis zum heutigen Tage war er überzeugt, Gentry würde niemals fernsehen. Wozu dieses Monstrum dienen mochte, war ihm schleierhaft. Sein Freund aber nahm nun eine Fernbedienung zur Hand und schaltete das Gerät an. Was sich auf dem Bildschirm zeigte, war alles andere als perfekt. Die Bilder waren unscharf und wackelten wie in zu geringer Wechselfrequenz, und es dauerte eine Weile, ehe Smith erkannte, dass sie bei Nacht aus schwindelnder Höhe aufgenommen worden waren. Dafür waren sie erstaunlich scharf. Vor seinen Augen spielte sich das Drama noch einmal ab. Das Schlauchboot setzte im Sand auf, der Buggy rollte herbei. Eine Gestalt ging an Land. Ein Paket wechselte die Hände. Im Hintergrund näherten sich drei gespenstische Schatten den Gestalten, die im Sand lagen. Sie zuckten kurz auf, und die Schatten verzogen sich wieder. Smith beugte sich vor.

»Gibt es eine Aufnahme mit größerem Ausschnitt?«

Gentry schüttelte den Kopf. »Nein.«

Smith schaute ihn an. »Nicht erhältlich oder nicht existent?«

Gentry zuckte mit den Achseln. »Mir wurde versichert, dass es keine andere gibt.« Ehe Smith etwas sagen konnte, fuhr Gentry fort: »Und das bedeutet, die Aufnahme wurde gezielt gemacht, nicht zufällig.«

Beide schwiegen für eine Weile und versuchten die Erkenntnis zu verdauen, dass die Amerikaner trotz aller Geheimhaltungsversuche von französischer Seite von Anfang an Bescheid gewusst hatten.

»Das Material kommt …?«

»Von der CIA.«

»Einfach so?«

»Nicht wirklich«, antwortete Gentry. »Man ist uns dort einiges schuldig.«

»Uns? Mir auch?«

»Ja. Denk an Reykjavík.«

»Sag deinem Freund in Langley, dass diese Handreichung unsere Rechnung nicht annähernd ausgleicht«, schnaubte Smith.

»Das habe ich schon«, murmelte Gentry.

»Diese Aufnahme bestätigt nur, was wir schon wussten oder zumindest vermutet haben. Dieser ganze Hightechkram hilft uns nicht wirklich weiter.«

Wieder wurde es still. Beide ließen sich durch den Kopf gehen, was sie gerade gesehen hatten, wie auch einige vorausgegangene Ereignisse, die ihnen fast zum Verhängnis geworden wären, hätte sich nicht ein gnädiger Gott – oder in ihrem Fall für gewöhnlich Gentry – bewahrend eingeschaltet. Diesmal griff Gentry den Faden wieder auf.

»Mir ist ein Gerücht zu Ohren gekommen, das natürlich mit Vorsicht zu genießen ist. Es heißt, der Mann, der gestern bei einer Gasexplosion in seinem Haus in Gréoux-les-Bains ums Leben gekommen ist, habe im Kernforschungszentrum Cadarache gearbeitet und möglicherweise ein krummes Ding gedreht.«

Smith wusste aus langer Erfahrung, dass etwas dran sein musste, wenn Gentry von Gerüchten sprach, weil er sie anderenfalls nicht aufgreifen würde. Smith erinnerte sich, am Morgen weiter hinten im Innenteil von *La Provence* eine entsprechende Meldung gelesen zu haben, versteckt zwischen einem Artikel über die jüngsten Großtaten der Volleyballmannschaft der Gesamtschule von Aix-en-Provence und einem nichtssagenden Bericht über eine internationale Wirtschaftskonferenz, für die sich der Reporter offenbar noch weniger interessiert hatte als Smith.

»Da war von einem Unfall die Rede. Es wurden doch Reparaturarbeiten an der Hauptgasleitung in der Straße durchgeführt.« Smith markierte den Naiven. »Was meinst du mit dem krummen Ding?«

Gentry plierte über seine in Gold gefassten Brillengläser und seufzte theatralisch. »Ich fürchte, alter Freund, der Ruhestand bekommt dir nicht und macht dich ideenlos. Ich habe gehört, dass das häufiger vorkommt, wenn eine Frau die Szene betritt – oder wie in deinem Fall gleich zwei Frauen.«

»Man braucht schon eine gehörige Portion Chuzpe«, ging Smith auf Gentrys Stichelei nicht ein, »um eine Straße in der Absicht aufzubaggern, eine Woche später einen Mordanschlag zu verüben.«

»Und oder eine gehörige Portion Geld«, meinte Gentry.

»Erzähl mir was über Cadarache«, bat Smith.

»Es handelt sich um eine der wichtigsten Einrichtungen der französischen Atombehörde.« Gentry hatte sich entsprechend vorbereitet. »Sie liegt etwas außerhalb von Aix-en-Provence, beschäftigt insgesamt rund viertausend Mitarbeiter und umfasst eine Reihe von Anlagen zur Erforschung und Entwicklung von Kernreaktoren und Brennelementen unterschiedlicher Art. Nebenbei widmet sich das Zentrum der Untersuchung und Vorbeugung von Reaktorunfällen und der mikrobiologischen Forschung, wohl nicht zuletzt zur Beruhigung sensibler Teile der Öffentlichkeit. Alle Aktivitäten laufen, wie in solchen Einrichtungen üblich, völlig korrekt ab und stehen unter strenger Kontrolle unabhängiger Aufsichtsbehörden. Davon ausgenommen sind aber vermutlich die Lieferung und Aufbereitung von Plutoniumbrennstoffen aus, sagen wir, weniger respektablen Teilen der Welt. Aus irgendeinem Grund kauft Frankreich große Mengen dieses Zeugs auf dem Schwarzmarkt, das dann in Cadarache gebunkert wird. Die Sicherheit lässt, wie man mir sagte, einiges zu wünschen übrig, zumal versucht wird, von diesen Aktivitäten möglichst wenig durchblicken zu lassen. Ich vermute, dass unser Fall genau dort seinen Ursprung hat.«

»Ist Material verschwunden?«

Gentry nickte und bestätigte damit seinem Freund,

dass er wieder einmal die richtigen Schlüsse gezogen hatte.

»Offiziell natürlich nicht. Man hält sich aus verständlichen Gründen bedeckt. In diesem verfluchten Zentrum finden so viele Aktivitäten gleichzeitig statt, insbesondere solche, die unter Geheimhaltung stehen, dass Bestandsaufnahmen nicht mehr als grobe Schätzungen sind. Der Mann, der angeblich wegen seines defekten Gasherdes in die Luft geflogen ist, hat als Techniker an der Erforschung von ITER, einem neuen Kernfusionsreaktor, mitgewirkt. In seiner Funktion hatte er keinen oder nur eingeschränkten Zugriff auf wirklich wichtige Verschlusssachen.«

Sein »Aber« brauchte Smith nicht auszusprechen.

»Allerdings war er als Techniker in einem der brisanteren Labors tätig.«

Smith hielt sich immer noch zurück, weil er davon ausgehen konnte, dass sein Freund die im Raum stehende Frage von sich aus beantwortete.

»Er ist wahrscheinlich an metallisches Plutonium herangekommen.«

»Auweia.«

Smith spürte, wie sich ihm die Nackenhaare aufrichteten. Wie die meisten Laien wusste er über Plutonium gerade einmal so viel, dass er sich bewusst machen konnte, so gut wie gar nichts zu wissen. Und wie die meisten hatte er Angst vor diesem Stoff und seinen nur erahnten Einsatzmöglichkeiten. Er wusste auch nur wenig über den weltweiten Handel mit Plutonium, der nach dem Zerfall der Sowjetunion außer Kontrolle geraten war. Seither waren Teile aus dem riesigen Arsenal in dunkle Kanäle versickert oder verschwanden noch immer. Smith zählte eins und eins zusammen und hatte plötzlich ein völlig klares Bild von dem, was in den letzten Tagen passiert war. Fraglich blieb für ihn nur noch die Verbindung zwischen dem toten Dieb und den Teilnehmern an Suzannes kleiner Konferenz. Doch wie gewöhnlich lieferte Gentry; zwar hatte auch er keine Erklärung parat, dafür zumindest einen erhellenden Ansatzpunkt.

»Der Techniker hat ein Jahr lang als Berater für eine 1987 von der Gendarmerie eingerichtete Spezialeinheit gearbeitet, die für den Schutz und die Sicherheit des Transports hochangereicherten Nuklearmaterials innerhalb Frankreichs zuständig ist.«

Smith merkte auf. »Und der Leiter dieser Spezialeinheit ...?«

Gentry nickte düster. »Ein Mann, dessen Stellvertreter eine Zeit lang dein Freund Roland DuPlessis war.«

Smith lehnte sich zurück und dachte nach. Jetzt wurde ihm klar, warum die drei jungen Männer am kalten Strand von Beauduc hatten sterben müssen, warum Suzanne bei ihren Ermittlungen nicht weiterkam und warum Angèle Girondou entführt worden war. Ein paar Details blieben noch verschwommen, aber ansonsten war das Bild vollständig. Er richtete wieder den Blick auf Gentry.

»Das war noch nicht alles, nicht wahr?«

Gentry schüttelte den Kopf. »Nein, denn sonst wäre der Gasherd ein paar Tage vor dem Vorfall bei Beauduc in die Luft gegangen. Ich vermute, es steht eine weitere Lieferung an. Bald.«

»Ich brauche alle verfügbaren Informationen über den

Gendarmen Messailles und DuPlessis«, erwiderte Smith. »Schnell, David, ausführliche Dossiers. Ich kann Suzanne nur schützen, wenn ich ihr einen Verbündeten an die Seite stellen kann, und ich habe das Gefühl, dass Messailles der Richtige wäre. Er ist ein altmodischer und ziemlich aufgeblasener *flic*, der sich wahrscheinlich nur mit stichhaltigen Belegen überzeugen lässt. Ich vermute, DuPlessis wird bei seiner nächsten Operation darauf verzichten, sich Unterstützung durch hiesige Amateure zu holen. Er hat bestimmt aus seiner Lektion gelernt. Ich muss wissen, wer aus seiner Elitegruppe nebenbei für ihn arbeitet. Und vor allem muss ich wissen, wann und wo die neue Operation stattfinden soll.«

»Dir ist doch klar, dass wir uns von unserem ursprünglichen Ziel entfernen, alter Freund, oder?«, gab Gentry zu bedenken.

»Nein. Ich will DuPlessis, auch wenn ich mich damit in die Nesseln setze.«

»Nesseln wie Unrecht?«

»Ja«, erwiderte Smith scharf. »Und wenn du nicht mitmachen willst ...«

Gentry hob die Hand. »Ruhig Blut.«

Er wusste, dass Smith innerlich kochte, auch wenn er sich das nicht anmerken ließ und stattdessen wie zur Entschuldigung grinste, weil ihm bewusst war, dass niemandem so sehr an ihm und seinen Interessen gelegen war wie dem alten Freund.

Nach längerem Schweigen brachte Gentry den Mut auf, etwas zu sagen. »Ich muss dich wohl nicht daran erinnern, Peter, dass der Mord an Polizisten, und mögen sie noch so korrupt sein, sehr gefährlich sein kann. Auch ein DuPlessis hat Freunde in hohen Positionen. Ich schätze, er und seine kleine Gruppe stehen nicht allein. Das ganze Ding war viel zu gut organisiert. Irgendjemand gibt ihnen Rückendeckung. Zugegeben, DuPlessis muss aufgehalten werden, aber ich bin mir nicht sicher, ob ausgerechnet du ihn zur Strecke bringen solltest. Am Ende könntest du dir einen Gegner einhandeln, der sich nicht so einfach entfernen lässt. Selbst du würdest dann größere Bataillone wollen.«

Smith nickte. »Voltaire. Immer zutreffend.«

Gentry seufzte. Er ahnte, dass DuPlessis so gut wie tot war. Smith würde ihn nicht am Leben lassen. Auch in dieser Hinsicht war er sehr eigen und delegierte nicht.

»Hol bitte Erkundigungen über die genannten beiden Männer ein, David. Dann werden wir weitersehen.«

Es gab ein weiteres Thema, das aus anderen Gründen noch nicht angesprochen worden war, jetzt aber an die Oberfläche kam. Gentry hatte analytisches Interesse daran. Er war der Logiker. Er dachte konstruktiv und fügte in das Bild, das er sich Stück für Stück machte, nur dann zusätzliche Teile ein, wenn er sie voll verstanden und bestätigt gesehen hatte. Die Struktur des Ganzen musste klar, in sich geschlossen und unanfechtbar sein. Smiths Bilder entstanden aus wilden Spekulationen, irrationalen Eingebungen und Gefühlen, die naturgemäß häufig täuschten.

»Suzanne.«

Gentry nickte. Sein Blick war voller Bedauern. Er ahnte, dass sein Freund für Suzanne schwärmte, auch wenn er sich das selbst nicht eingestehen mochte. »Mit deiner Erlaubnis will ich offen sprechen …« Er ignorierte, dass Smith den Kopf schüttelte. »Sie ist entweder ein unschuldiges Dummchen, das mit seinem Ermittlungsauftrag überfordert ist und scheitern wird, oder sie steckt bis zu ihrem schlanken Hals selbst mit in der Sache. In dem Fall müsstest du dich einreihen in die lange Schlange derer, die ihr letztlich nach dem Leben trachten werden. Und«, fuhr er schnell fort, ehe Smith zu Wort kommen konnte, »du wirst der Familie Aubanet reinen Wein einschenken müssen, so oder so. Das heißt, sobald du dir im Klaren über sie bist. Mit anderen Worten, sie ist ein zusätzliches Problem auf deiner Liste.«

Smith nickte traurig. Er hatte das ungute Gefühl, die Antwort auf die ungestellte Frage bereits zu kennen. Nach längerem Zögern fiel ihm dazu nur ein: »Scheiße.«

Gentry war unerbittlich. »Ja, ich glaube, das trifft's.«

Wieder schwiegen sie, und Gentry belauschte Smith dabei, wie er seine Gedanken zu sortieren versuchte. Er wusste, dass es angeraten war, ihn nicht dabei zu stören. Smith war in einem Dilemma; er musste ein Problem lösen und legte sich gleichzeitig schon einen Racheplan zurecht. Er plante, und andere würden das Nachsehen haben. So war es immer. In den dreißig Jahren, die sie einander kannten, hatte Gentry nur ein einziges Mal erlebt, dass Smith aufgegeben hatte. Beziehungsweise davon erfahren. Vor acht Jahren hatte Gentry Deveraux mit dem Auftrag, Smith nach Hause zu holen, nach Somalia geschickt. Er war buchstäblich auf dem breiten Rücken des Mannes zurückgekehrt, der im Zuge der Befreiungsaktion so viele Menschen getötet hatte, dass niemand glauben mochte, es sei ein Alleingang gewesen. Es hatte über ein Jahr gedauert, bis

Smith endlich von seinen Verletzungen genesen war – mehr oder weniger. Und es war Gentry gewesen, der ihn nach Somalia beordert hatte.

»Der Punkt ist: Auf welcher Seite steht sie wirklich?«

Die Frage war insofern überflüssig, als beide wussten, dass sie keine Antwort darauf hatten. Gentry blickte plötzlich auf und schaute Smith ins Gesicht.

»Haben wir das letzte Mal etwas übersehen?«

Smith nickte bedächtig. Die Frage hatte er sich auch schon gestellt. »Vielleicht. Möglich, dass wir uns zu sehr auf DuGresson fokussiert und andere Bezüge außer Acht gelassen haben. Aber dafür gab es ja auch genügend Gründe. Aus heutiger Sicht spricht zwar einiges dafür, dass sie an den Betrügereien beteiligt war, aber das würde im aktuellen Fall nicht viel erklären.«

»Es würde immerhin bestätigen, dass auch sie nicht ganz koscher ist«, bemerkte Gentry müde.

»Aber anzunehmen, dass ausgerechnet sie den Auftrag bekommen hat, in einem Verschwörungsfall zu ermitteln, in den sie selbst verwickelt ist, erscheint mir doch sehr weit hergeholt. Es sei denn, Übeltäter und Auftraggeber sind dieselben.«

»Ja. Ein deprimierender Gedanke, nicht wahr?«

Smith sammelte sich. »Nein. Das erscheint mir irgendwie nicht plausibel. Ihr müsste in einem solchen Fall klar sein, dass sie unter strenger Beobachtung steht. Ein solches Risiko würde sie doch nicht eingehen. Es sei denn, sie trägt eine Altlast mit sich herum. Ein spezielles Verhältnis zu DuPlessis etwa.«

Gentry grinste zufrieden. »Na bitte, wer sagt's denn?

Nun, ich glaube zwar nicht, dass sie im engeren Sinne tatbeteiligt ist, wie es so schön heißt. Aber es könnte doch sein, dass sie eine wertvolle Informationsquelle für DuPlessis ist, falls er denn unser Mann sein sollte.«

»Das brächte sie allerdings in höchste Gefahr.«

Smith kam schließlich auf einen praktischeren Aspekt zu sprechen. Es war ein Fragenkatalog, wie kaum überraschen konnte.

»Ich möchte wissen, wer Suzanne mit den Ermittlungen betraut hat und warum. Wer kann sich wie in dieser Sache direkt an den Präsidenten wenden? Ich möchte außerdem wissen, für wen sie wann in den letzten Jahren gearbeitet hat. Sie ist eine gute Bekannte von DuPlessis. Warum haben die beiden ausgerechnet jetzt miteinander zu tun? Und kann es sein, dass er aus dem Vertrauensverhältnis Vorteile zieht? Außerdem frage ich mich, ob sonst noch was zwischen ihnen läuft und, wenn ja, was. Mit wem hat sie telefoniert, ohne dass Deveraux mithören konnte? Ist sie womöglich gefährlich? Himmel, ich habe sie im Maß zurückgelassen.«

Gentry sagte nichts und dachte mit Wehmut an die Zeit zurück, als ihm ein ganzer Stab, ein riesiges Archiv und ein Cray T3E zur Verfügung standen.

»Na schön, alter Freund, ich will sehen, was ich für dich ausgraben kann.«

Smith stand auf. »Ich bin mit Martine in der Stadt verabredet. Wir setzen unser Gespräch später fort.«

14. Dîner mit Martine

Die Zeit bis zu seiner Verabredung mit Martine überbrückte Smith in seinem Garten. Er freute sich darauf, sie wiederzusehen, mehr als ihm lieb war. Der Himmel war völlig wolkenlos und die Sonne schien, aber wärmer wurde es dennoch nicht. Immerhin hatte der Wind nachgelassen, und zwei Pullover übereinander hielten ihn warm. Trotz der Erfolg versprechenden neuen Hinweise sah er sich der Lösung des Rätsels keinen Schritt näher. Also beschloss er, das Problem beiseitezustellen und seine aktuelle Lektüre fortzusetzen: die Lebensbeschreibungen Plutarchs. Plutarch galt vielleicht als der erste große Biograf der Geschichte. Er hatte es sich zur Aufgabe gemacht, große Gestalten der griechischen Antike mit jenen Roms zu vergleichen. Er schuf eine Sammlung faszinierender Charakterskizzen, die für unsere Wahrnehmung der europäischen Geschichte die Grundlage bilden. Wie Shakespeares historische Dramen haben sie die gesamte europäische Rezeption der klassischen Antike inspiriert, ehe sich der Bildungskanon verschob und andere, »relevante« Sujets in den Vordergrund rückten. Smith tauchte für ein paar Stunden ab in die Gefilde von Sparta, Korinth und Makedonien und las von den Männern, die diese Gebiete groß gemacht hatten.

Arthur lag im Wohnzimmer auf dem Sofa und verschlief den Nachmittag. Smith hoffte, dass er etwas Schönes träumte, selbstvergessen wie er selbst im Altertum und in den Geschichten um Alexander den Großen, der auch einen Hund besessen hatte. Manche behaupten von dem berühmten Peritas, er sei ein Windhund gewesen; genau wie Alexanders Pferd Bukephalos soll er schon zu Lebzeiten Legendenstatus erlangt haben. Nach Peritas war sogar eine Stadt benannt worden, in deren Mitte ein Denkmal zu Ehren des Hundes stand. Smith würde seinen geliebten Arthur nicht auf diese Weise unsterblich machen können. Immerhin hatte er ihn zum Abschluss seiner Rennkarriere davor bewahrt, wie so viele seiner ehemaligen Konkurrenten in einem Loch verscharrt zu werden.

Verfolgt zu werden war in erster Linie ein mentales Problem. Obwohl immer noch ein gängiges Feature in zahllosen Thriller-Storys, waren verdeckte Observationen eigentlich kaum der Rede wert, zumal inzwischen eine Fülle von Möglichkeiten zur Verfügung stand, die bedrohlich finstere Gestalten, die hinter Ecken auflauerten, überflüssig machte. CCTVs waren längst das Mittel der Wahl, Überwachungskameras, deren Aufnahmen in schnelle Rechner eingespeist und auf unbestimmte Zeit gespeichert wurden. Im Zentrum Londons gab es buchstäblich in jeder Straßenlaterne eine solche Kamera, so natürlich auch an jedem öffentlichen Gebäude mit freiem Zutritt. Der öffentliche Personennahverkehr und viele Straßen wurden damit überwacht. Hinzu kamen unzählige Kameras und GPS-Chips in Handys, Tablets und vielen Autos; Kreditkarten legten eine Spur des Geldes, Mautstellen, Parktickets und dergleichen dokumentierten Bewegungsmuster. Sogar die Wege von Hunden ließen sich nachverfolgen, sofern ihnen ein Chip in den Nacken implantiert worden war. Die Tatsache, dass jene tagtäglich gesammelten Terabytes von Daten an Orte gelangten, die alles andere als gut gesichert waren und von interessierten Unbefugten gehackt werden konnten, machte die Überwachung zunehmend einfach. Einer Zielperson auf Schritt und Tritt zu folgen war also völlig unnötig, konnte aber durchaus Spaß machen.

Man kann heutzutage damit rechnen, rund um die Uhr observiert zu werden. Und Smith rechnete damit, als er mit Arthur Gassi ging, um sich anschließend mit Martine zu treffen; es kümmerte ihn aber kaum, zumal er aus jahrelanger Erfahrung wusste, dass es nahezu unmöglich war, der Gefahr einer unliebsamen Beschattung aus dem Weg zu gehen. Darüber hinaus interessierte ihn nicht einmal, aus welchem Grund sich ihm jemand an die Fersen heften mochte. Schon vor Jahren hatte er aufgehört, sich diese Frage überhaupt zu stellen. Je nachdem, was für einen Auftrag er gerade ausführte, konnte er die Wahrscheinlichkeit einer Beschattung zwischen gering bis hoch ansetzen. Jetzt, da er und Gentry einem sehr empfindlichen Teil der französischen Oberschicht auf die Pelle rückten, wäre es nicht weniger als eine handfeste Überraschung, wenn ihm niemand folgen würde. Überraschend war nur, dass der Mann sein Handwerk verstand. Sehr gut sogar, besser als alle, mit denen es Smith früher zu tun bekommen hatte. In den spiegelnden Schaufensterscheiben war niemand zu sehen, der aus der Bewegung heraus plötzlich erstarrt wäre. Niemand trug unangemessene Hüte. Es war überhaupt keine Menschenseele zu sehen. Trotzdem wusste Smith Bescheid. Er spürte, dass ihn jemand verfolgte.

Während Arthur neben ihm hertrottete und mit wachem Blick nach Katzen Ausschau hielt, ging Smith durch die Stadt, die Rue de la Calade entlang, über die Place de la République und die Rue de la République auf das kleine Café in Roquette zu. Vorausschauend hatte er den kleinen Umweg zeitlich einkalkuliert. Er erinnerte ihn an seine erste Verabredung mit Martine, die hier am selben Ort vor gut einem Jahr stattgefunden hatte. Auch damals hatte er jemanden abschütteln müssen, auch wenn er sich im Nachhinein als ihr Fahrer entpuppte. Der jetzige Schatten schien sehr viel professioneller zu Werke zu gehen. Smith aber wusste wie die meisten aus seinem Fach, dass ein solcher Schatten nur in dem Fall zum Problem wurde, wenn man ihn abschütteln wollte, der Schatten aber haften blieb. Das war das Geheimnis, und er zweifelte keinen Augenblick daran, dass er ihn abschütteln konnte.

Entscheidend war, ob die verfolgte Person Anstoß an ihrer Verfolgung nahm oder nicht. Smith hätte gar nicht erst versucht, einer solchen Situation aus dem Weg zu gehen, schon gar nicht, wenn ein Experte auf ihn angesetzt war, was hier und heute der Fall zu sein schien. Aber ebenso wahrscheinlich war dieser Experte fremd in der Stadt und kannte sich daher nicht wirklich aus. Smith dagegen kannte jede Gasse und jeden Winkel, und zwar besser als die meisten Anwohner. Er wusste nicht nur, wohin einzelne Gassen führten, wie sie verliefen und mit welchen Straßen sie sich kreuzten; er wusste auch, welche Türen und Tore der Häuser zu beiden Seiten geöffnet werden konnten und was sich dahinter befand. Er kannte viele, die hier wohnten. Im alten Quartier Roquette im Westen der Innenstadt hatte sich einst das maritime Leben abgespielt, schon vor der römischen Besatzung und bis ins neunzehnte Jahrhundert hinein, als der Schiffsverkehr von der Eisenbahn verdrängt worden war. Das Viertel war von engen Gassen durchzogen, in denen es selbst im Hochsommer einigermaßen kühl blieb; mancherorts waren sogar einzelne Häuser über Tunnel miteinander verbunden. Wenn sein Verfolger ihn nicht ständig im Blick behielt, würde Smith schon hinter der nächsten Ecke eine Möglichkeit finden, sich ihm zu entziehen – oder den Spieß umzudrehen.

Als er nach mehrfachen spontanen Richtungswechseln die Straße erreichte, die parallel zu derjenigen verlief, in der sich das Café befand, bog er noch einmal raschen Schritts um eine Ecke. Nun hatte er vor seinem Verfolger einen Vorsprung von ungefähr zehn Sekunden. Möglicherweise mehr, denn der Unbekannte würde nicht in einen toten Winkel laufen, ohne Vorsicht walten zu lassen, und riskieren, plötzlich von einer Pistolenmündung aufgehalten zu werden. Smith hatte also Zeit genug, um an dem Gebäude – einem Fischerhaus – zu seiner Linken eine schwere, schlichte Tür aufzustoßen, die sich überraschend leise in den Angeln drehte. Er verschwand mit Arthur dahinter und legte einen Riegel vor.

Als Smith ein paar Minuten später aus dem engen Fischerhaus wieder auf die Straße trat, erkannte er wie erwartet in einigem Abstand einen Mann, der sich verwirrt nach allen Seiten umschaute und schließlich in einen schwarzen Renault stieg, der neben ihm angehalten hatte, und mit ihm davonrauschte. Der Wagen war sehr sauber und ohne Beulen – sehr ungewöhnlich und sehr auffällig für Fahrzeuge in Arles. Aufschlussreich war auch der erste und einzige Blick, den Smith auf seinen Verfolger erhascht hatte. Eine schlanke, sportliche Gestalt mit militärischem Haarschnitt, einer betont unauffälligen schwarzen Hose und schwarzem Sweater. Smith sah sich in seiner Vermutung bestätigt, es mit einem Profi zu tun zu haben. Ein Amateur hätte nicht so schnell aufgegeben. Dieser Mann hingegen hatte eingesehen, dass er seinen Auftrag verbockt hatte und Gefahr lief, der Zielperson in die Arme zu laufen. Darum hatte er es auch eilig gehabt, sich abholen zu lassen, um gegebenenfalls später einen neuen Versuch zu starten. So liefen solche Dinge in der wirklichen Welt. Smith hatte natürlich keine Ahnung, welche der vielen Dienststellen, die in den Fall verwickelt waren, ihr Augenmerk auf ihn gerichtet hatte, aber das war ihm im Augenblick auch egal. Er befand sich in seinem Revier und hatte das der Gegenseite deutlich gemacht, indem er vor ihr abgetaucht war. Blieb nur zu hoffen, dass die Botschaft ankam. Ein bisschen besorgt stimmte ihn allenfalls, dass man ihm so schnell auf die Spur gekommen war. Vielleicht hatte Suzanne Blanchard eine Antwort darauf. Jedenfalls würde er sich nun besser in Acht nehmen müssen. In Anbetracht der Größe Arles' und der Tatsache, dass er mittendrin wohnte, hatte er sich in seiner Anonymität bislang nie bedroht gefühlt. Immerhin wussten nun auch diejenigen, die ihm nachstellten und von seinem Ausflug nach La Bouilladisse möglicherweise noch nichts gehört hatten, dass sie es nicht mit einem Amateur zu tun hatten.

Er setzte seinen Gang fort und glaubte nach wenigen Schritten ausschließen zu können, dass sein Verfolger von einem zweiten Mann abgelöst worden war. Um auf Nummer sicher zu gehen, schlug er noch ein paar Umwege ein, erreichte aber dennoch pünktlich das Café. Wie immer war Martine schon vor ihm zur Stelle. Sie wartete in der von drei Wänden abgetrennten Nische im hinteren Teil des Lokals. Dort saßen sie meistens, abgeschirmt vom Lärm der Straße und nahe der Küche mit ihrem Hinterausgang und dem Abstieg in den Keller, aus dem ein Schacht direkt zum Flussufer führte.

Arthur, der sich hier bestens auskannte, ging langsam, aber zielstrebig in die Küche, um sich sein Abendessen abzuholen. Er war noch nie enttäuscht worden und jemand, der Gewohnheiten zu pflegen wusste. Sie waren für einen Windhund sehr wichtig.

Es herrschten viele falsche Vorurteile vor, was die mediterrane Kultur im Allgemeinen und die provenzalische im Besonderen betraf. Zwei davon unterstellten, dass van Gogh seine Motive in leuchtende Farben tauchte und dass die mediterrane Küche nicht ohne Tomaten auskam. Als Smith mit großem Appetit auf den Teller schaute, der ihm vorgesetzt wurde, musste er über diesen Gedanken lächeln. Tatsächlich waren Tomaten in der Gegend um Arles bis in die ersten Dekaden des neunzehnten Jahrhunderts völlig unbekannt gewesen. Viele wundervolle Soßen kamen sehr gut ohne die maßlos überschätzten Tugenden der roten Nachtschattenfrucht aus. Für eine gute Pasta brauchte man nur geringe Dosen geschmacksintensivierender Zutaten. Die meisten heutigen Sugos zweifelten offenbar an, dass Nudeln auch ohne sie schmeckten. Für industriell hergestellte Pasta mochte das zutreffen. Sie selbst zu machen, und zwar nicht mit komplizierten, schlecht gereinigten Maschinen, sondern per Hand und Nudelrolle, war zeitaufwendig und erforderte viel Geschicklichkeit. Der ausgewalzte, nicht mehr als zwei Zentimeter breite und bis zu einem Meter lange Teig war, wenn auf den Punkt gegart, ein köstliches Gericht für sich. Nicht einmal Butter, Olivenöl oder Salz und Pfeffer stellten dann eine wesentliche Verbesserung dar.

Die Tellines waren süß und, wie Smith erleichtert zur Kenntnis nahm, ohne Schalen. Die winzig kleinen Muscheln – mehr oder weniger die einzige Delikatesse an der ansonsten ziemlich fruchtlosen Küste zwischen Montpellier und Arles – waren das ganze Jahr über zu ernten und bildeten die Basis einer vorzüglichen Pastasoße, und zwar ganz ohne den Emporkömmling Tomate. Butter, Olivenöl, Salz und Pfeffer, ein wenig Weißwein und Sahne, dazu ein kleines Lorbeerblatt – mehr war nicht nötig, um eine göttliche Soße zu kreieren. Bewahre Gott, dass geraspelter Käse dazukommt. Küchenchefs, die sich derart versündigten, müssten zu Recht den Löffel ablegen.

Smith konnte es nicht leiden, mit den Fingern zu essen, winzige Fleischstücke aus Schalen zu popeln oder überhaupt komplizierter zu essen als nötig. Deshalb war er froh, dass jemand in der Küche – wahrscheinlich von Martine eigens instruiert – die Muscheln entsprechend vorbereitet hatte. Natürlich waren die Schalen wichtig für den Geschmack der Soße, doch Smith hätte das Gericht zurückgehen lassen, wenn ihm Arbeit abverlangt worden wäre. Schließlich, so fand er, aß man Muscheln des Geschmacks und nicht ihrer Textur wegen. Jedenfalls verabscheute er es, Soßenreste unter den Fingernägeln kleben zu haben.

Als er über den Tisch blickte, lächelte sein Gegenüber auf jene spöttische und zugleich liebevolle Art, an die er sich noch gewöhnen musste. Das kleine Café gehörte der Familie Aubanet. Besser als hier konnte man in der Provence nicht essen: nahrhafte, einfache, aber äußerst gut und *à la minute* zubereitete Gerichte aus ausschließlich frischen, heimischen Zutaten. Keine Sterne oder Empfehlungen oder Werbung in wichtigen Reiseführern. Keine Abrechnung per Kreditkarte. Ein der Familie gut bekannter Gast bekam sein Essen auch manchmal umsonst. Auch Einheimischen, die knapp bei Kasse waren, wurde häufig kein Geld abverlangt. Sie revanchierten sich, indem sie den Gastraum auskehrten, die sprichwörtlichen Teller wuschen oder, wenn nötig, beim Anstreichen halfen beziehungsweise Klempnerarbeiten übernahmen. Die Nachbarschaft wachte über die Sicherheit der Lokale. Es gab viele Möglichkeiten, sich für eine gute unentgeltliche Mahlzeit zu bedanken; Goldkarten gehörten gewiss nicht dazu.

Martine sah wie immer bezaubernd aus. Sie hatte ihre Haare nach Art der Arlesierinnen hochgesteckt, trug eine weiße Bluse und eine schwarze Hose, einen breiten Gürtel um die Taille und das goldene Croix des Saintes als Brosche. Nicht zum ersten Mal hatte Smith den Eindruck, in Gesellschaft der schönsten Frau zu sein, die ihm je begegnet war. Sie war so anständig, leicht zu erröten, als er es ihr gegenüber auch freimütig bekannte.

»Das alles hier erinnert mich an Madame Rozier und ihr kleines Restaurant an der Rue Porte de Laure«, erklärte er jetzt.

»Madame Rozier?«

»Bevor ich von ihr erzähle, sollten wir vielleicht unsere Tellines essen, sonst werden sie kalt.«

Sie aßen schweigend. Gutes Essen duldete kein Gespräch, und Martines Cousin, der an diesem Abend kochte, wäre sicherlich gekränkt gewesen, wenn sie sich kauend unterhalten hätten. Er war ein freigebiger Koch und stolz auf seine Arbeit, erwartete aber nicht weniger, als dass man sich auf seine Gerichte konzentrierte wie auf ein gutes Buch oder ein Klavierkonzert von Mozart. Alles andere empfand er als Respektlosigkeit.

Das Essen ließ nichts zu wünschen übrig. Die Tellines verströmten den Duft des Meeres; sie waren süß und zart und keine Minute zu lange gegart. Im Unterschied zu den meisten Pastagerichten schmeckte man bei den Nudeln ein hochwertiges Mehl heraus. Beide leerten fast gleichzeitig ihre Teller. Sie schaute ihn erwartungsvoll an. Smith freute sich, ihr etwas von Arles erzählen zu können, das aus einer Zeit vor ihrer Geburt stammte. Er trank einen Schluck Crémant und legte los.

»Ich glaube, es war Mark Twain, der mit Blick auf eine Landschaft sagte, dass Entfernung den Gegenstand unserer Betrachtung verzaubert. Oder so. Man könnte das, wie ich finde, auch auf die Dimension der Zeit übertragen. Ich habe eine schöne, inzwischen vielleicht völlig irrige Erinnerung an ein Restaurant hier in Arles, das wohl schon vor über vierzig Jahren geschlossen wurde. Es war mit Abstand mein Lieblingsrestaurant, ein winzig kleines Lokal ziemlich genau in der Mitte der Rue Porte de Laure. Ich glaube, es hatte überhaupt keine Fenster; wenn doch, waren die Läden davor stets geschlossen. Man konnte sein Essen dort genießen, ohne dass Touristen neugierige Blicke in den Gastraum warfen. Geöffnet wurde erst gegen acht, und das auch nur, bis sich die ersten zwanzig Gäste nach artigem Schlangestehen vor der Tür eingefunden hatten. Einen Tisch reservieren konnte man nicht, und es gab nicht mal ein Telefon. Nach dem zwanzigsten Gast wurde die Tür geschlossen, selbst auf die Gefahr hin, dass der Ehemann draußen bleiben musste, wenn seine Frau gerade eingetreten war. Alle saßen an einem einzigen langen Tisch, häufig neben Fremden, denen man eben erst in der Schlange zum ersten Mal begegnet war. Dann wurde das Essen aufgetragen. Speisekarte? Getränkekarte? Fehlanzeige. Gegessen wurde, was auf den Tisch kam. Eigentümerin, Köchin und Kellnerin waren ein und dieselbe Person, eine schwergewichtige, aber quirlige Frau unbestimmbaren Alters, die breitestes Rodanenc sprach. Sie servierte eine Folge deftiger Gerichte, die durch ein kleines Schiebefenster in der Wand aus der Küche gereicht wurden, wahrscheinlich von ihrem Mann, von dem man aber immer nur eine Hand sah. Auf der Mitte des Tisches standen offene Weinflaschen ohne Etikett. Um halb elf, wenn keiner der Gäste mehr Papp sagen konnte, stellte Madame eine Tonschale auf den Tisch, in der eine kleine, fettfleckige Karte lag. Darauf stand der Betrag, den jeder Gast in die Schale werfen sollte. War die Zahlung erfolgt und sorgfältig geprüft, wurde die Tür wieder geöffnet und die Gesellschaft hinauskomplimentiert.« Er machte eine kurze Pause und gönnte sich einen kleinen Schluck Crémant. »Nach ihrem Tod wurde das Restaurant geschlossen, glaube ich. Jedenfalls habe ich, sooft ich in Arles war, als völlig mittelloser Teenager, der sich mit Gelegenheitsjobs – zum Beispiel an einer Tankstelle an der Route d'Avignon – über Wasser hielt, abends nach Ladenschluss den Abwasch für sie gemacht und bin dafür durchgefüttert worden. Manchmal, wenn es regnete, durfte ich auch auf dem langen Tisch übernachten.«

Martine Aubanet ergriff seine Hand und drückte sie. »Was für eine hübsche Geschichte, Peter. Manchmal hat es für mich den Anschein, als wärst du mehr Arlesianer als ich.«

Smith lächelte. »Möglich, Liebste, aber ich würde doch meinen, dass dir deine über tausendjährige Familiengeschichte einen gewissen Vorsprung verleiht.«

»Mag sein. Aber es gibt einen wichtigen Unterschied, zumindest für mich. Ich bin hier zur Welt gekommen und kann mir kaum vorstellen, irgendwo anders zu leben, denn ich liebe die Camargue. Aber wie gesagt, ich bin hineingeboren worden, in dieses Land, in meine Familie und ihre Geschichte. Ich hatte keine andere Wahl, und das unterscheidet uns. Du hättest dich auch woanders niederlassen können, bist aber zu uns gezogen. Und das macht dich neben vielen anderen Dingen so besonders für mich und meinen Vater. Du liebst diesen Ort aus freien Stücken und nicht, weil dir nichts anderes übrig bleibt.«

Es entsprach der Wahrheit, die sich Smith aber selbst nicht erklären konnte. Seit seiner Kindheit hatte er Arles immer wieder aufgesucht, und als er sich vor einigen Jahren entschieden hatte, wo er seinen Ruhestand verbringen sollte, war ihm tatsächlich kein anderer Ort in den Sinn gekommen.

Der Hauptgang wurde aufgetragen. Der Koch war offenbar vorgewarnt und auf Smiths heikle kulinarische Vorlieben aufmerksam gemacht worden. Während Martine zwei kleine, aber vollständige Tauben auf einem Teller serviert bekam, durfte Smith mit drei Taubenbrüsten vorliebnehmen, entbeint und portioniert. Dazu wurde eine einfache Soße gereicht sowie eine Platte mit frischem Gemüse und eine Flasche Wein, die kein Etikett besaß. Alles war köstlich, und wieder aßen sie fast schweigend. Amüsiert beobachtete Smith seine schöne Begleiterin dabei, wie sie ihr Essen in die Hand nahm und auf ganz undamenhafte Weise mit Gusto verschlang.

Eine perfekte Mahlzeit. Weit überlegen dem, was sich in anderen, glamouröseren Restaurants in Arles als Haute Cuisine ausgab. Die Soße war nicht aufgeschäumt, es gab auch keine extravaganten Dekorationen mit Klecksen hier oder Blättchen exotischer Gewächse da, sodass das eigentliche Gericht umso wesentlicher in den Vordergrund rückte. Einfaches Essen, mit frischen Zutaten aus der Region, gekonnt und ohne Chichi zubereitet. Serviert auf einfachen runden weißen Tellern. Martines Cousin wusste um seine Fähigkeiten als Koch und sah keinen Grund, sie demonstrativ zur Schau zu stellen. Das Essen sprach für sich. Und für ihn. Martine sah, wie Smith in seinem Genuss

275

schwelgte. Sie langte über den Tisch, ergriff seine Hand und lächelte.

»Philippe ist immer beglückt, wenn er deine Miene sieht.«

»Was ich hier esse, ist einfach fantastisch.«

»Ja«, erwiderte sie. »Und weil du es zu würdigen weißt, bist du ein ganz besonderer Gast. Er nennt dich ›meinen Engländer‹ und meint, ich hätte Glück gehabt, jemanden gefunden zu haben, der tatsächlich etwas von guter Küche und guten Weinen versteht und nicht nur klug daherredet. Das ist ein großes Kompliment von einem Mann, der sich mit netten Worten sonst eher zurückhält.«

In diesem Moment kam Arthur träge aus der Küche zurück, als wollte er sich vergewissern, dass sein Herrchen noch am Tisch saß. Nachdem er sich darin bestätigt sah, machte er wieder kehrt. *Du hattest für heute genug, mein Freundchen*, dachte Smith.

Plötzlich wurde Martine ernst. »Wie kommst du mit deinen Ermittlungen voran?«

Smith verzog das Gesicht. So unwirsch auf den Boden der Tatsachen zurückgeholt zu werden schmeckte ihm nicht.

»Bis heute Nachmittag nur sehr langsam, aber dann hat mir Gentry Satellitenaufnahmen gezeigt, die tatsächlich den Vorfall bei Beauduc eingefangen haben.«

»Ich dachte, solche Aufnahmen gäbe es nicht.«

»Das hat man Suzanne gesagt, und sie hat es anscheinend geglaubt. Wenn nicht aus französischer Quelle, so gibt es doch immerhin amerikanische Bilder. Unsere Freunde nehmen einfach alles auf. Der Filmausschnitt zeigt, wie präzise die militärische Operation am Strand von Beauduc ablief. Sie hatte allerdings den Zweck, etwas außer Landes zu schaffen – und nicht etwa jemanden ins Land zu holen. Man sollte doch meinen, dass es überhaupt keinen Grund gab, drei Männer zu töten, wenn ihr Einsatz lediglich der Observation eines illegal ins Land eingeschleusten Terroristen diente. Eine solche Tat muss doch unliebsame Wellen schlagen. Außerdem waren die drei nicht Hinz, Kunz und François, sondern gut ausgebildete Männer, die sich nicht ohne Weiteres abknallen lassen. Es muss also sehr viel mehr auf dem Spiel gestanden haben.«

»Was wurde denn da außer Landes geschafft?«

»Waffenfähiges Plutonium, wie es scheint.«

Ein Glas, das mit einer strohfarbenen Flüssigkeit gut gefüllt war, stand plötzlich und auf rätselhafte Weise neben seinem Ellbogen. Er nahm einen Schluck und dachte nach, während ihm der edle, feurige Marc durch die Kehle rann. Er wusste, was sie sagen würde, noch ehe sie die Worte aussprach.

»Peter, die Sache ist viel zu groß, findest du nicht auch? Was kannst du allein dagegen unternehmen?«

Smith ließ ein wenig Ärger in seine Stimme mit einfließen. »Erstens, Liebste«, antwortete er etwas gereizt, »war und ist es nicht meine Absicht, mich mit der französischen Regierung, der Polizei und dem Militär anzulegen, und ich fände es sehr traurig, wenn du mich so schlecht kennst und annimmst, dass ich je daran gedacht hätte. Ich habe doch meine Gedanken und Absichten deutlich gemacht, oder? Das heutzutage häufig zitierte ›größere Bild‹ interessiert mich nicht. Frankreich kommt ohne meine Hilfe aus, wenn es darum geht, selbst gemachte Probleme zu lösen. Ich will nichts anderes, als einem noblen, aber etwas verwirrten alten Mann dabei helfen, mit dem Verlust eines zweiten Mitglieds seiner Familie zurechtzukommen. Es war schon schlimm genug für ihn, seinen Sohn zu überleben, und der Tod des Enkels gibt ihm womöglich den Rest.«

Martine konnte nicht überhören, wie emotional geladen seine Stimme klang, und fragte sich unwillkürlich, ob es in Smiths Vergangenheit etwas gab, wovon sie noch nichts wusste.

»Er ist ein stolzer und ehrenwerter Mann«, fuhr Smith fort, »der es nicht verdient hat, dass man ihn belügt und der Mord an seinem geliebten Enkel ungesühnt bleibt. Die meisten Staaten versagen, wenn es darum geht, ihren Bürgern Gerechtigkeit widerfahren zu lassen, und auch Frankreich tut sich anscheinend besonders schwer damit. Ich weiß, wovon ich rede, und hoffe, dass du mich vor dem Hintergrund deiner leidvollen Familiengeschichte ein bisschen verstehst. Ich kann diesen alten Mann nicht wieder glücklich machen oder ihm auch nur Frieden schenken. Er wird den Rest seines Lebens Trauer tragen. Aber ich werde dafür sorgen, dass man ihn nicht länger im Ungewissen lässt. Er ist alt, aber nicht senil und hat Anspruch auf unseren Respekt.«

Martine hielt sich zurück, denn sie wusste, dass Smith noch nicht fertig war.

»Mir ist vollauf bewusst, dass ich einiges riskiere, aber das kümmert mich nicht. Dass ich noch lebe, verdanke ich anderen, die sich für mich in Gefahr gebracht haben. Ich erachte mein Leben als durchaus kostbar, aber nur bis zu einem gewissen Punkt. Gleichwohl ist mir klar, dass ich mit dieser Einstellung die Sicherheit anderer gefährde. Gentry hat das schon erfahren, und ich bedaure, dass auch deine Familie davon betroffen ist. Ich bin mir aber sicher, dass dein Vater Verständnis dafür hat, und kann nur hoffen, du hast es auch.«

Es blieb lange still am Tisch. Wieder schämte sich Smith für seine Worte, die mit aufwallenden Gefühlen aus ihm herausgeplatzt waren. Martine musste von einem Außenstehenden nicht daran erinnert werden, welche Standards und Normen in der Camargue herrschten und das Leben bestimmten. Es waren mehr oder weniger dieselben, an die auch er sich hielt, weshalb er sich in dieser Gegend so heimisch fühlte. Martine half ihm aus der Verlegenheit, indem sie wieder seine Hand ergriff und an ihre Lippen führte. Sofort schwenkte sie in einen pragmatischen Modus über.

»Was kann ich tun, Peter? Wie kann ich dir helfen?«

Smith drückte ihre Hand und hielt sie fest. Im Augenwinkel sah er hinter der offenen Küchentür Philippe mit einem Grinsen im Gesicht, wobei er tat, als sei er fleißig bei der Arbeit.

»Am meisten damit, dass du dich auf dem Mas in Sicherheit bringst. Ich glaube nicht, dass wir es mit allzu vielen Gegnern zu tun haben, wohl aber mit Männern, die bestens ausgebildet und darum gefährlich sind. Ich kann mir nicht vorstellen, dass sie Zeit verschwenden und für dich und deinen Vater eine ernste Gefahr darstellen, auch dann nicht, wenn sie von eurer Beziehung zu mir wissen. Allerdings bin ich mir im Hinblick auf Suzanne und das, wofür sie steht, nicht ganz sicher. Solange sie bei euch wohnt, kannst du sie im Auge behalten. Halt dich lieber nicht in deiner Cabane auf und bleib, soweit es geht, im Haus. Jean-Marie wird auf dich achtgeben. Hat er dich heute Abend gebracht?«

Martine nickte. »Ja. Ich werde ihn auf der Rückfahrt an seinen Auftrag erinnern.«

»Ich werde mich wohl noch einmal mit Suzanne unterhalten müssen«, sagte Smith. »Entweder sie steckt bis zu ihrem hübschen Hals mit in dieser Geschichte, oder sie schwebt in beträchtlicher Gefahr. Vielleicht beides. Außerdem muss ich noch mal mit Gentry reden, er will weitere Informationen über den Pariser Anteil an der Sache ausgraben.«

Er sah ihren kritischen Blick auf sich gerichtet.

»Nein, Liebste, ich will nur in Erfahrung bringen, woran wir hier sind. Suzanne ist in den Fall verwickelt, ob nun als Ermittlerin oder Mitverschwörerin. Wenn sie nicht auf der Seite der Übeltäter steht, täte es mir schrecklich leid, wenn ihr etwas zustößt.«

Martine nickte und wollte gar nicht erst wissen, was anderenfalls geschähe.

Es war Zeit zu gehen. Arthur musste aus einem Raum im hinteren Teil des Cafés geholt werden, wo er ein Verdauungsschläfchen gehalten hatte. Smith bedankte sich beim Küchenchef und führte Martine aus dem Lokal, als einer der schwarzen Range Rovers aus dem Fuhrpark der Aubanets vorfuhr. Ob die Luft rein war, brauchte er nicht zu überprüfen: Das hatte Jean-Marie schon getan. Er musste dem jungen Fahrer auch nicht raten, einen anderen Weg nach Hause einzuschlagen. Jean-Marie hatte sich während der vergangenen Monate als gelehriger Schüler erwiesen. Smith öffnete Martine die Tür, gab ihr einen Abschiedskuss und schaute dem Wagen nach, der auf die Trinquetaille-Brücke zusteuerte.

Er machte sich Sorgen und war auf der Hut. Sein Nachhauseweg führte am Rhôneufer entlang. Es war eine seiner Lieblingsstrecken, an der Trinquetaille-Brücke vorbei und entlang der sogenannten Thermes de Constantin, der letzten übrig gebliebenen Überreste des weitläufigen römischen Forums, das vor zweitausend Jahren den größten Teil der Stadt Arles ausgemacht hatte. Der Gehweg führte über die breite Ufermauer, die vor Hochwasser schützte, und wurde von Laternen nur sehr spärlich beleuchtet. Zum zweiten Mal an diesem Abend hatte Smith das Gefühl, dass ihm jemand folgte. Dabei bot der Uferweg freie Rundumsicht, was eine unauffällige Beschattung kaum möglich machte. Trotzdem war er sich sicher. Auch Arthur blieb immer wieder stehen und schaute zurück. Ob er etwas hörte oder roch, war fraglich, jedenfalls spürte auch er, dass jemand ihren gemächlichen Abendspaziergang auf Abstand begleitete.

Smith verlangsamte das Tempo noch mehr und dachte nach. Der Schatten ließ sich natürlich ignorieren. Das hätte er auch getan, wenn sein Verfolger auszumachen gewesen wäre. Weder Gentry noch Girondou würden ihm zu seinem Schutz jemanden an die Fersen geheftet haben, ohne ihn darüber zu informieren. Diese Möglichkeit war also auszuschließen. Smith wurde unruhig. Das Bild der dunklen Gestalten am Strand von Beauduc kam ihm in den Sinn. Nervöse oder ängstliche Überreaktionen gehörten nicht zu seinem Verhaltensrepertoire, dafür brauste er schnell auf. Er konnte sich auch nicht erklären, warum ihm jemand folgte. Er hatte in La Bouilladisse keine Spuren hinterlassen und sich auch nicht durch seine Ermittlungen zu erkennen gegeben. Möglich war allerdings, dass Suzanne unabsichtlich oder gezielt auf ihn aufmerksam gemacht hatte. In diesem Fall war sein Beschatter wahrscheinlich von offizieller Seite auf ihn angesetzt. Falls er allerdings von DuPlessis auf den Weg geschickt wurde, entstammte er vielleicht dunkleren Kreisen, je nachdem, welche Absichten DuPlessis verfolgte. Der einzige gemeinsame Nenner war jedenfalls Suzanne. So oder so, er wurde wütend.

Zu Arthurs Leidwesen, der wie gewöhnlich ohne Schutz vor dem eisigen Wind auskommen musste, setzte sich Smith auf den Mauersims am Rand des Fußwegs und zog sein Satellitentelefon aus der Tasche.

»Suzanne, lassen Sie mich beschatten?«, fragte er ohne Umschweife.

»Nein, natürlich nicht.«

Falsche Antwort. Wäre sie ahnungslos, hätte sie ausführlicher Stellung genommen.

»Dann bin ich beruhigt, und Sie werden wohl nichts dagegen haben.«

Ihre Verunsicherung wurde selbst über die Funkverbindung spürbar. Nach einer auffällig langen Pause beteiligte sie sich wieder am Gespräch. »Was meinen Sie damit, Peter?«

»Dass es Ihnen nicht allzu viel ausmacht, wenn der Mann, der mich verfolgt, in Kürze tot sein wird.«

Die Pause war diesmal noch länger.

»Vielleicht versuchen Sie es zur Abwechslung mit einer anderen Frage, Suzanne.«

Ihr Schweigen verriet jetzt eine Spur von Zerknirschtheit.

»Nur zu Ihrem eigenen Wohl«, setzte Smith nach und schlug einen schärferen Ton an. »Suzanne, ich habe Ihnen zweierlei zu sagen. Pfeifen Sie diesen Mann sofort zurück. Wenn er in spätestens fünf Minuten nicht verschwunden ist, können Sie ihn in einer halben Stunde mit einem Bootshaken aus der Rhône fischen. Ob Sie ihn dann ins Krankenhaus oder ins Leichenschauhaus bringen, weiß ich nicht. Sie werden mich jedenfalls nie wieder beschatten lassen. Und Sie werden niemandem, ich wiederhole, niemandem noch einmal stecken, wo Martine oder ich zu finden sind. Anderenfalls werden Sie nicht mehr in den Genuss Ihrer Alterspension kommen. Sie gehören vielleicht zur Familie Aubanet, aber gewiss nicht zu meiner.«

Er beendete das Gespräch, ohne auf ihre Reaktion zu warten, und setzte sich wieder in Bewegung. Er hatte gerade das Musée Réattu hinter sich gelassen, als Arthur feststellte, dass ihr unsichtbarer Begleiter abgebogen war. Als Nächstes rief er Gentry an.

»Suzanne hat mir einen Mann auf die Fersen gesetzt.«

»Oje«, seufzte Gentry. »Dann sehe ich schwarz für ihn.« Er wusste, dass sich Smith mit unliebsamer Begleitung nicht lange aufhielt und zu drastischen Maßnahmen neigte.

»Nun, ich glaube, diesmal hat eine Warnung gereicht.«

»Peter, alter Knabe, hat dich dein Geturtel etwa weich werden lassen?«

Für eines der schönsten Panoramen von Paris hatten die vier Herren, die im Karree in den tiefen Ledersesseln saßen, nichts übrig. Sie befanden sich in einem großen Appartement auf der obersten Etage eines fünfgeschossigen Hauses am Westrand der Île Saint-Louis. Die vier Brasserien unter ihnen waren gut besucht, selbst jetzt im Winter, und viele Touristen wanderten vor der Kulisse der gespenstisch beleuchteten Ostseite der großen Kathedrale Notre-Dame jenseits der Brücke umher. Das Appartement zählte nicht von ungefähr zu den teuersten Immobilien der Stadt und war seit jeher im Eigentum von Vertretern der höchsten Gesellschaftsschichten.

Jeder der vier Herren hatte ein kleines Tischchen neben sich stehen, darauf ein gefülltes Glas. Für Licht sorgten einzig die Bibliothekslampen über den Bücherschränken, die zwischen den Fenstern standen. Die schmuckvolle Goldprägung auf den Rücken der Lederfolianten streute ihren milden Schein durch den großen Raum. Der riesige venezianische Kronleuchter über ihren Köpfen war ausgeschaltet, doch sein Behang aus Murano-Glas blinkte und blitzte im leichten Luftstrom der Heizung. Dunkel schimmerten Ölgemälde in ihren mit Gold plattierten Rahmen, die über den Bücherschränken an den Wänden hingen. Die Vorhänge vor den sechs Fenstern im Dreiviertelrund der Außenmauer waren nicht zugezogen, und die hölzernen Klappläden dahinter lagen eingefaltet in ihren Nischen. Das Versailler Parkett bedeckten schwere, kostbare Perserteppiche.

Drei der älteren Herrschaften waren Freunde und Kollegen. Wenngleich sie in den Augen der Öffentlichkeit kon-

kurrierende Fraktionen des politischen Spektrums repräsentierten, standen sie einander sehr nah. Zwei von ihnen
gehörten dem gegenwärtigen Kabinett an; der dritte war
ein ehemaliger Außenminister und vertrat eine gänzlich
andere politische Richtung als die beiden anderen. Sie hatten in der Vergangenheit häufig zusammengearbeitet und
waren zu gleichen Teilen mächtig und reich geworden. Der
vierte Mann schien von ähnlichem Schlag zu sein, unterschied sich als Perser aber durch eine etwas dunklere Haut-
farbe von den anderen. Alle vier, die in jüngeren Jahren
unter anderem als Anwälte beziehungsweise Bankiers tätig
gewesen waren, gehörten nach wie vor einer Freimaurer-
loge an. Sie trugen ausnahmslos dunkle Anzüge, weiße
Hemden und gedeckte Krawatten. Bescheidene Manschet-
tenknöpfe, blank polierte Lederschuhe und schwarze So-
cken komplettierten das Bild.

Nur gelegentlich wurde die Stille im Raum durch leise
Geräusche unterbrochen, die das schmelzende Eis in ihren
geschliffenen Gläsern verursachte. Einer der vier brach
schließlich das Schweigen.

»Ziehen wir Bilanz. Wo stehen wir?«

Ein zweiter Mann setzte vorsichtig sein Glas ab. »Nun,
die erste Lieferung ist abgegangen. Es lief alles nach Plan.«

Ersterer fuhr mit ruhiger Stimme fort, fast im Plauderton:
»Nicht ganz, fürchte ich. Nur die Operation am Strand. Wie
gewünscht entwickeln sich auch die Ermittlungen. Madame
Blanchard, die sie leitet, kommt tatsächlich nicht vom Fleck.
Es scheint aber etwas passiert zu sein, was wir nicht vor-
hergesehen haben, und das besorgt mich einigermaßen.«

Die beiden anderen rutschten in ihren Sesseln unruhig

hin und her. Wenn ihr Gastgeber besorgt war, wollte keiner den Fehler machen, seine Einschätzung nicht ernst zu nehmen und die Sache herunterzuspielen. Bevor sie ein Wort sagen konnten, hob der Perser die Hand und schaltete sich ein.

»Ich würde vorschlagen, wir konzentrieren uns für den Moment auf das Wesentliche. Die Übergabe der Ware. Alles andere interessiert mich allenfalls am Rande. Wir haben eine Abmachung, Monsieurs, und die ist ganz einfach. Sie wollen zwölf Kilo waffenfähiges Plutonium liefern, aus naheliegenden Gründen in zwei Chargen, und erhalten dafür sechzig Millionen Dollar. Die erste Charge ist geliefert und die Hälfte der versprochenen Summe überwiesen worden. Wie ich höre, ist die Ware einwandfrei, was uns freut. Ich kann nur hoffen, dass die zweite Lieferung ohne Verzögerung, also übermorgen, ebenso umstandslos und effektiv abgewickelt wird.«

Er nahm einen Schluck aus seinem Glas. Niemand sagte etwas, da ihr Zahlmeister anscheinend noch nicht ausgesprochen hatte. Er setzte das Glas ab und starrte hinaus auf das große Symbol einer ganz anderen Konfession als der seinen, das unter dem Nachthimmel leuchtete. Im Unterschied zu seinen Gesprächspartnern schien er die Stille zu genießen. Schließlich richtete er den Blick wieder auf seinen Gastgeber.

»Ich will nur, dass Sie mir versichern, dass die zweite Lieferung wie verabredet vorgenommen wird. Wenn Sie mir Ihr Wort darauf geben, lasse ich Sie allein, und Sie können Ihr Gespräch ungestört fortsetzen. Es ist für mich ohnehin nicht von Belang.«

Der Gastgeber nickte. »Ich gebe Ihnen mein Wort darauf.«

Der Perser zeigte sich zufrieden, stand auf und gab den anderen zu bedeuten, sitzen zu bleiben. »Gut.«

Er nickte noch einmal in die Runde, wandte sich ab und ging zur Tür, die wie von Geisterhand geöffnet wurde. Er verschwand grußlos und ohne sich noch einmal umzusehen. Wieder machte sich unter den verbliebenen dreien Schweigen breit. Jeder von ihnen schien sich im Stillen auf die anstehende Diskussion einzustellen. Der Gastgeber ergriff das Wort.

»Nun, inwiefern könnte das, sagen wir, kleine Ärgernis den Ablauf der zweiten Lieferung beeinträchtigen? Wenn ihr keine Probleme seht, sollten wir vielleicht einen Blick auf die Details der jüngsten Ereignisse werfen.«

»Ließe sich der Liefertermin nicht verschieben, bis wir Klarheit haben, was da gerade passiert? Es wäre auch bestimmt nicht verkehrt, Vorsichtsmaßnahmen zu treffen.«

»Du hast unseren Freund gehört. Ich fürchte, uns bleibt keine Wahl.«

»Verfahren wir also wie geplant. Richte DuPlessis aus, dass er alles Notwendige veranlassen soll, damit das gewünschte Resultat dabei herausspringt.«

»*Soit!* Und nun zu der Frage, was uns da eigentlich quergekommen ist«, mischte sich der Dritte im Bunde ein. »Wir mussten auf Schwierigkeiten gefasst sein, nachdem wir von der undichten Stelle in Marseille gehört haben und DuPlessis beschlossen hat, seine Spuren am Strand zu verwischen. Ich vermute, diese dumme Änderung im Plan ist von unseren persischen Freunden veranlasst worden. Ich erinnere daran, dass DuPlessis seine Befehle aus Marseille erhält, wo man, wie es scheint, sein eigenes Süppchen kocht. Seine Hintermänner scheren sich einen Dreck, solange die Arbeit getan wird. Wir haben uns, wie ihr euch erinnert, damit einverstanden erklärt, weil wir auf DuPlessis nicht verzichten können; er ist schließlich unser Mann vor Ort. Zwar haben wir die offiziellen Ermittlungen unter Kontrolle, aber irgendetwas scheint aus dem Ruder gelaufen zu sein. Wir sollten die Ursache herausfinden und etwas dagegen tun.«

»Ja, im Rückblick war es wohl die falsche Entscheidung.«

Der Gastgeber schüttelte den Kopf. »Trotzdem finde ich, wir sollten uns zurückhalten und uns ein Vorbild an unserem Kunden nehmen. Konzentrieren wir uns auf das Wesentliche. Um das Drumherum kümmern wir uns später, wenn überhaupt. Uns bleibt denkbar wenig Zeit bis zur zweiten Lieferung, was aber kein Grund zur Besorgnis ist, da wir ohnehin nicht viel tun können. Hauptsache, diese Störung von außen gefährdet nicht unseren Plan. Wenn doch, müssen wir natürlich schnell eingreifen. Richten wir also unser Augenmerk auf die zweite Lieferung. Wenn sie in den Sand gesetzt wird, werden unsere iranischen Freunde sehr unglücklich sein, und wir wissen, was das für uns bedeutet.«

Eine solche Aussicht war in der Tat unerfreulich. Nach einer kurzen Denkpause fuhr er fort.

»Uns war von Anfang an bewusst, dass DuPlessis eine tickende Zeitbombe ist, aber leider müssen wir mit ihm vorliebnehmen. Eine Alternative steht uns nicht zur Verfügung. Wir müssen ihn auffordern, wie geplant fortzufahren und die Ware auf den Weg zu bringen, und zwar zügig, diesmal ohne Exkurse. Das Leck in Marseille konnte gestopft werden. Es gibt also keinen Grund zu befürchten, dass die Sache öffentlich wird. Mein Vorschlag lautet: Wir schicken jemanden zu DuPlessis, der ein ernstes Wort mit ihm redet.«

Die beiden anderen zeigten sich einverstanden, leerten ihre Gläser und fuhren wenig später mit dem Aufzug ohne Zwischenstopp in die Tiefgarage, wo gepanzerte Limousinen auf sie warteten. Durch einen mittelalterlichen Schacht, der in einen befahrbaren Tunnel umgebaut worden war, würden sie die Insel verlassen und nach rund dreihundert Metern hinter der Bibliothèque Forney am Nordufer wieder auftauchen.

Ihr Gastgeber schenkte sich neu ein, durchquerte den Raum und streckte sich auf der Eames-Liege vor dem Fenster aus, das den Westen der Innenstadt überblickte. Versonnen betrachtete er die fahl schimmernde Kathedrale und den schwarzen Fluss, der sich vor ihr aufgabelte. Sorgen machte er sich nicht. Er hatte mit Irritationen gerechnet. Nur Dummköpfe, fand er, zogen eine solche Möglichkeit nicht in Betracht. Ein Scheitern aber kam nicht infrage. Sie würden Erfolg haben, und er würde, wie mit den Iranern abgemacht, einen zusätzlichen Bonus erhalten. Im Fall eines Misserfolgs war er ein toter Mann. So einfach war das.

Er griff sich sein Satellitentelefon, das auf dem Boden lag, und tätigte einen Anruf.

15. Interventionen der Schurken

Zu sagen, er sei überrascht, wäre noch untertrieben. Er war gerade von seinem frühmorgendlichen Spaziergang mit Arthur zurückgekehrt und zwang sich, an seine Haushaltspflichten zu denken. Sie hatte ihn noch nie angerufen. Nun aber erklang ihre Stimme, hell und wach. Dass sie überhaupt ein Telefon hatte, geschweige denn seine Nummer kannte, war ihm neu. Er nahm es als Mahnung, sich nie in vermeintlichen Gewissheiten zu wiegen, wenn es um seltsame Vögel im Allgemeinen und alte Damen aus der Camargue im Besonderen ging.

»Junger Mann, ich fürchte, Sie stecken immer noch in Schwierigkeiten.«

Er lachte laut auf. Es gab nur eine Person, die ihn auf diese Weise apostrophierte. »Madame Durand. Wie schön, Sie zu hören. Ich fürchte, Sie haben recht.«

»Martine will mir nichts verraten, also habe ich mich selbst schlaugemacht.« Smith hatte Mühe, ihr zu folgen, als sie sagte: »Wie ich erfahren habe, essen Sie gern zu Mittag. Wie ich auch. Ein guter Appetit ist ein großer Segen. Kommen Sie doch heute Mittag mit Arthur zu einem *déjeuner* zu mir nach Hause. Bei Tisch können Sie sich mir dann offenbaren.«

Smith hatte sich schnell wieder gefasst. »Es wird mir ein Vergnügen sein, Madame.«

»Schön. Um eins also. Und bitte keine Mitbringsel. Ich habe einen Garten voller Winterblumen, hasse Schokolade, backe lieber selbst und habe einen besser sortierten Weinkeller als Emile. Bis dann.«

»Sie sind für die hiesigen Verhältnisse ungewöhnlich pünktlich, Monsieur, was ich für mein Teil großartig finde.«

Smith hatte, um nicht zu früh zu sein, auf der Trinquetaille-Brücke sein Tempo ein wenig verlangsamt, sodass er genau pünktlich erschien. Im Esszimmer, das er noch nie betreten hatte und das wie der Rest des Hauses elegant mit edlen Möbeln, Gemälden und Tafelsilber eingerichtet war, war der Tisch bereits gedeckt. Pflaumenfarbene Seidentapeten zierten die Wände, den braunen Parkettboden orientalische Teppiche. Die hohen Fenster boten einen freien Blick in den Garten hinaus, der, worauf sie bereits angespielt hatte, für die kalte Jahreszeit überraschend bunt anmutete. Winterjasmin, Viburnum und Stern-Magnolien gediehen prächtig in dem von hohen Mauern umschlossenen Geviert. Wie Sonnenersatz leuchtete ein üppiger Forsythienbusch.

Das Essen war einfach, aber köstlich. Eine Suppe aus frischem Wintergemüse mit weißen Bohnen, die eine pikante Schärfe durch etwas Safran erhielt. Als Hauptgericht gab es frische, in Öl gebratene Sardinen, dazu Paprika und neue Kartoffeln. Ein Gutteil davon fiel für Arthur ab, der neben ihrem Stuhl hockte. Er verschlang es in Lichtgeschwindigkeit.

»Verzeihen Sie, dass er nicht ein bisschen manierlicher isst, Madame. Seine Tischsitten unterliegen der ewigen Hoffnung, mehr zu bekommen.«

»Papperlapapp«, erwiderte sie. »Dass es ihm so gut schmeckt, verstehe ich als großes Kompliment. Und wenn er einen Nachschlag erwartet, soll er nicht enttäuscht werden. Nur ein bisschen gedulden muss er sich noch. So, und nun würde ich gern hören, was da passiert. Ich weiß, dass Sie es vorziehen, schweigend zu essen, aber ich kenne das, was ich koche, so gut, dass es für mich keine Geheimnisse mehr birgt. Machen Sie also einer alten Frau zuliebe eine Ausnahme und reden Sie beim Essen. Das können Sie doch, oder?«

Smith bedachte Madame Durand mit bewundernden Blicken. Sie mochte fortgeschrittenen Alters sein, ließ aber keinerlei Gebrechlichkeit erkennen. Mit ihren dreiundneunzig Jahren konnte sie immer noch auf Sehhilfe und Krückstock verzichten. Sie war winzig klein, hielt sich aber aufrecht und strotzte vor Energie. Ihr weit zurückreichendes Erinnerungsvermögen schien ohne Fehl und Tadel zu sein. Jetzt wollte sie auf den neuesten Stand gebracht werden.

Er bot ihr eine Kurzfassung der jüngsten Ereignisse, ohne wichtige Details auszulassen. Es hatte für ihn nicht den Anschein, dass sie etwas nicht verstand oder weniger interessierte.

Als er seinen Vortrag beendet hatte, dachte sie eine Weile nach. Dann stand sie auf, räumte das Geschirr ab und kam mit einem Teller voller Früchte und Käse zurück. Ehe sie sich wieder setzte, brachte sie noch eine prächtig

293

aussehende Apfeltarte mit Zuckerglasur und für Arthur einen großen Napf voller Sardinen.

»Nun, Peter, da hat wohl neben den Aubanets eine weitere bedeutende Familie hier in der Provence guten Grund, Ihnen dankbar zu sein. Sie sollten verstehen, dass es für Hiesige sehr ungewöhnlich ist, sich helfen zu lassen und Dankesschuld auf sich zu nehmen. Normalerweise dauert es viele Jahre, bis man ein solches Verhältnis einzugehen bereit ist. Ich würde diesen Monsieur Girondou gern einmal persönlich kennenlernen. Er scheint, auf seine Art, wie Sie ein interessanter Mann zu sein.«

Arthur hatte seinen Napf längst geleert, und weil er die Wahrscheinlichkeit, noch mehr zu bekommen, offenbar realistisch einschätzte, verkroch er sich unter den Tisch und legte sich vor ihre Füße. Smith bemerkte, dass sie ihre Schuhe abgestreift und eine Wärmflasche unter den Füßen platziert hatte. Beide, sie und Arthur, genossen diese Anordnung vollauf.

»Sie sind es bestimmt leid, immer wieder von anderen zu hören, dass dies eigentlich nicht Ihr Problem sei. Dass Sie sich mit dieser Sache übernehmen und so weiter und so fort. Ich vermute, dass Sie wie nur wenige wissen, was Sie tun. Trotzdem möchte ich Ihnen herzlich danken für den Beistand, den Sie Marcel Carbot leisten. Was Sie für ihn tun, bedeutet nicht nur mir, sondern auch vielen unserer Gemeinschaft hier einiges.«

»Marcel Carbot ist in Arles ein respektierter Mann, hochdekoriert und bewundert. Er hat seinem Land viele Jahre loyal gedient und war stolz, dass ihm sein Sohn, der im Algerienkrieg fiel, gefolgt ist. Und jetzt wurde Marcel auch noch der Enkel geraubt. Für einen stolzen Mann wie ihn ist das kaum zu ertragen.«

»Trotzdem, Sie könnten auch sagen: Das geht mich alles nichts an. Mich interessiert, warum Sie sich engagieren.«

Smith überlegte, wie er ihr antworten sollte. »Darüber habe ich mich auch schon mit Martine unterhalten; sie kann es vielleicht besser erklären als ich. Es hat wohl was mit Loyalität zu tun. Ein Soldat zu sein bedeutet, Risiken einzugehen. Das gehört dazu. Mancher wird getötet, auch das wird akzeptiert. Was den ganzen Apparat zusammenhält, ist Loyalität. Ohne Vertrauen in die Leute ringsum, oben und unten fällt alles auseinander.« Er nahm einen Schluck Wein zu sich. »Ich halte Loyalität für den höchsten aller Werte. Für den vielleicht einzigen. Dieser junge Mann hatte Anspruch darauf und wurde verraten.«

»Ich glaube, Sie haben Freunde in der Camargue gefunden, eben weil Sie so denken und empfinden. Ich spreche jetzt nicht von den Leuten in der Stadt. Sie ist und war immer ein Bordell, hübscher als die meisten Orte der Umgebung, aber eine Stadt, die sich an Touristen prostituiert. Auf dem Land wird Loyalität hochgeschätzt. Die Bauern mussten sich immer aufeinander verlassen können, besonders hier, wo das Leben alles andere als leicht ist und diese Tugend höher veranschlagt wird als anderenorts. Bullen kann man nicht mit Maschinen großziehen, geschweige denn allein; man braucht die Unterstützung von Nachbarn. Ich weiß, dass Emile und Martine auf gegenseitige Hilfe gesteigerten Wert legen. Ich übrigens auch.«

Smith bedauerte, dass die Mahlzeit ihrem Ende zuging. Er hätte gern länger am Tisch gesessen, seine zukünftigen

295

Aufgaben ausgeblendet und sich mit Madame über erfreulichere Dinge ausgetauscht. Umso mehr freute ihn, dass sie nun vorschlug:

»Das Wetter ist nicht allzu schlecht, wie es scheint. Ich schlage vor, ich räume jetzt den Tisch ab, und wir nutzen die zwei Stunden, die es noch hell ist, für einen kleinen Spaziergang. Ich möchte Ihnen einiges von Trinquetaille zeigen, ein paar entlegene Winkel, die weniger bekannt sind.«

Gegen ihren Willen half er ihr, das Geschirr in die Küche zu bringen, die erstaunlich modern ausgestattet war und über Geräte auf dem neuesten Stand der Technik verfügte. Daneben gab es aber auch sehr alte Töpfe, die an Borden an der Wand hingen. Sie bemerkte sein Erstaunen.

»Viele Errungenschaften unserer Zeit kommen dem Haushalt zugute, Peter, was ich in dem einen oder anderen Fall begrüße. Martine empfiehlt mir immer wieder neue komplizierte Utensilien, vielleicht in der Hoffnung, dass ich mich irgendwann geschlagen gebe. Bislang habe ich ihr diesen Gefallen nicht getan. Etwas Besseres zum Kochen als Kupfertöpfe hat die moderne Technologie noch nicht hervorgebracht. Die meisten Menschen haben es viel zu eilig, sie nehmen sich fürs Kochen so viel Zeit wie fürs Staubsaugen, das möglichst schnell erledigt sein muss.«

Wenig später verließen sie das Haus und steuerten auf das Zentrum der kleinen Stadt zu. Madame Durand bestand darauf, Arthur an der Leine zu führen, der sich gentlemanlike gab und ihr linker Hand auf gleicher Höhe folgte, scheinbar jederzeit gefasst darauf, dass sie stolperte oder gar stürzte. Smith ging, nicht weniger aufmerksam, rechts von ihr. Beide unterschätzten ihre Trittsicherheit.

Sie zogen durch enge Straßen mit Geschäften, alten Häusern und Nachkriegsbauten, über die Madame etliche Geschichten zu erzählen wusste: Wie sich zuerst die Römer hier niedergelassen und Unterkünfte für ausgemusterte Soldaten ihrer provenzalischen Armee gebaut hatten. Dass das Gebiet nordwestlich der Flussbiegung immer sehr viel weniger von Überschwemmungen betroffen gewesen sei als die gegenüberliegende Seite. Sie überquerten die Bahntrasse, die nach der Zerstörung des Pont des Lions im Krieg stillgelegt werden musste und sich kurz hinter der Brücke gabelte; die eine Spur führte nach Lunel in der Nähe von Montpellier, die andere in südliche Richtung nach Saintes-Maries-de-la-Mer. Smith fragte, ob sie die Bombenangriffe damals miterlebt habe.

»Natürlich, ich erinnere mich noch gut daran. Meine Eltern haben hier gewohnt. Ich war ein Teenager und wurde zum Mas des Saintes geschickt, als die Deutschen 1942 von Süden her einmarschierten. Mein Vater war Techniker und hat Landmaschinen gewartet. Die Aubanets gehörten zu seiner Kundschaft. Als es in der Stadt zu gefährlich wurde, kam ich auf ihren Hof, und dort habe ich dann all die Jahre für die Familie gearbeitet. Die Besatzungszeit und die Bombardements sind mir noch lebhaft in Erinnerung.«

Smith hatte sich immer schon für die zwei Jahre der Besetzung Arles durch die Deutschen interessiert. »Wie denken Sie heute darüber? Es muss schlimm für Sie gewesen sein zu sehen, dass Ihre Stadt nicht etwa vom Feind bombardiert wurde, sondern von den Verbündeten.«

Vor einer Parkbank blieb sie stehen und setzte sich, obwohl es ziemlich kalt geworden war. »Ja, es war seltsam und schrecklich. Aber man darf nicht vergessen, dass die Deutschen für viele Franzosen keine Feinde waren, jedenfalls nicht im unmittelbaren Sinn. General Pétain und das Vichy-Regime waren hier im Süden sehr populär. Er hatte Verständnis für die Bauern und deren Bedürfnisse. Unsere sogenannten Verbündeten hatten uns schon früher attackiert und vor Mers-el-Kébir unsere Flotte versenkt. Während der zwei Besatzungsjahre wurde hier niemand von den Deutschen getötet. Entscheidend ist wohl, von welcher Seite man die Sache von damals betrachtet.«

»Die Bombenangriffe auf die Brücken in Arles, denen ein Großteil der Stadt zum Opfer gefallen ist, fanden statt, als sie schon befreit war. Hat Sie das nicht wütend gemacht?«

Sie schüttelte den Kopf und suchte nach Worten. »Nein, wütend waren wir nicht. Traurig vielleicht, aber nicht wütend. Wir alle hatten damit gerechnet, dass die Amerikaner und die Briten irgendwo in der Nähe von Marseille an Land kommen würden. Für die Deutschen gab es nur den Fluchtweg über die Brücken in Arles, Cavaillon und Avignon. Es war klar, dass sie fallen mussten. Die Invasion war erfolgreich, wie Sie wissen, und sie führte zum Ende der deutschen Okkupation von Südfrankreich. Wie gesagt, es war eine traurige Zeit für die Menschen, die so viel verloren haben.«

Smith hielt es für angebracht, das Thema zu wechseln. Es war zu kalt, um in betrübter Stimmung zu bleiben. Vorsichtig half er ihr beim Aufstehen.

»Wir sollten uns nicht mehr allzu lange im Freien aufhalten. Es ist ziemlich kalt und wird bald dunkel.«

»Danke, junger Mann. Ich weiß Ihre Galanterie zu schätzen, auch wenn ich allein auf die Beine komme«, gab sie lächelnd zurück.

»Martine würde mir nicht verzeihen, wenn Sie sich meinetwegen erkälten.«

»Ich glaube, Sie sind einer der ganz wenigen Menschen, denen sie durchaus verzeihen könnte. Wie dem auch sei, Sie müssen sich keine Sorgen machen. Ich kann mich nicht erinnern, mir jemals eine Erkältung zugezogen zu haben.«

Sie setzten ihren Spaziergang fort und schlugen noch einen Bogen bis zur alten Hängebrücke, die sich über Le Petit Rhône in Richtung Fourques spannte.

»Angeln Sie manchmal, Peter?«

»Gelegentlich oder ganz selten, Madame«, antwortete er etwas überrascht.

»Ich angle gern. Sie sollten mich einmal im Sommer zu dieser Stelle begleiten. Wir könnten es mit einem kleinen Picknick verbinden. Es gibt hier riesige Welse, doch die schmecken mir nicht. Barsche sind mir lieber, wenn auch schwer zu fangen. Ich könnte Ihnen noch einiges über Trinquetaille erzählen.«

»Darauf bin ich gespannt. Es wird mir ein Vergnügen sein, Madame. Aber jetzt sollte ich Sie wirklich nach Hause bringen.«

Sie beäugte ihn skeptisch. »Den Weg zurück finde ich allein, Monsieur Smith. Aber ich verstehe, dass Sie mich als britischer Kavalier begleiten möchten, deshalb schließe ich mich Ihnen gern an.«

Zurück in ihrem Haus, fiel es ihm einigermaßen schwer, sich von ihr zu verabschieden. Es war immer noch warm in der Wohnung, als sie frisches Holz im Kamin nachlegte. Gern wäre er geblieben, um sich von der großartigen alten Dame noch mehr von ihrem Leben in den Diensten einer der bedeutendsten Familien der Camargue erzählen zu lassen. Auch bei ihr nahm Loyalität einen sehr hohen Stellenwert ein, und das verband. Sie erlaubte ihm, ihr einen Kuss auf die Wange zu geben, trat dann einen Schritt zurück und schaute ihm ins Gesicht.

»Sie haben jetzt wohl andere Dinge im Kopf, aber ich möchte Sie daran erinnern, dass weder Sie noch Martine jünger werden. Wenn diese unselige Geschichte überstanden ist, würde ich gern hören, dass es Fortschritte gibt, was Sie beide anbelangt.«

Smith und Arthur wandten sich ab. Madame Durands Worte hatten fast wie eine Drohung geklungen, was womöglich auch so gemeint war.

Es war dunkel und sehr kalt, als er zu Hause ankam. Hier brannte kein Feuer, und er fragte sich, ob es noch lohnte, welches zu machen. Stattdessen gestattete er sich den Luxus, mit einem guten Buch früh zu Bett zu gehen. Daran hatte auch Arthur seinen Spaß, denn solange sein Herrchen wach war, durfte der Windhund neben ihm liegen und zu schlafen vorgeben.

Nachdem Smith ihm ein paar Hundekekse vorgesetzt hatte, die Arthur eigentlich nicht mehr brauchte, ging er ins Schlafzimmer, reduzierte sein Whiskydepot und versenkte sich in Plutarchs Lebensgeschichten, ehe er schließlich das Buch weglegte, den Hund aus dem Bett scheuchte und die Augen schloss.

Als ihn Stunden später das Telefon weckte, schien es ihm, als sei er gerade erst eingeschlafen. Über den Umweg eines Satelliten erreichte ihn die Stimme von Deveraux, die ein wenig anders klang als sonst.

»Hier ist was passiert, Boss.«

Smith sagte nichts und wartete auf die Erläuterung.

»Es sind drei Männer aufgekreuzt. Bestens vorbereitet und gut ausgerüstet. Sogar sehr gut.«

»Und?« Smiths Herz hatte einen Schlag ausgesetzt.

»Zwei sind jetzt tot, der dritte ist außer Kraft gesetzt, lebt aber. Noch. Im Haus ist niemand zu Schaden gekommen. Dafür habe ich gesorgt. Vermutlich wissen sie nicht einmal, dass etwas passiert ist.«

Smith beruhigte sich wieder. »Wir sind quitt, Deveraux.«

»Es gab nicht wirklich was auszugleichen, Boss. Sie sind nicht der Einzige, dem Freundschaft was bedeutet.«

Es blieb eine Weile still in der Leitung. Das Thema war beiden ein bisschen peinlich.

»Ihr Lehrling, dieser Jean-Marie, hat sich wacker geschlagen. Er hat den dritten Mann unschädlich gemacht, als er ins Haus eindringen wollte. Ich war in dem Moment anderweitig beschäftigt.«

»Alles in Ordnung mit Ihnen?«

»Ja, hab nur ein paar Kratzer abgekriegt. Nicht der Rede wert.«

»Halten Sie mich nicht zum Narren, Deveraux. Ich will eine Antwort.«

»Sorry, Sir. Treffer der Brust, oben links. Nicht tödlich, aber es blutet. Der Schädel brummt, ich glaube, ich war ein paar Sekunden weg. Und dann wäre da noch ein Einstich im Bein. Bewegen kann ich mich.«

»Und der Dritte, der überlebt hat?«

»Jean-Marie hat ihn im Stall eingesperrt. Ich konnte ihn im letzten Moment davon abhalten, Gulasch aus ihm zu machen.«

»Wie lange hat die Aktion gedauert?«

»Ungefähr sechs Minuten, plus minus.«

Himmel, dachte Smith und versuchte, sich das Feuergefecht vorzustellen.

»Gehen Sie ins Haus und sorgen Sie dafür, dass Ihre Verletzungen behandelt werden. Martine weiß von Ihnen. Ich werde mich mit Jean-Marie in Verbindung setzen und Verstärkung kommen lassen. Nicht dass Sie die Leute abknallen, die gleich auftauchen. Ich bin in zwanzig Minuten zur Stelle.«

»Oh, noch was, Boss.«

»Ja?«

»Bevor die drei Typen gekommen sind, ist Suzanne weggefahren. In einem schwarzen Citroën. Sie hatte es sehr eilig. Ich weiß nicht, wohin. Das Tor war aber geöffnet.«

»Wie lange ist das her?«

»Fünfundvierzig Minuten vielleicht, höchstens. Tut mir leid, dass ich nicht früher anrufen konnte. Ich war verhindert. Übrigens, bevor sie fuhr, hat sie einen dieser mysteriösen Anrufe erhalten.«

Einer der vielen, allesamt schlimmen Gedanken, die Smith fast gleichzeitig durch den Kopf gingen, ließ ihn unwillkürlich zusammenfahren.

»Ich komme doch erst in einer Dreiviertelstunde. Und

jetzt lassen Sie sich gefälligst verarzten. Wir bleiben in Kontakt. Ich glaube nicht, dass sie noch einmal kommen. Sie haben mit Ihnen nicht gerechnet und werden keinen Plan B in der Tasche haben. Aber wer weiß?«

Nachdem Smith die Verbindung abgebrochen hatte, blieb er noch ein paar Sekunden reglos sitzen. Er musste sich sammeln. Er war jetzt für die Planung und Koordination zuständig und hatte es mit einem Gegner zu tun, der blitzschnell zuschlug, ohne sich um Details zu kümmern.

Er wählte Martines Nummer. Sie antwortete ruhig und fragend. Smith war mit dem Herzen ganz bei ihr.

»Möchtest du mir nicht sagen, was da vor sich geht, Peter?«

»Bitte bleib ruhig, Liebste. Es wird gleich ein Mann namens Deveraux zu euch ins Haus kommen. Du erkennst ihn daran, dass er eine Kugel in der Schulter, eine Messerwunde am Bein und eine Beule am Kopf hat. Verarzte ihn bitte. Sei freundlich zu ihm, denn er ist der Grund, warum ihr, du und dein Vater, noch lebt. Möglich, dass er euch den Teppich versaut. Wenn du ihn wieder zusammengeflickt hast, bitte ihn doch, Klavier für dich zu spielen. Du wirst überrascht sein. Ich bin in einer Stunde bei euch.«

»Peter«, beeilte sie sich zu sagen, wie aus Angst, er könnte den Anruf beenden. »Vielleicht interessiert es dich zu erfahren ...«

»Ich weiß schon Bescheid. Suzanne ist abgefahren. Dumme Kuh.« Damit brach er die Verbindung ab und rief sofort Jean-Marie an. »Wie geht es ihm, ich meine, unserem Gast?«

»Nicht besonders, Monsieur, aber er lebt noch. Ich glaube, er weiß jetzt, dass ich keine *flics* mag.«

Smith verzog das Gesicht. Selbst einem mit allen Wassern gewaschenen Kommandosoldaten musste ein junger, wütender *vaquero* aus der Camargue mit einer Pistole in der Hand wie ein Wesen von einem anderen Stern vorkommen.

»Jean-Marie. Sie haben einen guten Job gemacht. Ich danke Ihnen. Auch die Familie ist Ihnen dankbar.«

»Zur Familie zählen wir beide jetzt doch auch, Monsieur. Die einzige Person, der das noch nicht klar ist, scheinen Sie zu sein.«

Smith ließ den vorlauten Einwurf unkommentiert, zumal er ihm mehr schmeichelte, als er sich eingestehen mochte. »Sorgen Sie dafür, dass er uns noch eine Weile erhalten bleibt, Jean-Marie.«

»Für wie lange, Monsieur?«

Es gab einen Laut, der sich wie ein gezielter Tritt zwischen die Beine anhörte. Ein unmittelbar darauffolgendes Ächzen bestätigte, dass der Mann noch atmete.

»Ich muss mit ihm reden, Jean-Marie. Es ist äußerst wichtig.«

»Kann ich mir denken, Monsieur. Ich werde ihm die Zunge schon nicht rausreißen. So gern ich es auch täte.«

Smith musste unwillkürlich grinsen. Dieser junge Mann hatte sich in dem Jahr, das er ihn nun kannte, richtig gut gemacht. »Wir sehen uns in knapp einer Stunde.«

»Lassen Sie sich Zeit, Monsieur. Unser Gast wartet.«

»*D'accord*, Jean-Marie. Organisieren Sie die Bewachung des Hauses – fünf Männer, wie besprochen – und rühren

Sie sich nicht vom Fleck. In spätestens dreißig Minuten werden schwere Jungs aus Marseille eintreffen. In Zivil. Bitte nicht schießen. Sie sind auf unserer Seite.«

»*Bien*. Wer führt das Kommando?«

»Sie natürlich.«

»Prima. Macht mehr Spaß, als Bullen zu treiben.«

»Ist aber gefährlicher.«

»Das zeigt, wie wenig Sie von Bullen verstehen.«

Der junge Mann tat gut daran, die rote Taste seines Telefons zu drücken. Als Nächstes rief Smith Girondou an.

»Es hat einen Überfall auf den Mas des Saintes gegeben. Kleines Kommando, aber gut ausgebildet. Ich brauche zwanzig Männer für den Fall, dass sie es ein zweites Mal versuchen. Sofort. Jean-Marie Chirou, Martines Leibwächter, hat zwar das Sagen, aber sie sollten nach eigenem Dafürhalten handeln. Ich will das Anwesen im Umkreis eines Kilometers bewacht wissen. Anwohner beteiligen sich an der Aktion. Im Stall befindet sich ein gefesselter GIGN-Mann, dem nichts passieren darf. Um den kümmert sich Jean-Marie, wenn ich ihn verhört habe. Niemand darf ins Haus, Alexei. Niemand. Ich komme in einer Stunde mit deinem schwarzen Mercedes an. Die Männer am Tor lassen nur mich rein.«

Girondou verzichtete auf weitere Nachfragen. »*D'accord*«, war seine einzige Entgegnung.

Smith wählte daraufhin Suzannes Nummer, allerdings hegte er kaum Erwartungen. Sie antwortete nicht, nicht einmal eine Verbindung kam zustande. Smiths Stimmung verdüsterte sich noch mehr. Er rief Martine an.

»Ich habe Verstärkung aus Marseille angefordert. Halte

305

deine Nachbarn bitte davon ab, dass sie den Männern mit Mistgabeln begegnen. Sie kommen, um zu helfen. Jean-Marie führt das Kommando.«

Sie schnaubte, wurde aber sofort wieder sachlich. »Dein Freund Deveraux ist so weit wieder in Ordnung. Er hatte nicht nur eine, sondern zwei Kugeln in der Brust.«

»Hatte?«

»Ja, hatte. Bis gleich.«

Diesmal war sie es, die den Anruf beendete. Martine war sich dessen bewusst, dass er Wichtigeres zu tun hatte, als weiter mit ihr zu reden.

Smith ließ sich in seinen Sessel zurückfallen und regte sich nicht. Nach einer Weile atmete er tief durch, stand auf, meldete sich bei Gentry und erstattete Bericht.

»Kann ich irgendetwas tun, Peter?«

»Nein, ich glaube nicht. Die Lage scheint unter Kontrolle zu sein. Deveraux ist medizinisch versorgt worden. Bullen-züchter verstehen sich offenbar darauf, Wunden zu verarz-ten. Unternimm nichts in der Causa Suzanne, bis ich mich wieder melde.«

Am anderen Ende der Verbindung nickte Gentry be-dächtig und hob die Hand von der Armlehne, als würde er seinen Segen erteilen. Beide wussten, was geschehen war, aber einer musste noch die Bestätigung erbringen.

Suzannes Haus lag zu Fuß nur etwa drei Minuten entfernt. Er durchquerte das Altstadtzentrum in Richtung Fluss und folgte ihm, bis er die Trinquetaille-Brücke erreichte, die ganze Zeit voll böser Ahnung, seine Befürchtung bestä-tigt vorzufinden. Es gab keinen wirklichen Grund, warum er das Schlimmste annahm. Es war einfach so. Der Ausdruck »Bauchgefühl« war, wörtlich genommen, eine Fehlbezeichnung; natürlich hatte der Bauch dem Verstand nichts voraus. Etwas anderes zu glauben war völliger Unsinn. Seine Intuition basierte auf Erfahrung und dem Wissen darum, wie bestimmte Dinge im Allgemeinen abliefen – meistens beschissen. Wer überleben wollte, war gut beraten, diesem Scheiß nicht auszuweichen, sondern sicherzustellen, dass andere tiefer drinsteckten als man selbst.

Ihr Haus würde wahrscheinlich unter Beobachtung stehen, aber die Nacht mochte helfen. Tatsächlich war es ihm jedoch egal. Er hatte noch den Schlüssel, und der Hintereingang, durch den er sich vor ein paar Tagen ins Haus geschlichen hatte, befand sich in einer engen Gasse mit hohen Mauern. Für ihn kam es aber nicht in erster Linie darauf an, unbemerkt ins Haus zu gelangen. Im Gegenteil: In Anbetracht dessen, was ihm unausweichlich schien, suchte er in seiner Wut geradezu die Konfrontation, und obwohl er nicht mehr der Jüngste war, konnte er noch ziemlich gut mit seiner kleinen Glock umgehen, die ihm hinter dem Hosenbund im Rücken drückte. Nicht nur ziemlich gut, sondern besser als die meisten. Einen Mord zu rächen, der womöglich gar nicht stattgefunden hatte, war zwar ein etwas seltsames Vorhaben, als Vorstellungsmuster aber so unabweislich wie der Nebel, der sich über ihn gelegt hatte.

Als er die Brücke passierte, wickelte er einen Schal um Mund und Nacken. Das mochte als Tarnung reichen, zumal er weder seinen Gegenspielern noch etwaigen Passanten bekannt war, die dumm genug waren, an einem derart

307

kalten Winterabend spazieren zu gehen. Suzannes Haus lag ganz in der Nähe. Das Labyrinth der engen Gassen nördlich der Rue de la République bot ihm die Möglichkeit, sich von hinten zu nähern und dabei mit großer Wahrscheinlichkeit unbemerkt zu bleiben, jedenfalls bis zu den letzten Schritten. Die Routine gebot ihm, erst einmal Abstand zu halten und zu observieren. Selbst erfahrene Wachposten zeigten sich irgendwann, und wenn überhaupt Männer zugegen waren, konnte es sich nur um solche handeln und nicht um Killer. Letztere verschwendete man nicht für simple Überwachungsaufgaben. Aber all das kümmerte ihn jetzt im Grunde wenig, da immer noch, zumindest theoretisch, die winzige Möglichkeit bestand, dass sich seine Befürchtungen nicht erfüllten. Lange Warterei konnte er sich nicht leisten.

Sie erfüllten sich. Jemand – irgendein Mistkerl, dachte er – hatte ein Teelicht angezündet, ausgerechnet in einem blutroten Glas. Sein flackerndes Licht bestätigte, was er schon in dem Augenblick geahnt hatte, als ihm Deveraux von Suzannes überstürzter Flucht aus dem Mas berichtet hatte. Sie lag nackt mit überkreuzten Beinen auf dem blutdurchtränkten Laken ihres Bettes, ihre Haut schimmerte wächsern. Am Hals klaffte eine Schnittwunde mit trocknendem Blut, die auf den ersten Blick aussah wie der Halsreif, den Kurtisanen zu tragen pflegten. Nicht zum ersten Mal im Laufe der vergangenen Tage spürte er einen unbändigen Furor in sich aufkeimen. Er beugte sich vor und griff ihr vorsichtig zwischen die Schenkel, wo der Körper nach seinem Ableben am langsamsten abkühlte. Er schätzte, dass sie nicht länger als eine halbe Stunde tot war.

Er verließ das Schlafzimmer, ohne noch einmal zurückzublicken. Was er gesehen hatte, würde er wohl nie vergessen und sich ihm als Bild mit dem Gefühl einprägen, dass er an Suzannes Tod mitschuldig war, weil er den Mord an ihr hätte verhindern können und müssen. Wütend und in einer albernen, aber für ihn wichtigen Geste des Trotzes schlug er die Haustür laut krachend hinter sich zu. Die kalte Luft holte ihn in die Wirklichkeit zurück. Er wählte Gentrys Nummer auf dem Satellitentelefon.

»Sie ist tot.«

»Oh«, hauchte Gentry.

Risiken einzugehen war jetzt nicht mehr nötig, und dazu ließ er sich auch nicht hinreißen. Aber es sollte eine sehr lange Nacht werden. Er musste schneller und methodischer vorgehen, als es seine Art war. Trotzdem fuhr er nur mit mäßigem Tempo auf der längst vertrauten Straße Richtung Le Sambuc und Mas des Saintes. Er brauchte Marines klugen Rat und einen frischen Blick auf die Dinge, während er nachdachte und plante. Die Einzelheiten waren ziemlich klar, und im Kopf passten alle Puzzleteile ineinander. Das Endspiel stand bevor, und sein Endspiel hatte zum Ziel, der Gerechtigkeit Genüge zu tun, wenn nötig mit belastbaren Beweisen. Und davon gab es eigentlich genug. Das verschlossene Stahltor vor der Einfahrt des Mas zwang ihn zum Anhalten. Sofort wurde der Wagen von vier schwer bewaffneten Männern umstellt. In einem von ihnen erkannte Smith denjenigen wieder, den er vor wenigen Tagen mit dem Schutz von Girondous Töchtern beauftragt hatte. Smith stieg aus, um den Männern Gelegenheit zu geben, das Innere des Wagens zu inspizieren. Sie nickten sich gegenseitig zu, und das Tor wurde geöffnet. Smith passierte es und hielt noch einmal neben dem Mann an, dessen Bekanntschaft er bereits gemacht hatte.

»Irgendwelche Vorfälle?«

»Nein. Alles ruhig.«

»Wie viele seid ihr?«

»Zwanzig. Die von hier sind insgesamt acht.«

Smith lächelte so freundlich, wie es ihm möglich war. »Keine Sorge. Die sind in Ordnung.«

»Das bezweifle ich. Es sind Bauern.« Seine Stimme klang verächtlich und furchtsam zugleich.

Als Smith den Innenhof erreichte, eilte Jean-Marie herbei und öffnete ihm die Tür.

»Es hat keine weiteren Probleme gegeben. Die Familie ist in Sicherheit, und Ihr Freund wurde verarztet.«

»Und unser Gast?«

»Ist noch im Stall. Zwei Typen aus der Stadt passen auf ihn auf. So was können die ja.« Auch er hatte nichts als Verachtung für die Fremden übrig.

Wieder musste Smith grinsen. Die Feindschaft zwischen der Unterwelt Marseilles und den Bauern der Camargue reichte bis in die Zeit der Römer zurück. Daran hatte sich nur wenig geändert.

»Wir müssen uns zusammensetzen, und dann erzählen Sie mir, was passiert ist. Aber jetzt habe ich anderes zu tun. Ich schaue kurz bei Madame und Monsieur vorbei. In fünf Minuten treffen wir uns im Stall. Übrigens, sind Sie zufrieden damit, wie es hier abläuft?«

Jean-Marie straffte die Schultern. »Ja, bin ich. Ich mache

noch einen kleinen Rundgang, bevor ich in den Stall gehe. Die Schlägertypen gefallen mir zwar nicht, aber ich verstehe, warum sie hier sind. Würde mich freuen, wenn Sie mir von Ihrem Freund erzählen. Ein bemerkenswerter Mann, in vielerlei Hinsicht. Ohne ihn wären wir jetzt alle tot.«

Smith legte dem jungen Mann eine Hand auf die Schulter.

»Ohne ihn und Sie, Jean-Marie.«

Kaum dass er zur Tür hineingetreten war, sah er sich mit Schwierigkeiten konfrontiert, und zwar mit solchen, die ihm Kopfzerbrechen bereiteten. Ein verlegener Deveraux saß in einem der großen Lehnsessel vor einem prasselnden Kaminfeuer. Er trug geliehene Kleider: Hemd, Pullover, Cordhose. Smith fand, dass er darin aussah wie ein Immobilienmakler der übleren Sorte. Emile Aubanet saß neben ihm und versuchte erfolglos, so zu tun, als sei er in die Lektüre seiner Zeitung vertieft. Martine hatte auf dem Sofa Platz genommen, das die Außenseite der Sitzgruppe bildete. Sie blickte düster drein.

Sie ergriff als Erste das Wort und klang ziemlich gereizt.

»Derek wird noch eine Weile im Haus bleiben müssen. In seinem Zustand kann er auf keinen Fall draußen in der Kälte schlafen wie irgendein Penner.«

Smith wusste, dass Deveraux schon unter sehr viel widrigeren Umständen im Freien kampiert hatte, ließ aber Martines Einlassung unkommentiert. Widerspruch anzumelden wäre jetzt unpassend gewesen. Nur eine Frage erlaubte er sich: »Derek?«

Er kannte Deveraux seit nunmehr zwanzig Jahren, hatte aber noch nie seinen Vornamen gehört. Deveraux war sichtlich betreten.

»Ja, Sir, das bin ich.«

»Derek Deveraux. Na ja, warum nicht? Alles in Ordnung mit Ihnen?«

»Ja, Sir.«

»Hören Sie gefälligst auf damit, Deveraux.«

»Ja, Sir. Verzeihung, Sir.«

Weil ihm der Wortwechsel zu albern wurde, wandte sich Smith an Martine. »Wir müssen reden.«

Sie nickte, was in diesem Moment und insbesondere bei ihr irgendwie schulmädchenhaft aussah. »Finde ich auch.«

Die Stimmung rutschte noch weiter in den Keller, und Smith riss langsam der Geduldsfaden.

Deveraux mühte sich aus seinem Sessel auf. »Ich würde mich jetzt gern ein wenig ausruhen.«

Martine war noch nicht fertig. »Sie sollten sich aber vielleicht anhören, was wir zu besprechen haben, Derek.«

Deveraux lächelte. »Mit Verlaub, Madame Aubanet, dazu habe ich keine Lust. Es geht mich auch nichts an.« Er wandte sich an Smith. »Ist draußen alles okay?«

»Ich glaube, ja. Legen Sie sich hin. Ich komme später zu Ihnen und bringe Sie auf den neuesten Stand.«

»Soll ich mich nicht lieber mit unserem Freund im Stall befassen?«

»Wären Sie dazu denn in der Lage?«

Deveraux runzelte die Stirn. »Durchaus. Wenn mir Jean-Marie zur Seite steht ... Was wollen Sie von dem Kerl wissen?«

»Wo und wann die nächste Phase stattfinden soll. Möglichst auch, bei wem die Fäden zusammenlaufen und wie viele an der Sache beteiligt sind. Seit dem Kidnapping und den Ereignissen von heute dürfte die Anzahl der Mitstreiter deutlich reduziert sein. Er wird wahrscheinlich keine Ahnung haben, aber fragen kann man ja mal. Er ist Teil einer kleinen Gruppe. Da spricht sich einiges rum.«

Deveraux nickte.

»Brauchen Sie ihn später noch?«

Smith schüttelte den Kopf. Fast hätte er Deveraux aufgefordert, die Leichen der beiden anderen zu durchsuchen, sah aber selbst ein, dass das wohl nicht nötig war.

Deveraux wandte sich der Tür zu.

Martine hatte noch nicht aufgegeben. Sie war aufgestanden und ignorierte den warnenden Blick ihres Vaters.

»Er sollte sich jetzt wirklich ausruhen.«

Deveraux schien durch die Tür nach draußen zu sprinten, denn er ahnte, was nun anstand.

Smith knöpfte sich die schöne Frau vor. Er kochte vor Wut. »Setz dich, Martine, und hör mir zu. Vor wenigen Stunden sind drei Männer der GIGN, der vielleicht besten Anti-Terror-Einheit der Welt, auf euer Anwesen eingedrungen. Sie wollten mich töten – und wahrscheinlich auch dich und deinen Vater. Sie wurden von dem Mann aufgehalten, an dem du anscheinend einen Narren gefressen hast, sowie von deinem Leibwächter. Die Angreifer, sogenannte Polizisten, sind Teil einer Gruppe, die dabei hilft, waffenfähiges Plutonium außer Landes zu schaffen, mit dem eine Bombe gebaut werden soll, die ganz Paris und Umgebung pulverisieren könnte. Die Hälfte der Bestellung

313

ist schon ausgeliefert worden. Bei der Übergabe wurde unter anderem der Sohn einer hiesigen Familie getötet, der eine Frau und zwei kleine Kinder hinterlässt. Deshalb habe ich mich, wie du weißt, eingeschaltet. Du solltest auch wissen, dass vor einer Stunde ein anderes Mitglied dieser feinen Truppe deiner Cousine den hübschen Hals aufgeschlitzt und sie auf ihrem weißen Satinlaken hat ausbluten lassen.«

Martine schnappte nach Luft und erstarrte. Smith fuhr unbarmherzig fort.

»Momentan lässt sich noch darüber streiten, ob sie Teil der Verschwörung war oder einfach nur im Weg stand. Jedenfalls scheint sie der Bande bedrohlich nahegekommen zu sein. Es sieht alles danach aus, dass sie mit deren Anführer in regelmäßigem Kontakt stand und von dem bevorstehenden Überfall auf den Mas wusste. Deshalb hat sie sich so schnell aus dem Staub gemacht. Denkbar wäre auch, dass sie das eigentliche Anschlagsziel gewesen ist und uns nur mittelbar Gefahr drohte.«

Emile Aubanet nickte und setzte eine Miene auf, die wohl bedeuten sollte, dass er seiner Nichte selig ohnehin nicht über den Weg getraut hatte.

»Vieles spricht dafür, dass es mit dem Spuk bald vorbei ist«, fuhr Smith fort. »Ich werde dafür sorgen, dass sich geeignete Instanzen der Verschwörer annehmen. Derweil regele ich, was ich als meinen Beitrag verstehe, nämlich den Mord an einem jungen Familienvater aus der Camargue zu sühnen, der von seinen eigenen Leuten verraten wurde. Das bedeutet mir viel. Also hör bitte auf, selbstgerecht Ratschläge zu erteilen, und entscheide, auf wessen Seite du stehst.«

Es war einer jener Vorträge, bei denen sich der Redner immer mehr in Rage brachte. In einem kurzen Moment der Hellsicht sah er all seine Pläne für einen besinnlichen Ruhestand über den Haufen geworfen und sich dieser Familie einverleibt. Er sah seine Vergangenheit wieder lebendig werden und sich in eine Rolle zurückschlüpfen, von der er gehofft hatte, sie endgültig abgelegt zu haben. All das und noch mehr ging ihm durch den Kopf, als er sprach. Zuvörderst aber galt es, einen Auftrag zu erledigen; anschließend würde er weitersehen. Jetzt musste er das Weite suchen und sich auf das Endspiel vorbereiten.

Ohne ein weiteres Wort machte er sich auf, beklommenes Schweigen begleitete ihn auf dem Weg nach draußen. Schnell ging er über den Hof auf den Stall zu, der die andere Längsseite des hufeisenförmig angelegten Gebäudeensembles bildete. Deveraux kam ihm entgegen. Seit ihrem letzten Gespräch waren nicht mehr als fünf Minuten vergangen.

»Er ist noch ein Hänfling, kein GIGN-Mitglied. Das bedeutet ...«

»Ich weiß, was das bedeutet, Deveraux. Was haben Sie in Erfahrung bringen können?«

Er reichte Smith ein Stück Papier und die SIM-Karte eines Handys, was Smith beides einsteckte. »Und die anderen beiden?«

»Volltreffer. Wir hatten Glück.«

»Von wegen. Sie, mein Lieber, waren einfach besser. Wo sind die drei jetzt?«

Deveraux grinste. »Sie können Monsieur Aubanet sagen, dass er fürs Erste seine Schweine nicht mehr zu füttern braucht.«

Smith lief ein kalter Schauer über den Rücken. Er wandte sich seinem alten Peugeot 307 zu, der unter einem Vordach in der Ecke des Gevierts stand. Der Schlüssel steckte im Schloss. Er stieg ein, zog die Tür zu und ließ das Fenster herunter.

»Sagen Sie ihm das selbst. Ich hole jetzt ein wenig Schlaf nach. Wenn irgendetwas ist, rufen Sie mich oder Gentry an. Ach ja, und noch etwas: Die Typen aus Marseille bleiben, bis ich es sage. Besorgen Sie ihnen was zu essen und heißen Kaffee. Und ruhen Sie sich selbst ein bisschen aus. Ich brauche Sie noch in den nächsten ein, zwei Tagen. Und kümmern Sie sich um Madame Aubanet. Es scheint, sie möchte getröstet werden.«

Deveraux zwinkerte mit dem Auge. »Ich dachte, dafür wären Sie zuständig.«

Smith bedachte ihn mit einem strengen Blick. »Noch so ein Spruch, und es geht Ihnen dreckig.«

Deveraux schnaubte und sprang, um nicht auch noch seine Zehen malträtiert zu sehen, vom Wagen weg, als Smith aufs Gaspedal drückte und den Kiesbelag im Hof durchpflügte. Die Wachposten am Tor der Auffahrt beeilten sich, ihm den Weg frei zu machen. Es drängte ihn mit aller Macht zurück nach Arles, zur Arena und in sein Haus.

Während der Fahrt telefonierte er. Zuerst rief er Gentry an und verabredete sich in zwanzig Minuten mit ihm. Dann wählte er Girondous Nummer.

»Danke für die Kavallerie, Alexei. Ich schätze, du kannst sie morgen wieder abziehen.«

»Alles in Ordnung mit dir und der Familie?«

»Ja. Ich bin jetzt auf dem Weg zurück nach Hause und werde ein paar Stunden schlafen. Könntest du bitte für mich ein Treffen mit Messailles morgen Mittag im Hôtel de Paris arrangieren?«

Er hörte seinen Gesprächspartner kichern. »Das wird ihm bestimmt gefallen, *mon ami*.« Girondou schlug einen ernsteren Ton an. »Ich habe von Suzanne Blanchard gehört. Tut mir schrecklich leid. Die Geschichte wird immer schlimmer. François' Leiche ist heute angespült worden, am Ufer vor dem Kanaltunnel de Rove. Mit einer Neun-Millimeter-Kugel im Kopf, und die ist nicht von uns.«

»Ich weiß nicht, ob mich das erleichtert oder erschüttert, Alexei. Ich meine den Tod der beiden. Aber danke für die Information. Damit hat sich die Zahl der Akteure noch weiter reduziert.«

Er ließ es dabei bewenden. Wie Girondou über das Ende seines Bruders dachte, ging ihn nichts an; außerdem hatte er anderes im Kopf. Er legte das Telefon auf den Beifahrersitz und fragte sich nicht zum ersten Mal, aus welchen Quellen Girondou seine Informationen schöpfte.

Gentry befand sich schon im Haus, als Smith eintraf. Arthur sprang freudig vom Sofa, um ihn zu begrüßen. Es schien Smith fast, als kehrte er zur Normalität zurück, halbwegs jedenfalls. Auf dem Tisch standen zwei gefüllte Whiskygläser. Smith reichte dem Freund den Zettel und die SIM-Karte, die Deveraux ihm gegeben hatte.

Gentry nickte anerkennend, holte ein Tablet hervor, setzte die Karte ein und schaltete das Gerät an.

Smith nahm in seinem Sessel Platz und fühlte sich mies. Seine an Martine und ihren Vater gerichteten Worte waren nötig gewesen, aber jetzt plagte ihn ein schlechtes Gewissen.

»Tüchtig, dieser Deveraux«, machte Gentry Smiths Grübeleien ein Ende. »Erstens, seine Einschätzung der Stärke von DuPlessis' Team ist dieselbe wie meine. Anfangs waren nicht mehr als acht Männer im Einsatz. Ich habe Hinweise auf eine interessante kleine GIGN-Operation im Tschad ausgegraben, die vor einem Jahr stattgefunden hat, kurz nachdem DuPlessis befördert wurde. Er und seine achtköpfige Mannschaft verschwanden plötzlich für knapp eine Woche. Als sie wieder auftauchten und Bericht erstatten mussten, hegten manche der GIGN-Oberen starke Zweifel an den vorgetragenen Erklärungen. Aber dem Kommandanten einer solchen Gruppe dreht man ohne stichhaltige Beweise keinen Strick. Es scheint allerdings, dass DuPlessis in absehbarer Zeit aufs Abstellgleis versetzt werden soll.«

In die Wüste sollte man ihn jagen, dachte Smith, sagte aber nichts.

»Das ganze Team ist zurzeit im Urlaub«, fuhr Gentry fort. »Gleiches gilt für weitere dreißig Männer derselben Einheit. Darauf haben sie ganz offiziell Anspruch. Die für uns wichtige Rechnung fängt mit den acht aus DuPlessis' Team an, von denen jetzt nur noch drei übrig geblieben sind.«

»Vier«, korrigierte Smith. »Deveraux glaubt allerdings, dass derjenige, mit dem er sich unterhalten hat, ein Frischling ist. Er brauchte nur fünf Minuten, um an die Informationen zu kommen, die uns jetzt vorliegen. Ich weiß, er ist gut, aber niemand ist so gut, dass er einen von der GIGN ausgebildeten Mann so schnell zum Reden bringt.«

»Na schön, also vier. Eine wichtige Information hat Deveraux mit der SIM-Karte bekommen. Der junge Mann scheint wirklich ein Amateur gewesen zu sein oder zumindest ein Anfänger. Ein Profi trägt sein Handy nicht bei sich, geschweige denn eines, in dem seine Kontakte und Nachrichten gespeichert sind. Wir kennen jetzt Zeit und Ort für das nächste Rendezvous, aber ich bezweifle, dass wir damit etwas anfangen können. DuPlessis wird kurzfristig umplanen. Vielleicht hat er geglaubt, dass die Pleite in La Bouilladisse möglicherweise nur Pech war, aber dass er nun drei weitere Männer verloren hat, wird ihn nervös und hellhörig machen.«

»Wird er die ganze Sache abblasen?«

»Das glaube ich nicht. Er sitzt auf einem Haufen Plutonium. Auch das kann ihm nicht gefallen, obwohl dieser Haufen nicht gefährlicher ist als Marzipan. Nein. Er wird das Zeug loswerden und seinen Lohn einstreichen wollen. Er weiß, dass seine Tage bei der GIGN gezählt sind, und braucht Geld, um abzutauchen. Also wird er sich so genau wie möglich an die Abmachungen halten und sich davor hüten, seine Kundschaft zu verschrecken. Ich schätze allerdings, dass die nächste Lieferung an einem anderen Ort stattfinden wird.«

»Wir wissen also ungefähr wann, aber nicht wo.«

Gentry lächelte wie eine selbstzufriedene Grinsekatze. »Wir werden's aber bald wissen.«

»Was soll das heißen?«

»Angeregt durch deinen Hinweis auf Suzannes spezielles kleines Telefon, das sich nicht anzapfen lässt, habe ich ein wenig Feldforschung betrieben. Nachdem du dich vom

Totenbett der Dame abgewendet und voller Ingrimm, wie man dich kennt, das Haus verlassen hast, habe ich mich am Tatort umgesehen und es mitgenommen.«

»Wie? Totenbett? Haus?«

»Stell dich nicht dümmer, als du bist, alter Knabe. Übrigens, Außeneinsätze sind wahrhaftig nicht so schwer, wie von dir und deinesgleichen immer behauptet.«

Smith runzelte die Stirn. »Darf ich dich vielleicht daran erinnern, dass du im Außendienst nichts zu suchen hast? Überlass das gefälligst anderen, wenn du noch eine Weile leben willst. Aber lass hören, was ist der Grund für deine so dämlich selbstgefällige Miene?«

»Nun, bei dem Telefon handelt es sich um ein brandneues Gerät der Spitzentechnologie mit allem Drum und Dran. Noch interessanter ist, dass es aus Militärbeständen stammt und ausschließlich über Funkkanäle sendet und empfängt, die vom Militär abgeschirmt werden. Ich vermute, dass DuPlessis einen dieser Kanäle für seine linke Tour in Beschlag genommen hat. Ziemlich clever von ihm.« Gentrys Bewunderung schlug sich auch in seiner Stimme nieder.

»Lässt sich so etwas denn vor den anderen Nutzern des Netzwerks geheim halten?«

»O ja. Über diese Satelliten führen Tausende von Kanälen. Ob einer davon missbräuchlich genutzt wird, lässt sich nur mit einem Aufwand ermitteln, den ein vager Verdacht nicht rechtfertigt.«

»Wessen Militärsatellit wurde benutzt?«

»Ah, ich habe mich schon gewundert, dass du nicht sofort danach gefragt hast. Es ist tatsächlich einer der USA.«

»Himmel!«

»Keine voreiligen Schlüsse. Es ist durchaus möglich, dass die da drüben ein Kuckucksei im Nest haben und nichts davon wissen. Nötig ist nur ein Sympathisant an der richtigen Stelle. Wenn der einen Funkkanal für kurze Zeit abzweigt, was nicht allzu schwierig sein dürfte, kommt niemand dahinter.«

»Okay, über mögliche Folgerungen können wir uns später den Kopf zerbrechen. Jetzt will ich wissen: Kannst du dich einloggen?«

»Natürlich. Seit ungefähr einer Stunde zeichnet mein Computer alle auf diesem Kanal geführten Gespräche auf. Über neue Absprachen, was Zeit und Ort der Lieferung betrifft, werde ich zeitgleich mit den eigentlichen Adressaten informiert.«

Smith fühlte sich plötzlich sehr müde. »Na schön. Super Arbeit, Gentry, wie gewöhnlich. Gib mir rechtzeitig Bescheid. Einstweilen brauche ich nur noch eins, bevor ich morgen wieder rausmuss: eine Mütze Schlaf.«

Lächelnd schob ihm Gentry einen USB-Stick und ein Stück Papier über den Tisch. »Das hier erspart dir lange Erklärungen, wenn du morgen mit Messailles zusammentriffst. Anhand der Daten auf dem Stick kann er sich ein Bild von der Geschichte machen. Ohne das Endspiel, versteht sich. Darüber kannst du dich ja, wenn du willst, selbst mit ihm unterhalten. Der Zettel soll für den Fall seine Aufmerksamkeit erregen, dass er einem ausführlichen Gespräch mit dir aus dem Weg zu gehen versucht.«

Gentry stand auf, tätschelte Arthurs Kopf und gab seinem Freund einen Klaps auf die Schulter. Vielleicht war es auch andersherum. Smith war zu müde, um genauer darauf zu achten. Er registrierte nur noch, dass Gentry das Haus verließ.

Eine halbe Stunde später lag Smith in seinem Bett und war dankbar für etwas Ruhe. Arthur hatte sich am Fußende auf dem Boden ausgestreckt. Er döste gerade weg, als es an der Haustür läutete. Gentry konnte es nicht sein, er hatte einen Schlüssel. Arthur bellte nicht. Seltsam. Smith warf sich seinen alten Frotteemantel über und zog seine Glock unter dem Kopfkissen hervor. Er warf einen Blick auf den Monitor, der mit den Bildern einer kleinen Kamera hoch oben an der Kirche auf der anderen Seite des Platzes vor dem Haus gespeist wurde, und eilte die Treppe hinunter, um die Tür zu öffnen.

Martine trat wortlos ein, gab ihm einen Kuss auf die Wange, ergriff seine Hand und führte ihn zurück nach oben ins Schlafzimmer.

16. Letztes Briefing

Colonel Claude Messailles, ohnehin leicht erregbar, hatte einen fulminanten Wutausbruch. Er saß aufrecht an einem der kleinen Tische des ungemütlichen und heruntergekommenen Cafés, das sich recht unbescheiden Hôtel de Paris nannte und in der Nähe der Porte de Laure am Nordrand der Innenstadt befand. Er wartete bereits eine halbe Stunde, und seine Körpertemperatur war derweil in dem Maße angestiegen, wie die des Kaffees abgenommen hatte, der vor ihm stand. Einen Mann wie ihn ließ man eigentlich nicht warten, und der Umstand, dass er in Zivil erschienen war und nicht etwa wie gewöhnlich in seiner – wie er fand – bequemeren Uniform eines Colonel der *Gendarmerie nationale*, trug nicht zu seiner Entspannung bei. Er hatte bereits missgestimmt das Café betreten. So einträglich seine seit nunmehr mehreren Jahren bestehende Geschäftsbeziehung zu Alexei Girondou auch sein mochte, nahm er immer noch Anstoß daran, wenn dieser wie selbstverständlich über seine Zeit verfügte und ihn springen ließ. Dieses Mal hatte er Messailles zu einem Gespräch mit einem ihm völlig fremden Mann beordert, noch dazu in einem derart schäbigen Etablissement. Die wenigen Gäste, mit denen er das Lokal teilte, sahen aus, als würden sie ihm für einen

323

Euro die Kehle durchschneiden – und er wartete auf jemanden, den er nie zuvor gesehen und der offenbar keinen Sinn für Pünktlichkeit hatte.

Zum x-ten Mal warf er einen Blick auf seine Omega Seamaster. Er hatte der Bitte seines Zahlmeisters Folge geleistet, war jetzt aber mit seiner Geduld am Ende angelangt. Es war schließlich nicht seine Schuld, wenn dieser verdammte Typ nicht aufkreuzte. Er warf zwei Euro auf den Tisch, stemmte sich mit beiden Händen an der Tischkante ab und wollte gerade aufstehen, als der Kellner neben ihm auftauchte und einen Cognac servierte. Halb sitzend, halb stehend und das Hinterteil unelegant in der Schwebe, wandte er sich dem Kellner zu, um ihm den Marsch zu blasen. Doch der Kellner machte Messailles mit rollenden Augen und einer Kopfbewegung auf den hinteren Teil des Gastraums aufmerksam. Der Colonel hatte es unterdessen bis in die Vertikale geschafft, folgte der angedeuteten Richtung des Kellners und sah einen Mann in der Ecke sitzen, der ebenfalls einen Cognac in die Höhe hielt und ihm zuprostete. Messailles erinnerte sich, dass dieser Mann, als er das Café betreten hatte, in die Lektüre seiner Zeitung vertieft gewesen war.

Mit dem gerade servierten Glas in der Hand marschierte er auf den Tisch in der Ecke zu. Es verblüffte ihn einigermaßen, dass sich der Fremde höflich von seinem Platz erhob, ihm freundlich zulächelte und die Hand zum Gruß ausstreckte. Automatisch schüttelte er sie, bevor er dazu kam, ein wenig Dampf abzulassen.

»Sie finden es wohl amüsant, mich warten zu lassen, Monsieur.«

324

Smith setzte seine allerfreundlichste Miene auf. »Nein, Monsieur, aber recht informativ. Setzen Sie sich doch bitte.«

Messailles nahm mit dem Rücken zum Gastraum Platz und schien gleich aus der Haut fahren zu wollen.

»Und probieren Sie doch den Cognac«, fuhr Smith fort. »Ich glaube, er wird Ihnen besser schmecken, als man es an einem Ort wie diesem erwarten kann.«

Messailles setzte mit schnaubenden Geräuschen, die Smith eher mit Pferden assoziierte als mit Menschen, das Glas an die Lippen. Und als der Polizist kostete, nahm er, wie Smith zu seinem Vergnügen bemerkte, den Gesichtsausdruck eines Mannes an, der auch von einem Pferd getreten worden zu sein schien.

Smith ersparte ihm die Peinlichkeit zu fragen. »Ein 1886er Moyet.«

Messailles warf staunend einen unverhohlenen Blick über die Schulter auf die verspiegelte Bar.

»Nein. Die Flasche habe ich mitgebracht. Sie wird hier für Notfälle für mich aufbewahrt. Und jetzt haben wir, wie ich vermute, einen solchen Notfall. Aber keine langen Vorreden, kommen wir zur Sache.«

Sein Gesprächspartner nahm wieder Haltung an und verriet immer noch ein gerütteltes Maß an Ärger. »Wer sind Sie überhaupt?«, herrschte er Smith an und bedachte ihn mit Blicken, wie man sie von einem hochdekorierten und sehr wütenden Colonel der *Gendarmerie nationale* durchaus erwarten konnte.

Smith zeigte sich wenig beeindruckt. »Wenn ich mich ausweisen darf …« Smith schob ihm seine zusammengefaltete Zeitung über den Tisch zu, unter der sich ein kleines

Blatt Papier befand. Messailles runzelte die Stirn, nahm es in die Hand und studierte beide Seiten. Dann durchkramte er seine Taschen; es dauerte eine Weile, bis er seine Lesebrille fand. Seine cholerische Gesichtsrötung wich schlagartig einer deutlich blasseren Farbe, als er auf dem Zettel zwei Ziffernreihen sah, die ihm durchaus vertraut waren. Die eine war die Nummer seines Schweizer Bankkontos, die andere sein aktuelles Guthaben darauf. Langsam nahm er die Brille von der Nase und steckte sie mitsamt dem Zettel in die Innentasche seines Jacketts.

»Was kann ich für Sie tun, Monsieur?«

Smith drosselte seine Stimme, sodass sie nur im Bereich des kleinen Tisches zwischen ihnen vernehmlich war und nicht darüber hinaus.

»Ich habe Sie zu einem Briefing einbestellt, Colonel. Diskutiert wird nicht, und ich will auch keine Fragen hören. Nach dieser Sitzung sehen wir uns nie wieder. Mich interessiert nicht im Geringsten, aus welchen Quellen Sie Ihre zusätzlichen Einnahmen schöpfen. Wenn es aber auch nur den leisesten Anschein hat, dass Sie sich für mich oder meine Freunde interessieren, werde ich Ihrem Vorgesetzten in der Rue Saint-Didier ein umfangreiches Dossier zukommen lassen, das Auskunft gibt über Ihre geschäftlichen Beziehungen zu Alexei Girondou und zwei oder drei anderen Kriminellen in Südfrankreich. Nun denn, man hat mir anvertraut, dass Sie ein guter Polizist sind, was immer das heißen mag. Ich werde Ihnen jetzt etwas mitteilen. Wenn Sie so darauf reagieren, wie ich es erwarte, werden Sie Hochverrätern das Handwerk legen und überdies dafür sorgen, dass Sie zum *Directeur général* der Gendarmerie befördert werden, worauf Sie es ja, wie man hört, abgesehen haben.«

Smith sah, dass der aufbrausende Offizier verschwunden war und ihm stattdessen ein Mann gegenübersaß, der ihn eingehend und ruhig, ruhiger als erwartet, beobachtete.

»Sie sind an Ermittlungen beteiligt, die den Tod dreier junger Polizisten der Spezialeinheit RAID aufzuklären versuchen«, fuhr Smith fort. »Oder richtiger sollte ich wohl sagen: Sie sind allenfalls nur noch mittelbar daran beteiligt. Sie haben Madame Blanchard Bericht zu erstatten, die anscheinend direkt dem Präsidenten unterstellt ist. Momentan läuft eine hochbrisante Verschwörung ab, die die Sicherheit Frankreichs bedroht und viele seiner Nachbarn in Gefahr bringt. Ich werde Sie einen kleinen Einblick nehmen lassen und Ihnen Informationen an die Hand geben, mit denen Sie nicht nur einen versumpften Winkel in Ihrer Regierung trockenlegen, sondern womöglich eine Katastrophe verhindern können.«

»Einen kleinen Einblick, Monsieur?«

»Ja. Alles oder fast alles Weitere werden Sie später erfahren. Wann und wie entnehmen Sie bitte den Notizen, die ich für Sie vorbereitet habe. Einen Teil der Geschichte behalte ich für mich. Warum und um was es sich handelt, sollte Sie nichts angehen. Sie würden es wahrscheinlich ohnehin nicht glauben.«

»*Notizen?*«

Smith deckte unter der Zeitung einen kleinen USB-Stick auf, den der Colonel schnell mit seinen Handschuhen bedeckte.

»Warum wenden Sie sich an mich, Monsieur?«

»Weil ich Ihnen vertraue, obwohl oder vielleicht gerade weil Sie Informationen gegen Geld tauschen. Sie sind ehrgeizig genug, um die Daten auf dem Stick zu verwerten, und in einer Position, die eine effektive Nutzung ermöglicht. Wie gesagt, ich habe gehört, dass Sie ein guter Polizist sind. Sie drücken zwar mal ein Auge zu, wenn es um die Machenschaften krimineller Elemente hier im Süden Frankreichs geht, sind aber trotzdem ein Soldat, dem die Interessen seines Landes am Herzen liegen. Ich kann Ihnen versichern, dass Sie in mir einen Gesprächspartner haben, der wie wohl kaum jemand sonst Verständnis hat für Dinge, die anderen völlig unverständlich bleiben. Sie haben Glück. Die meisten würden Sie bei Ihrem Vorgesetzten anzeigen.« Smith schaute seinem Gegenüber in die Augen, bevor er die Bombe platzen ließ.

»Oh, übrigens, Suzanne Blanchard wurde gestern Abend in ihrer Wohnung getötet.«

Messailles war ehrlich verblüfft. »Mein Gott, wer …« Ihm stockte der Atem.

»Das könnten Sie herausfinden, Monsieur. Vielleicht war es am Ende doch nicht so schlecht, von Madame ins Abseits gestellt worden zu sein.«

»Aber sie war doch direkt dem Präsidenten unterstellt.«

Smiths Antwort war nur gehaucht. »Ah, ja. Das war sie.«

Danach war es still.

Smith wartete auf eine weitere Äußerung seines Gegenübers, doch dieser schwieg beharrlich. Messailles war klug genug, keine Fragen zu stellen.

Smith stand auf und schaute auf den Colonel hinab, der jetzt ganz bleich geworden war.

»Adieu. Sie sollten hoffen, dass wir uns nicht mehr wiedersehen.«

Ohne ihm die Hand zum Abschied zu reichen, verließ Smith das Café.

Es kannten nur sehr wenige Leute seine Nummer, daher wusste er sofort, dass Gentry ihn anzurufen versucht hatte. Die Rufnummer war natürlich unterdrückt gewesen und der Versuch schon nach dem ersten Klingelzeichen abgebrochen worden, doch es konnte sich nur um Gentry handeln. Smith verzichtete auf ein Mittagessen und machte sich mit Arthur sofort auf den Weg, an der Arena vorbei und über die leicht abschüssige Straße, die ihn zum Haus seines Freundes führte. Es freute ihn zu sehen, dass Gentry einen kleinen Imbiss für ihn und den Hund zubereitet hatte. Und dass Gentrys Weinbestände sehr viel besser waren als seine eigenen, machte ihm zusätzlich Appetit. Kaum hatten sie sich am Tisch niedergelassen, da kam Gentry schon auf den Punkt.

»Die zweite Auslieferung ist für morgen Nacht geplant.«

Smith runzelte die Stirn. »Derselbe Ort?«

»Fast, nicht weit vom ersten Tatort entfernt.«

Smiths Stirnfalten vertieften sich. »Ziemlich seltsam, findest du nicht auch?«

Gentry zuckte mit den Achseln. »Auf den ersten Blick vielleicht. Aber es wird wohl Gründe dafür geben.«

Smith wartete auf eine Erklärung, obwohl er sich sehr

gut vorstellen konnte, wie besagte Gründe aussehen konnten.

»DuPlessis weiß wahrscheinlich nicht, dass wir ihm auf die Schliche gekommen sind. Die Ursache für die gescheiterte Entführung und den fehlgeschlagenen Anschlag auf den Mas wird er Alexei Girondou zuschreiben. Mag sein, dass François vage auf dich angespielt hat und dass seine Leute dich auf Aubanets Anwesen anzutreffen gehofft haben. Vielleicht waren sie aber auch einfach nur hinter Suzanne her. Wer weiß? Der Überfall wurde auf die Schnelle organisiert und ist gründlich in die Hose gegangen. Nach meinem Dafürhalten ist DuPlessis nicht gerade ein gewiefter Organisator solcher Missionen, und dass er sich hat ablenken lassen, spricht auch nicht für ihn. Jedenfalls wird er beide Schlappen nicht mit Beauduc in Verbindung bringen.«

Smith war mit dieser Erklärung alles andere als glücklich, hielt sich aber mit Kommentaren zurück und ließ den Freund seine Gedanken weiter ausführen.

»Ich vermute, die Sache ist relativ simpel. DuPlessis wird von seinen Auftraggebern an der kurzen Leine gehalten. Wir haben es aller Wahrscheinlichkeit nach mit Terroristen zu tun, und wie die ticken, hat sich immer wieder gezeigt. Wir wissen jetzt, dass die zweite Auslieferung morgen Nacht stattfinden soll. DuPlessis bleibt nicht genug Zeit, Planänderungen mit den Abnehmern zu vereinbaren. Denen wird egal sein, ob es für ihn gefährlich wird oder nicht; Hauptsache, sie bekommen ihre Ware. Das macht es für uns umso leichter.«

Auch diese Worte behagten Smith nicht, was aber nichts zur Sache tat. Sie standen vor einer großen Aufgabe, und sich über Feinheiten den Kopf zu zerbrechen würde sie erst recht nicht leichter machen.

Gentry war ganz in seinem Element. »Was brauchst du für den Job, alter Knabe?«

»Lass dir in Anbetracht unseres Gegners was einfallen.«

»Wir wissen nicht genau, mit wem wir es zu tun haben, aber wir können wohl davon ausgehen, dass DuPlessis wieder eine achtköpfige Mannschaft auf die Beine gestellt hat. Nach meinen Informationen sind aus seinem Team, das im Tschad war, einige ausgeschieden, um neue Jobs anzutreten. Zwei seiner Männer hat er in Bouilladisse verloren, zwei weitere beim Anschlag auf den Mas. Bleiben ihm nur noch vier. Vielleicht kommt noch der ein oder andere dazu. Das Schlauchboot wird mit mindestens dreien besetzt sein, schätze ich: Einer wird sich um die Ware kümmern, während die beiden anderen Wache schieben. Mehr sind nicht nötig, weil sie wahrscheinlich nicht mit Schwierigkeiten rechnen.«

Smith nickte. In wirklich wichtigen Fragen waren er und Gentry sich immer einig.

»Also, was brauchst du, Peter?«

Smith dachte nach. So oder so, der Gegner würde in der Überzahl sein. Er und seine Mitstreiter würden dafür sorgen müssen, dass sie freies Schussfeld hatten.

»Dieser Henk van der Togt, kann er mit einer Langwaffe umgehen?«

Gentry zeigte sich ein wenig überrascht, zumal er die Frage auch als Beleidigung hätte auffassen können. Schließlich hatte er den Mann rekrutiert. »Natürlich. Warum fragst du?«

»Aber wird er sie auch einsetzen? Auf mich macht er einen etwas zimperlichen Eindruck.«

Gentry hob eine Hand. »Ich werde ein paar Worte mit ihm reden und ihm Bescheid geben, wenn du es wünschst.«

»Ich nehme Deveraux mit, das ist sicherer«, wurde Smith ziemlich schroff. »Und auch Henk, wenn es dich glücklich macht. Aber wenn er nicht spurt oder was verbockt, lasse ich ihn tot am Strand zurück. Das sollte er von vornherein wissen. Ich brauche drei Gewehre und alles, was dazugehört. Girondou hat mir seinen Mercedes geliehen, ein AMG. Er steht auf dem Platz vor meinem Haus. Ich brauche das ganze Zeug nicht vor morgen Abend.«

Gentry machte sich Notizen. »Nimm dein Telefon mit. Ich muss dich erreichen können für den Fall, dass am Ende doch noch umdisponiert wird.«

»Na schön. Lass mich wissen, wo und wann.«

Die Flasche war leer, und Smith beschloss, Arthur auszuführen und Gentry mit seinen Vorbereitungen allein zu lassen. Es war beileibe nicht warm, aber vom kristallklaren Himmel strahlte die Sonne wie nur während der schönsten Wintertage in Arles, die einst auch schon van Gogh hingerissen hatten. Das Licht war frei von dem heißen Glast, wie er im Sommer vorherrschte. Alles leuchtete in vollen Farben und mit atemberaubender Klarheit. Er nahm sich vor, den Fluss entlang bis zu der berühmten Brücke zu gehen, die der Maler verewigt hatte. Es war kein weiter Weg, und er würde nach Hause zurückkehren, ohne befahrene Straßen passieren zu müssen. Arthur hatte sein Gefallen daran und hielt aufmerksam und artig Schritt. Als ehemaliger

Rennhund war er daran gewöhnt, selbst lange Strecken an der Leine zu laufen, denn so hatte man ihn schon zu seiner aktiven Zeit in Form gehalten. Das Lederband zwischen ihm und seinem Herrchen hing locker durch und spannte sich nie. Nicht einmal beim Anblick einer Katze fing Arthur an zu zerren. Das wäre unter seiner Würde gewesen. Wurde er aber losgemacht, ging er ab wie eine Rakete. Dann kannte er kein Halten mehr, bis es eine Katze weniger auf der Welt gab. Ein Hase war ihm zwar lieber, aber in der Not fraß der Teufel Fliegen.

Es fiel Smith gar nicht erst ein, einen differenzierten Plan für die übernächste Nacht auszuklügeln. Der Einsatz würde einfach und direkt verlaufen, und Deveraux musste nicht gebrieft werden. Als Smith am neuen Antikenmuseum vorbeikam, schüttelte er zum zigsten Mal den Kopf angesichts des riesigen Tetraeders aus blauem Glas. Das Gebäude hätte eher einer öffentlichen Toilette zu Gesicht gestanden als einem Aufbewahrungsort für die spektakuläre Sammlung, die es darin zu entdecken gab. Der Weg führte ihn um das Museum herum und über die Brücke, die den Canal d'Arles à Bouc überspannte. Auf der anderen Seite kehrte er zum Flussufer zurück. Auf dem Pfad dort hätte er, genügend Zeit und Kraft vorausgesetzt, bis nach Port-Saint-Louis wandern können, wo sich die Rhône nach ihrem achthundert Kilometer langen Lauf von der Quelle in der Schweiz ins Mittelmeer ergießt.

Smith aber hatte anderes im Sinn. Mit Blick auf den nächsten Tag versuchte er, sich eine To-do-Liste zurechtzulegen. Er beschloss gegen seine Art und aus unterschiedlichen Gründen, sowohl Martine als auch Alexei Girondou über das, was nun geschehen sollte, aufzuklären. Außerdem wollte er nachfragen, ob in ihrem und seinem Haus alles in Ordnung war. Nicht alle konnten Gewalterfahrungen, wie sie sich jüngst zugetragen hatten, so schnell verdauen wie er. Also meldete er sich zunächst bei Martine und war wieder einmal berührt zu hören, wie sehr sie sich über seinen Anruf freute.

»Peter, mein Lieber. Wie schön, dass du anrufst. Ich habe gerade an dich gedacht und mich gefragt, was du machst.«

»Oh«, erwiderte er unbekümmert. »Nicht viel. Dies und das, du weißt ja.«

Ihr Lachen schallte durch den Äther. »Das nehme ich dir nicht ab, Peter Smith. Du führst doch wieder was im Schilde, gerade jetzt.«

Er war nicht auf Wortgeplänkel aus, hatte er sie doch angerufen, um ihr unter anderem mitzuteilen, dass er wahrscheinlich mehrere Menschen würde umbringen müssen. Damit war nicht zu scherzen. Also fasste er sich ein Herz und kam zum Wesentlichen.

»Martine, die Lage spitzt sich zu. Ich möchte dir sagen, was geschehen wird, und erklären, warum.«

»Das ist lieb von dir, aber du musst mir nichts erklären. Ich vertraue darauf, dass du das Richtige tust.«

»Du solltest es aber wissen. Ich möchte auch Alexei Bescheid geben. Wie wär's, wenn wir seine Familie heute Abend in Marseille besuchen, vorausgesetzt natürlich, sie haben so spontan Zeit für uns? Ich würde euch dann bei einem Glas Wein über alles Weitere informieren.«

»Gern. Lass mich wissen, wann ich dich abholen soll. Derek wird auf Vater aufpassen, und Jean-Marie kann uns fahren. Das heißt, wir können uns auf der Rückbank lümmeln.«

Er musste wider Willen grinsen. »Ich bin mir nicht sicher, ob das wirklich angemessen wäre im Hinblick auf das, was morgen passieren wird«, erwiderte er aber ganz nüchtern.

Sie reagierte von oben herab.

»Unsinn. Ihr Männer nehmt Schießereien – und darum geht es doch, wenn ich richtig verstehe – viel zu ernst. Du solltest dir lieber Sorgen um Jean-Marie machen, dass er die Straße im Blick behält und nicht ständig in den Rückspiegel schaut. Nicht dass wir im Graben landen.«

Erinnerungen an eine viel zu aufregende Rückfahrt von der Marseiller Oper kamen ihm in den Sinn.

»Du scheinst zu vergessen, dass ich die Tochter eines Landwirts aus der Camargue bin«, setzte Martine nach. »Wir sind aus hartem Holz geschnitzt.«

Damit beendete sie das Gespräch und ließ ihn – nicht zum ersten Mal – ziemlich verblüfft zurück. Danach versuchte er es bei Girondou, der glücklicherweise sofort zu erreichen war und sich über den angekündigten Besuch freute.

»Schön, dass Martine mitkommt. Kommt doch gegen acht. Die Mädchen werden auch da sein. Ihr wärt doch einverstanden, wenn sie mit uns zu Abend essen, oder? Sind ganz verrückt auf ihren Onkel Peter, vor allem nach den jüngsten Ereignissen. Über die unschönen Dinge können wir uns nach dem Essen unterhalten, wenn die Mädchen weg sind.«

Innerhalb weniger Minuten war er gleich zweimal überrascht, wie gelassen andere auf das reagierten, was in Kürze geschehen sollte.

»Alexei erwartet uns um acht«, informierte er Martine im Anschluss.

»Dann bin ich um sieben bei dir«, versprach sie. Er warf einen Blick auf seine Uhr und stellte fest, dass ihm rund zwei Stunden blieben, um nach Hause zurückzukehren, sich zu duschen und umzuziehen.

Er legte einen Schritt zu und passierte wieder die berühmte Brücke, deren Anblick ihn jedes Mal amüsierte. Sie war wie so manch anderer Ort in Arles dem Tourismus zuliebe nach dem Vorbild eines künstlerischen Werks angelegt worden. Von van Goghs Gemälde der Langlois-Brücke existierten wenigstens zehn Versionen. Das Original der Brücke stand wohl weiter unten am Kanal zwischen Arles und Port-de-Bouc. Wo genau, ließ sich nicht mit Sicherheit sagen, da den Kanal insgesamt elf identische Zugbrücken überspannten (van Goghs Auskünften darüber, wo er seine Staffelei aufgestellt hatte, mangelte es an Verlässlichkeit). Sie alle fielen der Zeit zum Opfer und wurden durch prosaische Betonkonstruktionen ersetzt. Diese letzte hölzerne Brücke hatte man 1962 näher zur Stadt hin »rekonstruiert«. Langlois war der Name des Brückenwärters und nicht des Ortes, an dem die Brücke einst gestanden hatte. Van Gogh hatte sie Le Pont de l'Anglais genannt, vermutlich, weil er den Namen des Mannes missverstanden hatte. An dieser Geschichte hatte Smith immer wieder aufs Neue seine Freude.

Es war genau sieben Uhr, als Smith vor das Haus trat, nachdem er Arthur gefüttert, sich geduscht und umgezo-

gen hatte. Fast gleichzeitig fuhr der Range Rover der Aubanets vor, und weniger als eine Minute später waren sie unterwegs in Richtung Autoroute. Martine hatte sich, gleich
nachdem Smith eingestiegen war, an ihn geschmiegt und
seine Hand ergriffen, während der V8-Motor in den Turbo-
modus schaltete und das zusätzliche Gewicht der Panze-
rung spielend leicht wettmachte. Der Wagen klebte in den
Händen von Martines Leibwächter trotz hoher Geschwindigkeit buchstäblich auf der Straße. Jean-Marie hatte sich
zu einem wahren Fahrkünstler entwickelt.

Sie plauderten über die *ferme*, die einjährigen Bullen-
kälber und die bevorstehenden Stierkämpfe zu Ostern.
Mit hoher Geschwindigkeit ging es über die Küsten-
straße auf Fos-sur-Mer zu, und erst als sie durch Martigues fuhren, kam Smith auf das eigentliche Thema zu
sprechen.

»Eine Sache sollten wir noch besprechen, Martine. Ich
weiß, dass eure Leute die ganze Nacht über auf den Stränden der Camargue patrouillieren. Ich weiß nicht, ob du
Alexei darüber in Kenntnis setzen möchtest. Wir sollten
uns also absprechen, bevor wir in Sausset ankommen.«

»Ja, mein Lieber. Natürlich. Wie denkst du darüber?«

»Morgen Nacht wird alles überstanden sein. Ich wäre dir
dankbar, wenn du veranlassen könntest, dass sich morgen
niemand am Strand von Beauduc aufhält. Ich werde dir
und Jean-Marie noch genau erklären, wo die Aktion stattfinden soll. Jedenfalls muss im Umkreis von gut einem Kilometer der Strand geräumt sein. Eure Leute mögen noch so
loyal sein, aber jede Mitwisserschaft ist gefährlich.«

Martine gab mit einem Kopfnicken ihr Einverständnis

zu verstehen, fragte aber trotzdem nach. »Gefährlich für wen, Peter?«

»Für alle, meine Liebe.«

»Und aus welcher Ecke droht die Gefahr?«

Er schaute sie auf eine Weise an, die ihr einen kalten Schauer über den Rücken jagte. »Oh, aus allen möglichen Ecken. Wir sollten das Schicksal nicht herausfordern.«

Sie lehnte sich tiefer in den Sitz zurück. »Ich werde natürlich dafür sorgen, dass sich niemand in der Gegend aufhält.«

»Danke«, erwiderte er.

Im Rückspiegel bemerkte er, dass Jean-Marie etwas sagen wollte.

»Kann ich nicht helfen, Boss? Auch mir liegt was daran. Jean-Claude und ich sind zusammen zur Schule gegangen.«

»Danke, Jean-Marie. Dem Vater des Jungen würde Ihr Angebot gefallen. Aber hier geht es um einen tödlichen Schuss aus fünfhundert Metern Entfernung, bei starkem Wind und mitten in der Nacht, mit einem Gewehr, dass Sie noch nie in der Hand gehalten, geschweige denn benutzt haben. Eines Tages werde ich Ihnen beibringen, wie man damit umgeht. Aber vorläufig haben Sie den Auftrag, Madame und ihren Vater zu schützen. Die Tatsache, dass ich Ihnen vertrauen kann, erleichtert meine Aufgabe, die morgen vor mir liegt.«

Der Fahrer nickte.

Es dauerte nicht lange, und sie bogen in die Einfahrt zu Girondous Anwesen ein. Die Dame und der Herr des Hauses begrüßten sie im Vorhof. Jean-Marie sprang aus dem Wagen und half Martine beim Aussteigen, als Henk wie aus dem Nichts neben Smiths Verschlag auftauchte und die Tür öffnete. Smith wusste nicht, ob Gentry schon Gelegenheit gehabt hatte, den Holländer zu briefen.

Na schön, dachte er, *vielleicht lernt der Junge ja noch dazu.*

Wenig später sah sich Smith von Girondous Töchtern stürmisch umarmt. Deren Zuneigung zu ihrem ohnehin schon adoptierten Lieblingsonkel hatte nach den jüngsten Ereignissen offenbar noch zugenommen, und es kostete ihn nicht unbeträchtliche Mühe, sich möglichst sanft von den beiden zu befreien. Anschließend begrüßte ihn die Hausherrin, zwar etwas zurückhaltender, aber nicht weniger herzlich. Martine und Alexei standen ein wenig abseits und beobachteten die Szene. Bald stellte sich heraus, dass ein wenig umdisponiert worden war und die Mädchen ihre Treffen mit den jeweiligen Herzbuben aufgeschoben hatten, um sich erst den Gästen widmen zu können. Nachdem sie sich eine Weile mit Martine unterhalten hatten, die auf sie allen Anschein nach großen Eindruck machte, verabschiedeten sie sich schließlich von den vier Erwachsenen, die allein am langen und reich beladenen Esstisch zurückblieben.

Für Smith wurde es allmählich Zeit, seinen Spruch aufzusagen. Er hatte sich während seines ausgedehnten Spaziergangs am Vormittag ein paar Worte zurechtgelegt und war entschlossen, seine Rolle in dem bevorstehenden Schauspiel auf ein Minimum zu beschränken. Sein ausschließlich französisches Publikum würde wahrscheinlich über den Diebstahl waffenfähigen Plutoniums anders denken als er – oder auch nicht. Letztlich war es jedenfalls seine Entscheidung. Also erzählte er den Freunden die ganze Geschichte von Anfang an, bis hin zu dem für die morgige Nacht geplanten Finale. Martine kannte das meiste bereits. Alexei und Angèle waren bislang nur bruchstückhaft eingeweiht. Als er fertig war, herrschte Schweigen, und man aß, ohne den köstlichen Speisen und Getränken echte Aufmerksamkeit zu schenken.

Nach einer Weile meldete sich Alexei zu Wort.

»Wie kann ich helfen, Peter?«

Smith war dankbar. Es gab natürlich hundertundeine Frage, die Alexei hätte stellen können, aber er wusste, dass sie allesamt fehl am Platz gewesen wären und Smith nur ungern darauf geantwortet hätte. Zweckdienlichkeit war das Gebot der Stunde.

»Danke, Alexei. Ich würde mich gern mit Henk unterhalten und ihn morgen Abend von dir ausleihen, wenn er mir auf die Fragen, die ich habe, die richtigen Antworten gibt. Ich brauche eine dritte Waffe.«

»Die besorge ich dir natürlich, ist doch klar. Aber brauchst du nicht auch mehr Männer, um mit der Gegenseite wenigstens zahlenmäßig gleichzuziehen?«

»Ach, ich glaube, wir haben genug. Zum einen wissen wir, wo wir in Position zu gehen haben, zum anderen werden sie nicht mit uns rechnen. Ich bin zuversichtlich, dass Deveraux und ich allein klarkommen. Henk wird uns den Rücken freihalten, aber das sage ich ihm natürlich nicht. Wenn ich noch etwas brauche, bist du der Erste, den ich darum bitte. Einstweilen wäre mir damit gedient, wenn du mit deinen Leuten Abstand hieltest. Je geringer die Anzahl derer ist, die morgen Nacht die Aktion am Strand von Beauduc mitbekommen, desto besser.«

340

»Das wär's dann auch, Peter, nicht wahr? Das Ende deines Engagements?«, fragte Martine.

Smith legte ihr seine Hand auf den Arm. »Ja, meine Liebe. Wenn ich getan habe, worum Gentry mich gebeten hat, ist die Sache für mich erledigt. Um nichts anderes geht es mir. Messailles wird hinter mir aufräumen.« Er wandte sich wieder an ihre Gastgeber. »Es tut mir leid wegen François, Alexei. Was er da abzuziehen versucht hat, war extrem dumm. Es scheint, dass DuPlessis ihn umgebracht hat, auch wenn es dafür keine Beweise gibt. Aber auch dafür wird er morgen büßen müssen.«

Girondou sah müde aus. »Er war mein Bruder. Er wollte immer mehr, das wusste ich, aber was er getan hat, ist unverzeihlich.«

Die Kälte, die sich im Zimmer breitmachte, hatte nichts mit den winterlichen Temperaturen zu tun. Smith kam wieder zur Sache.

»So, und jetzt möchte ich mit Henk reden. Danach könnten wir noch ein bisschen mehr von deinem exzellenten Wein verkosten, bevor wir wieder nach Arles zurückkehren. Ich will morgen ausgeschlafen sein.«

Girondou langte nach seinem Telefon. »Wo willst du mit ihm reden?«

»Oh, von mir aus draußen im Hof. Es dauert nicht lange. Ich möchte nur ein paar Dinge klarstellen.«

Girondou stand auf, füllte ein Glas mit Whisky und Wasser und drückte es Smith in die Hand.

»Ich schlage vor, du gehst mit ihm in den Schuppen«, sagte er mit einem etwas frostigen Lächeln.

»Hat Gentry Sie erreicht?«

Der Holländer schüttelte den Kopf. Ihm war merklich unwohl zumute. Die Erinnerung an das, was sich vor Kurzem in diesem Schuppen zugetragen hatte, war noch frisch.

»Nun, das wird er in Kürze versuchen. Ich brauche Sie morgen Nacht für einen Job. Monsieur Girondou weiß Bescheid. Stellen Sie sicher, dass Sie hier ersetzt werden. Von Gentry erfahren Sie alles Weitere. Ich will Ihnen jetzt nur ein paar Fragen stellen. Erstens: Können Sie mit einem Präzisionsgewehr umgehen? Das Ziel wird rund fünfhundert Meter entfernt sein.«

Henk nickte und holte Luft, um etwas zu sagen, aber Smith gebot ihm mit erhobener Hand Einhalt.

»Haben Sie schon einmal jemanden getötet?«

Er ließ sich mit der Antwort Zeit. Sie bestand nur aus einem Kopfschütteln.

»Wären Sie dazu fähig?«

Diesmal schaute Henk seinem Gegenüber direkt in die Augen. »Ja.«

Smith war nicht überzeugt. Ihm waren schon etliche Männer untergekommen, die sich in dieser Hinsicht etwas vorgemacht hatten. Trotz seiner Zweifel wollte er Henk aber beim Wort nehmen.

»*D'accord*. Gentry wird Sie entweder noch heute Abend oder spätestens morgen früh anrufen und briefen. Bis dahin können Sie sich überlegen, ob Sie zu Ihrem Wort stehen. Nach Gentrys Anruf werden Sie entscheiden müssen, ob Sie den Job annehmen oder nicht. Wenn Sie sich dann bei Gentry nicht zurückmelden, wird er davon ausgehen, dass Sie mit von der Partie sind.«

Henk nickte, worauf Smith aufstand und sich entfernte. Vor dem Tor drehte er sich noch einmal um.

»Ihnen sollte Folgendes klar sein, Henk van der Togt: Wenn Sie mitmachen und Mist bauen, werden Sie die Operation nicht überleben. Nehmen Sie Ihre Entscheidung nicht auf die leichte Schulter. Haben wir uns verstanden?«

Wieder nickte der junge Mann, hatte dann aber auch noch eine Frage auf dem Herzen: »Vertrauen Sie überhaupt jemandem, Mr Smith?«

Wortlos verließ Smith den Schuppen und kehrte ins Haus zurück.

Im Wohnzimmer traf er wieder die Töchter an, die die Gesellschaft der älteren Herrschaften der ihrer jungen Freunde offenbar vorzogen. Sie unterhielten sich angeregt mit Martine. Es war ein ganz unverhofftes Ergebnis seiner Freundschaft mit Girondou, dass sich die beiden Familien einander immer weiter annäherten und durch sie eine Verbindung zwischen Marseille und der Camargue wiederbelebt wurde, die über viele Jahre brachgelegen hatte. Die Frauen unterhielten sich über Mode und ließen den Herrn des Hauses mehr oder weniger außen vor, dem nichts anderes als die Zuhörerrolle übrig blieb. Smith freute sich, dass der Themenwechsel die Stimmung gehoben hatte, was für ihn ein weiterer Beweis dafür war, dass manche Dinge einfach nicht beredet, sondern getan sein wollten.

Als ihm Girondou neu einschenkte, fragte er ihn leise: »Alles okay, Alexei?«

Girondou lächelte. »Ja, und das verdanken wir dir, Peter. Ich stehe tief in deiner Schuld.«

Smith wehrte ab, indem er die Hand anhob, und betrachtete die Frauen für eine Weile. Es war sein Freund, der sich schließlich wieder äußerte.

»Wir sind eine glückliche Familie, Peter.«

Smith konnte dem nur zustimmen und dachte noch an Girondous Worte, als er und Martine Abschied nahmen und sich auf den Weg zurück nach Arles machten. Sie schwiegen während der Fahrt, und erst als sie sich der Stadt näherten, riss sie ihn aus seinen Gedanken, indem sie plötzlich seine Hand drückte, die sie seit dem Aufbruch in Sausset-les-Pins gehalten hatte.

»Was genau hast du morgen vor, mein Lieber?«

Er hatte sich immer noch nicht daran gewöhnt, mit »mein Lieber« angesprochen zu werden, einer Wendung, die ein familiäres und enges Vertrauensverhältnis implizierte; denn es war eigentlich nur sein Wunsch gewesen, in ihr eine *compañera*, eine Gesprächspartnerin in freundschaftlicher Verbundenheit sehen zu dürfen. Aber seit den Ereignissen des letzten Jahres und mehr noch nach der vergangenen Montagnacht hatte sich ihr Verhältnis zueinander dramatisch geändert. Es schien ihm, als ob sie einen Plan verfolgte.

»Nicht viel, jedenfalls nicht bis zum Abend. Warum fragst du?«

»Oh«, erwiderte sie gekünstelt naiv. »Ich dachte, wir könnten vielleicht den Tag zusammen auf der *ferme* verbringen. Das Wetter wird gut sein, schön für einen gemeinsamen Ausritt.«

Die Vorstellung gefiel ihm so sehr, dass er in die Falle tappte. »Klingt verlockend, meine Liebe«, sagte er und betonte die letzten beiden Worte ein wenig. »Soll ich Arthur mitbringen?«

»Na klar«, antwortete sie. »Selbstverständlich. Wir könnten ihn gleich mitnehmen.«

Im Rückspiegel sah er Jean-Marie grinsen. Er hatte es offenbar kommen sehen. Kapitulation war die einzige Option.

»Dann machen wir das so.«

Martine verbrachte ihre Nächte mal auf dem Mas, mal in ihrer kleinen Cabane, die gut anderthalb Kilometer vom Gehöft entfernt war. Ursprünglich eine bescheidene, mit Ried gedeckte Hirtenhütte, hatte Martine sie zu einem sehr komfortablen Zweitwohnsitz umbauen lassen. Dort setzte sie Jean-Marie schließlich ab, nachdem sie in Smiths Haus an der Place de la Major ein paar Sachen eingepackt und einen überglücklichen Arthur abgeholt hatten.

»Bestellen Sie Deveraux bitte, dass ich mich morgen früh mit ihm treffen will«, gab er dem Chauffeur mit auf den Weg.

»Werde ich ausrichten, Monsieur. Nach dem Frühstück, nehme ich an.«

Ohne auf eine Antwort zu warten, fuhr er davon und wirbelte unnötigerweise eine riesige Staubwolke auf.

Smith blickte ihm mit gerunzelten Brauen nach. »Der Junge wird, wie mir scheint, ein bisschen vorlaut«, knurrte er, als Martine ihn in die Cabane führte.

17. Endspiel

Falls es Emile Aubanet wurmte, dass sein ruhiges Frühstücksritual nun schon zum zweiten Mal in dieser Woche gestört wurde, ließ er es sich nicht anmerken. Nicht genug, dass er überraschenderweise Smith wieder mit am Tisch vorfand; zu seinen Füßen hatte sich zudem ein zwar geduldiger, aber erwartungsvoller Greyhound gebettet. Und es schien für ihn das Natürlichste von der Welt zu sein. Die beiden waren in kurzer Zeit seine festen Freunde geworden. Dabei zeigte sich Arthur sehr viel weniger zurückhaltend als sein Herrchen. In regelmäßigen Abständen fanden kleine Croissant-Stückchen den Weg in sein Maul. Deveraux, der nach den jüngsten Ereignissen Dauergast im Haus war, komplettierte die Frühstücksrunde und nutzte die Gelegenheit, sein ausgezeichnetes Französisch anzuwenden. Er schien sich mit der Gastgeberin bestens zu verstehen, was Smith einigermaßen gegen den Strich ging.

Bald wurde die Tafel aufgelöst, und Smith und Deveraux vertraten sich draußen die Beine, während Emile und seine Tochter die anstehenden Aufgaben auf der *ferme* besprachen. Arthur vertilgte noch einige Reste des Frühstücks.

»Die Operation findet in der kommenden Nacht statt.

Gentry wird Sie briefen, falls er das nicht schon getan hat. Übrigens kommt Henk mit uns.«

Deveraux schien überrascht. »Brauchen wir ihn denn?«

»Wenn wir nur fünf oder sechs Männern gegenüberstehen, können wir allein mit ihnen fertigwerden. Wir haben es früher schon mit ganz anderen Größenordnungen zu tun gehabt. Aber wie viele es tatsächlich sein werden, wissen wir nicht. Ich will nicht, dass sich die ganze Sache zu einem größeren Feuergefecht auswächst. Der Strand müsste leer sein. Zumindest habe ich das zu veranlassen versucht. Aber wer weiß, vielleicht gibt es irgendeinen Idioten, der um zwei Uhr nachts mitten im Winter Vögel beobachten will.«

»Ich dachte, Sie hätten Bedenken, was diesen Henk betrifft.«

»Habe ich auch, aber laut Gentry ist er okay. Henk beteuert, er könne mit einem Präzisionsgewehr umgehen, und ich vermute, dass er entsprechend ausgebildet worden ist. Wir werden sehen. Ich habe ihm jedenfalls eingeschärft, dass er zu denen zählen wird, die diese Nacht nicht überleben, wenn er Mist baut.«

Deveraux kicherte. »Das macht wirklich Mut.«

»Wie gesagt, es könnte sein, dass wir es nicht nur mit einer Handvoll Schmugglern zu tun haben, sondern mit einem stärkeren Trupp, und in dem Fall brauchen wir ihn. Ich werde auf DuPlessis und denjenigen anlegen, der im Boot am Ruder sitzt. Sie und Henk flankieren mich; er auf der rechten, Sie auf der linken Seite. Wir beide müssen darauf gefasst sein, dass er danebenschießt. Immerhin be-

348

trägt der Abstand zu unseren Zielen an die fünfhundert Meter. Wir liegen auf einer kleinen Düne im Gras und sind ohne Deckung. Es ist Vollmond, und es geht wahrscheinlich ein starker Wind, der aber vom Land kommt und kein Problem sein sollte. Sobald erreicht ist, wofür wir angetreten sind, lassen wir alles stehen und liegen und verschwinden. Messailles und seine Leute werden innerhalb einer Stunde zur Stelle sein und hinter uns aufräumen.«

»Soll jemand am Leben bleiben, damit er Messailles Rede und Antwort stehen kann?«

»Nein. Wir ziehen die sauberste Lösung durch.«

Smith hielt einen Moment inne. Die beiden hatten schon so oft kooperiert, dass es eigentlich keine Fragen mehr gab. Nachdem sie einen Termin für ihr nächstes Treffen verabredet hatten, kehrten sie ins Haus zurück.

Den Rest des Vormittags verbrachten Smith und Martine mit einem Ausritt. Sie genossen es, sich Seite an Seite zu bewegen, ohne viele Worte zu machen. Es war kalt und windig, aber wieder einmal kaum eine Wolke am Himmel. Zu dieser Jahreszeit gab es nur wenig Wild zu sehen. Einige Raubvögel kreisten hoch über ihnen, und hier und da flatterte eine Schnepfe aus den Büschen. Die meisten Wasservögel hielten sich im Schilf versteckt. Manchmal hörten sie im Vorbeireiten, wie eine Ratte oder ein Otter ins Wasser platschte. Die Wiesen und Weiden lagen zum größten Teil brach; nur an wenigen Stellen waren kleine Gruppen von Bullen zu sehen, Emile Aubanets Stolz und Freude. Auch heute zeichneten sich in der klaren Luft Farben und Konturen in aller Deutlichkeit ab. Arthur hatte es aufgegeben, herumzustreunen und Beute aufzutreiben, und trottete friedlich und zuversichtlich, dass es bald wieder etwas zu fressen geben würde, neben ihnen her.

Sie hatten nicht vergessen, was in der kommenden Nacht bevorstand, aber für ein, zwei Stunden gelang es ihnen, die Gedanken daran mehr oder weniger auszublenden. Erst als sie zu Mittag gegessen hatten und vor Martines Cabane auf der Veranda saßen, kamen sie wieder darauf zu sprechen. In dicken Mänteln vor der Kälte geschützt, die noch zugenommen hatte, ließen sie die spektakuläre Aussicht über die Lagune unter der schon niedrig stehenden Sonne auf sich wirken. Etliche Flamingos und viele andere Arten von Wasservögeln überwinterten in den Sümpfen. Wie vor fast allen Hütten in dieser Gegend standen auch hier auf der Wetterseite der Cabane hohe Pappeln, die Schutz vor dem Nordwind bieten sollten. Seit Tagen wehte der Wind wieder aus dieser Richtung und drohte sich zu einem heftigen Mistral auszuwachsen. Ähnlich wie vor gut einer Woche in der Nacht am Strand von Beauduc. Smith sollte es recht sein.

»Heute Nacht wird also ein Schlussstrich gezogen?«, fragte sie leise.

Er nickte.

»Gut. Dann kann Marcel wohl endlich zur Ruhe kommen.«

Sie streckte den Arm aus, ergriff seine Hand und hielt sie fest, bis es dunkel geworden war.

Smith war zum ersten Mal selbst an diesem Ort und empfand ein nahezu grimmiges Behagen. Die Nacht war genauso wie zum Zeitpunkt der Ereignisse, mit denen alles angefangen hatte: kalt und stürmisch. Der Himmel war voller Wolkenfetzen, die über ihn, der bäuchlings im Sand lag, hinwegrasten. Er wusste, wie er der Kälte, dem Wind und der Feuchtigkeit standhalten konnte. Die Einbildungskraft war zu bemerkenswerten Leistungen in der Lage. Er stellte sich vor, wie der junge Mann an einer ähnlichen Stelle desselben Strandes, nur ein bisschen weiter im Osten, gelegen hatte. Der Übergabeort war tatsächlich nur geringfügig verschoben worden. Wahrscheinlich hatte Jean-Claude an sein warmes, gemütliches Zuhause gedacht, um sich von den Widrigkeiten seiner Lage abzulenken. Er war noch jung gewesen und hatte es nicht besser gewusst; Smith hingegen hatte die Erfahrung gemacht, dass ihn Widrigkeiten und Schmerzen wach und fokussiert hielten. Wenn es sich so abgespielt hatte und der junge Polizist seinen Empfindungen mehr Aufmerksamkeit geschenkt hätte, statt sie zu ignorieren, wäre er von den Killern womöglich nicht überrascht worden und noch am Leben.

Rechts und links von ihm lagen im Abstand von ungefähr fünfzig Metern Deveraux und Henk. Alle drei waren mit G22-Scharfschützengewehren bewaffnet. Ursprünglich für die britischen Streitkräfte in Afghanistan entwickelt, waren sie die vielleicht besten Präzisionsgewehre vom Kaliber .338 überhaupt. Auf eine Entfernung bis zu tausend Metern lag die Trefferwahrscheinlichkeit bei achtzig Prozent, selbst unter widrigen Windbedingungen. Das Magazin enthielt fünf FJM-Hohlspitzgeschosse. Smith schätzte, dass die wenigen Schuss reichen sollten, auch wenn Gentry für jede Waffe zwei Extramagazine beschafft hatte. Die Reichweite der Waffe ermöglichte ihnen, in einem Abstand vom Wasserrand in Position zu gehen, den DuPlessis bestimmt nicht erwarten geschweige denn einkalkulieren würde. Wusste der Himmel, woher Gentry die Gewehre auf die Schnelle herbekommen hatte; jedenfalls waren der RAID-Colonel und seine Mitkombattanten schon jetzt so gut wie tot. Alle drei Gewehre waren mit Zielfernrohren und Nachtsichtvorsätzen ausgestattet, aber nicht mit Schalldämpfern. Weit und breit würde kein Zeuge zugegen sein. Sie hätten die Waffen nur unnötig beschwert und daher nicht viel Sinn ergeben.

Smith schaute nach links, ohne den Kopf zu drehen. In einer kleinen Mulde neben ihm lag der alte Mann und hielt mit schwarzen Handschuhen ein Nachtsichtgerät vor die Augen, das aufs Meer gerichtet war. Er und das Fernglas rührten sich nicht. Smith lächelte zufrieden eingedenk dessen langjährigen Ausbildung. Manche Dinge vergaß man nie.

Auf einen plötzlichen Einfall hin hatte Smith ein paar Stunden zuvor an die Tür des kleinen Hauses am Boulevard Emile Combes geklopft, das gleich neben der bröckelnden Mauer des alten Stadtfriedhofs stand. Es war ihm einfach richtig vorgekommen, dem Alten Bescheid zu geben. Er hatte ihm die Tür mit der erwartbar zuversichtlichen Skepsis geöffnet – skeptisch wie alle Arlesianer und zuversichtlich, weil er als Soldat gedient hatte und im Grunde immer noch einer war.

»Monsieur Carbot, mein Name ist Peter Smith. Ich bin ein Freund von David Gentry. Darf ich mich kurz mit Ihnen unterhalten?«

Der alte Mann hatte ihn mit ruhigem Blick gemustert und war dann mit einer schwungvollen Bewegung, die sein hohes Alter Lügen strafte, zurückgetreten, um Smith in seine dunkle Wohnung zu bitten. Gleich hinter der Eingangstür befand sich die Küche. Smith nahm neben dem offenen Kamin auf einem Holzstuhl Platz, sah über sich an der Wand mehrere verblasste Fotos, die die Familie in der Stadt und auf dem Land zeigten. Daneben grau-weiße Erinnerungen an junge Männer in Uniform während des Indochinakrieges und in Algerien; zuversichtlich lachend, untergehakt und sichtlich stolz auf ihre Auszeichnungen. Das Bild einer Gruppe von Soldaten auf Fronturlaub. Auch darauf strahlende Gesichter. Zu beiden Seiten der Feuerstelle standen Fotos, auf denen Sohn und Enkel des Alten abgebildet waren. Über die oberen Rahmenecken waren bunte Ordensbänder gespannt; unten rechts jeweils ein einfaches schwarzes Band. Die des Sohnes waren mit der Zeit vergilbt, die neueren Bänder leuchteten frisch. Der alte Mann hatte unter den Bildern seiner toten Angehörigen Platz genommen. Smith schaute ihn an, und die Zweifel, mit denen er gekommen war, zerstreuten sich. Marcel Carbot wartete geduldig darauf, dass Smith das Gespräch eröffnete.

»Monsieur. Mein Freund David Gentry hat mich gebeten herauszufinden, warum und unter welchen Umständen Ihr Enkel getötet wurde. Ich glaube, Sie wissen inzwischen von Monsieur Gentry, was geschehen ist.«

Der alte Mann nickte traurig. »Ja, ich weiß Bescheid.« Seine Stimme klang ton- und leblos. Smith holte tief Luft und fuhr fort.

»Monsieur. Ich bin gekommen, um Ihnen die Gelegenheit zu bieten, ein Unrecht wiedergutzumachen oder eine Rechnung zu begleichen, ganz wie Sie wünschen. Der Mann, der verantwortlich ist für den Tod Ihres Enkels, wird heute Nacht sterben, durch meine Hand. Eine Vollmacht dafür habe ich nicht, und was ich tue, ist alles andere als legal, vielleicht nicht einmal moralisch. Im Gegenteil. Aber das stört mich nicht. Ihr Enkel wurde verraten und ermordet, als er seinem Land diente. Auch ich bin eine Art Soldat gewesen. Kurz und gut, wenn Sie heute Nacht dabei sein wollen, nehme ich Sie mit.«

Der alte Mann lehnte sich auf seinem Stuhl zurück und entspannte sich zum ersten Mal, seit Smith seine Wohnung betreten hatte.

»Ah«, seufzte er und blickte seinem Gast direkt ins Gesicht. »Sie sind also derjenige.«

Es entstand eine längere Pause, bevor er wieder etwas sagte.

»Ich habe Sie schon manchmal mit Ihrem schönen Hund durch die Stadt gehen sehen. Sie sind der Engländer, von dem ich gehört habe. Ein Freund von Emile Aubanet und seiner Tochter. Sie sind auch meine Freunde«, fügte er stolz hinzu.

Smith wusste nicht, was er darauf erwidern sollte, und schwieg vernünftigerweise. Der Alte nahm ihm das Reden ab.

»Wenn Sie sich sicher sind, dass ich Sie bei Ihrem Vorhaben nicht störe, lautet meine Antwort Ja. Ich komme gern mit.«

»Schön«, erwiderte Smith. »Ich hole Sie dann später um zehn Uhr ab.«

Er stand auf, um zu gehen. Es war schon eine Weile her, dass ihm jemand wirklich wehgetan hatte, aber als der Alte seinen Unterarm ergriff, zuckte er zusammen. Es fühlte sich an, als sei er in einen Schraubstock geraten. Carbots Blick war ebenso hart.

»Danke, dass Sie gekommen sind, Monsieur Smith. Sie tun das Richtige.«

Die Zweideutigkeit der Bemerkung entging Smith nicht. Er war versucht, seinen neuen Kameraden vor der Kälte zu warnen und ihn aufzufordern, schwarze Kleidung zu tragen. Aber ein kurzer Blick auf die Wände des düsteren kleinen Raums mit Carbots Bildersammlung erinnerte ihn wieder daran, dass er auf einen solchen Ratschlag getrost verzichten konnte.

Als er um zehn Uhr in Begleitung von Deveraux und Henk zu dem kleinen Haus am Friedhof zurückkehrte, stand Marcel Carbot in schwarzer Kampfmontur abfahrbereit vor seiner Tür, wie für GIGN-Nachteinsätze vorgeschrieben. Eine Nachtsichtbrille baumelte um seinen Hals. Während sie zu viert über die vor lauter Schlaglöchern fast unpassierbar gewordene Stichstraße zum Strand von Beauduc fuhren, erklärte Smith in aller Kürze das Nötigste. Auf seine unausgesprochene Frage antwortete Carbot mit mattem Lächeln und Schulterzucken.

»Ich habe die gleiche Größe wie mein Enkel.«

Smith nickte. Erst als er sich gerade abwenden wollte, fiel ihm ein reflektierender Fleck auf der Brust des Overalls auf. Innerlich nickte Smith anerkennend. Der Alte trug das Blut seines Enkels zurück in den Krieg.

Das Briefing während der Fahrt war überschaubar. Alle

vier wussten, welche Aufgaben sie hatten. Sie rechneten mit vielleicht sechs, allenfalls acht Gegnern. Falls sich das Szenario am Strand wiederholte, würde die Übernahme mithilfe eines elektrisch betriebenen Strandbuggys erfolgen. Der Fahrer – Smith rechnete damit, dass DuPlessis am Steuer des Gefährts sitzen würde – sollte von der günstigsten Position aus ausgeschaltet und exekutiert werden. Der erste Schuss war für die anderen das Signal, ebenfalls in Aktion zu treten.

Jetzt, als sie so in der Dunkelheit im Sand lagen und warteten, war jeder mit seinen Gedanken allein. Für Henk, der bis vor Kurzem einer holländischen Sicherheitsfirma angehört hatte, war ein gut bezahlter Job zu erledigen. Experten, die Geheimnisse bewahren konnten und ihre Auftraggeber zu schützen verstanden, wurden immer nachgefragt. Als Profi war er in höchster Alarmbereitschaft. Es galt, mit einer Langwaffe ein fernes Ziel zu treffen. Nichts im Nahbereich diesmal. Daran musste er sich erst noch gewöhnen. Im Unterschied zu dem jungen Polizisten, der vor gut einer Woche unweit dieser Stelle hinterrücks erschossen worden war, hatte er vorsorglich seine schallgedämpfte Glock 32 griffbereit links von sich abgelegt; seine rechte Hand ruhte kurz vor dem Zweibein seines Präzisionsgewehrs. Die Pistole würde nur im äußersten Notfall zum Einsatz kommen. Er hatte die durch das Nachtsichtgerät grünlich schimmernde Brandung im Blick, gleichzeitig aber seine restlichen Sinne nach hinten gerichtet.

Deveraux war gelassener, weil vertraut mit solchen Situationen. Von Natur aus ein Einzelgänger, hatte er sein ganzes Erwachsenenleben mit Einsätzen dieser Art zugebracht. Er war einer der besten Scharfschützen überhaupt, was er aber niemandem beweisen musste. Er wusste es, und das reichte. Er lag auf dem Rücken, hatte die Augen geschlossen und lauschte in die Stille. Seine Ziele würde er erst ins Visier nehmen, wenn sie auftauchten. Jetzt konzentrierte er sich auf die Rückendeckung seines kleinen Teams, und dazu brauchte er seine Augen nicht. Wie Henk hatte auch er eine Pistole mit Schalldämpfer neben sich liegen.

Etwas weniger entspannt als Deveraux lag Smith im Sand. Immerhin war er inzwischen zuversichtlich, dass der alte Mann an seiner Seite keine Belastung sein würde. Marcel hatte sich seit einer halben Stunde nicht gerührt, sondern starrte ausschließlich auf den leeren Strand. Smith war überzeugt davon, dass es richtig war, ihn mitgenommen zu haben. Es half ihm selbst, seine Wut über den Mord an Marcels Enkel im Zaum zu halten. Allzu häufig hätte Smith ein ähnliches Schicksal ereilen können.

Nachdem sie lange Zeit dort ausgeharrt hatten, nahmen die vier plötzlich und gleichzeitig das dumpfe Summen eines schallgedämpften Außenbordmotors wahr. Bald tauchte das Schlauchboot im begrenzten Blickfeld der Nachtsichtgeräte auf. Der alte Mann entdeckte es als Erster, denn sein Fernglas hatte die größere Brennweite. Leise näherte sich das Boot dem Strand und setzte auf dem Sand auf. Wie schon vor über einer Woche entsprangen ihm vier Männer, die auf beiden Seiten des Bootes in Position gingen. Der fünfte Mann fehlte diesmal. Von links näherte sich – wie in einer exakten Wiederholung der vorhergegangenen Ereignisse – ein Dünenfahrzeug. Es wurde von einer

Person gesteuert. Smith wusste, dass Deveraux sie ins Visier genommen hatte. Der Buggy hielt mitten auf dem Strand an. Smith richtete das Fadenkreuz auf den Kopf des Mannes. Nicht zum ersten Mal erlebte er in einem solchen Moment, wie sich die Zeit scheinbar verlangsamte. Sein Zeigefinger berührte den Abzug. Als er gerade abdrücken wollte, kam ihm ein Gedanke. Nicht er allein hatte zu entscheiden. Er streckte den Arm nach links in Marcels Richtung aus und drehte nach der Art römischer Kaiser die Hand mit aufgerichtetem Daumen hin und her. Die Frage über Leben und Tod beantwortete der Alte, indem er seinerseits mit seinem Daumen nach unten zeigte. Smith drückte ab und spürte das Gewehr zucken, als das neunzehn Gramm schwere Hohlspitzgeschoss explosionsartig durch den Lauf gejagt wurde. Es brauchte für die Distanz von gut fünfhundert Metern weniger als eine halbe Sekunde und schlug ein tennisballgroßes Loch in den Kopf von Colonel Roland DuPlessis. Unmittelbar darauf eröffneten auch Henk und Deveraux das Feuer. Zwei weitere Männer fielen, die beiden anderen Augenblicke später. Durch sein Fernglas sah Smith, dass sich Henks zweite Zielperson noch bewegte und über den Sand robbte. Doch als Deveraux ihr mit einem Fangschuss das Ende machte, sank sie in sich zusammen. Innerhalb weniger Sekunden waren die Rechnung beglichen und ein schweres Verbrechen vereitelt worden.

Die vier Männer blieben vorsichtig und hielten noch fünf Minuten lang ihre jeweilige Position. Dann brachen sie auf und ließen am Strand ein Schlauchboot zurück, das von den Wellen allmählich wieder ins Meer gespült wurde.

Um den Buggy mit seinem toten Fahrer sowie die vier anderen Leichen würden sich später Messailles und seine Männer kümmern. Smith blickte auf in die Nacht und sah, wie die ersten Möwen bei der Aussicht auf eine unverhoffte Mahlzeit im Sand niedersanken.

18. Schluss

Es war noch stockdunkel, Martine aber wartete schon im Haus des alten Mannes auf sie und nahm sie in Empfang. Henk und Deveraux fuhren gleich weiter zum Mas des Saintes, um die Bewachung des Anwesens vorsichtshalber fortzusetzen. Smith fragte gar nicht erst, wie sie ins Haus gekommen war. Im Kamin brannte jedenfalls schon ein Feuer; es war warm in der Küche, und heißer Kaffee stand für sie bereit.

Schweigend setzten sie sich vor den Kamin. Smith bemerkte, dass die Ordensbänder und Rahmen der alten Fotografien entstaubt waren.

Nach einer Weile stand Marcel auf, stellte sich neben Smith und schaute auf ihn herab. Er hatte feuchte Augen und legte ihm eine Hand auf die Schulter.

»Menschen zu töten ist schlimm, junger Mann. Ich vermute, wir haben uns beide schon etliche Male und jeder auf seine Weise schuldig gemacht. Für unsereins ist das Leben schwer und oft gemein, aber wenn wir mit unserem Gewissen halbwegs im Reinen sind, haben wir wenigstens ein bisschen Ruhe im Innern. Gerechtigkeit ist nicht immer das Richtige, noch ist Rache immer falsch. Aber was wir heute getan haben, war in Ordnung. Ich glaube, ich werde endlich wieder schlafen können, und dafür danke ich Ihnen.« Er streckte seine Hand aus.

Smith stand auf, ergriff die Hand des Alten und steckte ihm dabei stillschweigend die lange Patronenhülse zu, in der noch vor einer Stunde das Geschoss gesteckt hatte, mit dem der Mörder seines Enkels ins Vergessen geschickt worden war. Als Smith seine Hand wieder löste, schlossen sich die Finger des Alten darum, sodass die Knöchel weiß anliefen. Es war das letzte Geschenk an einen Soldaten. Mehr konnte Smith nicht tun, und beide wussten es.

»Besuchen Sie mich mal wieder, junger Mann«, sagte Marcel mit kräftiger Stimme und lächelte. »Ich bin mir sicher, Sie können besser Dame spielen als Ihr Freund.«

»Ja«, erwiderte Smith und spürte, dass Martine ihn bei der Hand nahm. Er ließ sich von ihr zur Tür führen. »Bis bald.«

Es hatte sich nicht viel verändert. Die Nacht war ohne Mond, und die Notre-Dame war wieder in ein gespenstisches Licht getaucht. Er hatte die meiste Zeit des Tages in seinem Appartement zugebracht, und gegen Mitternacht waren ihm zum einen die erwartete Nachricht, zum anderen die erhoffte Bestätigung zugetragen worden. Nicht ohne Genugtuung hatte er von den jüngsten Vorfällen am Strand erfahren. Es stellte ihn zufrieden, wenn ihm andere seine Hausaufgaben abnahmen. Noch interessanter war der nächste Anruf gewesen, der ihn davon in Kenntnis setzte, dass Plan B reibungslos aufgegangen war und sein persischer Kunde die zweite Lieferung erhalten hatte. Er selbst war um viele Millionen Dollar reicher geworden, und

seine so sorgfältig gepflegten Geschäftsbeziehungen würden auch in Zukunft Früchte tragen. Er hatte für sich und
seine Freunde einen Vertriebsweg erschlossen, der noch
gute Profite abzuwerfen versprach. Darüber hinaus stand
nun ein Hintertürchen in den Nahen und Mittleren Osten
offen, das nur Frankreich zur Verfügung stand. Er hatte
seine Instruktionen auf den Punkt genau ausgeführt. Der
Élysée-Palast würde zufrieden sein. Mit einem zufriedenen
Seufzer streckte er sich auf seiner Eames-Liege aus, die mit
schwarzem Leder bezogen war, und wartete auf den letzten Anruf in dieser Nacht.

Er kam nicht viel später. Sein Freund erklärte sich zufrieden mit der Lieferung, gratulierte dem Franzosen zu seiner
Voraussicht, mit der er die Übergabe an einem anderen Ort
arrangiert hatte, und versicherte, in wenigen Monaten in
anderer Sache wieder mit ihm in Kontakt zu treten.

Was vor wenigen Stunden am Strand von Beauduc geschehen sei, fügte er noch hinzu, interessiere ihn nicht
weiter. Ähnlich dachte der Franzose, zumal er nichts zu befürchten hatte. Er würde sich nur dann darum kümmern,
wenn es nötig oder einträglich sein sollte. Fürs Erste war es
weder das eine noch das andere.

Es war eine Szene, wie sie sich seit Jahren immer wieder
auf ähnliche Weise abspielte. Gentry hatte Smith zur Nachbesprechung zu sich nach Hause geladen. Schon früh
hatten sie festgestellt, dass sie beide leidenschaftlich gern
Schach spielten, und so nahmen sie jedes Mal zum Abschluss eines Einsatzes – ob erfolgreich oder nicht – an
einem Schachbrett Platz und ließen sich das eine oder

andere Glas Whisky schmecken. Ihr Spiel reflektierte nicht selten Verlauf und Ausgang der vorausgegangenen Operation.

So auch diesmal. Sie saßen sich an Gentrys exquisitem kleinen Sheraton-Schachtisch gegenüber und mühten sich durch eine Partie, die auf ein unbefriedigendes Remis hinauszulaufen schien. Gentry hatte wie gewöhnlich mit dem Königsbauern eröffnet, und auch seine nächsten Züge waren leicht vorhersehbar. Smith konnte mit Schwarz ziemlich gefährlich kontern und für unangenehme Überraschungen sorgen, doch diesmal wollte ihm nichts Besseres als die Berliner Verteidigung einfallen. Sie hielt allerdings noch alle Möglichkeiten offen, insbesondere dann, wenn Weiß mehr Abwechslung ins Spiel brachte. Smith wusste meist mit unorthodoxen Varianten zu reagieren und das Spiel zu beleben. Doch jetzt schien er nicht recht bei der Sache zu sein, und so mäanderte die Partie dahin. Als fünfzehn Züge gespielt waren und die Gläser zum zweiten Mal gefüllt, sagte Gentry endlich, was beide dachten.

»Zu einfach.«

Nach einer längeren Pause nickte Smith langsam. Seine Gedanken waren von den nächsten Zügen weit entfernt. »Ja, in der Tat. Stellt sich die Frage, warum.«

Gentry zuckte mit den Achseln. »Wer weiß? Immerhin ist dein spezieller Anteil daran spurlos im Sand versickert, und dafür bin ich dir dankbar. Du hast erreicht, was du wolltest, und Messailles organisiert den Rest. Wir müssen uns keine weiteren Sorgen darüber machen.«

Doch noch während er sie aussprach, zweifelte er an seinen Worten. Er wusste, dass Smith ungehalten war und sich erst zufriedengeben würde, wenn der Fall wirklich aufgeklärt war. Smith starrte auf das Brett. Die Berliner Verteidigung setzte weniger auf Stellungsgewinne durch einzelne Züge als auf eine längerfristige Strategie, was Gentrys Spielweise entgegenkam. Deshalb verzichtete Smith meist auf strategisches Vorgehen und zog mit Schwarz einen eher angriffslustigen Ansatz vor. Auch nach weiteren Zügen blieb das Spiel recht ausgeglichen. Smith eröffnete wieder das Gespräch, ohne auf das, was Gentry gesagt hatte, näher einzugehen.

»Was geschehen ist, bevor wir uns eingemischt haben, liegt auf der Hand. Plutonium wurde gestohlen und außer Landes gebracht. Der Mord an den Polizisten am Strand war dumm und unnötig und hat nur dafür gesorgt, dass von höchster Stelle aus Ermittlungen eingeleitet wurden. Von unserem inoffiziellen Interesse daran ganz zu schweigen.«

Gentry schwieg. Er wusste, dass Smith nur laut nachdachte.

»Von da an ist so ziemlich alles schiefgegangen. DuPlessis und sein Team gerieten verdächtig schnell ins Visier, und Angèles Entführung ergibt für mich immer noch keinen Sinn, ebenso wenig wie der Überfall auf den Mas, es sei denn, er galt Suzanne, die aber zu diesem Zeitpunkt wahrscheinlich schon tot war. Für mich sieht das Ganze so aus, als hätte die linke Hand nicht gewusst, was die rechte tut. Was uns stutzig hätte machen müssen, ist die Tatsache, dass uns ein Mann über Ort und Zeit der zweiten Lieferung informiert hat, der mangels Kompetenz weit davon entfernt war, für einen solchen Job überhaupt infrage zu kommen. Wir hatten es mit Amateuren zu tun. In Anbetracht der präsidialen Bevollmächtigung Suzannes aber und der Tatsache, dass mit dem Diebstahl und Verkauf von Plutonium ein Riesending abgezogen worden ist, darf man wohl ausschließen, dass da Amateure am Werk waren.«

»Und was heißt das für dich, Peter?«

»Dass wir einem eigentlich leicht durchschaubaren Ablenkungsmanöver aufgesessen sind. Ich habe das Gefühl, anderen eine unangenehme Aufgabe abgenommen zu haben. DuPlessis und seine Männer sind tot, wie auch Suzanne. Ihre Kommission, die für die Ermittlungen eingesetzt wurde, war erfolglos. Alles, was wir erreicht haben, ist Messailles' Beförderung, die er wahrscheinlich ohnehin bekommen hätte. Die eigentlichen Hintermänner werden sich ins Fäustchen lachen.«

»Wir haben verhindert, dass Plutonium in die Hände von Terroristen gelangt, Peter. Vergiss das nicht.«

»Haben wir das wirklich, alter Freund? Wie gesagt, ich glaube, wir sind abgelenkt worden, oder aber es gab von vornherein ein Back-up, das wir nicht vereiteln konnten. Wir hatten es nicht einmal auf dem Schirm.«

»Wenn es eins gab.«

»O ja, ganz bestimmt sogar. Daran kann kein Zweifel bestehen. Wir haben im naheliegenden Mist hier in der Provence gewühlt und die da oben, ich meine die Bagage im Dunstkreis des Élysée-Palasts, außer Acht gelassen.«

Gentry versuchte, das Unausweichliche abzuwehren. »Wir haben den alten Mann zufriedengestellt, Peter. Das war doch auch für dich der eigentliche Grund, warum du dich engagiert hast.«

»Ja, das ist uns gelungen«, stimmte Smith ihm zu. »Aber was ist mit dem Rest, David? Können wir es dabei belassen, die Hintergründe nicht aufgeklärt zu haben?«

»Größere Bataillone, alter Knabe, größere Bataillone. Viel zu groß für uns.«

Smith winkte mit seinem inzwischen leeren Whiskytumbler seinem Gastgeber zu. Sie hatten sich bei der Schachpartie nach zähem, ergebnislosem Ringen in beiderseitigem Einverständnis und beiderseitiger Erleichterung auf Remis geeinigt.

Sie zogen von dem schönen alten Schachtisch, der hinter dem Sofa stand, auf die beiden flankierenden Sessel vor dem Kamin um, in dem die Holzscheite zu einer rot schimmernden Masse Glut heruntergebrannt waren. Auf dem Sofa zwischen ihnen lag Arthur, der ihnen zum x-ten Mal leise schnarchend klargemacht hatte, dass sich Windhunde nicht für Schach interessieren. Jetzt aber öffnete er die Augen und stellte erleichtert fest, dass er sich nicht sofort in Bewegung setzen musste.

Smith füllte sein Glas und fuhr fort, als hätte es keine Unterbrechung gegeben.

»Wenn es ein Ablenkungsmanöver war, hat es jemand eingefädelt, der sehr clever ist. DuPlessis war Soldat, vielleicht ein guter, aber einer aus den unteren Rängen. Auch er gehörte nur – um ein Wort zu verwenden, das heute Konjunktur hat – zum *Narrativ* des Hintergrunds.«

»Und worum ging es tatsächlich?«, erkundigte sich Gentry.

Smith verzog das Gesicht über der bernsteinfarbenen Flüssigkeit im Glas, das er in der Hand hielt.

»Ich glaube, die Geschichte ist so ziemlich dieselbe, nur mit anderen Hauptdarstellern, zumindest was die Zahlmeister und Organisatoren betrifft.«

Gentry fasste zusammen. »Wir sind also auf Lockvögel und falsche Fährten hereingefallen.« Er warf einen nervösen Blick auf seinen Freund, der die Stirn runzelte und nickte, denn er wusste, dass sich Smith so etwas normalerweise nicht gefallen ließ. »Aber wir haben Marcel geholfen, Peter«, versuchte er zu beschwichtigen. »Wir haben für ihn eine Wahrheit gefunden und den Tod seines Enkels gerächt. Aus hiesiger Perspektive ist das alles, was nötig war. Du hast getan, worum ich dich gebeten habe, und dafür danke ich dir sehr.«

Smith nahm einen Schluck aus seinem Glas, wie um damit sein Einverständnis zum Ausdruck zu bringen.

Doch Gentry wusste es besser und versuchte, ihm den Gedanken auszureden, der ihn weiter beschäftigte.

»Andere werden der Sache vielleicht auf den Grund gehen können. Vielleicht auch nicht, wenn du recht hast und die Drahtzieher wirklich so hoch angesiedelt sind, wie du vermutest. Möglich, dass Messailles dahinterkommt, was ich allerdings bezweifle. Wir sind jedenfalls raus aus dem Geschäft, oder?«

»Wenn du meinst, alter Knabe, vielleicht. Aber nur vielleicht. Zugegeben, ich bin ein bisschen neugierig geworden.«

»Gütiger Himmel«, seufzte Gentry und schenkte seinem Freund neu ein, während Arthur leise weiterschnarchte.